배를 내민 남자 2

배를 내민 남자

하늘이 해와 달을 내밀듯
바다가 섬들을 내밀듯
땅이 산맥을 내밀듯

국가는 징집영장과 세금고지서를 내밀고
회사는 실적 그래프와 해고 문자를 내미는데
그는 오직 배를 내밀고 있을 뿐이었다

김무종 주인공. 41세. 아내와 초등 1학년 아들, 다섯 살 난 딸과 함께 마덕리 연립 주택에 거주하고 있다. 국내 500대 기업인 오송철강에서 리베이트 사건으로 퇴사 후 변변찮은 직종들을 편력하다 샴푸 세일즈에 뛰어든다. 하층 민으로 떨어진 가정을 재건하겠다는 의지가 확고하다.

변가영 김무종의 아내. 38세. 남편의 카드를 막기 위해 돈을 유용했다가 건설회사 경리직에서 강제 퇴사 당한 후 퓨전 일식당에서 밤 근무를 하고 있다. 생활고에다 앞날마저 캄캄한 건 남편의 경제적 무능 때문이다.

김무종 아들 김경서 초등 1학년. 반 친구 재희의 보디가드 자처

김무종 딸 김민주 5살. 유치원생

오현아 38세. 17년 만에 나타난 김무종의 옛사랑. 짜리몽땅 아내에 비해 미모, 생활수준 등 모든 면에서 우월한 여인. 무종의 가슴은 다시 두근거리지만 그녀의 등장과 이후의 행동은 수수께끼 같다.

황춘식 소장 40대 중반. 모닝샴푸 판매회사인 모닝 인더스트리 영업총책. 돈 되는 일이라면 뭐든 해 온 관록의 인물로 영업맨들을 쥐어짜는 것이 주업무이다.

박정훈 부장 40대 초반. 모닝 인더스트리 영업부장으로 전직 강력계 형사 및 변호사 사무장 출신. 황 소장과 적대적 관계에 있으며 영업부장 직책 이상의 사내 파워를 갖고 있다.

이인걸 차장 모닝 인더스트리 영업차장으로 실적 선두를 가고 있다. 빤질이 스타일로 박 부장의 직속.

미스 정 30대 후반. 모닝 인더스트리 경리 및 총무. 회사내 누구의 애인인 듯한데 오리무중이다.

민 회장 40대 초반. 샴푸업체인 모닝 인더스트리, 연예기획사인 아이엠스타, 사금융업체인 은하 파이넌스 등을 운영하는 신지식인.

회장 사모님 30대 후반. 모델 출신으로 모델회사 경영. 화장품 사업 진출.

김무종의 장인 73세. 야구선수로 기업체 야구단에 들어갔다가 계열사인 용역회사 총무과장으로 정년퇴직. 현재 택배일을 하고 있으며 취미는 당구와 사진촬영. 아내가 3년 전 사망하자 아파트를 팔아 장남의 사업자금으로 내주고는 딸집 근처에 있는 전세 10% 월세 90%의 연립에 거주.

김무종의 어머니 75세. 아파트 청소부. 김무종의 누나와 함께 살고 있다. 무종의 아버지가 본부인을 둔 채 얻은 두 번째 아내. 아버지는 무종이 중 1때 펌프회사 부도로 사라졌다가 5년 전 제 3의 처를 둔 가구공장 수위 신분으로 돌연사.

함인식 사장	오현아의 남편. 종합무역상사 출신으로 아내 오현아와 영국에서 오래 거주했다가 한국으로 돌아와 사업 운영
송현승 감독	오현아 남편의 대학동기로 드라마 감독
김무종 누나	애니메이션 작가와 이혼 후 어머니와 두 딸과 함께 생활. 아이들 학원차 도우미
강릉댁	장인의 애인. 사별한, 민요가수 출신
장셰프	무종의 아내가 근무하는 일식당 교토부의 연하 주방장
샴푸 영업맨들	전직교감, 전직 육군상사, 전직 태권도원장, 전직 쭈꾸미집 사장, 현대화가, 성차장 등
회장의 호텔 연회 참석 여인들	들창코 여인. 푸른 드레스의 여인. 찢어진 눈의 여인
공 마담	오송철강 단골주점인 짱쌀롱 마담
오송철강 구매과 권해욱 팀장	김무종의 대학선배로 알바 일거리 제공
오송철강 구 상무	김무종이 퇴사 후 이사에서 상무로 진급. 거래처 리베이트 관리에 중추적인 인물
하은정 드라마 작가	보조작가로 박 부장의 애인.
로샤 까르디네	프랑스 여배우. 화장품 광고 모델.
오광도 상무대우	김무종의 고교 동창. 자동차회사 상무대우
최동순	김무종이 보증을 서 준 고교 동창. 전 보안회사 대표
조 차장	김무종의 고교 후배. 증권사 차장
김무종의 초등학교 동창들	건어물집 딸 유연지와 피부관리샵 대표 등
노부인	유연지가 모시고 있는 큰손, 김무종 아버지의 옛애인
기타	희망마트 매니저, 일진 여중생들, 식자재업체 정규직 부인, 아들 반 친구인 재희의 엄마, 원기소 영업맨, 성인오락실 행패남, 지하철 경찰 1과 2, 얽은 얼굴 사채업자, 조폭 1과 2, 미용실 직원, 짱쌀롱 접대부, 이발사와 면도사 여인. 녹색어머니회 임원들, 장인이 폭행한 청년들, 문화부 여기자, 압구정 부동산사무소 소장, 오송철강 퇴직임원들, 영화배우들, 화장품업계 신화 여성

변가영

김경서
김무종 아들

김민주
김무종 딸

변홍수
김무종의 장인

황춘식 소장

박정훈 부장

미스 정

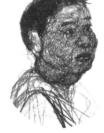

김무종

오현아

함인식 사장

송현승 감독

로샤 까르디네

민 회장

민 회장 부인

노부인

들창코
회장의 연회 참석 여인들 중

푸른 드레스
회장의 연회 참석 여인들 중

찢어진 눈
회장의 연회 참석 여인들 중

차례

3부

1 예술극장 테러 사건

 정오에 낯선 번호가 떴다. 1호선 종로 5가역 근처에 한식당이 오픈했는데 입간판에 적힌 메뉴와 값을 자세히 보고 있던 참이었다. 대출을 어째서 받지 않느냐거나 드디어 당첨되었다거나 보험 들라는 얘기거나 뭘 좀 팔아볼까 하는 전화일 것이지만, 저나 나나 영업하는 처지임을 감안해 일단 받았다. 사실 그런 권유전화를 한참 듣고 있노라면, 어떻게든 엮어보려는 상담원의 절박한 목소리를 듣고 있으면 코끝이 찡해지며 숙연해지는 적이 한두 번이 아니었다.

 "김무종 선생 되십니까."

 중후한 목소리가 떴다. 이건 영업전화가 아니었다. 대검찰청에서 돌린 전화 같았다. 설마 며칠 전 지하철에서 있었던 그 일로? 무종은 크게 긴장하였다.

 "네, 그렇습니다만."

 "아… 전 함인식이라고 합니다. 오현아 씨 남편 되는 사람입니다."

 "아 ……." 더는 말이 나오지 않았다. 이건 오해야, 그 말만 떠올랐다.

 "드릴 말씀이 있는데 실례가 안 된다면 시간을 좀 내주실 수 있으련지요."

"하실 말씀이 ……."

"전화로는 그렇고, 잠깐이면 됩니다. 만나서 얘기하시죠."

예의 바르고 정중한 말투였지만 원래 무서운 자일수록 말투는 그렇지 않은가. 도대체 할 말이 뭔지, 만나자마자 멱살을 잡히지 않을지 한 차례 몸이 떨려왔다. 무종은, 남자가 말한 광화문의 한 극장건물 내 커피숍 이름을 복창했고, 그 메아리가 머리에 울리는 가운데 이미 통화종료가 된 휴대폰을 말없이 들고 있었다. 매는 빨리 맞아야 한다고, 만약 약속을 내일로 잡았다면 지금부터 속이 시커멓게 타들어갈 것이었다. 이 사실을 현아 씨에게 알려야 하나 생각해 봤지만 그건 아닌 것 같았다. 어쩜 남편은 자신을 변명하기 위해 보자고 하는지도 모른다. 그녀에게 어떤 거짓말을 해달라고 말이다. 따라서 수표를 갖고 올지도 모른다. 그 돈을 받을 수는 없다. 김무종, 네가 어떻게 그런 돈을 받을 수 있나.

오송철강 구매과장으로 있었을 때야 잘도 받아먹었지만, 그때는 사실 돈을 안 받으면 조직 내에서 미운털 박히는 분위기 아니었던가. 좋은 게 좋은 거고 주고 받고 하는 게 미덕이라고 인정해야 했다. 어리석었던 것이, 그런 구린 돈은 후환을 생각해 따로 보관해 두거나 뭔가 조치를 취해 두어야 했던 것이다. 그런데 그리 많지도 않은 그 돈으로 뭘 그리 많이 했던가. 처음 떡고물을 받았을 때 만날 얻어먹던 오광도를 불러내 낙지에 소주를 진탕 마셨고, 어머니에게 5만 원, 아내에게 20만 원 그리고 4주 연속 복권에 질렀다. 안마시술소에도 갔다. 전신안마라고 7만 원 했는데 뼈가 어긋나는 줄 알았다. 이러저러해서 그 돈은 없어졌고, 한 번 재미를 붙이자 그다음부턴 스스럼없이 받았고, 갖고 와야 할 자가 안 갖고 오면 괘씸하다는 생각도 들었고, 그렇게 받은 돈은 가족과 지인들과 사회의 요소요소에 균형 있게 배분되었던 것이다.

10

그런데 왜 생활은 나아지지 않았을까? 돈의 성격상 알뜰살뜰 쓰게 되어 있지 않았던 것이다. 아내는 그걸 재형저축이나 안심적금 같은 데 넣어두는 대신 의복이나 외식에 마구 뿌려댔고, 잘한 게 있다면 그녀의 부모님께 특별용돈을 드려 무종까지 칭찬과 격려를 받았던 일이었다. 기억해두면 좋은 건 뇌물은 월급하고 다르다는 것이다. 상여금하고도 다르고 심지어 오락실에서 딴 돈하고도 다르다. 그만큼 두렵고 뒤끝이 있는, 그 가치가 액면가에서 한참 할인되어야 할 돈인 것이다. 나아가 고발이니 청문회니 해서 시장이나 장관을 못 해먹게 발목을 잡는 애물단지인 것이다.

이번에 현아 씨의 남편이 내놓을 돈은 뭐라고 불러야 하나. 의뢰비? 무마비? 사례비에 대한 선금? 법리적으론 모르겠지만 포괄적으로 봐서 뇌물의 범주에 들어가는 거 아닌지 모르겠다. 좌우지간 이번에는 참자. 상대가 현아 씨의 남편이다. 남자들이다 보니까 현아 씨에 대한 얘기가 대충 정리되면, 이야기가 사업 쪽으로 풀려나갈 수도 있고 자진해서 샴푸 피피엘에 투자하겠다고 나설 수도 있다. 그때 투자 건으로 접수하면 자연스러울 것이다. 그런 생각을 무종은 하였다.

점심으로 소고기 간 것을 얹은 콩나물비빔밥을 염두에 두고 있던 무종은 발길을 돌려 편의점에서 왕뚜껑면으로 점심을 때웠다. 음식점에서 정식으로 먹을 기분이 아니었다. 우연인지 현아 씨가 나타나고부터 지하철 사건이 터지지 않나 남편이 보자고 하지 않나 일상이 매우 긴박하게 돌아가고 있었다. 영업이 긴박하게, 그녀와의 새 만남이 긴박하게 흘러가야 하는데 그렇지가 않았다. 이 정도로 머리가 아프면 머리가 세지 않을까 싶어 지물포 유리창에 비친 자신의 머리를 들여다보기도 했던 무종은 결국은 만만한 피시방으로 가서 마냥 앉아 있다가 시간이 되어 돌계단을 타고 청계천으로 내려갔다. 적의 요새로 이어지는 숨은 수로로 잠입하듯 내려간 것이다.

청계천에는 실업자 커플로 보이는 남녀들이 현실을 외면한 채 다정한 모습으로 오가고 있었다. 작은 시름 따위는 작은 물소리가 거둬가고 있음인지 그들은 일견 모두 평온해 보였다. 하지만 그들 중 누구의 머릿속에는 격류가 누구의 가슴에는 탁류가 흐르고 있는지도 몰랐다. 무종으로 말하자면 머리도 가슴도 아닌 엉덩이에 급류가 흐르려 했다. 그것도 여차하면 솟구칠 것 같은 소용돌이였다. 긴장한 탓에 면발 하나조차 제대로 소화를 못 시킨 것이다. 사실 배는 굉장히 고팠다. 새벽회의가 있다고 해 뜬 눈으로 밤을 새우다시피 하고는 첫 전철을 타고 사무실로 가자, 소장이 그때까지 나온 넷을 옥상에 집합시켜 놓고 체력단련을 해야 한다며 맨손체조를 시킨 것이다. 그것도 상의를 벗기고 시켰는데 전직교감은 온몸을 사시나무 떨 듯하였고 현대화가는 양손으로 젖꼭지를 가리며 발을 동동거렸고 트럭 이 차장만이 구호를 힘차게 외치며 팔다리를 스무스하게 돌린 것이다. 무종은 이빨이 덜덜 부딪치는 가운데 호두알처럼 쪼그라든 고환을 느끼며 빳빳하게 경직된 팔다리를 로봇처럼 겨우 움직였다. 그게 끝이 아니었다. 맨손체조가 끝나자 쪼그려뛰기 50회 실시가 있었다. '나오라고 나온 사람만 등신 같다'는 말을 트럭 이 차장이 했지만, 쪼그려뛰기를 50회 하란다고 다 하는 인간도 사실 없었다. 발뒤꿈치만 살짝 살짝 떼며 대충 뭉개고 있는데 황 소장도 '동작 봐라' 그딴 소리만 건성으로 두어 번 하더니 결국 '배고프십니까!' 하고 배려를 하였다. 추위도 추위고 배고픈 것이 많이 서러웠다. 상의를 착복하고 사무실로 내려오자 미스 정이 원조김밥을 한 줄씩 배급했고 그걸 먹고 나자 바로 소장의 훈시가 있었다. 밀린 선수금 이자를 카드로 결제하거나 일주일 안에 갚는다는 각서를 쓰는 절차를 밟고서야 비로소 자유시간이 주어졌다. 무종은 후자였다.

그러니까 김밥 한 줄 먹은 지 다섯 시간이 지나 배는 고픈데 엉덩이에는 급류가 솟구치려 하는 것이다. 이리하여 무종은, 뒤뚱거리긴 했지만 예상보다 일찍 약속장소인 광화문의 빌딩에 도착해 화장실부터 방문하게 되었다.

"거기가 굽었나. 왜 제대로 못 싸고 질질 흘리고 지랄들이야."

대걸레질을 하는지 밖에서 아줌마가 분통을 터뜨렸다. 무종은 변기에 앉은 채로 자기 것을 들여다보고 있었다.

무종은 눈을 동그랗게 뜨고 남자를 바라보았다. 틀림없었다. 블루리버 호텔 다이아나룸! 회장님 및 송 감독과 함께 약주를 드시던 남녀 6인 멤버의 일원! 한돈돼지갈비집에서 송 감독을 봤을 때만 하더라도 그럴 수 있겠다 싶었는데 지금의 상황은 사람의 두뇌를 넘어서는 일이었다. 이렇게 연쇄반응처럼 사내들이 눈앞에 하나둘 모습을 드러내는 건 무슨 스토리인가.

그렇다면 회장님에게 빚이 있다는 그 함 사장이란 자가 바로 오현아의 남편이라는 얘기인데! 더 깊이 들어가면 그는 모닝샴푸 전 주주였고, 그러니까 무종은 모닝샴푸 전 주주의 아내와 재회를 한 것이었다. 현아 씨를 자칫 사모님이라고 불러야 할 뻔했던 것이다.

블루리버 호텔 다이아나룸… 범죄의 온상처럼, 비밀의 서식지처럼 그곳이 다시 그림이 그려졌다. 일전에 현아 씨와 함께 커피숍 창밖으로 남자를 내다봤을 때만 해도 남자가 블루리버 호텔 6인 멤버의 일원이라는 생각은 하지 못했던 것인데, 이제 이 자가 또다시 모습을 드러냄으로써 사실이 그만 밝혀진 것이다. 갈색 웨이브 머리는 동일했고, 가까이서 보니 일부러 태웠는지 피부가 북아프리카인처럼 적당히 검고 코가 높고 얼굴이 길었다. 무종이 아까 레스토랑 풍의 커피숍에 들어서서 직감으로 다가가자 그가 일어섰는데 무종보다 머리 반이 더 있었다. 무종은 갑자기 깨닫는 것이, 현아 씨와 맺어지지 못한 것이 키도 하나의 원인이었다는 사실이었다.

"놀라셨죠, 갑자기 전화 드려."

"네, 뭐."

남편도 송 감독처럼 무종을 아는 척하지 않아 무종은 잠자코 그가 하는 양을 보자는 생각이었다.

"그날 사무실 앞에 오신 거 알고 있었습니다."

"……."

"차를 한 잔 드셨더군요."

"……."

"놀라실 것 없습니다."

"……."

"그런 일이 다 비밀이 보장되는 건 아닙니다."

무종은 남자를 멍하니 바라보았다. 그렇다면 그날 사내 하나가 마누라와 함께 있는 걸 봤으면서도 키다리 여자와 유유히 건물을 나섰다는 건가. 뭐야? 이 놈은.

"한 가지 아셔야 할 게 있어 이리로 나오시라고 했습니다."

"……."

"제가 바람을 피우고 있다고 아내가 말하던가요?"

"아니 뭐 ……."

"그렇게 말했을 겁니다. 제 애인이 모델이라고 얘기했겠죠."

"……."

"그건 모두 사실이 아닙니다."

"……."

"저는 바람둥이가 아닙니다. 제 애인이라는 자는 거래처 사람입니다. 그저 모델처럼 입고 다닐 뿐입니다."

"……."

"아내는 정신과 치료를 받고 있습니다."

머리에 충격이 왔다. 이 이야기를 들으려고 여기 그가 온 것이다.

"그럼?"

"망상이죠. 이번이 처음이 아닙니다. 좀 나아지는가 싶더니 또 시작이더군요. 없는 일인데 그렇게 믿고 싶어 한다거나 꿈꿔 온 일을 실제 일어나고 있는 일처럼 느낀다거나 뭐 그런 거죠."

"저는… 전혀."

"그랬을 겁니다. 하소연하기 위해서 뵙자고 한 건 아니고 이 사실을 알고 있어야 할 것 같아서요."

"저는 단지."

"네, 선후배 사이인 거 알고 있습니다. 아내가 의지를 많이 했던 대학동문으로 알고 있습니다. 앞으로도 아내가 많이 의존하려고 할 겁니다."

"그럼 제가 어떻게?"

"의사 말로는 선생께서 그녀의 관심을 다른 데로 분산시키고 사회와 인간의 긍정적인 면을 많이 보게 하는 게 ……."

이런 무거운 과제가 떨어지다니. 그렇게 공적인 임무에는 크게 소질이 없는 무종이었다. 이러한 과제의 감당할 수 없는 무게로 당장 심한 압박을 느끼는 무종에게 아까부터 한 통의 문자가 와 있었다. 현아 씨였다. 열어보기가 겁이 나는데다 사람을 앞에 앉혀놓고 예의도 아니고, 또 당신 아내 문자요 할 수도 없어 보지 않고 놔두고 있었다.

"글쎄요, 제가 그런 걸 할 수 있을지. 그런데 어떻게 해서 부인께서 그렇게까지 되셨는지."

무종은 그녀의 이름을 입에 올리지 않으려고 조심했다. 그것이 불필요한 오해를 사전에 봉쇄하는 조치가 되리라. 그런데 이 자의 마음속에는 이미 그 오해라는 몹쓸 물질이 들어 서 있을지 모른다. 자기 코가 석자라 아내와 무종의 관계에 대한 의혹은 지금은 표면에 드러내지 않고 있다가, 본인이 불리한 상황에 처할 경우 역으로 이 문제를 치고 나올 수 있었다. 무종은 그 점을 염두에 두고 있었다.

"아내가 이렇게 된 데에는 제 책임이 없다고는 말 못 하겠습니다. 사실 런던에 있을 때 교포 중에 저를 좋아한 여자가 있었습니다. 그걸 너무 간단하게 생각하고 장난처럼 가볍게 상대해 주었죠. 그게 오해를 낳았고 아내도 오해인 줄 알면서도 그 뒤로 감시의 끈을 놓지 않았습니다. 제가 대기업에서 무역 관련 일을 했습니다. 그래서 회사를 나와서도 무역 일을 하고 있는데 이 일이 사람을 좀 만나야 하는 일입니다. 바이어나 공장 사람이나 코트라 쪽 사람이나 뭐 그런 분들이지요. 그런데 아내가 늘 신경을 곤두세우고 있어 일하는데 지장을 받을 정도가 되었습니다. 요번 일도 그런 상황의 연장선상에서 보시면 될 겁니다."

무종은 침묵 속에 앉아 있었다. 이게 무슨 일인가. 그 새침하고 도도하던 오현아가 17년 만에 신경증 환자가 되어 돌아오다니. 무종은 입술을 굳게 다물고 눈이 젖어오는 걸 참으며 묵묵히 있었다.

"저… 괜찮으십니까?"

"네 ……."

여기서 이런 모습을 보이는 건 좋지 않았다. 이 자에게 오해의 구실을 줄 수 있지 않은가. 마음을 다잡아야 했다.

"그런 비슷한 경우를 어디서 들은 것 같아 잠시 기억을 떠올리고 있었습니다."

"아, 그렇군요."

젠장, 이제 내가 할 일은? 의사가 나에게 특명이라도 내린다 말인가?

'이봐, 사랑하는 건 쉽지. 이해하고 보살피는 건 어려운 일이야.' 하고 누군가가 어떤 영적인 존재가 속삭이는 듯했다. '알고 있습니다. 사랑은 쉽죠. 먹여 살리는 건 힘듭니다.' 무종도 한마디 했다. '바보, 그게 사랑이야. 넌 그조차 부족한 거야.' 목소리가 말했다. 무종은 바로 외쳤다. '그래, 연인도 가장도 잘 못 되는 남자가 여기 있다. 그러나 나는 살아가리라.' 무종은 1인 2역을 하며 머릿속에서 실내극 한 편을 완성하였다.

"이제 제가 드릴 말씀은 다 드린 것 같습니다. 초면에 실례가 안 되었는지 모르겠습니다."

초면은 무슨… 블루리버 호텔에서 젊은 여자 끼고 논 건 뭔데?

"아, 아닙니다. 이렇게 말씀해 주셔서 정말 고맙습니다."

무종은 이것이 머리를 쥐어뜯는 것보단 나은 결과로 보였다.

"그럼 먼저 일어나도 되겠습니까?"

무종은 고개를 끄덕였다. 남자가 일어나서, "그럼 부탁드립니다." 하고 고개를 숙인 후 카운터로 걸어가더니 뒤돌아서서 다시 다가왔다. 때리려고 하나? 무종이 눈을 크게 뜨자 남편이 미소를 지으며 말했다.

"참, 우리 동네에도 한 번 오셨더군요. 누보 그 카페가 커피맛이 나쁘진 않죠. 다음에 또 오실 기회가 있으면 드럽커피를 한 번 드셔보세요. 실망하지 않을 겁니다."

뭔 소리야, 이게? 무종은 일단 잘 알아들었다는 미소를 보냈다. 남편이면 남편이지 마누라 꽁무니는 왜 그렇게 쫓아다니나. 가만… 이제 알겠네. 그날 남편이 용서를 빌었는데도 현아 씨가 나가버리자 홧김에 나간 줄 알고 뒤따라 나왔다가 무종과 만나는 걸 보게 된 것이다. 그 카페 드럽 커피를 추천한다고? 드럽인지 더럽인지 참 가지가지 한다.

바라보니 남편이 카운터에서 계산을 하고 있었다. 경우는 있는 사람이었다. 바람둥이는, 생긴 건 그렇게 들어서 그런지 그렇게 생겨 먹었는데, 아니라고 하니 또 아니게도 보였다. 무종은 생각을 안 하려고 해도 이 자가 그 모델(모델이 아니라고 잡아떼고 있지만)과 뒤엉켜 있는 모습이, 또는 서서 키스하는 그림이, 서로 체위를 바꿔가며 엎치락뒤치락하는 광경이 두서없이 떠올랐다. 심지어 두 사람의 거기의 모양까지 떠올라 곤혹스러웠다. '너도 벗고 이리 오라'는 것 같았다. 아니라잖아, 무종은 고개를 흔들었다. 그럼에도 문득 머리를 강타하는 것이, 이 자가 지금 지하의 극장으로 내려갔고, 거기엔 모델이 표를 끊고 기다리고 있을 거라는 거였다. 예술영화 전용관이니 모델께서 죽치기엔 안성맞춤일 거였다. 극장 의자에 앉아 팝콘 봉지에 손모가지를 담근 채 그 긴 다리를 어떻게 처리하는지도 볼만할 거였다.

무종은 갑자기 무슨 생각이 들어 급히 커피숍을 나가 계단을 타고 극장으로 내려갔다. 그 모델이 전직 모델이었던 회장 사모님일지도 모른다는 생각이 퍼뜩 들었고 확신에 가까울 정도로 그 생각은 커져갔다. 한돈돼지 갈비집에서 송 감독이 씽씽 운운하며 그런 얘기를 비친 것은 그냥 하는 소리가 아니었을 것이다.

로비에는 남편도 회장 사모님도 보이지 않았다. 숨었나? 상영시간표를 보니 가장 먼저 시작한 영화가 1시간 전이었다. 극장 안에 남편이나 사모님이 있을 확률은 낮았다. 남편은 밑의 극장이 아니라 지상으로 올라가 어디로 간 모양이었다. 무종은 영화 포스터들과 입간판들을 살펴보았다. 상영 중인 세 영화 중 그 어느 것도 바람난 남녀 이야기는 아니었다. 무슨 정체성인지 자아인지 하는 걸 찾는다는 그런 영화에다, 부성애를 그림으로써 전유럽을 눈물바다로 만든 영화와, 아카데미상 빼고는 상이란 상은 다 받은 것 같은 페미니즘 영화가 있을 뿐이었다. 무종은 로비의 벤치에 앉아 긴장 속에 현아 씨의 문자를 열어보았다.

'로샤 까르디네가 주연한 영화가 왔네요. 영국에 있을 때도 그녀 영화를 자주 봤는데 지금의 나한텐 정말 필요한 영화 같아. 같이 볼까요? 내일 저녁 시간 어때요?' 아… 이런 진지한 제의였나, 그녀의 문자가.

'영화요? 좋죠. 저도 오랜만에 보는 건데 좋습니다.'

무종은 바로 문자를 보냈다. 영화를 본 후, 남편을 만난 사실을 숨긴 채 현아 씨의 얘기를 좀 들어보고, 그다음에 남편에게서 들은 정보를 기초로 그녀와의 관계를 새롭게 정립해나가는 시간을 가지면 될 것이었다.

답이 없어 정수기에서 냉수를 한 잔 뽑아 마시며 좀 쉬고 있는데 사람들이 꾸역꾸역 몰려들고 있었다. 위층에서 주로 여자들이, 그것도 고급 옷에 미용실 머리를 한 귀티 나는 여인들이 쉬지 않고 내려왔다. 어떤 영화를 보려고 이리 내려오나 싶어 입간판들을 다시 한번 쳐다보았더니 새로운 사실이 눈에 들어왔다. 프랑스 유명 여배우 '로샤 까르디네'의 무대인사가 3회 상영 전에 있겠다고 공고가 난 것이다. 무종은 얼른 현아 씨의 문자를 다시 들여다보았다. 로샤 까르디네, 일치하였다. 아! 이것은… 무종은 입간판 속 여배우를 뚫어져라 바라보았다. 안면이 있는 것 같기는 한데 안젤리나 졸리나 니콜 키드먼처럼 금방 알아볼 수 있는 배우는 아니었다. 소위 연기파라는 배우로, 유럽에서 상이란 상은 다 타고 이제 한국의 대종상을 노리고 온 모양이었다. 아무튼 서유럽에서 건너온 40대의 이 여배우를 보려고 여자들이 이리 몰려드는 것이었다.

무종은 '나는 너에게 충실하겠다고 말하지 않았다'라는 어처구니없는 제목을 단 그 영화의 팸플릿을 집어 컨셉과 줄거리, 등장인물의 프로필과 필모그래피, 각계 인사들의 찬사들을 읽어 내려갔다. 팸플릿엔 수입영화사에서 집어넣은 것 같은 -페미니즘의 죽음이 선언된 유럽의 황량한 지적 풍토에서 손을 들고 일어선 영화, 잔느 모로 이후 가장 문제적인 배우 로샤 까르디네 출연! 올해 최고의 여성영화, 전 세계에 여성의 권리를 알린다!- 라는 삼엄한 문구도 들어 있었다. 무슨 전쟁이라도 벌일 듯한 등장인물들의 매서운 눈매를 보며 무종은 움찔했다. 무종은 다른 무엇보다 주연여배우의 머리를 유심히 바라보았다. 한눈에도 풍성했지만, 금발이었지만, 실제로 그러한지는 직접 봐야 알 것이었다. 무종이 보기에 여배우는 무대 뒤편을 통해 등장할 것이었다. 경호원은 무대 앞쪽 양편에 각각 위치하고 있을 것이었다. 여성 경호원 하나, 남성 경호원 하나일 확률이 가장 높았다.

상영 50분 전이었다. 이제 10분 후면 로샤 까르디네가 무대에 등장할 것이다. 무종은 소가죽 가방의 끈을 조이고 여성 관객들 사이에 끼어 상영관 문 쪽으로 걸음을 옮겼다.

"초대권 주세요."

표를 받는 여직원이 무종을 제지했다.

"로짜 까르… 그 여배우만 보고 나올 건데요."

"네? 그건 안 되고요. 초대권이 있어야 해요."

"영화는 내일 볼 겁니다. 누가 내일 거 끊어놨고 오늘은 그저 무대인사만 보고 나올 겁니다."

"손님, 초대권 있어야 해요. 이번 회는 특별초대손님만 모시는 특별상영이거든요. 보시려면 다음 회 끊어서 보세요."

여직원은, 무종을 피해 입장하는 관객들의 표를 받으면서 피곤한 표정을 지었다.

"아… 무대인사 하는 거만 보면 되는데."

"혹시 취재하러 오신 거예요?"

"모닝 인더스트리에서 나왔습니다."

"모닝 인더스트리요? 인터넷 신문이에요?"

"김무종 차장입니다."

"알겠어요, 다음부턴 초대권 가져오시고요. 들어가세요."

"고맙습니다."

이렇게 보안이 허술해서야! 오락실 기도에게 교육을 좀 받아야 할 것 같았다. 상영관은 아까 봐서는 미어터질 것 같았는데 실제로는 드문드문 빈자리가 있었다. 주요 인사들을 위해 남겨둔 자리를 특별 배정받은 무종은 기자처럼 보이려고 손에 볼펜을 꺼내 들었다. 마침내 로샤 까르디네가 무대 위로 올라왔다.

"여러분, 안녕하세요?"

한국어로 인사를 하자 우레와 같은 박수가 쏟아졌다. 여자들이 이 박수를 치려고 집안일을 안 하고 힘을 아껴둔 것 같았다. 그녀가 쏟아지는 박수 속에 이럴 줄 알았다는 듯 미소를 짓고 있는데 통역하는 여자가 나와 그녀 곁에 섰다. 롱 금발과 숏 흑발이 조명 속에 강렬한 대비를 이루며 찬연히 떠올랐다. 황금과 연탄처럼 보이는 건 아니고 미학적으로 우열을 가리기 힘들었다. 흑발 통역사가 불어로 뭐라고 하자 금발 여배우가 웃으며 대답했다. 불어로 대답하는데도 관객석에서 몇몇 여자가 조그맣게 웃음을 터뜨렸다.

"이 영화가 한국관객들 앞에서 상영되는 소감에 대해 물었는데요. 아직은 저를 응원하러 오신 건지 증오하러 오신 건지 알 수 없어 긴장된다고 하십니다."

통역사의 말에 관객들이 웃었다. 그런 식의 질문과 대답이 오갔고, 관객의 질문을 받는 시간이 오자 복고풍의 하이칼라 머리를 한 30대인지 50대인지 알 수 없는 여자가 일어나 대뜸, "한국에는 아직 가부장적인 풍토가 강한데 한국 남자 친구를 사귈 의향이 있느냐"고 따지듯이 물었다. 통역에게 얘기를 전해 듣더니 여배우는 어깨를 으쓱하며, "와이 낫?" 했다. 그 말을 무종은 즉각 알아들었다. 그리고 여배우가 뭐라고 또 불어로 얘기하였다.

"유럽에 한국친구들이 있다. 그들은 정말 재미있고 멋지다. 오늘도 여기 어디 앉아 있다."

통역사가 웃으면서 번역했다. 사람들이 주위를 둘러보았고 일부 시선은 무종에게 가 닿았다. 무종은 깜짝 놀랐다. 졸지에 불란서 여배우의 친구가 되다니! 역시 사람은 옷을 좀 차려입고 다녀야 이런 멋진 오해도 받는 것이다. 무종은 헛기침을 한 번 하고, 친구이긴 하지만 주목하지 말아 달라는 표정을 짓고 있었다. 통역의 말이 이어졌다.

"송강호는 유부남이고 현빈은 총각이라고 들었다. 맞나요?"

사람들이 이번엔 크게 웃었다.

"진정한 페미니스트는 여자를 이해하는 남자를 원하지 않는다. 여자를 사랑하는 남자를 원한다. 사랑은 이해를 포함하고 있기 때문이다."

22

이번에도 큰 박수가 터져 나왔다. 쳇, 한국남자가 이해력이 부족하다고 비꼬는 것 아닌가? 교묘하게 말하고 있어. 무종은 그렇게 생각했다. 통역이 두 사람만 질문을 더 받겠다고 했다. 무종이 번쩍 손을 들었고 놀랍게도 여배우가 직접 무종을 지목했다. 통로에 있던 여직원이 뛰듯이 와 무종에게 마이크를 건넸다.

"모닝 인더스트리의 김무종 차장입니다. 귀하께서는 머릿결이 매우 아름다우신데 어떤 샴푸를 쓰시는지 여쭤봐도 되겠습니까?"

통역사는 의외의 질문에 당황하는 듯했고 관객석에선 실망의 탄식이 들려왔다. '등신 같은 놈이 여기가 신제품 론칭 행사장인 줄 아나? 한심한 놈, 한국남자가 별 거 있나, 다 저만 놈들이지' 하는 표정들을 짓고 있었다. 여배우는 통역사의 말을 듣더니 이상하게 얼굴이 굳어지며 뭐라고 말했다.

"혹시 샴푸회사에서 나오셨나요?"

통역사가 물었다.

"네, 모닝샴푸 영업 비팀 김무종 차장입니다."

무종은 큰 소리로 대답했다.

"귀하께서는 유럽에서도 유명한 페미니스트라고 알고 있습니다. 페미니스트는 주로 어떤 샴푸를 쓰시는지, 페미니스트에게 샴푸란 어떤 의미인지 고견을 듣고 싶습니다."

그리고 가방을 열고 샴푸를 꺼내려 하는데 갑자기 무종을 덮치는 자가 있었다. "아악!" "악!" "어머머!" 주위의 여자들이 괴성을 질렀다. 무종은 가방을 뺏겼고 손이 뒤로 꺾인 채 어떤 덩치에 의해 로비로 끌려나갔다.

"왜 이러시오! 내가 무슨 잘못을 저질렀다고 이러는 거요?"

무종은 절규했다. 목소리가 저절로 절규가 되어 나왔다. 근육질의 경비요원은 아랑곳없이 무종을 어딘가로 끌고 가려고 했다. 이때 극장에서 한 남자가 뛰어나와 소리쳤다.

"그 남자를 놔 주시오! 내가 아는 남자요."

꺾인 팔이 너무 아파 눈물을 글썽이며 고개를 들고 보자 그는 다름 아닌 현아 씨의 남편이었다. 여기 숨어 있었던 것이다. 처음의 예상이 빗나가지 않았다. 그런데 들킬 위험을 무릅쓰고 이렇게 구하러 와 주다니, 아주 몹쓸 사람은 아니었다. 순간적으로 경비요원이 손에 힘을 빼자 무종은 그 미친놈을 뿌리치고 자세를 바로 했다.

"이 사람은 위험한 사람이 아니오, 회사원이오."

현아 씨의 남편이 다시 구체적으로 변호했다.

"잠시 가방을 보겠습니다."

미친놈은 쉽게 물러서지 않았다. 샴푸를 꺼내고 가방 안을 샅샅이 뒤졌다.

"실례했습니다. 파리에서 유명 페미니스트 향수 테러 사건이 있어서요."

향수 테러 사건? 프랑스 소설가 모 씨의 소설 '향수'에 나오는 살인자가 재림하셨나? 다행히 경비원은 지하철 수사대처럼 샴푸의 성분분석을 의뢰하겠다고 나오지는 않았다. 폭발물인지 아닌지 한눈에 알아본다는 건가. 과연 그럴까? 무종은 샴푸를 집어 입간판 쪽으로 투척하려다 말았다.

"선생, 가지 않으셨군요." 남편이 다가와 무종에게 말했다.

"고맙습니다. 자칫 테러범으로 몰릴 뻔했습니다."

"그야 아니라는 게 금방 밝혀지겠지만 이게 대체 무슨 일입니까."

그때 "상두 씨!" 하는 여자 소리가 들렸다. 은빛 머리를 한 세련된 중년 여자가 거기 팔짱을 낀 채 서 있었다. 40대 중반 밖에 안 되어 보이는 여자가 염색도 하지 않은 걸 보면 여간 자신감이 넘치는 인물이 아니었다.

"무슨 일이에요?"

"가방에서 뭘 꺼내기에 조사차 데려 나왔습니다."

상두 씨인 미친놈이 직무를 수행했다는 듯 무뚝뚝하게 대답했다.

"제가 아는 사람입니다."

남편이 말했다.

"어머 그래요? 이런 실례가… 죄송해요. 사회가 워낙 흉흉해서요."

여자가 얼른 팔짱을 풀고 말했다. 이때 무종은 양복 안주머니에서 서류 하나를 꺼내 높은 신분임이 분명한 그녀에게 건넸다. 여자가 이게 뭐냐는 표정으로 무종을 바라보았다.

"열어보십시오."

접힌 서류를 펴서 읽어본 여자는 어안이 벙벙한 얼굴이 되었다.

"무슨 내용입니까?"

남편이 궁금증을 참지 못하고 여자에게 물었다.

"국과수에서 성분 분석한 내용이네요."

"국과수요?"

"샴푸의 성분을 분석한 결과, 화학물질이 폭발물 기준에 못 미침으로 테러 혐의가 없다고 하네요."

"폭발물이라고요?"

남편이 목소리를 높였다. 이 시점에서 무종이 나서야 했다.

"세계적으로 샴푸 폭탄이 제조되고 있는 건 사실입니다. 지금 국내에서도 모든 샴푸가 수거되어 성분분석에 들어갔고 이것은 우리 회사 제품이 샴푸라는 제품에 더 적합하다는 판정을 받은 것입니다. 즉 국가 인증제품이라는 거죠."

여자는 미친 사람을 보는 표정으로 무종을 보고 있었다. 이때 미친 사람처럼 웃은 건 남편이었다.

"하하하하 농담도 잘하십니다. 그러니까 이 서류는 홍보용이군요. 정말

기발합니다. 경쟁상품들을 이런 식으로 물 먹이다니요."

모닝샴푸의 전 주주인 남편은 웃고는 있었지만 큰 감명을 받은 듯했다. 무종 같은 영업맨이 하나만 있었어도 모닝샴푸가 지금의 민 회장에게 넘어가는 일은 없었을 거라는 생각을 하는지도 몰랐다.

"정말 재미있는 분이시네요. 그러니까 이 샴푸가 폭탄이 아니라는 걸 증명하기 위해 폭탄을 꺼내는 척했다? 이런 말이군요."

여자가 이제 알겠다는 듯 말했다. 무종은 아무 말도 하지 않았다.

"우리 차 한잔하죠." 여자가 누구에게라고 할 것 없이 말했다.

"우린 이미 한잔했지만 리필 한잔하시죠."

남편이 무종을 향해 윙크 비슷하게 웃으며 말했다. 무종은 꺾인 팔을 주무르며 전혀 반성의 기미가 없는 미친놈을 한 번 노려보고 두 사람을 따라 집무실로 보이는 장소로 들어갔다. 거기엔 여배우와 통역사와, 기자로 보이는 젊은 여자와 빨간 바지의 50대 장발 남자가 우유를 뒤집어 쓴 것 같은 뽀얀 소파에 앉아 있었다. 빨간 바지가 로샤에게 집요한 시선을 주고 있는 가운데 여기자가 기사를 노트북에 받아 치는 중이었다. 여기자가 고개를 들어 무종을 보더니 매우 흥미롭다는 표정을 지었다.

무종은 극장장임이 밝혀진 은빛 머리를 비롯한 세 여자와 빨간 바지에게 명함을 돌렸다. 이런 경우를 대비해서 무종의 명함 뒷면은 회사명과 직책이 영어로 되어 있었다. 그렇지 않아도 빨간 바지가 명함 뒷면을 살피고, "모닝? 아침? 아침 회사?" 하고 말했다. 틀린 말은 아니어서 무종은 조용히 웃었다. "중국인이오, 한족." 하고 남편이 설명했다. 여배우도 명함을 보고는 무종을 향해 뭐라고 했다. 그러자,

"아까는 그냥 한 번 물어본 건데 정말 샴푸회사 직원이라니 놀랍다. 샴푸를 볼 수 있나요?" 하고 통역사의 입에서 믿기 힘든 말이 나왔다. 무종

은 기꺼이 샴푸를 꺼내 여배우에게 건넸다. 기자에게도 드리고 여극장장
에게도 전했다. 이러느라고 통역사와 한족인 빨간 바지에게는 샴푸를 전
하지 못했다. 모닝샴푸 전 주주 신분을 숨기고 있는 남편에게는 당연히
전하지 않았다. 남편이, 여배우와는 유럽에 있을 때부터 알고 지낸 사이
라고 영어로 말하자 빨간 바지가 "하오" 했다. 남편은, 여기 초청도 자신
의 노력으로 성사된 것처럼 말했다. 그들끼리 얘기가 더 있는지 더는 자
신에게 신경을 안 쓰는 걸 보고 무종은 자리에서 일어났다. 여배우가 일
어서서 그 큰 키로 무종을 내려다보며 악수를 건넸다. 손이 생각보다 거
칠었다. 보드랍기로는 마덕리 변가영이 한 수 위였다.

"파리로 돌아가면 당신이 준 샴푸를 꼭 사용해 보겠다고 합니다."

통역사가 축하의 미소를 띠며 말했다. 반가운 이야기였다. 무종은 행운
을 빈다고 한국어로 말하고 사무실을 나섰다. 남편이 따라 나와 무종에게
말했다.

"김 선생, 또 만나기 바랍니다."

"그렇게 될 겁니다, 아마."

무종은 의미심장한 말을 했다. 그 말은 '내일도 네가 여기 나와 있으면
내가 니 마누라와 함께 있는 걸 보게 될 거다.'라는 뜻이었다. 영화표를
네가 현아 씨에게 줬겠지. 그러니 그녀가 그걸 들여다보며 '우리 영화 볼
까요.' 하고 내게 문자를 보낸 거지. 무종은 이제 보니 꼭 무어인처럼 생
긴 남편과 헤어지며 싱긋 웃었다. 계단을 올라가면서 '오늘 못 본 영화 내
일 본다.' 이렇게 속으로 외쳤다.

위에서 키 큰 여자가 내려오고 있었는데 포스가 심상치 않았다. 계단을
내려오는 걸음걸이 중에 저토록 물 흐르듯 하는 건 현실에서는 처음이었
다. 여자는 정신이 혼미해지는 향수냄새를 흩뿌리며 그를 스쳐 내려갔다.

뒤돌아보니 그녀가 현아 씨의 남편과 로비에서 이야기를 나누고 있었다. 큰 키에 머리를 틀어 올리고 자주빛 후드외투를 입었는데 옆얼굴 또한 아무나 흉내 낼 수 있는 얼굴이 아니었다.

섬광처럼 떠오르는 생각이 있었다. 저 얼굴에 후드를 덮어씌운다면? 그럼 전체적으로 그날 밤 사무실을 나와 남편과 함께 걸어가던 그 붉은 파카 여자? 사모님? 일단 외모 부분에서 회장님 부인으로 손색이 없다는 점이 그러한 의혹에 신빙성을 더해주었다. 그렇다면? 무종은 이제 나는 어떻게 해야 하나 싶었다. 하지만 의혹은 의혹일 뿐이었다. 무종은 이 문제를 급히 진전시키지는 않기로 했다. 영업에 도움이 되는 일도 아니었다.

며칠 전의 지하철 강제연행에 이어 오늘 또다시 강제제압이라는 사건이 있었지만, 이번 건도 본사에 보고하지 않기로 했다. 지하철 강제연행 사건의 경우 그나마 일관성이라도 있지만, 이번 광화문 극장 사건은 사건 내용과 전후과정이 얽히고설켜 있어 여배우 이야기만 따로 집어내 전달하기가 어려웠다. 더군다나 회장 사모님이 개입되어 있을 수 있어 함부로 입을 놀릴 처지가 못 되었다.

세계적인 여배우에게 샴푸를 성공적으로 전달하였지만 그것이 국내에 어떤 파급효과를 가져올지는 결과를 지켜봐야 할 것이었다. 여배우가 유럽배우가 아니라 안젤리나 졸리였으면 난리가 났을 터인데 하는 아쉬움은 있었다. 하긴 그녀라면 자신이 발언권을 얻을 수 있었을까? 대답은 회의적이었다. 아무튼 로샤 까르디네도 유럽 쪽에선 귀족 같은 배우라 하니 제대로 엮이기만 하면 모닝샴푸가 세계적인 고급제품이라는 인식을 주는 데 결정적인 계기가 될 수도 있을 것이었다.

2 선의의 눈물

가랑눈이 오락가락하다 그친 오전 11시경이었다. 삼성동 코엑스로 가는 전철에서 무종은 방금 도착한 문자를 들여다보고 있었다.

'영화는 나중에 보기로 해요. 일이 있어서요. 다시 연락드릴게요.'

흠… 무종은 탐정처럼 고개를 끄덕였다. 집 안에 무슨 일이 있군. 못 나올 사정이 생긴 건데 남편과 로샤 까르디네가 동침을 했나? '애인도 모자라 외국년하고 그 짓을 해?' 하고 현아 씨가 대들었고 그래서 대판 싸움이 벌어지고 현아 씨는 표를 갈가리 찢어버리고 뛰쳐나와 정신없이 문자를 날린 것 아니겠는가. 다시는 바람피우지 않겠다고 맹세를 해놓고도 그 바람은 외국여자에게는 해당되지 않는다고 억지를 부렸을 수도 있었다. 로샤 까르디네, 그녀가 이제 문제의 핵심으로 떠오르고 있었다. 한 가정을 분란에 빠뜨릴 수 있는 여자는 넓게는 동방의 한 회사에 광명을 가져다줄 수도 있는 법이었다.

코엑스에는 '국제 윈터 뷰티 전시회'가 이틀 전부터 열리고 있었다. 참관객이 3만 명에 달할 거라는 게 주최측의 추산이었는데 대형전시장에 미용, 화장품, 헤어산업 관련 국내외 브랜드만 300개 이상 참가하고 있었다. 따라서 넘버가 붙은 A, B, C, D, E~K 등의 부스가 사다리 게임을 하듯 빽빽하게 들어차 있었으나 아쉽게도 모닝샴푸는 신청 시기를 놓쳤음인지 참가를 하지 않았다.

그러나 모닝샴푸가 로샤 끼르디네가 찜을 한 샴푸라는 사실을 알고 있는 무종은, 누군지도 알 수 없는 모델들을 내세운 헤어 부스에 프로페셔널과는 거리가 있어 보이는 남녀 직원들이 들어차 있는 것을 건성으로 훑어보며 지나갔다. 무종의 목에는 지금 '프레스'라는 출입증이 걸려 있었다. 입구에서 입장권을 사라고 해, 저번에 광화문 극장 사무실에서 '이휘문'이라는 여기자로부터 받은 명함을 내보임으로써 취재 출입증이 목에 걸리게 된 것이었다.

통로에는 내외국인들이 비즈니스맨 비즈니스우먼 차림으로 가방 하나씩을 들거나 메고는 오가고 있었다. 심각한 얼굴로 상담 같은 걸 하는 자들도 있었다. 유명브랜드들은 부스 크기가 소형 아파트만 했는데 입구에는 미스 유니버스에 나가도 입상을 하지 않을 수 없는 몸매의 도우미들이 타원형으로 도열되어 있곤 했다. 그녀들은 반 벗은 몸에 화사한 웃음을 띠고 뷰티 뷰티를 속삭이는 듯했다. 부스마다 자사제품을 홍보하는 영상물이 넘쳐흐르고 전시장 곳곳의 대형화면에 뷰티제품 이미지 홍보물들이 간단없이 흘러갔다. 간간이 헤어제품들도 방영되고 있었다.

누군지도 알 수 없는 모델들을 화면에 내세운 샴푸업체들을 보니, 그저 머리가 풍성하고 얼굴만 예쁘장한 모델들을 보니 로샤가 갖고 있는 지적인 이미지의 차별성이 확연하게 다가왔다. 무종은 걸어 다니며, 온갖 샴푸들, 헤븐백화점에 있는 것보다 월등히 많은 국내외 샴푸들을 보다 보니 눈이 어지럽다 못해 아파왔다. 여기 부스 하나를 차지하고 앉아 있다고,

지금 상담을 하고 있다고 수출길이 쉽사리 열리겠나 싶었다.

무종은 전시실을 나와 로비에서 휴대폰으로 로샤 까르디네를 검색하였다. 로샤가 내한해서 무대인사를 한다는 연합뉴스 단신은 있는데 무대인사를 치렀다는 기사는 없었다. 한국남자와의 스캔들을 다룬 기사도 전혀 보이지 않았다. 밑으로 계속 내리다 보니 그녀의 무대인사 기사가 경제지 문화면에 떴고 어제 있었던 에피소드가 소개되어 있었다. 샴푸회사 직원이 테러 혐의로 경호원의 제지를 받는 불상사가 있었으나 곧 평온을 되찾았다고 간략하게 나와 있었다. 덧붙이는 글이 더 길었는데, 로샤 까르디네가 지난해 프랑스 현지 식당에서 팬이라고 자처하는 한 중후한 노인으로부터 향수를 하나 선물 받았고, 향기를 맡고자 손등에 가볍게 뿌렸는데 그 향수에 극소량의 황산이 들어 있어 손등이 빨갛게 부어올랐다는 것이었다. 극우파 남성 일부가 중동계 이민 여성들에 대한 차별 발언을 한 것에 대해 그녀가 비판적인 발언을 한 직후에 벌어진 일이어서 이는 그녀의 페미니스트 활동에 대한 경고 차원이라는 해석이 있었다. 그녀는 이런 더러운 행위에 대해 결코 굴복하지 않을 것이라고 천명했고, 그 후 그녀가 향수 광고에 전격 출연함으로써, '향수에는 향수로' 라는 슬로건이 나돌았다고 했다. 그 외의 기사 나머지는 여배우의 페미니스트로서의 이력과 인생관과 예술관, 앞으로의 활동계획 등에 할애되어 있었다. 세 번을 읽어봐도 모닝샴푸 얘기는 없었다.

무종은 굳이 자신의 이름 석 자가 나오기를 바란 것은 아니었다. 그런 건 생략해도 용납할 수 있었다. 하지만 '모닝샴푸'라는 이름은 필히 들어갔어야 했다. 어제 몸싸움 비슷한 사건이 일어나면서 얼마나 긴박하고 극장 실내가 술렁였나. 또 로샤 까르디네는 파리로 돌아가면 사용해 보겠다고 모닝샴푸를 감사히 받지 않았나. 무종은 이번에는 '모닝샴푸'를 검색해 기사를 샅샅이 뒤졌으나 쇼핑몰에 등록된 것들 빼고는 로샤 까르디네와 관련되어 나와 있는 것은 없었다.

무종은 극장에서의 실랑이를 기사화한 신문사 문화부로 전화를 해 이휘문 기자를 찾았다. 그녀가 준 명함이 좀 전에 코엑스에 제출된 상태였다.

"안녕하십니까? 기억하실지 모르겠습니다. 여배우 로샤 까르디네 사건으로 어제 영화관 사무실에서 뵌 모닝 인더스트리 김무종 차장입니다."

"아 어제… 안녕하세요?"

"혹시 코엑스에서 하는 뷰티 전시회에 와 계신지요?"

"네? 뷰티요? 전 문화부 기자라서."

"이제 뷰티도 문화의 한 개념으로 이해해야 하지 않을까 싶어서요. 참 기사는 잘 읽었습니다. 어제의 소동을 샴푸 얘기를 넣어 위트있게 풀어주셨더군요. 그런데 모닝이라는 이름이 하나 들어갔더라면 어땠을까 하는 생각을 해보았습니다."

"아…제품 이름요? 그것까지는… 굳이 넣을 필요까진 없어서요."

"뭐 그냥 샴푸라고만 해도 충분히 인상적인 기사였습니다만… 혹시 다시 한번 쓰실 기회가 있으시면 모닝샴푸라고 꼭 좀 넣어줬으면 감사하겠습니다."

"다시 쓸 일은 없을 것 같은데요."

"아 ……." 그걸로 끝이었다.

상품들을 보다 보다 지쳐 앉아 있는 깜찍한 서양여자가 눈에 띄었다. 무종은 그녀에게 다가가 "아 유 프렌치?" 하고 물었다

"노우. 스위이드."

여자가 웃으며 대답했다. 스위스도 아니고 그런 게 있나 싶은 무종은

잠자코 그녀에게 휴대폰을 들이밀며, "두 유 노우 로샤 까르디네?" 하고 물었다. 여자는 고개를 갸우뚱하였다. 미안한 표정을 짓는 여자를 미소를 지어 안심시키고 다음 벤치의 바이어들에게 다가갔다. 40대로 보이는 두 서양남녀였다. 남자는 이태리인인지 키가 좀 작고 장난기 어린 눈에 웃음을 머금고 있었고, 여자는 유대인 혈통인지 매부리코와 깊숙한 눈에 파마 머리를 하고 있었다.

이번에도 무종은 "헬로우" 하고 말을 붙였다. 그들도 "헬로" 앵무새처럼 대꾸했다. 무종이 휴대폰 화면을 그들의 코앞에 들이밀려는데 여자가 걸려온 전화를 받더니, "오 미스터 박, 밥? 밥 먹어? 오케이." 하더니 일어서서 남자 팔을 끌고 가버렸다. 서양남녀는 또 있었다. 무종은 하릴없이 서 있는 남녀에게 다가갔다. 미국과 멕시코계의 혼혈로 보이는 뚱뚱한 여자에게, "유 룩스 로샤 까르디네. 안트 유?" 하고 말했다. "로샤? 미?" 하며 여자는 활짝 웃었다. 이때 그녀 옆에 서 있던 북유럽계로 보이는 키 190이 넘는 남자가 무종이 내민 휴대폰을 들여다보더니, "오우 로샤 까르디네. 비우리풀 액트리스!" 하고 외쳤다. 이 외침에 고개를 끄덕인 여자는 로샤보다는 영화 미저리의 여주인공을 닮았지만 표정은 로샤와 자신을 동일시하고 있었다. 무종은 샴푸를 가방에서 꺼내 보여주며, "로샤 까르디네 유스 디스 샴푸 에브리 모닝 앤드 나잇" 하고 말했다. "리얼리?" 여자가 외쳤다.

"잇스 트루. 쉬 완티드 디스 모닝샴푸. 이프 유 완트 디스 샴푸, 콜 미 디스 넘버."

그렇게 영어를 사용하고 명함을 건넸다. 이런 식으로 무종은 모두 아홉이나 되는 외국 바이어에게 명함을 건넸으며 대형샴푸 다섯 개와 새끼샴푸 세 개와 일회용 열 개를 기증하였다. 특히 스포츠머리에 사장님 배를 한 중국 남자에게는 명함을 건넬 때 김무종 이름 곁에 한자를 따로 표기해 주었고, 모닝 인더스트리 곁에도 '韓流 Star 愛用 shampoo 社'라고 추가 기재하였다. 중국 인구와 중국 상인이 얼만데, 중국인 하나가 과거에 모닝샴푸를 물 먹였다고 언제까지 원망만 하고 있겠냐 말이다.

이제 무종의 지갑엔 바이어들에게서 받은 다국적 명함이 여러 개 들어 있었다. 가방이 텅 비면서 가슴은 오히려 충만으로 차올랐다. 참가비 내가며 부스 차지하고 있어 봐야 이런 식의 맨투맨 영업을 당해낼 수는 없을 터였다. 이 중 한 명에게서만 연락이 와도 모닝샴푸는 국제적인 상품이 되는 거였다.

장소가 장소고 행사가 워낙 국제적인지라 푸드샵에서 미국 햄버거를 먹으며, 그 자리에서 베트남 아니면 태국으로 보이는 두 팀에 접근해 로샤를 알리고 일회용 샴푸 세 개씩과 명함을 건넸다. 여기 하루만 있으면 명함 백 장은 돌릴 것 같았다. 아까 명함을 받아간 서양여자가 창밖에서 그를 지켜보는 것 같아, 좀 비싸게 굴어야 연락이 올 것 같기도 해서 그만 모닝샴푸를 알리고자 했다.

여기서 모닝샴푸 영업맨을 하나도 못 만난 건 이들이 얼마나 국제정세에 어두운지 말해주는 것이었다. 이인걸 역시 없는 걸 보면 그도 결국은 우물 안 개구리였다. 필름을 되돌려보면, 오늘 오전 황 소장은 회장 사모님의 전화를 받는다. 사모님은, 코엑스 뷰티 전시회에 외국어가 좀 되는 자를 급파해 마스크팩 업체들에 대해 정보를 알아내고 팸플릿을 수거해 오라고 명한다. 소장은 사무실의 네 샴푸맨들 중에 1차로 김무종을 선발하고, 코엑스 전시장이 워낙 크니 2인 1조로 다녀와도 무방하다고 허락한다. 무종은 이것은 생활용품 시장 전반에 걸쳐 그 현황과 전망을 알아볼 수 있는 절호의 기회라고 보고 단독으로 움직이기로 한다. 이야기가 이렇게 된 것이었다.

그러나 무종은 주로 샴푸에 대해서 알아보고 마스크팩은 사진 촬영과 팸플릿 수집으로 갈음하였던 것이다. 마스크팩이라면 무종도 어지간히 사용하는 것으로 회장 사모님과 독대를 하게 되면 자세하게 그 형태와 효능에 대해 설명해 줄 수도 있었다. 다만 제품 이름과 성분에 대해선 포장지를 일일이 대조해 봐야 알 수 있는 것이었다.

샴푸에 대해 국제적인 영업을 하고 주어진 임무까지 완수한 무종은 가벼운 걸음으로 전시장을 나섰다. 독일에서 열리는 차기년도 뷰티 전시회를 기약하며 코엑스를 한 번 뒤돌아보았다. 코엑스가 뭔가 아쉬워하는 것 같아 도로 돌아가 팸플릿을 더 챙겼다. 종이만 해도 값이 상당히 나갈 것 같았다.

무종은 국립박물관으로 가는 지하철 안에 있었다. 전시장을 다녀왔으나 주머니에 당장 돈이 들어 온 건 아니었다. 금전 문제 등으로 다시 어두워지는 무종의 머릿속을 밝힌 것은 현아 씨가 보내온 문자 한 통이었다.

'좀 와 줘요'

단순하고도 호소력 짙은 문자였다. 오전에 영화관람을 취소하더니 도저히 못 참겠는지 지금 보자는 것이었다. 장소가 로맨스추리 영화처럼 국립박물관이었다. 오늘 현아 씨가 할 이야기의 규모나 내용이 결코 사소한 게 아니라는 걸 말해주고 있었다. 그런데 저번에 동네 카페에서 5분 만에 자리에서 일어난 것에 대해서는, 그 전후 사정에 대해서는 과감하게 생략하고 있다. 어차피 만나야 했다. 그래 남편도 봤고 이제 당신도 보고 아예 결론을 짓자.

오래전에 무종은 국립박물관을 방문해 선사시대와 삼한시대와 고구려 시대의 것만 보고 백제와 신라, 통일신라, 고려, 조선, 근대의 유물과 조각과 회화 등은 차후를 기약했었다. 그때 그는 역사의 긴 흐름 속에 사람의 하루란, 오늘과 내일이란 무엇인가 묻고 있었다. 오늘은 현아 씨와의 약속시간보다 한참 일찍 박물관에 도착해 예전에 미처 보지 못한 전시물들을 찬찬히 관람했다. 두어 시간 전만 해도 뷰티산업의 오늘을 개괄하고 내일을 예단했던 무종은 이제 과거로의 여행을 하고 있었다.

　　무종은 휴식도 취할 겸 영상실로 들어가 삼국시대 고분들에 관한 기록물을 관람했다. 어마어마한 고분들, 그 무덤 속 지체 높은 왕과 귀족들은 죽어서도 귀금속을 차고 하인들을 거느리고 있었다. 그들은 죽어서도 채찍을 휘두르고 있었다. 그들은, 천 년 후의 인물인 무종에게도 채찍질을 멈추지 않았다. 그들은 무종에게 꿇어 엎드리라고 호통치고 있었다. 곡식 낟알을 주우라고 명령하고 있었다. 공물을 바치고 죽은 듯 살아가라고 충고하고 있었다. '나는 영원히 여기 있을 것이니 너와 네 식구의 뼛가루가 허공으로 흩어지고 그러고도 남는 게 있다면 이곳에 와 나를 기리라.'고 말하고 있었다. '그것이 네가 살아가는 방식이요, 죽어서도 겨우 존재하는 방식이요, 호적에 이름 석 자 올릴 방안이니라.' 그렇게 말하고 있었다. 그들은 공고히 존재하고 있었고, 앞으로도 훼손됨이 없이 존재할 것이었다. 무종은 흠씬 채찍 맞은 등짝이 되어 자리에서 일어났다.

　　박물관 계단에서 바라보는 바깥세상도, 시야를 가득 메운 대규모 아파트촌과 빌딩들 역시 그들의 후손이 떵떵거리며 살아가는 곳이었다. 아니면 새로운 세력들이 도심 가득 빌딩의 그림자를 키우며 커가고 있었다.

무종은 자신 또한 큰 무덤을 큰 빌딩을 큰 자지를 갖고 싶다고 생각했다. 욕망이 그의 전존재에 차오르며 박물관 계단에 짙은 그림자를 늘어뜨렸다. 그 그림자에서 달콤시큼하게 발효하는 어떤 냄새가 올라오는 듯했다.

약속시간까지는 여유가 있어 무종은 다시 박물관 안으로 들어가 전시실을 둘러보았다. 그러는 사이에 1층과 2층 화장실을 오가며 소변을 보았다. 그러고도 미진함이 남았다. 그에겐 이것이 잠시라도 경제행위를 하지 않은 데 대한 압박감으로, 지금 이 시간 재화를 생산해내지 못하는 데 대한 초조함과 결합되어 나타나는 강박증으로 보였다. 이 시간에 동료들은 신속하게 샴푸를 팔러 다닐 것이었다. 마트로 백화점으로 미용실로 기업으로 뛰어다니는 그들의 열띤 모습이 생생하게 보였다. 그렇게 해서 그들 중 몇은 수당을 챙기고 선수금을 갚고 부장으로 승진하고 대낮부터 여자와 놀러도 다닐 거였다. 무종도 실적만 있었으면, 여기 이 시간 그의 곁에 여자가 없다고 할 수 있겠나. 황 소장이 사람을 잘못 본 거지. 이 김무종이 역사의 큰 흐름 속에서 박물관 곳곳에 그림자를 드리우며 어떤 생각을 하는지 그대는 아는가. 역사의 큰 흐름 속에 말이다!

상설전시 외의 특별한 전시가 없는 데다 영하의 날씨 탓에 박물관 실외는 한산했다. 한 여자가 카키색 트렌치코트에 두 손을 찌른 채 얼어붙은 연못에 시선을 두고 있는 게 보였다. 현아 씨였다. 머리카락이 내려와 검은 선글라스를 낀 한쪽 얼굴을 가리고 있었다. 그녀 뒤로 흐린 하늘이 오래된 세계인 양 펼쳐져 있었다. 그제야, 가끔 박물관에 온다고, 아이를 학교에 보내놓고 산책 삼아 걸어서 여길 온다고 한 그녀의 말이 떠올랐다.

무종은 그녀를 향해 걸어갔다. 기적을 느낀 듯 그녀가 고개를 들어 그를 바라보았다. 바라보며 미소를 지었다. 무종은 그녀를 향해 가고 있었

지만 둘의 거리는 좀체 좁혀지지 않는 듯했다. 무종은 알고 있었다. 이것
은 좁혀지지 않는, 영원히 가 닿을 수 없는 거리였다. 그 거리의 끝에서
그녀가 미소를 짓고 있었다. 그 어디에도 속하지 않는, 일반인을 상대할
때 가장 아름답게 빛나던 그 미소였다.

"오리는 춥지 않은가 봐요."

살얼음을 피해 연못 가장자리에서 노니는 오리들에 눈길을 주며 그녀
가 말했다.

"사람보다는요."

그녀는 조금 웃더니 돌아서서 걸어가기 시작했다. 무종은 주위를 한 번
둘러보고 수상한 존재가 없음을 확인한 후 보조를 맞추고자 빠르게 따라
붙었다.

"여기 오면 말이죠. 난 내가 오래전에 살았던 사람처럼 느껴져요. 난 누
구였을까요?"

"…공주."

"그건 수백만 분의 일 확률이죠. 아마 어느 농부의 아내였지 않나 싶어
요."

"농부요?"

"흙이 좋아지기 시작했거든요."

그녀의 발아래 잡초가 돋은 흙길이 있었다. 이제 막 좋아진 것 같았다.

"농부의 아내는 흙을 그다지 좋아하지 않았을 것 같은데요."

"하하, 그럴 수도 있겠네요. 쟁기질하느라 허리 한 번 못 폈을 수도 있
겠네요. 그래도 나름 행복했겠죠?"

행복이라… 무종은 농부 아내의 행복은, 남편이 자작농인지 소작농인

지, 논이 몇 마지기인지, 또는 부지런한지 게으름뱅이인지, 정력은 보통을 넘는지, 성격은 어떤지에 따라 그 정도가 다를 거라고 말하고 싶었으나 말하지 않았다. 무종이 생각에 잠긴 채 말이 없자 그녀는 걸음을 늦추더니 정색을 하고 무종을 바라보았다

"더는… 안 되겠어요."

그 말을 하고 그녀는 선글라스를 고쳐 쓰고 먼 곳을 바라보았다. 그제야 무종은 흐린 날의 검은 선글라스의 의미를 알 것 같았다. 쌍꺼풀 수술을 떠올려보았으나 쌍꺼풀은 원래 있는 거고, 그렇다면 눈두덩이 세찬 가격에 의해 부어올랐거나 피멍이 들었으리라고 볼 수 있었다.

"그만 끝내고 싶어."

이제 분명해졌다. 남편이라는 작자가, 아내가 카페 누보에서 무종과 접선하는 것을 보고는 무자비한 폭력을 행사한 것이다. 광화문 찻집에서 무종을 만났을 때는 그렇게 관대한 척하더니 결국은 이중성을 드러낸 것이다. 그리고 오늘 아침 로샤 까르디네 문제로 신경전을 벌인 끝에 이번에는 혈투가 벌어진 것이다.

"도와줄 수 있어요?"

"… 뭘."

"현장을 잡아야 해요. 그래야 끝을 낼 수 있어요."

"현아 씨 ……."

무종은 안타까이 그녀를 바라보았다. 그녀는 전에 없이 초조한 얼굴로 입술을 깨물고 있었다. 두 사람은 이제 어느 키 작은 나무 밑의 그늘에 포진해 있었다.

"저… 저는 그런 일은 안 합니다. 할 수 없습니다."

비록 폭력이 행사되었다 하더라도 이건 또 다른 문제였다. 게다가 그들

은 일반남녀가 아닐 수 있었다. 모닝샴푸 회장에게 빚이 있는 남자가 아마도 회장 사모님과 바람을 피우고 있는 거였다. 이 사실을 그녀가 모르고 있는 것이다. 그녀의 남편은 매우 위험한 게임 중으로 자칫 죽음의 그림자가 어른거리는 것을 그녀만 모르고 있는 것이다. 그녀가 또 모르는 것이 있었다. 모닝샴푸 전 주주의 사모님이라는 사실을 숨기고 접근해 온 걸 이미 무종이 알고 있다는 것을 모르는 것이다. 무종은 입이 싼 편이었지만 지금은 그 특기를 발휘할 수 없는 상황이었다. 비밀을 아는 상태에서 상대가 어떻게 나오나 지켜보는 편이 현명할 수도 있었다.

지는 해 속에서 두 사람은 잎이 지고 있는 나무처럼 마주 보고 서 있었다. 다행히 주위 어디에도 나뭇가지를 치는 척하면서 두 사람을 염탐하는 존재는 보이지 않았다.

"무리한 부탁이라는 거 알아요. 하지만 제 입장이 되어 보세요, 이 일을 부탁할 데가 어디 있는지."

커피숍 밖으로 연못의 수면이 흐린 햇살을 반사하고 있었다. 설득이 먹히지 않을 때는 장소를 바꿔 보라, 그런 생각을 했는지 '커피 마실까요?' 하고 좀 전에 그녀가 부탁 같은 제안을 해왔던 것이다.

"그런 거 전문적으로 처리하는 데가 있잖습니까."

"그들한텐 역으로 당해요. 나는 이 일을 조용히 처리하고 싶어요."

무종은 경계하며 주위를 살폈다. 창가 쪽에 혼자 앉아 있는 왜소한 중년 여자가 보였다. 그녀는 고개를 숙인 채 휴대폰을 작동시키고 있었다. 요즘은 흔한 게 여자 스파이였다. 예전에는 국제적인 스파이나 갖고 다니는 정보기기의 백 가지 첨단기능이 하나의 휴대폰 안에 다 들어있다 보니 콜센터 임시직원이나 식당일을 그만둔 가정주부까지 스파이로 나서는 판이었다.

"목적이 이혼입니까?"

무종은 목소리를 낮춰 단도직입적으로 물었다.

"그것도 하나예요."

그거네 뭐. 돈 문제는 어떻게 되어 있는지 알 수 없었다. 이런 문제는 어떻게든 돈이 관련되어 있기 마련이었다. 결국 17년 만에 김무종을 찾은 건 남편이라는 작자를 떼어버리려는 데에 그 목적이 있었던 것이다. 이 일 전에는 한 번도 김무종에 대해 생각하지 않았으리라. 슬픔이 만져지듯 이 밀려왔다.

"도와주면 인사는 할게요."

인사? 돈인사? 그렇겠지. 그렇게 나오는데 나도 받아야지. 하지만 일반 남녀가 아니지 않은가. 대부 같은 자의 정부인을 건드리고 있는 것 아닌가.

"현아 씨, 남편분과 다시 한번 얘기해 보세요. 모델과 그런 관계인지 확실하지도 않잖아요."

무종은 둘의 관계가 어쩜 루머에 불과할 수도 있다는 생각을 쥐어짜내고 있었다. 아마 그럴 것이었다. 회장의 성격을 아는 남편이 목숨을 담보로 그런 게임을 벌이겠냐 말이다. 그렇다면 이야기는 다시 원점으로 돌아간다. 만약 회장 사모님이 아니라면? 송 감독의 부인인가? 추리에 추리가 일어났다. 세상에 여자는 많고 그 누구도 가능하다는 데에 문제가 있었다.

"제가 추리소설 쓰고 있는 거 같나요. 저 그렇게 상상력 뛰어난 여자 아니에요. 그냥 현장만 잡아주면 돼요."

법을 알고나 하는 소리인가. 간통은 형법상 위법이 아닐뿐더러 자칫 주거침입 및 쾌락 훼방죄로 입건될 수도 있었다. 그러나 무종은 현행법에 대해 자세히 설명하는 대신 그녀가 어떻게 나오나 지켜보고자 했다. 어차피 할 수 없는 일이었다.

"그런다고 칩시다. 어떻게요?"

"무턱대고 사무실로 쳐들어갈 순 없겠죠. 또 거긴 그 짓만 하는 데는 아니니까."

여기서 그녀는 짧게 한숨을 쉬었다. 힘이 드는 말을 한 것이다. 그러나 기운을 차리고 다시 입을 열었다.

"둘을 미행해주세요. 그럼 실마리가 잡힐 거예요. 방법이 보일 거라고요."

"현아 씨… 그 일 때문에 나를."

"무종 씨, 내가 무종 씨를 이용한다고 생각해도 할 수 없어요. 어느 정도는 그러니까. 하지만 내가 무종 씨 이름을 떠올린 건 왠지 이 일을 진심으로 사심 없이 해 줄 사람은 무종 씨뿐이라는 생각이 나서 그랬던 거예요. 전 내 편이 필요했어요. 미안해요."

사심 없이… 내 편… 무종은 듣고만 있었다. 이런 얘기를 두 사람이 하게 되리라고 그때 17년 전엔 상상이나 했던가. 세월이 흘러 두 사람은 공모자가 되어, 좋게 말해 한 편이 되어 창밖으로 땅거미가 지는 커피숍에 앉아 있다. 치정, 불륜, 돈, 욕망, 파멸 그런 단어들이 떠올랐다. 외국영화에서 젊은 여자가 남자를 파멸시키고 타낸 보험금으로, 콜드크림 바른 몸에 눈부신 햇살을 받으며 휴양지의 오후를 만끽하는 장면도 떠올랐다. 그런 영화에선 남자도 공모자도 결국은 차례차례 여자에게 배신당하고 만다. 무종은, 그녀가 그런 여자가 되어 그를 버릴 거라는 생각을 해본다. 하긴 뭘 버린다는 건가. 가진 적도 없는데, 김무종 따윈 가지려고 하지도 않았는데. 두 사람의 관계가 무엇이건 간에 돈이 개입되는 순간 두 사람은 계약관계로 이동하는 것이다. 그것이 그녀가 원하는 것이었다.

창가의 여자 앞에는 이제 땅딸막하고 비대한 중년 남자가 몸에 꼭 끼는 푸른 양복을 입고 안정감 있게 앉아 있었다. 그들은 비중 있는 조연급 배우들처럼 이 찻집에서 무시 못 할 존재감을 과시하고 있었다. 그들을 보고 있자니 선남선녀들만이 인생을 누리는 건 아니라는 생각이 들었다.

머리엔 생각이 얽히고 시선은 오락가락하던 무종은 돌연 현아 씨를 똑바로 바라보며 휴대폰이 몇 개냐고 물었다. 남편이 애초에 무종의 존재를 캐치한 것은, 현아 씨 입이 아니라면 휴대폰 문자 아니겠는가. 그게 아니라면 누군가 갖고 있는 복사 휴대폰 아니겠는가. 그녀는 무종이 무슨 뜻으로 그따위 소리를 하는지 모르겠다는 얼굴이었다. 무종은 그냥 해본 말처럼 얼버무렸다. 무종은 남편이 광화문 찻집에서 했던 말들을 떠올렸다.

"그날 사무실 앞에 오신 거 알고 있었습니다."

제3의 인물이 있었다. 아내의 동정을 실시간으로 알려주는 검은 존재! 무종은 남편의 그 말들을 이제 와서 새삼 경고의 의미로 받아들였다. '내 여자를 건드릴 생각은 추호도 말라!' 하긴 오현아와 김무종이 모텔에 들면… 아아 실시간 중계가 되겠군. 그러한 범죄적인 상황이 주는 두려움 속에서 어떤 은밀한 쾌감이 깃을 치는 걸 무종은 깜짝 놀라며 받아들이고 있었다. 그것은 저항하기 힘든 쾌감이었다. 희생자가 되는 것, 공공의 시선에 무방비로 노출된 벌거벗은 두 육체가 희생의 제단에 놓이는 것, 이제 현아 씨와 그는 도덕과 윤리, 사회관습이라는 근엄한 재판관 앞에서 유죄를 선고받고 그 때문에 오히려 그러함으로써 둘은 떨어질 수 없는 운명으로 단단히 엮이는 것 아니겠는가. 그리하여 둘은 서로가 서로를 원했다는 사실, 그 사실에 대한 대가로 춥고 황량한 어느 머나먼 유형지로 유배를 가야 하지 않겠는가. 그곳에서 둘은 세상의 모든 충직한 연인들이 그러했듯, 죽음의 그림자가 서성대는 낡은 집의 좁은 침대에서 남은 생을 처절하게 불태우지 않겠는가. 아 그들은 불행하게 행복하지 않겠는가.

남편의 사생활을 염탐하고 그 증거를 잡는 것, 그리고 지금 머릿속에서 돌아가고 있는 이러한 외설적이면서 숭고한 상상들이 이중범죄의 느낌을 풍겨오면서 무종은 얼굴을 붉히며 그러나 전에 없이 비감한 표정으로 앉아 있었다. 그녀는 눈앞의 남자가 어느 이상한 나라로 떠나 아직 돌아오지 않고 있음을 아는지 잠자코, 허나 어딘지 모르게 우울한 얼굴을 살짝 숙인 채 하릴없이 찻잔을 만지작거리고 있었다. 그때였다. 그녀의 선글라스 밑으로 두 줄기 물기가 반짝였다. 언제부터 흘러내렸던 것일까. 가득 고여 있던 눈물이 참을 수 없이 터져 나와 선글라스 밖으로 번져 나온 것은. 무종은 그의 상상 중 외설적인 부분이 그녀의 눈물로 인해 정화되는 기적 같은 순간을 맞이하고 있었다. 무종은 그녀의 발치에 조용히 꿇어앉아 이러한 신성한 순간의 드높이 고양되는 자아의 참된 모습을 드러내며 소리 없이 흐느끼고 싶었다. 때는 저녁이고 황혼의 빛이 고즈넉이 스며드는 세상의 찻집이었다.

무종은 그의 여신이 고개를 돌리고 남몰래 눈물을 훔치는 걸 못 본 척 하며 말없이 앉아 있었다. 그리고 눈물 뒤의 작은 미소, 그것은 그의 딸 민주가 떼를 쓰며 울다 과자 하나에 풀어져 입가에 띄우던 바로 그 순정하고 해맑은 미소를 닮아 있었다. 이로써 무종은 알았다. 그녀의 모든 것이 선의에 의해 나온 것임을. 무종을 만나고 그에게 떼를 쓰듯 청하는 역할, 그것은 선의 외의 다른 무엇이 아니었던 것이다. 이런 그녀를 아프게 하고 비참하게 만드는 존재, 남편이라는 작자에게 무종은 가장 현실적인 충고 한마디를 들려주고 싶었다.

'휴대폰을 믿지 마라. 또 하나 만들면 된다. 그보다 네 주변이나 잘 정리해라.'

무종은 이제 몸을 일으키려 하고 있었다. 지금 이 시점에서 저녁을 함께하거나 이야기를 더 나누다가는, 오늘 확인한 현아 씨의 선의가 자칫 흐려지는 시간을 갖게 되지나 않을까 염려스러웠던 것이다. 그가 일어서려 해도 현아 씨는 움직이지 않았으니, 이런 사나이의 마음을 알 리 없는 그녀였다. 그녀는 자기가 한 모든 말에 진저리를 치거나 어떤 고통을 삼키는 듯했다. 그러더니,

"영화 보고 싶으면 봐도 돼요." 하고 가로늦게 영화를 들고 나왔다.

"지금요? 영화는 다음에 보는 게 좋을 것 같습니다."

영화도 좋지만 시간을 연장해 그녀의 선의가 흐려지게 할 수는 없었다. 오늘은 이 정도 선에서 만족해야 했다. 카페 누보에서처럼 그녀가 팔짱을 한 번 더 껴 올 수는 있겠지만 팔짱 한 번이 그녀의 선의보다 중대하다고도 할 수 없었다. 그녀가 가방을 열어 무엇인가 꺼내고자 했다. 잠시 후 무종의 눈앞에 국민은행 봉투가 놓였다.

"넣어 둬요."

"뭡니까?"

"꼭 그 일의 대가라고 생각 말고 필요한 데 써 주었으면 싶어요."

무종의 손은 봉투를 집으러 가고 있었다. 단지 머릿속에서 만이었다. 한 번만 뻗어라, 그리고 움켜쥐어라. 이 욕구가 너무도 강렬해 무종은 몸을 떨었다. 만약 여기 한 장 정도가 들어있다면 피피엘 투자 건은 순풍에 돛을 단 배가 되는 것이다. 그러나 무종은 마치 분노 때문에 몸을 떠는 듯하고 결연히 일어섰다. 누가 봐도 결연해 보이는 태도였다. 역사 앞에 한 점 부끄러움이 없는 모습이었다.

무종은 입구를 향해 걸어가면서 현아 씨를 돌아보는 대신 창가의 중년 남녀에게 행운을 비는 시선을 던졌다. 누군가는 오늘 밤 사랑을 하고, 그 자가 꼭 김무종이어야 할 필요는 없었다. 또 누군가는 사흘 후에 사랑을 하겠지. 자신은 비록 쓰라린 가슴으로 이렇게 퇴장하고 있지만 말이다.

전철역으로 걸어가는데 '이 등신 같은 인간아. 여자 밑씻개 같은 인간아.' 하는 변가영의 목소리가 들려왔다. '얼른 가서 다시 받아오지 못해!' 그런 소리도 들렸다. '당신이 뭘 안다고' 무종은 입술을 깨물었다.

오후 영업을 공친 무종은 지금부터, 세금 탈루로 뉴스에 떠들썩하게 보도된 바 있는, 여종업원만 100명이라는 강남의 대형유흥업소 옆집을 방문할 작정이었으나, 방문해 남자가 한 번 맡으면 혼미한 상태에서 돈을 마구 뿌리게 되어 있는 샴푸가 있다고 일러줄 생각이었으나, 삼겹살을 굽는다는 장인의 전화를 받고 그 일은 차후로 미루고 바로 집으로 향했다. 한잔하면서, 그녀의 남편에서 그녀에게로 숨 가빴던 최근의 일을 머릿속에서 재구성해보고 싶었다. 사건의 본질에 맞게 새롭게 편집된 화면 속에, 자신이 있어야 할 위치 및 나아갈 바를 파악해두어야 할 것이었다. 그런데… 지하철에서 받은 현아 씨의 문자가 그런 생각을 깼다.

'기분 나빴나요? 근데 저도 좀 언짢아요. 제 선의였거든요.'

아, 그녀는 선의를 다르게 사용하고 있었다. 헌데… 이것은 성의의 오타가 아닐까? 선의 앞에 '작은'이라는 말이 하나 들어갔으면 금방 알아봤을 텐데 그런 수사법을 모르는 것 아닐까?

마음이 착잡한데 박이 전화를 해와 '피피엘 투자금은 어떻게 잘 되어가냐'고 물었다. 마치 '오현아를 만나 돈 좀 받지 않았냐'고 묻고 있는 듯했다. 어떻게 나오나 보자 싶어 '투자 제안을 해오는 데가 있긴 한데 걸리는 게 좀 있어 생각 중'이라고 대답했다. 그러자 '돈 마련이 우선이니 너무 복잡하게 생각지 말라'는 답이 다급하게 돌아왔다. 이에 마련되는 대로 말씀드리겠다고 일단 안심을 시켰다. 자칫 피피엘을 황 소장하고 같이 하겠다고 나서면 자신은 완전 찬밥 되는 거였다. 특히 '김 형도 지분을 좀 가지면 좋을 터인데'라고 끊기 전에 한 말이 흥분을 넘어 사람을 패닉으로 몰고 갔다. 주주라는 말에 대한 흥분과 함께, 현아 씨의 돈을 뿌리치면서 주주가 될 큰 기회가 미뤄졌다는 자책으로 그러한 상태가 된 것이었다.

주주가 된다? 피피엘이 성공하면 영업국장이 아니라 모닝샴푸의 주주가 될 수 있다는 걸 공식적으로 천명한 것이다. 성공의 규모에 따라 지분의 가치가 달라지는 건 당연지사였다. 결국 모닝샴푸의 전 주주였던 현아 씨 남편 대신 김무종이 신임 주주에 이름을 올림으로써, 박은 물론 회장님과 어깨를 나란히 하게 되는 일이었다. 황 소장은 이렇게 되면 좆 되는 것이었다.

3 양조위와 달팽이팩

무종은 번쩍 눈을 떴다. 새벽 두시 반이었다. 주방장이 차를 사고부터
는 마음껏 자도 되는데 이 시간이면 저절로 눈이 떠지고, 아내가 들어올
때까지 뜬 눈으로 있는 적이 잦았다.

변가영은 놈의 옆자리에 앉을까? 승용차로 7분이면 달려올 텐데 어디
로 드라이브를 하면서 빙빙 돌아오는 건 아닌지, 24시 커피숍에서 커피
를 한 잔 놓고 대화를 나누는 걸 멋지다고 생각하지나 않는지, 남녀가 들
러붙어 앉은 해장국집에서 영양보충을 하고 있는 건 아닌지, 한강에 차를
세워놓고 음악을 듣는 해괴한 짓은 하지 않는지.

희망 없고 진절머리 나는 삶에 대해 반역을 꿈꾸는 여자, 그대의 이름
은 아내. 아내가 노래한다.

'무종에 대해 미련을 버린 지 오래, 더 나은 삶에 대한 희망을 버린 지
오래, 지금 이 순간 즐기지 않으면 다시 돌아오지 않으리.'

노래를 부르며 청소기를 돌리고 노래를 부르며 드라이브를 하고 노래
를 부르며 문을 발길질한다. 무종은 생각한다. 아이들의 장래가 먹구름처
럼 캄캄한데 이 집은 어디에서 표류하고 있는 건가. 희망은 누가 가져오

는 것일까. 그가? 누군가? 운명이? 오오 말하라 운명이여, 그건 바로 모닝 인더스트리 신임주주 김무종이라고!

적막한 상념이 흐르고 마침내 변가영이 현관문을 열고 들어선다. 무종은 누운 채, 매일 새벽 일어나는 똑같은 소리에 귀 기울인다. 그녀가 안방으로 들어가고 아이들을 바로 눕히고 옷을 벗고 화장실 문을 열고, 그리고 물소리, 잠들기 전 부스럭거리는 소리, 모든 소리가 멈출 때까지 기다린다.

집 밖에서는 누가 계단을 오르내리는 소리. 저 자는 우유배달부 아닌가. 현관문 우유함에 희고 두툼한 양식을 놓고 가는 사람. 언젠가 아내를 달고 집에 들어오다, 빵모자를 뒤집어쓴 채 눈만 빼꼼 내놓고 있는 사내를 보고 깜짝 놀랐지. 우유배달부가 가고 나면 바통터치를 하듯 신문배달원이 왔었다. 그런데 언제부턴가 신문배달원 오가는 소리가 없다. 이 빌라의 하나 남은 구독자인 3층 영감마저 결국 절독한 것인가. 새벽의 마르지 않은 잉크 냄새, 그것이 잃어버린 추억처럼 떠오른다. 떠올라 구수하게 퍼져나간다. 현관의 신문 냄새와 욕실의 샴푸 냄새, 하루는 그렇게 시작되는 것이 아닌가. 아닌가?

무종은 까무룩 다시 잠이 든다. 새벽의 대기가 희뿌옇게 밝아오기까지, 밝아와 자동차 배기가스와 적절히 뒤섞이기까지. 태양이 도심의 빌딩 위로 불타는 머리를 내밀기까지, 내밀어 세상 가득 오묘한 빛을 뿌리기까지 무종은 코를 골며 자고 있다. 푸아 드르렁 푸아 드르렁. 한 번씩 무호흡의 순간에서 빠져나올 때마다 온 집안이 울린다. 내일의 모닝샴푸 주주, 이 집의 막강한 가장이 여기 잠들어 있다.

해는 하늘 높이 올라가 있었다. 지하철 차창 밖으로 살얼음 낀 냇물이 수천의 햇살을 튕기며 반짝였다. 그걸 바라보는 무종의 가슴에도 한 줄기 싸한 기운이 퍼져갔다. 세월이 지나 가본 고등학교 교정에 눈발이 희끗희끗 휘날릴 때도 무종은 알 수 없는 애상에 빠져든 바 있었다. 지난가을엔 읍사무소 담벼락 따라 줄지어 선 나무들의 잎이 졸지에 황금색으로 바뀐 걸 보면서 또 그러한 느낌에 사로잡혔었다. 그러나 그때와는 다른 것이 지금은 성공을 눈앞에 두고 있는 시점인 바, 크게 성공한 사람들이 가끔 이런 애상에 휩싸인다는 것을 감안할 때, 이번의 애상은 선체험으로 다가온 거로 보였다.

풍경 하나에 더없이 차분해진 무종에게, '사무실로 빨리 들어오시란다.'고 총무이자 경리인 미스 정이 다급한 목소리로 전화를 해 왔다. 출근했다가 나온 지 두 시간이 지났는데, 아침에 폭풍 같은 지시를 들었고 각오를 다지며 나왔는데 다시 부른 것이다. 순간적으로 이것은 큰 건이라는 감이 왔다.

무종은 전철이 서는 즉시 문을 빠져나가 계단을 뛰어 올라갔다. 입장료를 또 낼 수는 없고, 비상벨을 누르고 개표구를 나가 다시 맞은편 개표구로 들어가 이번에는 에스컬레이터를 타고 빠르게 내려갔다. 회사에서 큰 건을 섭외해 놓고, 가서 직접 사인을 받아오라고, 그래도 큰 기업에서 일해 본 김무종을 찾는 것일 가능성이 있었다. 어쩜 뷰티박람회에서 챙겨온 팸플릿을 받아보신 회장 사모님께서 사업총책을 맡기려는 건지도 몰랐다. 이런 기회는 놓치면 아니 된다. 누구보다 자신이 먼저 사무실에 도착해야 했다. 한발 늦었다가는 큰돈이 날아가는 것이다.

에스컬레이터 마지막 계단을 불과 몇 개 남겨두고 갑자기 가방의 무게축이 기우뚱했다. 왼쪽으로 쓰러지면서 무종의 상체가 가방 위로 실렸다.

뒤에서 비명소리가 터져 나오더니 뭉클한 것이 그를 덮쳤다. 뒤에 한 여자를 달고 무종은 아래로 떠내려갔다. 오른발이 구겨진 듯 접혀 있고 상체 일부는 가방에 닿아 있었고 머리는 딱딱한 쇠에 한 번 부딪쳤으나 반사적으로 들어 올려놓은 상태였다. 사람들이 몰려들었고 무종은 한 팔을 돌려 여자를 붙들고 기어서 에스컬레이터 밖으로 벗어났다.

"아 시발."

20대 여자가 신음 같은 소리를 흘리며 바닥에 손을 짚고 일어나, 여태 주저앉아 있는 무종을 멍하니 내려다보았다.

"다치지 ……."

무종은 여자가 멀쩡하게 서 있는 걸 보고 반은 안심이 된 목소리로 물었다.

"나 오늘… 아 시발… 완전 엿되고… 아 정말."

"병원으로 ……."

"됐고. 안 다쳤어요?"

헝클어진 머리를 쓸어 올리며 여자가 말했다. 항상 뭔가를 염려하고 있는 사람의 말투였다.

"네, 저는… 별로."

무종도 일어섰다. 옆구리에 둔한 통증이 있었고 발목이 시큰거렸으나 중상을 입었다는 느낌은 없었다.

"무슨 수화물도 아니고 그런 가방을 메고 뛰다시피 내려가니 안 넘어져요?"

"제가 큰 잘못을… 연락처를 주시면 치료나 그런 거."

"다쳤다 싶으면 연락할 거예요. 휴대폰 몇 번이에요?"

무종이 이름과 번호를 부르자 그녀가 입력 후 전화를 걸었고 신호가 가자 바로 꼈다.

"조심하세요, 앞으로."

여자가 숄더백을 고쳐 메더니 가버렸다. 사건의 규모에 비해 일이 싱겁게 끝나버리자 사람들이 실망한 표정으로 흩어졌고 무종도 걸음을 옮겼다. 뛰지는 못해도 걸을 만했다. 본사의 긴급호출을 받은지라 무종은 지하철이 오는 방향을 향해 고개를 내빼고 발을 굴렀다. 세 정거장 전에서 굼벵이처럼 지하철이 기어오고 있었다.

사무실엔 퇴역상사와 현대화가와 태권사범이 황 소장 앞에 부동자세로 서 있었다. 긴급호출이 그들에게도 떨어졌고 그렇다면 단체로 움직여야 할 건이 있다고 봐야 하나. 소장은 이미 그들에게는 할 말을 다 했다는 듯 무종이 들어서자 잠시 그만 따로 바라보았다. 얼음 같은, 불타는 얼음 같은 시선이었다. 무종이 처음 이 사무실에서 면접을 봤을 때, 소장은 작은 거 하나라도 얻어내려는, 뱀 같은 자의 교활한 눈초리를 갖고 있었다. 지금은 사자와 같이 매와 같이 무종의 앞에서 그를 옭아매고 있었다.

"당신 며칠 전 오후에 어디 갔어요?" 소장이 무종에게 묻고 있었다.

"네?"

"네라니? 헤븐 백화점 갔잖아. "

"네, 거기 갔습니다."

"거기 뭐하러 갔어요?"

"네? 거긴 영업망 확충 겸."

"확충? 누가 거기 가서 등신 짓 하고 오라 그랬어? 누가 그랬냐고!"

소장의 고함소리에 현대화가가 몸을 부르르 떨었다. 퇴역상사는 소장의 고함이 자신과는 상관없다는 듯, 자신도 누굴 꾸짖어야 한다는 듯 소장과 유사한 낯빛으로 비장하게 서 있었다. 태권사범만은 배에 힘을 주고 굳건히 버티고 있었다.

"소장님, 그게 저는."

"아, 나 정말, 안 그래도 열 받아 죽겠는데… 누구 장사 망하는 거 보려고 그래? 가서 그 지랄 안 해도 그 등신 짓 안 해도 버얼써 제안서 내놓고 있어. 구워삶고 있다고. 근데 산통을 깨? 등신 같은 영업직원 내새워 꼴값 떤다는 소리 듣게 만들어?"

"네? 전 ……."

"당신 이번 건 계약 안 되면 어쩔 거야? 응? 이번에 우리 입점 안 되면 당신 등신 짓거리 때문이야. 알았어?"

"제가 잘못한 게 있으면 가서 사과를."

"사과 같은 소리 하네. 헛소리 말고 앞으로 백화점 근처 얼씬도 하지 마. 알았어? 단체구매나 물어오란 말이야. 하다못해 당신 좋아하는 마트라도 뚫든가. 이도 저도 못하는 주제에 백화점은… 꼴값은 혼자 다 떨고. 헤븐이니 올리브영이니 또 한 번 그런데 가서 얼쩡거려 봐. 다리몽둥이를 분질러 놓을 테니. 당신보다 백 배 똑똑한 사람이 석사논문 통과한 분들이 가서 협상해서 따는 거야. 알간, 이 등신아!"

무종은 듣고 있었다. 고개를 숙이고 묵묵히 소장의 말이 잦아들기를 기다렸다. 소장이 목운동을 한 번 하더니 궁시렁거렸다.

"아, 나 시발. 요즘 좆도 안 서는데 뭔 좆 같은 게 다 나서시."

자기는 좆이 아니라는 표정을 급히 짓는 샴푸맨들 앞에서 잘 보란 듯 소장이 휴대폰을 꺼내 들었다.

"아이고 팀장님, 우리 애가 공명심이 있어 가지고. … 네, 미처 주의를 못 줘서. 목요일 시간 한번 내주시죠. 모시겠습니다. … 아 네. … 그럼 다음 주에. … 네, 그때 뵙겠습니다."

전화를 끊은 소장은 담배를 물고 길게 연기를 내뿜었다. 무종은 반사적으로 연기 쪽으로 코를 돌렸다. 사무실에서 담배를 피울 수 있는 인물은 '배 째라'는 말을 입에 달고 사는 소장이 유일했다. 건물주가 흡연 적발 시 '벌금 5백만 더하기 퇴거'라고 선포한 상황이어서 죽음을 각오하지 않고는 아무도 담배를 피울 수 없었다.

"김무종 씨."

"네."

"샴푸가 문제가 아니야."

"네?"

"샴푸가 문제가 아니라고."

"그럼?"

"샴푸 다음에 뭐가 들어갈 건지 알아?"

"다음에요?"

"팩이 들어간다고. 달팽이팩! 회장님 사모님께서 직접 제조하신 달팽이팩이 헤븐에 들어갈 거라고 시발새끼야. 그런데 초를 쳐? 이런 시팔새끼 확!"

소장의 손이 올라가 무종은 급히 고개를 뒤로 젖혔다.

"피해? 머리 산발하고 부복을 해도 시원찮을 놈이. 달팽이팩이 헤븐에 들어가면 그다음은 어딘지 알아?"

"…롭스."

"뭐? 어디서 영어 이름은 주워들어 가지고. 면세점이야. 인천공항면세점! 전세계인이 찾는 공항면세점이라고 시발새끼야."

"아… 네."

54

"아 네?"

그 말과 함께 구둣발로 쪼인트가 들어왔고 이번엔 피하지 못했다. 무종은 비명을 지르며 정강이를 감싸쥐고 주저앉았다.

"엄살은. 아픈 건 나야. 피눈물이 나요, 내가. 한 번씩 피눈물이 난다고! 시발새끼야."

무종은 정강이의 통증과는 비교가 안 되는 소장의 고통이 진정되기를 기다렸다.

"에이 시발… 보고들 있지 말고 뭐든 해! 나가든지 전화기를 구워삶든지 뭐라고."

얼어붙어 있던 퇴역상사와 현대화가가 재빨리 흩어져 가서 주섬주섬 팸플릿을 챙기고 전화를 돌리기 시작했다. 퇴역상사는 쪼인트 까기라면 전문가일 텐데도 소장의 기습적인 동작 한 방에 완전히 기가 꺾인 모습이었다. 태권사범만이 눈살을 찌푸리며 매우 천천히 움직여 아직도 책상에 착석하지 못한 상태였다. 무도인의 엄정한 기운이 서려있는 태권사범의 뒤태를 소장이 혀를 차며 꼬나보았다.

한쪽에서는 총무 겸 경리인 미스 정이 인삼차로 보이는 차를 찻잔에 받쳐들고 한 발 한 발 소장에게 다가가고 있었다. 그녀는 붉은 염색기가 도는 머리를 꼿꼿이 세우고 자기는 소장이 두렵지 않다는 듯, 끌어안든지 맞장을 뜨든지 둘 중 하나는 하겠다는 듯 똑바로 소장을 응시하였다. 그녀가 일어서서 움직이면 그리 균형 잡히지도 육감적이지도 못한 몸에서 정제되지 않은 색정이 드러났고, 그것은 상하로 앞뒤로 발산되고 있어서, 그 빛이 사그라지려면 그녀가 제자리로 돌아가 서류 정리나 영수증 처리 같은 걸 하기까지 기다려야 했다.

'왜 그래?' 하는 표정으로 그녀를 흘낏 바라본 소장은 인삼차로 보이는 걸 받아 선 채로 마시며 영업맨들이 부지런 떠는 양을 물끄러미 바라보고 있었다. 소장은 뭔가 딴 생각을 하고 있는 것 같았다. 그러고 보니 사무실이 전에 없이 훈훈했다. 오늘 아침만 해도 쌀쌀했던 사무실이었다. 그새 보일러를 올린 것이다. 소장과 미스 정 둘이서 훈훈하게 있었던 것이다. 지금이 언 몸을 녹이기 좋은 기회였으나 소장이 있는 사무실은 언제까지나 머무를 곳은 못 되었다. 자칫 칸막이 안으로 불려 들어가기라도 하면 쪼인트 한 대가 문제가 아니었다. 그다음 상황은 처절해질 수도 있었다. 무종은 소리 없이 사무실을 빠져나왔다.

계단을 내려온 게 자신이 맞는지조차 알 수 없었다. 발을 헛디뎠으면 아홉 바퀴도 더 굴러 뇌진탕으로 생을 마감했을 수 있었다. 오늘 전철 에스컬레이터에서도 충분히 죽을 수 있었던 자신이었다. 애꿎은 젊은 여성이 자신 때문에 저 세상으로 갔을 수도 있었던 것이다. 돌이킬 수 없는 잘못을 저지르는 게 어떤 의미인지도 모르는 채 한 남자가 한 여자를, 일면식도 없는 무고한 생명을 거둘 수 있는 것인가? 결과는 어찌 된 셈인지 그 여자도 살아 있고 무종도 비교적 살아 있었다.

무종은 무거운 발걸음으로 골목길을 걸어 내려갔다. 오늘따라 소가죽 가방이 왼쪽 어깨를 땅 쪽으로 자꾸 끌어내리고 있었다. 이러다가 털썩 한쪽 무릎을 꿇을 것만 같았다. 무종은 가방을 오른쪽 어깨로 옮겨 메며 발에 힘을 줬다. 사무실에서 시시각각 느꼈던 패배감도 추스를 필요가 있었다. 아까 소장이 대노했을 때 타이밍을 봐서 드라마 얘기를 꺼내 무마하려 했으나 그럴 기회가 오지 않았다. 아까 같은 분위기라면 드라마 피피엘 얘기를 꺼내봤자 '그래서?' 하고 나올 수가 있었다. '광고 따 갖고 와서 얘기하라.'고 하면 할 말이 없을 터였다. 그렇게 피피엘 건이 묻혀버린다면, 이는 무종에게도 소장에게도 무엇보다 회사에 막대한 손실이었다. 사실 정강이를 걷어차였을 때 순간적으로 '너 죽고 나 죽자'고 달려들 생각도 하였다. 그런데 소장이 '피눈물이 난다'고 하는 바람에 그만 숙연해진 것이다. 그래도 한 번만 더 발길질이 들어왔다면 그다음 상황은 자신도 예측할 수 없었다. 비록 옆구리 부상을 당한 몸이지만 정신력으로 버티며 소장을 칸막이 안으로 끌고 가 반 죽여 놓을 수도 있었다. 소장은 운도 좋아 놈에겐 그런 일이 일어나지 않았다.

지금은 어디 가서 영업할 기분도 아니고, 오늘따라 공략할 만한 곳도 마땅히 떠오르지 않았다. 마트영업은 매출이 꾸준한 가운데 돌 하나를 더 얹는다는 의미지, 실적이 바닥을 헤매는 이런 상황에서는 한가한 짓일 수가 있었다. 회사나 단체를 상대로 법인영업을 해서 실적을 거양하고 수당을 챙겨야 했다. 그것이 회사가 살고 무종이 사는 길이었다. 소장은 아까 정확하게 그 점을 짚었다.

동료들 얘기론 큰 건을 하나 따게 되면 대낮부터 여자 친구를 만나거나, 만나서 영화를 보거나, 야외로 드라이브를 가거나, 심지어 모텔에서 여친과 종일 뒹굴며 먹고 자고 먹고 자고 그런다는 거다. 그들은 그러고도 오히려 대우를 받으니, 소장도 그런 자들의 눈치를 보고 비위를 맞추는 게 보였다. 단체구매의 할인율을 어떻게 정할 것인가, 현금구매냐 어음이냐, 그에 따라 수당을 얼마나 줄 건가 그런 문제들을 상호 심각하게 논의하고 그랬다. 그러니까 오늘도, 잘 나가는 영업맨은 모두 어디 한가한 데 틀어박혀 즐기시라 하고 사무실엔 한심한 인간들만 따로 불러 모은 것이었다. 일터로 나가 있는 이들을 다시 호출한 것은, 에스컬레이터에서 넘어지게 하고 거리에서 뛰게 하고 공중화장실에서 뛰쳐나오게 한 전격적인 호출은 말하자면 일종의 단체기합인 셈이었다. 그중에서도 회장 사모님의 달팽이팩 사업에 오점을 남긴 김무종이 본보기로 쪼인트를 까인 것이다. 짧고 신속하게 찔러 들어오던 구둣발의 간결한 동작은 사람 눈으로는 캐치할 수 없는 것이었다.

시간당 천삼백 원에 모시는 피시방은 지하세계로 내려가게 되어 있었다. 무종은 피시 본체 전원에 요즘 들어 초 단위로 닳는 휴대폰을 충전시키며, 프랑스 여배우 로샤 까르디네를 쳐보았다. 지금 이 순간 그녀가 무척 그리웠다. 그녀도 모닝샴푸를 머리에 바르면서 동양의 한 남자를 추억하고 있지 않을까 싶었다. 그러나 그녀가 파리로 돌아가 모닝샴푸를 애용한다는 그런 기사는 없었다. 기사가 아직 번역이 안 된 것일 수도 있었다. 헤븐 백화점에서 로샤 까르디네 전용샴푸인 모닝샴푸를 공급해 줄 수 없겠냐고 긴급히 요청해올 때, 로샤의 아시아 담당 에이전시인 김무종의 승인 없이는 안 된다는 것을 백화점도 회사도 알아야 할 것이었다. 그때가 되면 황 소장은 김무종 얼굴은커녕 발톱의 때도 못 쳐다볼 것이다.

무종은 로샤에서 스포츠로, 스포츠에서 사회난으로, 사회난에서 생활경제난으로 이리저리 옮겨가다 결국엔 국내외 연예인의 몸매를 클릭해가며 시간을 보냈다. 요즘은 국내 연예인의 몸매도 서양여자 못지않았다. 볼륨감이 좀 덜한 게 문제였으나 포즈나 도발적인 눈빛이나 배경이나 모두 어깨를 나란히 하고 있었다. 아시아에서는 선두를 달리고 있다는 말도 있었다. 그녀들이 무종의 다친 마음과 옆구리의 통증과 멍이 든 정강이를 부드럽게 위무해주고 있었다. 보기만 해도 위로가 되는 게 여자들이었다.

어느 순간 눈을 의심하게스리 로샤 까르디네가 나왔다. 스펠링이 좀 달랐지만 로샤가 틀림없었다. 그토록 불러도 대답 없던 그녀가 비키니 차림으로 머리를 쓸어 올리며 베니스의 해변을 걷고 있었다. 몸이 터질 것 같았다. 이는 지적인 이미지 속에 감춰진 깜짝 반전이었다. 그녀가 저렇게 벗은 상태로 머리에 모닝샴푸 거품을 잔뜩 내고 있다면? 이는 대박일까? 어쩜 역효과가 날 수도 있는 문제였다. 터질 것 같은 몸매에만 사용하는 샴푸라는 인상을 줄 수 있었다. 그러니까 그녀는 목욕가운을 입고 가슴을 반쯤 드러낸 채 젖은 머리로 있는 게 나았다. 그러한 시적인 이미지에 한국여자들이 매혹될 가능성이 보다 농후했다. 몸매보다는 그러한 이미지에 더 점수를 주는 게 최근의 경향이기도 했다.

맨발로 모래사장을 거닐고, 바위에 착 기대고, 어깨끈을 살포시 만지고, 허벅지를 엇갈리게 꼬고, 부푼 엉덩이를 카메라를 향해 돌리는 등, 그녀의 비키니 관련 9개의 포토가 끝나고 그 여운을 진하게 음미하고 나자 이번엔 보다 젊은 서양여자들의 육체가 숨 가쁘게 펼쳐졌다. 비슷한 거 같아도 조금씩 다른 게 여자들의 몸매였다. 몸매들은 멀리서 저마다 유아독존하고 있었다. 무슨 감동을 주겠다고 여자들이 반 벗고 있는 건 아니겠지만 무종은 어느 정도는 경외심을 갖고 있었다.

아내의 몸매에 대해서도, 경외심까진 몰라도 흐뭇한 느낌은 예전부터 있었다. 결혼 전 경포대에서 수영복 입은 모습을 처음 목도했을 때, 그때 아랫배가 조금 나오고, 엉덩이가 중심에서 내려앉아 있고, 허벅지가 부어오른 것 같고, 팔뚝도 그동안 속인 게 아닌가 싶게 굵어 보였지만 굳이 다른 비키니 여자들과 비교하거나 실망하지는 않았다. 이거라도 어딘가 싶었던 것이다. 하나 있다는 게 중요했지 탁월한 몸매를 추구하지는 않았다. 이제는 하나 있는 건 있는 거고, 돈 안 들이고 눈요기 할 수 있다면 주저 없이 컴퓨터 속 외간 여자들의 몸매를 클릭하고 있었다. 그럴 때면 어쩔 수 없이 현아 씨의 몸매도 떠올리게 되는데, 그녀는 사실 몸매가 연예인급이고 지금도 머리부터 발끝까지 꾸준하고 정성 어린 관리가 이루어지고 있는 중이었다. 그런 면에서 그녀의 성실성이 돋보였다. 그런 여자를 남편이라는 작자는 방치하고 있는 것이다. 속을 뒤집어 놓고 있는 것이다.

무종은 결코 현아 씨를 여기저기 벗겨서, 알몸이나 다름없는 여자들과 나란히 세워놓는 상상은 하지 않아 왔다. 현아 씨와 아내를 나란히 세워놓는 무리한 설정도 자제했다. 물론 순간적으로 그런 그림들이 갖은 조합으로 떠오르기도 했으나 고개를 흔들어 바로 지워버리곤 했으니, 그런 면에서의 자기 억제력은 보통을 넘어 서 있었다. 아무튼 로샤 까르디네가 컴퓨터에 나타났다는 건 상서로운 조짐이었다. 뭔가 이루어지려는 것일 수가 있었다.

무종은 뛰어난 몸매의 여자들을 시리즈로 보며, 로샤에 비해 다들 어딘가 결격사항이 있음을 확인하며, 부지런히 생각을 정리하고 있었다. 그는 화장실이나 길바닥뿐 아니라 지하철이나 피시방 같은 데서도 생각을 멈추지 않아 왔다. 그에겐 약간의 강박증도 있었다. 황 소장과 그러고 헤어진 게 못내 찝찝했다. 차라리 아까 칸막이로 끌려가 열나게 맞거나 맞짱을 떴더라면 소장도 사내니까 기분이 좀 풀렸을 것이다. 지금이라도 소장의 기분을 누그러뜨릴 필요가 있었다.

무종은 도대체 그칠 줄 모르는 저놈의 게임소리들이 귓바퀴에 도달하지 못하도록 화장실로 가, 소변기에서 올라오는 지린내를 맡으며 미스 정에게 전화했다. 소장님 자리에 계시냐고 묻자, "왜요? 바꿔드려요?" 하고 대꾸했다. 그녀는 수중의 돈이 떨어져 가면 아무에게나 '왜요?' 하고 따지듯 묻고 봤다. 무종은, "아니, 그게 아니고 지금 기분은 좀 어떠신 거 같냐"고 물었다.

"기분이야 만날 꿀꿀하잖아요, 아시면서."

취업학원에서 기본소양 교육만 받았어도 언어예절이 저 정도는 아닐 터인데… 무종은, "아, 그래요." 하고는 전화를 끊었다. 이 시간이면 소장은 소장 책상에만 특별히 설치된 고사양 컴퓨터로 포커나 가상화폐나 해외 스포츠 중계를 즐기는 걸로 무종은 알고 있었다. 아침에 직원들을 한번 족치곤 오후에 구체적인 성과가 들려오기까지 소장은 사무실에서는 컴퓨터를, 야외에서는 오락실이나 당구장이나 회장의 특별지시 하에 부실채권업무 같은 걸 보았다. 소장은 때로 인상이 웃기게 더러운 친구 즉 조 부장을 옆에 달고 다녔다. 증권회사 조 차장의 친형일 가능성이 매우 높은 조 부장은 올빼미 눈에 무슨 스토리를 담고 소장에게 다가가 귓속말 비슷하게 속삭이곤 했다. 그럼 소장은 고개를 끄덕이거나 가로젓거나 히죽 웃었다. 올빼미의 어깨를 두들길 때도 있었다. 올빼미는 충언을 전달한 다음엔 재빨리 물러나 총무 겸 경리인 미스 정과 밀어를 속삭이고 사무실을 빠져나갔다. 미스 정은 올빼미의 경비영수증만은 특급으로 처리를 했다. 그 올빼미가 어디 해외출장을 갔는지 요즘 보이지 않았다. 따라서 소장은 자주 외로운 모습을 보였고 그 외로움이 때로는 오늘처럼 분노로 표출되기도 하였던 것이다.

황 소장은, 사무실 건물 입구에서 앞을 가로막고 선 사내를 어이없다는 표정으로 바라보고 있었다. 그 사내는 김무종이었는데 드릴 말씀이 있다고 버티고 서 있었다. '밥도 못 처먹게 이 자식이', 소장은 그런 눈빛을 하고 있었다.

"소장님, 박정훈 씨한테서 무슨 얘기 들은 것 없습니까?"

"뭔 얘기 말이오."

"혹시 드라마 관련해서 ……."

"드라마 뭐?"

"아, 아직 말씀 안 드렸군요. 그렇다면 뭐."

"얘기해봐요."

소장의 말투엔 '짜증나게 이 자식이'가 생략되어 있었다.

"아, 네. 실은… 박 부장님과 함께 드라마 감독이라는 분을 만났습니다."

소장은 아직 감이 안 잡히는지 말없이 다음 말을 기다렸다.

"소주 한잔하면서… 이런저런 얘기가 오갔는데."

소장은 잠자코 있었다. '소주를 처먹었는데, 그래서?' 하고 말하지도 않았다.

"드라마에 목욕신이 나올 때 샴푸를 보여줄 수 있고 샴푸를 우리 거로 해서 카메라가 비추면 미모샴푸라고 그거 못잖게."

"해준답디까?" 그제야 내용을 파악한 소장이 바로 물었다.

"박 부장님이 부탁은 했습니다."

"드라마 제목이 뭐요?"

"사랑의 해석이라고 에스비에스에서 할 건데."

"사랑의 해석?" 소장이 휴대폰을 들어 검색하였다.

"송현승 피디? 어디서 들어본 거 같은데… 근데 이 피디 시청률이 좀 애매하네. 그다지 인기 피디는 아닌가 본데."

"트랜디한 걸 많이 해 젊은 여성들이 다시보기로 많이 본다고 합니다. VOD라는 게 있는데… 그런 걸로 보면 시청률도 계속 올라가고."

"그래요? 그래 뭐 해준다면야 우리야 고맙지, 해주면 술 한잔 사겠다고 얘기해요."

"네 그거야 뭐. 술을 꽤 좋아하더라고요."

이번 신작이 넷플릭스 1위를 할 수도 있다는 얘기는 하지 않았다. 그런 중요한 건을 초장부터 꺼내 소장의 심장을 터지게 할 필요는 없었다. 다 때가 있는 법이었다.

"잘 됐네. 근데 그게 아주 크게 나와야 하는데. 몇 번 나와야 해. 한 번으론 안 되고. 그리고 머리 감고 난 다음에 그때 그 머릿결이 풍성하게 물결치는 모습. 왜 머리를 말아올린 수건을 풀 때 머리가 출렁 흘러내리면서 머리가 풀어지면서 출렁이는 그 모습, 그런 게 좀 부각되면 좋을 거요."

"그런 자세한 거는 ……."

"이왕 내보내 주는 거 잘 좀 얘기해봐요."

"그게 아직은 그냥 부탁한 거라서."

무종이 쭈뼛대자,

"딱 잘라 말하지만 돈 얘기는 하지 마시오. 나올지 안 나올지 나온다 해도 효과가 있을지 없을지, 그런 거 믿고 미리 지를 수는 없잖아. 감독이 돈 바라는 눈치요?" 하고 정녕 그러냐는 듯 눈살을 찌푸렸다.

"박 부장님 말로는 아무리 친하지만 그런 관계일수록 정식계약을 해야 한다고."

"계약하고 그러고 안 나오면? 그러면 그 자가 돈 이자 쳐서 내놓는다오? 내놓겠냐고."

"그건 ……."

"혹시 박 부장이 김 형 보고도 투자하라 그랬소?"

"기회는 줬습니다만."

"하 시발새끼, 어디 사기 칠 데가 없어서 동료한테 손을 뻗치고 그래? 그러니 비리형사 소리 들었지."

"그게 아니고 정식 감독이 있는 자리에서 나온 얘기라."

소장이 모르는 게, 박 부장이 모닝샴푸 주주님이라는 사실이었다. 이렇게 사람 보는 감이 없어서야.

"그럼 감독 새끼도 한 팬가 보네."

"…감독께서는 거기에 대해 아직 확답을 주지 않았습니다."

"사기꾼들이 패 보여주며 고스톱 치나?"

"네?"

"시발새끼. 판 다 깔아놓으면 뒤에서 사바사바 해가지고 모든 게 지 공인 것처럼 유세 부리는 새끼가 그놈이야. 몰랐지?"

"저는 잘……."

"시끄럽고. 미모라고 그 샴푸가 뜬 건 '오매불망 내 사랑'에서야. 그 드라마에서 주태련이 샴푸거품을 내서 밤마다 샤워를 했지. 그리고 카메라가 그년 대가리를 엄청 비쳐줬지. 그거 드라마 작가의 언니가 애인 부탁받고 사정사정해서 내보내준 거야. 내가 다 알아봤어. 근데 대박 쳤지. 가락동 어디 빌딩 올렸다더군. 지금 그 샴푸 별 볼일 없지만 그때 왕창 끌어모아서 아직도 배 따습게 지낸다는 거야. 근데 그게 확률이 몇 퍼센트 될거 같아."

"……."

"하긴 모르지. 사기도 가지가지니까. 생각 있으면 개인적으로 찔러보시오. 성공하면 내 회장님께 말씀드려서 두둑한 보너스에 영업부장 자리도 알아봐 주지."

앉아서 코 풀겠다는 거였다. 그것도 영업국장이 아니라 영업부장을 제안하고 있었다. 하긴 박도 주주 신분을 감추고 부장 직책을 달고 있기는 했다. 박이 베일을 벗고 스스로 상무로 등극할 때 무종도 최소한 평이사 직책은 달아야 했다. 그런데 무종이 주주 신분이 되는 그날 황 소장 입장은 어떻게 되나 생각해 봤더니 답이 없었다. 아침마다 '보고'라는 걸 하겠다고 차렷 자세로 서 있는 소장이 바로 보였다.

주주란 무엇인가. 주인 어르신을 말하는 것이었다. 돈을 벌어오는 족족 수익을 챙겨 가신다는 것이었다. 소장인지 소대가리인지 하는 것이 조금만 개겨도 잘라 버린다는 것이었다. 출퇴근은 좆 꼴리는 대로 한다는 것이었다. 투자와 사업제휴, 신규사업 진출 건을 놓고 동업자들과 첨예하게 의견이 갈리며 자리를 박차고 나간다는 것이었다. 부수적으로는 여편네가 아침마다 넥타이를 고른다는 것이었다. 새벽 세 시에 해장국을 한 사발 끓인다는 것이었다.

이 모든 것을 알고 있었지만 무종은 티를 내지 않고 담담히 소장의 철없는 언사를 지켜보고 있었다. 그나저나 박 형에게 의논도 없이 이 문제를 덜컥 말했으니… 박 형이 알면… 소장이 '김무종의 얘기는 충분히 들었다. 더 들어본들 새로운 건 없다.' 그런 판단을 내린 듯 잘 가라는 말도 없이 고개만 주억거리고는 돌아서서 어디론가 건들거리며 걸어갔다. 무종은 박 형에게 전화해 자초지종을 얘기했다.

"저는 어느 정도 얘기가 되어 있는 줄 알고… 또 이 문제는 회사가 알아야 공동전선을 펼 수 있는 문제라."

박은 묵묵히 듣더니 한숨을 쉬고, "내가 어련히 알아서 하지 않겠소? 말이라는 게 뱉을 때가 있고 삼킬 때가 있고 그런 거요." 하고 말했다.

"미안합니다. 사실 금액이 좀 부담스러워서 회사와 공동투자가 가능한가 알아도 볼 겸."

황 소장이 내뱉은 사기꾼 운운은, 조직 내부에 불필요한 갈등을 부추길 수 있어 생략했다.

'능구렁이 소장에게 얘기해봐야 당하기만 해요. 내가 알아서 할 테니 김 형은 이제 그저 지켜보고 계시오."

무종은 드라마 피피엘 이야기로 소장이 자신에게 품고 있는 영업능력에 대한 의구심을 해소하고, 실제 면에 있어서도 회사 오백 본인이 오백 해서 광고 들어가는 방안을 생각해보고 있었던 것이다. 일단 회사의 의중을 알아야 본인이 준비해야 할 정확한 액수가 나올 것이었다. 자신의 지분이 좀 줄어들더라도 어떻게든 일을 성사시키려고 그런 건데, 그런데 회사는 앉아서 코 풀겠다는 거였다. 그러고도 성공하면 그 이익은 회사 거라고 나올 가능성이 다분했다. 앞으로 돈을 건네는 계약자리에는 주주 신분인 박 형이 주도적으로 나서서 드라마 제작사와 정식으로 계약서 작성을 해야 할 것이었다. 무종은 그때, 연필로 동그라미 표시가 되어 있는 곳에 사인을 하면 되는 것이다. 이 점에 있어서는 한 치의 오류나 양보가 있을 수 없었다.

그건 그렇고 소장은 아까 그 정도 얘길 들었으면 '식사하셨냐'고 물어볼 수도 있는 문제였다. 식사를 하면서 보다 구체적인 이야기를 나누는 게 소장이 해야 할 일 아닌가. 그리고 소주를 한 잔 따라주며 '아까 일은 미안하게 되었소. 내 입장이 되어 보시오, 회장님 사모님 일이 틀어지게 생겼는데 내가 제정신이겠냐 말이오. 아직 아파요?' 이렇게 나왔어야 했다. 그런데 길바닥에 서서 그 얘기를 다 듣고 그러고도 말도 없이 가버리다니. 하긴 나도 너하고 밥 먹는 건 별로야. 그래 각자 해결하자. 소장아! 시발새끼야!

숨은 만두를 찾아 라면을 휘젓던 젓가락을 내려놓고 무종은 휴대폰을 집어들었다. 10분 전에 확인하고도 또 액정을 들여다보았다. 얼마 전부터

66

문자 보는 게 일이 되어 버렸다. 오늘 문자는 현아 씨와 950만 원의 채무를 지고 있는 최동순, 그 두 사람에게서 와야 했다. 무종은 연중 연락두절인 최동순에게 문자를 넣었다.

'꼭 좀 연락해라. 사업 논의도 하게.'

현아 씨에게선 '제 진심은 그게 아니에요. 하도 답답해서 무종 씨에게 의논 차 말해본 것뿐이에요. 그리고 봉투도 용서해주세요. 제가 나빴어요.' 이런 문자가 와야 했다. 어제 그녀와 헤어지고 집에 와서 장인과 삼겹살에 소주를 먹으며, 마음속 가시지 않는 이 아픔은 무엇일까 생각해보았다.

그것은 모멸감 같기는 한데, 대형마트 매니저에게서 받는, 동네를 돌다보면 옅어지는 그런 성질의 것은 아니었다. 그 모멸감 속에는 말할 수 없는 안타까움이, 그녀가 한 말을 그녀 스스로 취하해주었으면 하는 무종의 바람이 섞여 있었다. 아, 그녀가 절망의 밑바닥에서 자신도 모르게 내지르는 그 비명 같은 하소연, 하소연과 함께 지푸라기라도 잡으려는 심정으로 현장급습이라는 카드를 꺼내들어 무종에게 읍소하고 있으니, 그녀의 그 조급한 욕망의 하수인이 되느니, 그런 돈을 받느니… 되느니 받느니… 아, 거기까지는 아직 답이 나오지 않았지만. 좌우지간 현아 씨는 지금도 어서 그 일을 하라고, 남편과 모델년을 미행해 현장을 잡아내라고 멀리서 다그치고 있었다. 비록 이 모든 것이 다 그녀의 선의에서 나온 것이라 하더라도 그 선의는 무종이 감당하기에는 여러모로 벅찬 것이었다. 차라리 처음부터 다짜고짜 이렇게 나왔어야 했다.

'무종 씨, 나 좀 도와 줘. 여기 천만 원 있는데 부족한지 아닌지 모르겠지만 이걸로 좀 진행해 줘. 나 욕해도 좋아. 미친년 취급해도 좋아. 나 좀 살려 줘. 돈은 필요 없다고? 아냐, 그냥 넣어 둬. 안 그러면 내 마음이 너

무 불편해서 나 죽을 거야. 나 죽는 거 보고 싶어?'

그랬다면 무종은 그녀의 목숨을 살리려고 하지 않았겠는가. 일단 살리고 보지 않았겠는가. 그런데 그녀는 일을 괜스레 어렵게 만들었다. 사나이의 마음을 지나치게 산란하고 복잡하게 만들었다. 왜 그래야 했을까? 무종은 그것이 다 사회에서 성공하지 못한 자신의 못난 처지에서 비롯된 탓 같았다. 그리고 사실 그건 천만 원도 아니었다. 한눈에 알아보았는데, 봉투의 부피로 가늠해볼 때 수표도 아니고 약간 볼록한 게 5만 원권이라 하더라도 40장을 넘지 않아 보였다. 착수금조로 넣은 거라면 성공보수금이 따로 있다는 건데 그게 3백인지 8백인지 어떻게 알겠는가. 사실 봉투를 집지 않은 데는 금액에 대한 섭섭함도 있었던 것이다.

오송철강 과장 직책만 그대로 달고 있었어도 그녀가 감히 그런 제의를 해오지는 못 했을 것이다. 그것도 2백 정도로 말이다. 물론 2백이면 피피엘은 아니어도 집세 밀린 거와 경서 영어학원비와 전당포 갚을 돈과 기타 등등 여간 요긴하지 않으리라는 건 사실이었다. 그러나⋯ 역사 앞에서 떳떳했던 자신의 모습을 생각하니 지금 다시 그 순간이 온다 해도 나는 집지 않으리라. 아아 무종아 그게 무슨 소리니? 월세를 생각해야지⋯ 내일의 주주를 생각해야지. 무종은 역사와 현실 사이를 지나치게 바삐 오가면서 자신의 본심이 무엇인지조차 헷갈리게 되었다. 한 가지 분명한 게 있다면 피피엘은 생각만 해도 눈물이 나려 한다는 것이다. 그 돌아올 커다란 보상 때문에, 크고 작은 문제가 한꺼번에 해결되는 그 아름다운 형태 때문에 그러했다. 그리고 이건 다른 이야기인데, 전혀 다른 모습으로, 보란 듯이 현아 씨 앞에 재등장하기 위해서라도 피피엘은 놓칠 수 없는 기회였다.

어떤 생각이 섬광처럼 머리에 떠올랐다. 그 피피엘에 세계적인 여배우를 등장시킨다면? 해서 아예 고급화전략으로 나간다면? 무종은 로샤 까르디네 기사를 내보낸 이휘문 여기자에게 바로 전화해 로샤가 혹시 출국했는지 물어보았다. 여기자는 그걸 왜 자기한테 묻느냐는 투로 '그런 건 모른다.'고 대답했다. 무종은 극장 이름을 검색해 전화를 걸었다. 기계음이 시키는 대로 하자 여자 상담원이 나왔다. 용건을 이야기하자 잘 못 알아듣는 것 같더니 사무실로 연결시켜 주었다. 사무실 여직원이 다시 극장장을 연결시켜 주었고, 극장장은 "아 그날 그분." 하며 "출국일자는 왜 묻느냐"고 되레 물었다. 이때 무종의 머리는 비상하게 돌아갔다. 제 친구가 기자인데 로샤 까르디네가 출국하기 전에 인터뷰를 하고 싶어 한다고 말했다. 이에 극장장은, 바로 오늘 출국하는 걸로 알고 있다고 긴급히 답하였다. '시간은 모르겠고 대한항공으로 저녁 비행기라고 들었다. 행선지는 중국 베이징이다.'라고 숨김없이 답하였다. 무종은 대한항공 베이징행 저녁시간표를 검색해 아직 시간이 충분함을 인지한 다음, 그렇지 않아도 '지금 4인용 식탁을 독차지하고서 업무를 보는 거냐.' 눈치를 주는 분식집 여주인에게 결제를 해 드리고 나는 듯이 걸음을 옮겼다.

무종은 을지로 3가의 현수막 전문업체에서 몸에 두르는 띠를 제작하였다.
'굿바이 로샤! 모닝샴푸 임직원 일동'
그리고 인터넷에서 그녀의 사진을 출력해 확대 인쇄하였다. 사진은 막대기에 매달아 공중에 들고 있을 수 있게 했다. 무종은 서울역에서 공항 전철로 갈아타러 가는 도중에 장인에게 전화했다. 택배일이 없어 휴대폰만 노려보고 있는지 즉각 받았다.
"접니다. 지금 어디세요?"
"종로 3간데 왜?"

"아, 잘됐네요. 카메라 있으시죠?"

"카메라 있지."

"그럼 빨리 공항전철 타고 인천국제공항으로 오세요."

"그게 뭔 소리야?"

"로샤 까르디네라는 여배우가 출국하는데 인터뷰하고 사진 좀 찍어주세요."

"여배우라고?"

"네, 세계적인 스타입니다."

"세계적인? 근데 사진은 문제없지만 인터뷰는 좀 그런데."

"오세요. 일단 오시면 다 됩니다. 김포공항으로 가시면 안 되고 인천국제공항입니다."

장인이 김포공항과 인천국제공항의 차이점을 안다고 장담할 수 없었다.

처음 타 본 공항전철은 폭이 좁았고 카지노 광고가 16미리 스크린처럼 연속으로 펼쳐져 있었다. 두건을 두른 미모의 이슬람 여자 옆에 착석한 무종은 알라신도 계시고 해서 몸이 안 닿게 극도로 조심했다. 그날이 언제일지는 모르지만 혹 그녀들이 모두 두건을 벗어 공중으로 휘날리는 날 샴푸시장의 폭발적인 성장세는 충분히 예상할 수 있는 것이었다. 이러한 생각을 글로벌기업이 아니라 대한민국 중소업체의 영업직원이 하고 있다는 걸 무종 자신도 믿기 힘들었다.

무종은 사진 막대는 세우고 띠는 어깨를 가로질러 두르고 있었다. 맞은편의 국내외 승객들이 그런 무종을 유심히 보고 있었다. 민주 또래의 한국 여자아이 하나는 좋은 구경거리가 생겼다는 듯 무종에게서 눈을 떼지 않았다. 어느 순간 여자아이가 무종을 손가락으로 가리키며 하하하 웃자 엄마인 듯한 여자가 아이의 손가락을 얼른 잡아챘다. 무종은 모녀를 향해 부드러운 미소를 지어보였다. 그러고 보니 이 자체만 해도 큰 홍보 효과가 있었다. 돈 주고 광고를 할 게 뭐 있나. 하루종일 이러고 돌아다니면 저절로 홍보가 될 터인데.

　공항에 도착하니 네 시가 좀 넘었다. 무종은 베이징행 시간표를 이미 확인하고 왔고 그것이 전광판이 알리는 출발시간과 일치함을 보았다. 예정대로라면 한 시간 내에 그녀가 출국 절차를 받기 위해 모습을 드러낼 것이다. 무종 외에도 허공에 환영 플래카드를 펼쳐 들고 있는 자들이 있었는데, 두 사람이 양쪽에서 막대기를 하나씩 잡고 있었다. 무종이 공항 분위기도 익힐 겸 배회하고 있는데 장인이 약속장소인 베이징행 발권 카운터를 찾느라 두리번거리고 있는 게 보였다. 어깨에는 카메라 가방이 걸려 있었다.
　"여배우는 어디 있나?"
　사진작가답게 바로 대상물을 확인하려 들었다.
　"곧 등장할 겁니다."
　이에 두 사람은 대기의자에 나란히 앉아 출국심사대 쪽으로 시선을 고정시킨 채 로샤 까르디네가 나타나기를 기다렸다. 공항경찰이 끄는 마약견이 눈앞에서 비디오처럼 지나가고 있어 무종은 움찔하였다. 샴푸에 대해 무지한 개가 샴푸를 마약으로 오인할 수도 있는 거였다.
　20여 분 후 무종은 로샤 까르디네가 아니라 송 감독이 왔다 갔다 하는 것을 보게 되었다. 외국 영화배우와 한국 영화감독, 이는 놀랄 일이 아니었다. 칸느로 가려면 한국 영화감독을 찾아보란 말도 있잖은가. 게다가 송 감독은 오현아 남편의 친구 아닌가. 남편으로부터 로샤를 소개받은 송 감독이 남편 대신 여기 나온 것이었다. 아니면 남편은 로샤와 함께 나타나려나. 무종은 고개를 숙이고 송 감독의 동향을 살폈다. 로샤 까르디네를 환송하기 위해 나온 것인데 파리에서 만날 것을 기약하며 석별의 정을 나누려는 것 같았다. 그런데 이후에 무종이 본 것은 로샤만이 아니었다.

광화문 극장 로비에서 본, 현아 씨의 남편과 함께 있던 매우 귀티 나던 여자가 로샤와 함께 나타나 있었다. 장인이 이 장면을 카메라로 찍었다. 이때 귀부인과 송 감독과 로샤가 시차를 두고 돌아보았다. 환송 띠를 두르고 있는 무종 앞으로 귀부인이 다가왔다. 무종은 벌떡 일어섰다. 장인은 그새 피사체를 잘 잡을 수 있는 위치로 이동해 있었다.

"이게 다 뭐예요?"

귀부인이 무종의 몸에 두른 띠와 로샤 사진이 달린 막대를 지칭하는 발언을 하였다.

"네?"

"뭐냐고? 당신 모닝샴푸 직원이에요?"

"네, 김무종 차장입니다."

"김무종?"

"네."

귀부인이 어색하게 웃는 것 같더니 무종을 뚫어져라 보았다. 눈앞에 이상향이 나타났다는 건가. 무종은 무안한 표정을 지었다.

"근데 로샤 까르디네를 어떻게 알아요?"

"그게 ……."

이때 장인이 다가와서, "통역 되시우?" 하고 물었다.

"뭐예요?"

무종은 장인이 더는 발언할 수 없게 손을 들어 제지하고, 이 상황에 대해 설명을 하려는데 로샤가 다가와 웃으면서 인사를 했다. 무종이 로샤와 반갑게 인사를 주고받는 동안 송 감독이 곤혹스러운 표정을 짓더니 귀부인을 끌고 가 뭐라고 얘기했다. 그리고 다시 무종에게 다가와 악수를 건네 무종은 그 손을 부여잡았다. 그 사이에 로샤는 귀부인과 영어로 어떤 대화를 나누었다. 송 감독이 무종을 한쪽으로 몰더니 낮은 목소리로 말했다.

"민 회장 부인이오."

"아 ……."

어느 정도 짐작한 바였다. 아… 김무종이라는 이름을 듣고 그토록 뜨거운 시선을 준 것은 그러니까, 회장님께서 그날 호텔에서 어음을 전달한 자신을 보고 깊은 인상을 받았고, 그걸 사모님께 얘기한 것 같았다. 그건 좋은데, 문제는 이 귀부인이 동에 번쩍 서에 번쩍한다는 것이었다. 현아 씨의 남편과 함께 있다 송 감독과 함께 있다, 회장님만 빼고 아무 곁에나 있는 것이다.

"감독님은 여기 어떻게 ……."

"북경에 일이 있어서."

"아 북경요, 한중합작 드라마를 찍는 건가요."

"양조위를 만나긴 하겠지만… 사실 광고요. 중국 최상류층을 겨냥한."

"최상류층요?"

"시진핑 부인은 아니고."

그렇다면 당 고위간부나 중국 재벌 부인들을 겨냥한?

"광고라면 모닝샴푸 광고 말씀인지요."

"그건 아니고 달팽이팩이요."

"달팽이팩요?"

73

"뭐 그런 게 있어요."

달팽이팩이라면 이미 귀가 닳도록 듣고 있는 터였다. 모르긴 몰라도 변가영이 사용하고 버린 것 중에서 무종이 직접 붙이고도 있어 봤을 것이다.

"그럼 모닝샴푸 피피엘은 언제쯤?"

"아 모닝샴푸… 그건 뭐 봐서 드라마 찍을 때나."

달팽이는 달팽이고 모닝샴푸는 모닝샴푸라는 얘기였다. 송 감독이 로샤 쪽을 슬쩍 쳐다 보았다.

"한국 상류층이 열광한 프랑스 대표 여배우. 이건 중국 최상류층에 먹힌다는 얘기지. 특히 화장품이라면."

그거라면 무종이 증인을 설 수 있었다. 로샤를 보기 위해 광화문 극장에 운집해 있던 그 많은 부티 나는 여인들을 분명히 보았던 것이다.

"혹시 로샤 까르디네를 드라마에 전격 출연시킬 생각은 안 해 보셨습니까? 모닝샴푸 피피엘 모델로 적합하다는 생각도 들어서요. 제 생각엔 고급스러운 이미지가 잘 매치되리라 봅니다만."

"고급스럽기야 하지."

"그리고 이건 잘 알려져 있지 않은 사실인데 로샤 까르디네가 프랑스에서 향수 테러사건이라는 걸로 향수 시장에서 대박을 쳐갔고."

"아 그 사건."

"아 아시나요. 그래 갖고 여성들에게 인기가 보통이 아닌데 중국 여성 인구가 어마어마하니까 잘하면 달팽이팩도 완전 대박일 가능성이."

송 감독이 피식 웃더니 아무 말을 않고 두 여인에게로 돌아갔다. 무종의 말이 미덥지 않은 모양이었다. 보기보다 의심이 많은 사람이었다. 무종은 늦었지만 회장 사모님에게 다가가 인사를 건넸다.

"물라뵈었습니다."

사모님은 인사를 받을 생각이 없어 보였다. 다만,

"가 봐요." 했다.

"네?"

"가라니까."

송 감독이 고갯짓을 했다. 무종은 세 사람의 가운데다가 절을 하고 떨떠름한 표정의 장인을 데리고 아무 데로나 걸어갔다. 눈앞의 에스컬레이터를 보니 오전의 대형사고가 떠올라 발이 떨어지지 않았다. 덩달아 넘어지며 무종을 덮쳐야 했던 그 젊은 여인은 지금쯤 일상생활을 영위하고 있을지… 김무종이 그녀의 직장동료나 친구들 사이에서 화제의 인물로 떠오른 건 아닌지… 자칫 동영상이 찍혀 지금쯤 경향 각지의 남녀노소가 열광하고 있는 건 아닌지… 무엇보다 여성의 부드러운 신체에 뒤늦게 부상이 확인되지 않았는지… 그에 비하면 시간이 지날수록 심해지는 옆구리의 통증은 사소한 것이라 할 수 있었다. 운 좋게 머리도 멀쩡하니, 하여 지금 이 국제적인 장소에 자신이 있는 것 아니겠는가.

뒤를 돌아보니, 언제 나타났는지 극장 사무실에서 보았던 장발의 중국 한족 남자와 세 사람이 얘기를 나누고 있었다. 그들은 모두 출국심사대 쪽으로 몸을 살짝 틀고 있었다. 한족 남자가 이번 프로젝트 건의 중국 측 실무자인 것 같았다. 빨간 바지가 파란으로 바뀐 것이 사업의 진척상태를 의미하는 거 아닌가 싶었다. 그러니까 이들은 샴푸 테러사건이 터진 극장에서부터 이미 조직적으로 움직이고 있었던 것이다.

아무튼 로샤가 베이징에서 성공적인 시간을 보낸 후 파리로 무사히 돌아가기를 기원했다. 가서는 한국에서의 좋은 추억을 되새기며 잊지 말고 모닝샴푸를 사용하기를 바랐다. 모닝샴푸로 머리를 감은 상태에서 달팽이팩을 얼굴에 붙이고 누워 있으면 될 것이었다. 그렇게 누워서 국제전화로 모닝샴푸 모델이 되고 싶다고 부탁을 해오면 되는 것이다. 장인이 종3에서 우동을 먹다 말고 나왔다고 주장해 지하식당으로 가서 순두부를 시켜주었다.

"뭐냐 걔들. 여배우가 맞긴 맞아?"

사진작가로서 자존심이 있는데 그걸 건드린 거 같았다.

"배우 맞아요. 이영애 아시죠? 대장금에 나오는. 유럽의 이영애라고 생각하시면 돼요."

"그래? 몇 장 더 찍을 걸 그랬네. 근데 나머지 사람들은? 사람들이 아주 어수선해. 사진이 제대로 나오려나 모르겠네."

"아 그게… 사업 건으로 정신들이 좀 없나 봐요. 무슨 프로젝트가 있는데 근황이 알려지면 곤란한가 봐요. 아까 감독이 사정을 하더라고요. 오프 더 레코드로 하자고."

"국무총리야? 오프 더 레코드 하게."

순두부가 나왔다고 전광판에 숫자가 나와 무종은 밥을 타서 장인 앞에 놓아드렸다.

"드세요."

"자네는?"

"전 먹은 지 얼마 안 돼요. 어서 드세요."

장인이 숟가락을 잡으려다 말고 폴더폰을 들었다. 연결이 되자 일어서서 식탁 주위를 돌아다녔다. 장인이 돌아다니는 사이 무종은 반찬으로 나온 오징어를 좀 먹었다.

"아 저 지금 인천공항인데요. 이쪽에 택배 건이 있으면 연락 주시오. 마냥 있기는 그럴 것 같고… 한 한 시간은 있을 거요 … 그러죠."

장인이 자리로 돌아와 안심이 된 편안한 얼굴로 순두부를 먹기 시작했다.

"저… 조심하세요. 전에 누가 공항에서 배달물건 받았는데 마약이라고 밝혀졌대요. 그래 갖고 시끄러웠잖아요."

"그래? 돈은 많이 주겠네."

"딸라로 말입니까?"

"딸라 좋지. 기축통화 아닌가."

무종은 돈에 미친 영감을 외면하고 주위를 대충 살펴보았다. 옆자리에서 말없이 돈가스를 먹고 있는 두 동남아시아 사내가 있었는데 마약운반책이 아니기가 더 힘들 정도로 인상들이 바보 같았다. 이빨을 드러낸 마약견이 허공을 가로질러 저들의 가방을 물어뜯는 그림이 하나도 안 낯설었다. 그런데 마약견이 여기서 김무종을 또 보게 된다면 무종의 안전은 장담할 수 없었다. 샴푸가 폭발물이 아니라는 건 국과수에서 공식적으로 증명되었지만 마약이 아니라는 건 또 어떻게 증명해야 하나. 전철에서도 그랬고 극장에서도 그랬고 샴푸에 대해서 신경과민인 자들이 대한민국에 한둘이 아니었던 것이다. 무종은 의료용 처방 허가가 날 가능성이 있는 대마초 주식을 사보라는 천리안의 조언에 대해서는 판단 유보를 견지하기로 했다.

장인이 무슨 얘기를 하는데 무종은 흘려들으며 딴생각을 하기 시작했다. 코카인이나 대마초 같은, 콧구멍과 관련 있는 생각이 아니었다. 가만… 로샤와 회장 사모님과 송 감독? 이게 뭐지? 그 셋의 관계는 특별히 어려운 추리를 요하는 건 아니었다. 현아 씨의 남편이, 로샤를 초청하기에 앞서 회장 사모님과 사업 논의를 했겠지. 그리고 한국 상류층 여인들을 초대해 로샤 까르디네의 인기를 중국 바이어에게 확인을 시켰겠지. 그런 후 중국 최상류층 여자들을 겨냥한 사업 프로젝트를 짜게 된 것이었다. 이는 일명 달팽이 프로젝트로, 와인 바 피피엘을 진행한 바 있는 송 감독이 합류하면서, 중국의 양조위까지 참여하는 한중합작 달팽이팩 광고물 제작이 초읽기에 들어가게 된 것이었다. 중국 내 화장품 수입순위 1위국인 프랑스의 국민여배우, 1위 자리를 위협하며 무섭게 부상하는 대한민국에서 온 최고 연출가, 그리고 로컬 시장의 상징 양조위가 만났을 때 감히 대적 상대가 있겠냐 말이다.

그렇다면 이 사업을 사모님의 남편, 즉 회장님께서 알고 계실 것인데, 김무종이 자꾸 나타난다는 이야기를 듣게 될 경우, 이를 곰곰이 생각해 볼 가능성이 높았다. 행여 현아 씨의 남편이 회장님께 '당신 직원이 내 아내와 문제가 있다'고 '관리 잘 하라' 주의를 준다면, 회장은 매우 곤혹스러울 것이다. 어음을 정확하게 전달하고 로샤에게 모닝샴푸를 소개하는 등 공이 많은 직원을 문책한다는 건 아무리 회장이라도 쉬운 일은 아니기 때문이다.

이렇게 정확한 추리가 일어남에 따라 무종은 입장이 매우 곤란하게 된 것을 깨달았다. 자칫 회사에서 잘릴 뻔한 걸 로샤 까르디네가 살려준 거나 다름없었다. 그러나 앞으로 조심하지 않으면 안 되는 것이, 현아 씨의 요구를 들어주려 하다가는 목이 잘리기 십상이라는 것이다. 이쯤에서 현아 씨의 일에서 물러나야 하는 거 아닌가 싶었다. 현아 씨에겐 비밀로 하자. 남편이 회장님의 사업을 돕고 있는데 방해를 했다간, 그녀의 가정에도 좋지 않은 영향을 끼칠 것이다. 그러니 내가 참자. 이렇게 판단하였다.

이때 무슨 생각이 떠올랐다. 송 감독과 사모님이? 현아 씨의 남편이 아니라 송 감독이 사모님의 숨은 애인이 아닐까? 그렇다면 송 감독의 목숨이 위태로워지는 것이었다. 블루리버 호텔에서 회장님이 순종하는 모습으로 눈웃음을 보냈던 그 송 감독이 실은 일찌감치 사모님을 접수하셨다는 이야기인데 ……. 어떻게 보면 회장님은 사업을 위해 자기 아내를 수청 들게 하는 게 아닐까. 아내와 바람피운 놈들을 아무리 아작내봐야 아내는 또 다른 사내와 놀아나고. 그러니까 차라리 사내를 만나더라도 회사에 도움을 주는 놈을 만나게 해 그 과실을 따 먹자 이런 생각일 수 있었다. 송 감독과 사모님… 이들이 베이징에서 함께 돌아다니며 낮에는 로샤를 앞세워 중국 연예인을 섭외해 광고를 성사시키고, 밤에는 한 베드에 누워 쾌락을 공유하며, 타임과 타임 사이는 장밋빛 앞날의 얘기로 채우며, 한국에 돌아올 때는 한몸이나 다름없는 남녀가 되어 있는 게 아닐까.

그렇다면 현아 씨 남편이 만나고 있다는 여자는 누구일까? 남편의 말대로 여자란 애당초 없는 게 아닐까? 현아 씨는 정신과 치료를 더 받아야 하는 것 아닐까? 이런 의문들이 해결되지 않은 채 남아 있었다.

"값만 비싸지 동네 순두부보다 하나도 나은 게 없어."

쌀밥과 순두부는 물론 반찬까지 싹싹 비운 장인이 배부른 소리를 했다. '배도 부르고 이제 어디 가서 커피나 한잔하지'라는 소리가 나오기 전에 앞장서서 지하철역으로 향했다. 지난가을 장인의 고교동창들이, 홈쇼핑에서 파는 태국 여행 3박 4일을 가자고 조른 적이 있었다. 그때 장인은 사무가 바쁘다는 핑계를 댔는데, 2년이나 연속으로 해외투어에 빠지면서 많이 괴로워하는 것 같았다. 공항에 와서 그 괴로움이 되살아나자 수시로 이를 악무는 얼굴이 된 게 아닌가 싶었다. 강릉댁과 6박 7일 발리나 다녀오시죠, 사위가 그런 말을 던지는 날이 조만간 올 것이었다. 가서 특산품 사는 것만 자제한다면 발리 아니라 독일맥주와 독일여자가 있는 독일인들 못 보내드리랴.

장인더러 집까지 계속 가시라 하고 무종은 방송국이 몰려 있는 디지털

미디어시티역에서 내렸다. 방송국들 사이를 누비면서 모닝샴푸 피피엘에 대한 아이디어를 좀 수집하고 싶었다. 피피엘이라는 큰 사고를 치려면 방송현장보다 더 나은 곳도 없었다.

그러니까 오늘 로샤가 떠났다. 그녀는 떠났지만 피피엘 사업은 여기 남아 조속한 진행을 기다리고 있었다. 송 감독은 회장 사모님과는 달팽이팩을, 박 부장 및 김무종 차장과는 모닝샴푸를 진행하겠다는 뜻을 아까 공항에서 분명히 밝혔다. 이렇게 되면 송 감독의 영향력은 두 배로 커지며 모닝그룹에 미치는 영향력 또한 회장님 못지않게 될 확률이 높았다. 개인적인 영업 관련해서는 증권회사 총무부장 및 뷰티 전시회에서 만난 바이어들이 있지만, 그들이 연락해 오기까지 기다리다간 자칫 내년 1/4분기가 넘어갈 수가 있었다. 근거리 영업과 원거리 영업, 국내 여배우를 활용한 대중화 전략과 로샤 까르디네를 내세운 고급화 전략, 이 모든 것을 두루 아우르는 영업이 요구되고 있었다. 보다 중요한 것은 그래도 한류 스타가 나오는 드라마 피피엘이었다. 이 피피엘이 터지면 중국 전역을 휩쓸 가능성이 있었다. 특히 송 감독이 중국으로 날아가 달팽이팩으로 교두보를 마련하고는, 양조위나 금성무를 드라마에 전격 출연시키는 등 한중스타들의 연애라인을 깔고 들어간다면, 그 폭발성은 우리가 짐작하는 이상일 것이다. 그렇다면 자신이 향후 갖게 될 지분의 가치는 매우 커지는 것이며 이후 코스닥에 상장을 하게 된다면? 시가총액 3,000억 회사의 지분 10퍼센트만 보유한다 해도… 이러한 것들이 방송국 근처를 거닐며 차례차례 떠올린 아이디어들이었다.

무종의 마음은 부풀어 오르는 이상으로 초조해졌다. 더 망설일 것 없었다. 선작업은 피피엘 투자금 확보였다. 밖이 추운 관계로 MBC 로비로 들어가 통유리를 배경으로 서성이며 진작 생각해 둔 몇 군데 연락해 돈을 알아봤다. 전주들의 성격이 다 다르고 갖고 있는 돈의 규모가 다르고 무종을 생각하는 정도도 다른지라, 각자의 특성에 맞춰 대출신청을 해야 하고 내용과 어조도 조금씩 달리해야 하는 어려움이 있었다.

A 같은 경우는 돈의 사용처와 사용기한, 이자율, 그 세 가지가 모두 갖춰져야 대출이 수월하게 진행되며, B 같은 경우 굉장히 급한 것처럼 사람이 죽어가는 것처럼 정신없게 몰아쳐야 자신도 모르는 사이에 송금을 하게 되는 것이었다. 그에 비해 C에겐 거두절미하고 천만 원을 부치라고 하는 게 나았다. 왜 그러냐고 물어보면 '알아 뭐해, 시발놈아. 그냥 부치면 되지.' 하고 되레 큰소리로 나가는 게 중요했다. 그럼 놈은 우리의 우정이 매우 돈독하다고 보고 일단 돈을 부치고 보는 것이다. 그는 '보냈다, 시발놈아.' 이렇게 문자를 보내올 것인데 무종은 '알았다.' 답하면 되는 것이다. 또 한 군데는 새롭게 알바일을 주고 있는 오송철강 선배로, 얼마라도 선금을 댕겨줄 수 없느냐고 청을 넣어보는 것이다. 그건 성사되기가 좀 어려울 거지만 지금으로서는 조금이라도 가능성 있는 데는 다 쑤셔봐야 했다. 지금 이 시점에 드라마 피피엘보다 긴급한 게 뭐가 있겠는가.

결론부터 얘기하면 돈은 10만 원도 구해지지 않았다. 한 놈은 아예 연락도 되지 않았고 한 놈은 문자를 씹어버렸다. 한 놈은 '하노이에 있다.'고 그 한 마디만 보내 왔다. 놈은 자신이 거기 있는 게 무슨 중대 사건이기나 한 것처럼 거드름을 피우고 있었다. 부동산 사업을 한답시고 3년 전 하노이에 진출했다가 완전 거지가 되어 오도가도 못하는 놈을, 무종은 그 이름까지 알고 있었다. 또 한 놈은 '대식이 연락처 좀 보내달라.'고 엉뚱한 답신을 보내왔다. '나도 모르는데.' 하자 '아는 놈이 없구나!' 한탄을 했다. 부탁한 돈 이야기는 돈 자도 없었다. 한 놈은 매우 진지하게 '지금 자기 수중에는 없지만 최선을 다해 알아보겠다.'고 했으나 그건 굳이 기다릴 필요가 없는 것이었다. 가장 어이가 없는 놈은 '은행에 한번 알아봐.' 한 놈이었다. 마치 은행이라는 기관을 모르고 있지 않느냐는 말투였다.

반응은 다양하지만 결론은 하나인 이러한 상황은, 앞으로 돈을 벌면 꽉 움켜쥐고 있어야 한다는 뜻이었다. 누구에게 섣불리 내줄 게 아니었다. 그들은 모두 '돈이라는 게 빌려주고 그러는 거냐'는 식이지 않은가. 그나마 오송철강 권 선배는 '계약에 선금, 중도금, 잔금은 있어도 일이 진행도 안 된 걸 미리 당겨주는 경우는 없다. 안 됐지만 어쩔 수 없다. 대신 알바비를 약간이라도 올려주라고 얘기해 보겠다.'고 자세하고 친절한 답신을 보내왔다. 이건 의외의 소득이었다. 잘나지 못한 놈들은 이렇게 읍소하고 다니는 게 뭐라도 하나 얻어걸리는 지름길이었다.

이리하여 대출상담이 다 끝났다. 결말이 시원치 않다 보니 무종은 한참을 장승처럼 서 있었다. 그런 가운데 중년 남자 탤런트 하나, 90년대 트로트 여가수 하나, 왕고참 남자 개그맨이 순서대로 눈앞을 지나갔다. 특히 왕고참 개그맨은 무종이 꾸벅 인사를 하자 긴가민가 하더니 다가와 악수를 건네려 해 한 번 더 인사를 하고 부득불 자리를 떠야 했다. 기억력이 저런 수준이라면, 천만 원 꿔간 거 달라고 했으면 즉시 내놓았을 수도 있었다. 지하철역으로 가면서 생각해보니, 로샤 까르디네를 금방 만나고 온 신분이라 이 방송국 일대에서는 꿀릴 게 없었다. 다만, 환송 띠와 막대를 공항화장실 쓰레기통에 버리라고 한 장인 말을 들은 게 실수라면 작은 실수였다.

4 죽음이 흐르는 강

최동순의 전화가 일관되게 불통인 것을 오늘도 확인한 무종은 최후로 남겨둔 오광도를 찾아갔다. 어젯밤 잠자리에 누워 오광도를 얼마나 생각했던지, 녀석의 얼굴이 보름달처럼 환하게 빛을 뿌리며 앞날을 밝혀주는 듯했다가, 그믐달이 되어 어둠 속으로 사라지기도 했다가 그야말로 빛과 어둠이 교차하는 세계가 되어 밤새 빙빙 돌았던 것이다.

고교 때 꽁초 한 가치도 나눠 피웠던 오광도, 녀석이 친구가 된 것은 고1때였다. 녀석이 고2 두 놈한테 라면집 골목에서 삥을 뜯기고 있는데, 라면 하나 먹어보자고 들어섰다가 같이 머리를 쥐어박혔다. '안 그래도 머리가 나쁜데 머릴 때리면 어떡해요.' 하고 한마디 했는데 고2 하나가 '이 새끼 이거 개그맨이네' 낄낄대고는 '너는 그 주둥아리 좀 맞아야겠다.' 하고 손바닥으로 입술을 찰싹찰싹 때렸었다. 맞는 것도 격이란 게 있는데 정말 쪽팔려 죽는 줄 알았다. 놈들은 오광도에게선 현금 2만 원, 무종에게선 담배 반 갑을 뺏고는 엉덩이를 발로 차며 보내주었다.

오광도는 '야. 시발 쪽팔리니까 어디 가서 얘기하지 마. 저 시발새끼들은 내가 바로 처리할게.' 했는데 진짜로 얼마 후 녀석들이 어떤 양복 아저씨한테 끌려가서 개박살 나고 말았다. 광도의 아버지가 국내 굴지의 전자회사 전무라는 사실을 그때 알았고 양복 아저씨는 아버지의 개인운전사였는데, 놈들을 사채업 하는 후배 사무실로 끌고 가서는 '니들이 삥 뜯은 오광도로 말하자면 조직이 검사 영감님 시키려고 일찌감치 키우는 인재다. 귀하신 몸에 한 번만 더 손대면 뒈질 줄 알아라.' 하고 귀싸대기를 사정없이 후려쳤다는 것이다. 이 얘기를 믿어야 할지 몰랐지만 대기업 중역이란 게 조폭보다 힘이 더 센 존재라는 건 실감할 수 있었다. '너도 조직에 들어갈 생각 있냐?' 하고 녀석이 농담처럼 물어와 '못 할 것 없지.' 그랬더니 '조직을 만들어야지. 들어가기는 뭘 들어가.' 하고 녀석이 히죽 웃었다. 지금 녀석의 회사는 초대형 조직이고 녀석의 밑에만 수만 명이 있다고 보아야 했다. 김무종의 조직은 변가영, 김경서, 김민주, 그리고 김무종 이렇게 넷이었다.

사실 고교 때 무종과 광도는 둘 다 중간 정도의 성적이었다. 그런데 광도는 무종과 비슷한 급의 대학에 들어갔다가 세칭 일류대 경영학과에 편입해갔고 군대를 면제받더니 자동차회사에 입사해 상무대우까지 초고속 승진을 하였다. 자동차회사 입사까지는 연줄과 특혜로 해석이 가능하지만 임원이 된 것은 다른 문제였다. 뭔가 녀석의 잠재력이 폭발했다고 밖에는 볼 수 없었다. 느긋하고 별로 조바심이 없는 성격이지만 대담함도 갖추고 있어 영업과 협상 쪽으로 뭔가 혁혁한 성과를 거두었음이 분명했다. 나의 잠재력은 무엇일까? 녀석을 볼 때마다 그런 생각을 무종은 하였다.

이제 자동차회사 상무대우인 놈은 둔중한 원목책상과 광택 나는 검정 가죽소파 세트가 갖춰진 집무실에서 무시로 수화기를 들었다 놨다 하고 있었다. '자동차도 머리 감느냐'고, 파격적인 조건의 단체구매 제안을 실실 쪼개며 거절한 바 있는 녀석이었지만 친구의 개인사는 다른 뉘앙스로 다가가지 않을까 하는 한 가닥 기대가 없지 않았다. '내가 자동차를 백만 대만 더 팔았더라면 니네 철강회사가 감히 구조조정이라는 걸 감행했겠냐'고 무종의 실직에 크게 자책하기도 했던 오광도였던 것이다.

"무종아."

자개명패가 놓인 원목책상 뒤에서 다정한 목소리가 건너왔다. 가슴을 고동치게 하는 소리였다. 소파에 앉아 있던 무종은 고개를 바로 했다. 돈 얘기를 꺼내놓고 차마 광도의 얼굴을 바로 볼 수 없어 창밖만 바라보고 있던 참이었다. 바람도 쌀쌀한 오후 세 시의 강남대로에 초대형 빌딩들이 줄지어 서 있었다.

"받아라."

오광도 상무대우가 책상서랍에서 사각봉투를 꺼내 무종에게 건네고는 소파 상석에 앉았다.

"상품권이다. 가영 씨 갖다 줘라."

" ……."

"니가 좀 전에 말한 그건… 그건 내가 뭐 어떻게 할 수 있는 게 아닌 거 같다."

" ……."

"그리고 이건 노파심에서 하는 얘기니까 고깝게 듣지 말기를. 지분투자란 건 말이야, 백 번은 생각하고 그러고도 한 번 더 생각해야 하느니라. 어디 철강 납품업체에 투자하려는 것 같은데… 그쪽 경기가 좀 그렇지 않나? 자금이 마련되더라도 한 번 더 생각해주기 바란다. 이상."

돈은 곤란하다고 했지만 녀석은 친구를 진심으로 생각하고 있었다. 지금이라도 샴푸 관련이라고 밝히는 게 좋을 것 같았다.

"실은 화장품 쪽이야. 요새 제일 잘 나가는."

"아 화장품. 뭐 그것도 괜찮겠지. 근데 그런 푼돈으로 뭘 하게? 누가 투자하라고 했는지 모르겠지만 걔들 아마 결제 막으려고 찔러 봤을 거야. 그런 놈들 내 주위에 백 명도 더 되거든. 선글라스, 케이블티브이, 중국어 학원, 또 무슨 짬뽕 레시피 집을 한다나. 이거야 원, 대한민국이 전부 사업가라니까."

자동차를 판다는 놈이 사업을 이런 식으로 생각하다니… 가슴이 답답해왔다.

"화장품은 짬뽕하곤 좀 틀린 게."

이때 상당한 미모의 여비서가 받침이 있는 커피잔을 갖고 들어왔다. 고양이상인 여비서가 찻잔을 놓느라 허리를 숙이자 은은한 향이 코를 스쳤다. 그러니까 오광도는 이런 향을 날마다 강제적으로 섭취당하고 있다는 거 아닌가. 정신이 아득해져야 마땅했으나 중요한 지점에서 대화가 끊긴 게 뼈아파 속이 타들어갔다.

"무종아, 내일 내가 독일 간다. 오후 5시 비행기다."

오광도가 짬뽕과 화장품의 차이를 알려하지도 않고 스케줄부터 밝혔다. 여비서가 출장준비가 완벽하게 되어 있다는 뜻의 미소를 띠고 물러갔다.

"독일? 프랑스 아니고?"

"프랑스는 와이?"

"아… 아는 여자가 하나 있어서."

"불란서 년을 안다고?"

"영화배우야. 조금 알아."

어제도 공항에서 그녀를 봤고, 오후 비행기가 수없이 뜨고 내리는 것도 자신보다 더 잘 알고 있는 사람은 없을 터였다.

"짜식, 펜팔 하냐? 아 농담이야. 김무종 발 넓다. 인정."

"그냥 조금 아는 정도야. 근데 독일이면 아우디가 유명한데… 회사 파트너야?"

"적진이지, 무시무시한. 그건 그렇고 야 소주는 다음에 하자."

"그래, 소주야 뭐."

"총리를 만날지도 모르는데 술에 쩔어서 갈 수는 없잖냐."

"총리를 만나?"

"글쎄, 만나야 만나는 거지만."

"총리라면 거기는 여성인데 얘기는 독일어로 하겠구나."

"무슨 독일어냐. 통역이 있지. 야, 참 독일어 선생, 미친 파우스트, 파우스트 기억나냐?"

"아… 파우스트. 그래, 기억나. 독일어 교본으로 머리 많이 맞았잖아."

"얼마나 맞았는지 지금도 한 번씩 머리가 아프다. 생각난 김에 오늘 교보 가서 파우스트나 사 갖고 가야겠다. 뭐 백 가는 거 하나 인용할 거 없을까?"

"찾아 봐. 찾아보면 있겠지."

"야, 무종아. 그 악마 있잖아. 메핀지 메롱인지. 그 자식이 파우스트 박사 꼬실 때 자동차를 보여줬으면 어땠을까?"

"… '어땠을까'란 노래가 있어."

"뭐라고?"

"그런 노래가 있다고."

"새끼… 삐쳤냐."

"아냐, 가봐야겠다. 이제."

"그래, 가영 씨한테 오광도가 항상 보고 싶어 한다고 안부 전해라."

무종은 광도가 손을 잡고 아래위로 힘차게 흔드는 대로 내버려뒀다가 그게 멈추자 사무실을 나섰다. 어차피 기대하지 않았다. 그래도 주머니엔 상품권 한 장이 들어와 있었다. 스크린의 어떤 배우한테 미쳐 있다는 애인 주려 했던 것일까? 그렇다면 그녀와는 이미 헤어진 사이라고 봐야 했다. 여자를 만났나 하면 순식간에 헤어져 있는 그런 사내가 우리 곁에는 있는 것이다. 자 이제 해볼 데는 다 해 보았다. 더 이상 사람에게 부탁하거나 사람을 찾아가는 일은 그만두어야 한다는 걸 직감적으로 알았다.

무종은 5호선 전철을 타고 며칠 전에 검색해둔 대부업체를 찾아갔다. 불법은 아니고 허가를 받은 대부업체로, 대부업체 중에서는 그나마 사이트 관리가 되어 있고 인터넷에 이런 저런 호평이 올라와 있는 곳이었다. 호평 중에는, 독촉은 하지만 법 테두리 내에서 한다는 믿음직한 이야기도 있었다. 그 대부업체에 구인광고도 올라와 있었는데, 2년제 대학 이상, 연봉은 협의 후, 그리고 4대보험이 된다고 했다. 자격요건에는 신용불량자는 지원을 삼가해 달라고 나와 있었다.

이 모든 것을 통해 볼 때 뉴 이어 대부업체는 신뢰할 만한 곳이었다. 뉴 이어 대부업체는 H동 사거리에서 한강 쪽으로 내려가다 4층 이상 건물로는 최후로 서 있는 곳의 2층이었다. 거기서 더 가면 자전거포 하나가 있고 그다음은 바로 한강으로 이어지게 되어 있어, 마치 한강에 투신하기 전 마지막으로 들러보는 곳 같았다.

무종은 은행 객장과 교도소 면회실의 중간쯤 되는 그곳에서, 젊은 나이에 비해 매우 근엄해 보이는 검은 양복 대부 담당자에게 천 정도만 빌리자고 했다. 무종은 전세금 인상분 천은 이미 포기하고 있었다. 같은 돈이면 피피엘에 걸어야 했다. 당장 살자고 희망을 죽일 수는 없었다. 그리고 전세금 천은 월세 5나 10 인상으로 돌려봐야 했다. 10을 달라면 10을 주고, 그래 15를 달라면 15를 주는 것이다. 그렇게 작정하자 마음이 편해졌다.

담당자가 무표정하게 서류 한 장을 내밀었다. 일반적인 대출서류와 다를 바 없었으나 하나 다른 것은 부모 형제자매 이름과 연락처를 쓰는 난이었다. 심리적 압박을 가해 이자는 이자대로 받고 원금은 10원도 손해 보지 않겠다는 의지를 드러낸 것이렸다. 무종은 잠자코 거기에 어머니와 누나 이름을 써넣었다. 따로 적어둔 게 없는 주민번호는 쓰지 않았다. 본인이 신용회복 중이란 말도 쓰지 않았다. 녀석이 알까? 남자는 서류를 보며 컴퓨터로 조회를 하였다. 무종은 모닝 인더스트리에서 빌린 500이 컴퓨터에 뜰까봐 조마조마했다. 이윽고 남자가 고개를 갸웃하더니,

"신용이 영… 대출은 어렵겠는데요." 하고 심드렁하게 말했다.

"오백 정도도 안 될까요?"

"담보 있어요?"

"담보요?"

"토지나 오피스텔이나 가게 보증금이나 뭐 그런 거요."

"그런 건 ……."

그런 게 있으면 은행으로 가지 이리로 오겠나. 말이 안 되는 질문을 해 대는 놈을 무종은 한심한 눈길로 바라보았다.

"그럼 사업자 등록증은 있으시고?"

"사업자이긴 한데 그런 건 아직."

"저술이나 작곡하시나?"

"네?"

"아니에요. 혹시 휴대폰 요금 밀리신 건 없고?"

"… 한 달 반 밖에 안 밀렸는데요."

남자는 무종을 빤히 보더니, "요금 갚고 오세요. 백 해드리겠습니다." 했다.

백만 원? 부모 형제 신상명세까지 적으라 하고 백? 쪼잔한 자식이네. 부모, 형제자매 주민번호 치라 할 때 알아봤어야 했다. '뉴 이어 대부업체에서 국민 여러분께 도움을 드리고자 한다'고 청소부 직책을 갖고 있는 어머니에게 몰래 문자를 보낼 속셈인 걸 왜 모르겠는가.

"됐습니다. 서류나 돌려줘요."

더 말하기도 싫었다. 대출담당자는 이건 이미 회사용이라는 듯 뻗댔으나 무종이 인상을 쓰자 마지못해 돌려줬다. 무종은 서류를 쓰레기통에 버리지 않고 두 번 접어 안주머니에 넣었다. 견본으로 챙긴 거라기보다 무슨 서류든 서류를 중요시 여기는 습관 때문이었다. 그건 어머니에게서 물려받은 건데 그녀는 35년 된 전화요금 영수증을 철해두고 있었다.

뉴 이어 대부업체를 나온 무종은 한강 쪽으로 걸어갔다. 꼭 다리에서 떨어져야 죽는 것은 아니다. 그저 물로 한 발 한 발 몇 발짝만 들어가면 끝이었다. 다리에서 떨어지는 게 좀 더 극적이긴 하지만 죽는 순간까지의 적막함은 걸어 들어가는 게 더 할 것이었다. 무종은 담배를 살까 하다 말았다. 한 대 피우고 나면 그것으로 제의를 마치고 진짜로 죽음을 향해 갈 것 같았다.

죽음은 여러 통로가 있다. 말없이 가만 누워 있다가 일어나지 않는 방법은 어떤가. 선사들은 그렇게 할 거다. 목을 매는 건 보기 흉하지 않을까. 혀가 튀어나오고 배설물로 바지를 더럽힐지 모른다. 칼은 아픈데다 무섭고 독약은 속을 얼마나 할퀼 것인가. 차 안에서 번개탄을 피우는 건? 숨이 끊어지기 전에 이미 정신을 잃나? 근데 차가 없다. 남의 차를 흉가로 만들 수는 없지 않은가. 달려오는 열차에 뛰어드는 건 무슨 용기일까? 얼마나 아플까? 순간이지만 그 순간은 영원처럼 길지 않을까? 또 죽지도 않고 팔다리만 잘릴 수도 있고 식물인간으로 수십 년을 병원 침대에서 보낼 수도 있다. 스스로 죽지도 못하는 그런 상태로 말이다. 그렇게 누워서 그 순간의 선택을 얼마나 후회하게 될까.

무종은 한강변을 걷다가 벤치에 앉아, 흐르는 강물을 바라보며 한참을 있었다. 석양이 지고 새들이 대오를 지어 날아갔다. 강이 해를 삼키고 불기둥이 길게 뻗쳤다. 누가 지금 뒤에서 그를 밀어 강으로 빠뜨린다면 그자를 원망하지 않을 것 같았다. 죽고 싶은 게 아니라 그냥 원망하지 않을 것 같았다.

이 추위에도 사람들은 강을 찾고 있었다. 얼굴을 천으로 가리고 눈만 내놓은 채 팔을 직각으로 흔들며 걸어가는 여자도 있고 강아지와 함께 달음박질치는 아이도 있다. 모직모자로 귀를 가린 노인이 해가 지자 휘적휘적 돌아가고 있었다. 노인의 걸음걸이가 곧 무릎이 꺾일 것처럼 위태롭다. 강이 삼켰다가 질겨서 뱉어낸 듯한 늙은 몸이 한 발 한 발 힘겹게 멀어져가고 있다. 눈앞에서는 운동복 차림의 젊은 내외가 10살가량의 사내애를 앞세우고 걸어가고 있다. 뭔가 의견이 맞지 않는 듯 여자 얼굴이 뿌로통하다. 삐치는 사람들, 삐치도록 행복한가.

무종은 어두워지는 강가에 앉아 있었다. 죽음은 가까이 또 멀리 있었다. 경서와 민주의 얼굴이 떠올랐다. 아내의 얼굴, 그리고 어머니의 주름진 얼굴, 그리고 혼자서 맥주를 드실 장인어른, 커다란 위기에 처한 현아 씨. 아직도 그를 필요로 하는 사람들이, 그가 벌어오는 몇 푼의 돈, 그와 함께하는 몇 시간의 자리, 그가 해주는 몇 마디 대꾸, 불륜 현장을 덮치는 그의 기민함, 문방구까지 함께 걸어가 주는 아빠와 놀이공원에 데려가 줄 외삼촌을 필요로 하고 있었다. 멸치국수집 여인들도 이제나저제나 양복 신사를 기다리고 있었다.

무종 또한 그들을 필요로 했다. 어머니, 그를 낳아주고 길러준 어머니의 늙음이 필요했다. 장인어른의 무용담도 필요했다. 쌍팔년도 야구중계와 뚝섬에서의 1 대 8 결투 장면들. 그리고 아내, 퉁명스럽지만 그녀가 챙겨놓은 속옷과 양말을 보며, 장롱 서랍 속에 개져있는 그것들을 보며 그는 말없이 서 있곤 했지. 레슬링을 하자고 덤비는 경서의 단단한 머리통과 자정에 가게 가자고 소매를 잡아끄는 민주의 막무가내가 필요했다. 심지어 죽은 이도 필요했다. 절을 올릴 때 위패 주위로 고이던 아버지의 침묵과 환청 같은 기침소리가 필요했다.

무종이 세상에서 사라지면, 아, 윗집의 이동트럭통닭 사내는 말동무가 없어진 걸 알겠지. 사내가 일러준 마른수건 사타구니 비비기 건강법은 그 맥이 끊기는 것 아니겠는가. 동창회엔 빠져도 되지만 일단 나가기만 하면 거기처럼 환영해주는 곳이 어디 있는가(그 자리에서 오가는 은밀한 사업 얘기나 청탁 얘기는 또 얼마나 귀가 솔깃한가). 그들은 자체 제작한 검은 조기를 올림픽 선수단 입장식처럼 높이 들고 장례식장에 들어서지 않겠는가. '히트사랑 야구단'은 또 어떤가. 무종의 백넘버 37을 영원한 결번으로 기념하지 않을까. 그의 영리한 주루플레이와 삼루라인을 타고 흐르는 정확한 번트, 부상당한 몸으로 기어이 회식자리에 참석하던 기상을 누가 있어 대체할 수 있다고 보겠는가. 그리고 친구, '이런 나쁜 놈!' 하면서 달려와 육개장 식탁을 주먹으로 내리칠 놈이 하나 있어야 한다. 누굴까?

그리고… 그리고… 현아 씨는 어떻게 되나. 흐르는 강물에 소리 없이 눈물 한 방울을 보탤까? 남편이란 작자는 이혼도 안 해 주고 30년은 더 그녀 속을 썩이겠지. 김무종이 영원한 침묵 속에 든 후에도 두 사람은 크고 작은 혈투를 벌이겠지. 무종은 더 이상 제3자도 아니겠지. 아예 사람이 아니겠지. 무종은 어두워져가는 강을 두고 사물처럼 고요히 앉아 있었다.

밤의 전철은 평소의 전철과는 달랐다. 그는 죽음으로 걸어가다 방향을 틀어 삶의 길로 들어섰다. 평소에는 무심코 지나쳤던 세상의 냄새, 모든 불유쾌한 냄새들, 땀냄새, 음식냄새, 늙은이의 냄새들, 그 모든 것이 살아가는 냄새였다. 그리고 무종 또한 그러한 냄새를 풍기며 조용히 서 있었다. 창밖으로 도심의 건물들과 검은 전깃줄과 매연 낀 밤하늘이 지나가고, 길은 점차 외곽으로 접어들어 논밭과 비닐하우스들과 창고들과 굴뚝을 매단 공장들을 보여주었다. 승객들도 거점역에서 우르르 내려 이제 몇 남지 않았다. 모두들 집으로 돌아가고 있었다. 무종은 맞은편 차창에 떠오르는 자신의 얼굴을 보았다. 그 얼굴은 지쳐 보였지만 유령의 얼굴은 아니었다. 존재하는, 귀가하는 가장의 얼굴이었다.

휴대폰이 울렸다. 장인의 전화였다. 무종은 매우 침착한 태도로 전화를 받았다.

"네, 접니다."

"지금 어딘가?"

"가고 있는 중입니다."

"그래… 민주가 열이 좀 있어서."

"열이 많은가요?"

"아닐세, 불덩이는 아니고 그냥 가라앉을 것 같기도 하고."

"네, 그럼 그냥 두세요. 곧 가겠습니다."

무종은 지하철에서 달리고 있었다. 그는 자주 달렸지만 오늘은 더 빨리 달리고 있었다. 맞은편의 눈이 퀭한 아주머니도 앉은 채로 달리고 있었다. 무릎에 놓인 갈색가방을 양손으로 꽉 움켜쥐고 어딘가로 달려가고 있었다.

5 탐정 김무종과 돈을 깔고 앉은 여자

　토요일이었다. 무종은 늦잠을 잤다. 통상적으로 회사는 늦잠에도 급여를 지급하고 있다. 경영자라면, 저것들이 자빠져 있을 때도 돈은 나간다고 생각하기 마련이다. 다만 어서 체력을 회복해 월요일부터 종마처럼 뛰길 바랄 뿐이다. 무종에게 토·일요일은 다음 한 주를 예비하는 시간이어야 했다. 가장으로서 가정사를 살펴보고 가정의 존속과 번영을 위해 숙고하는 시간이어야 했다. 영업에 대해 큰 구상을 하는 시간이기도 했다.
　아내가 일어나 꼼지락거리더니 싱크대로 가 밥을 안치고 찌개를 끓였다. 무종은 모른 척 누워 있었다. 눈은 뜨고 있었지만 한 번씩 감았다가 다시 뜨곤 하였다. 어제 무슨 일이 있었는지, 그리고 왜 한강변에 나가 다리에서 뛰어내리니 강으로 걸어들어가니 그딴 생각을 하였는지 지금은 더 분명히 알고 있었다. 온 동네가 다 자살해도 혼자 잘 살아갈 인간이 김무종이었다. 어제 그는 죽음이라는 상황극을 연출함으로써 신생을 노렸다. 죽음에서 살아 돌아와 더욱 강해진, 다시 타오르는 생의 의지, 두려움 없는 전진으로 자신을 몰아세우기 위해 강가를 어슬렁거려 본 것이었다. 그리고 그에게 속아 넘어간, 흐르는 강물과 날아간 새들과 강변의 벤치와

95

지나간 사람들과 이런저런 풍경들을 떠올리며 흡족해 했던 것이었다. 마음속에서 일어난 그 모든 비감한 감정들을 돌이켜볼 때, 그는 거의 자기 자신까지도 속여 넘길 만큼 훌륭한 연기를 펼쳤던 게 틀림없었다. 한마디로 그는 죽음에서 살아 돌아온 자였다. 어젯밤 잠들기 전까지는 분명 그랬다.

그러나 어찌 된 셈인지 아침에 눈을 떴을 때 여느 때와 별다른 기분이 아니었다. 새로 태어난 기분이라든가, 지금부터는 가외로 얻은 목숨이라든가 하는 그 무엇도 없이, 그저 또 하루가 시작되는구나 하는 일상적 느낌만이 있는 것이다. 어제의 행위에, 진정으로 절망한 자의 절실함이 없었다는 것이 이렇게 증명되고 있었다. 그리고 그의 육체도 지극히 정상적으로 작동해, 아까부터 풍겨오는 밥 냄새에 식욕이 동하고 있었다.

"엄마가 밥 먹으래!"

주무시는 얼굴에 대고 침을 튀기는 민주를 실눈으로 보며 '끙' 하고 무종은 일어났다. 국민체조 대신 가볍게 허리를 두어 번 돌려주고, 오랜만에 아내가 손수 차려주는 밥상에 앉아 아침을 먹었다. 아이들이 토끼새끼처럼 식탁에 둘러앉아 밥알을 흘리면서 김칫국을 뜨고, 보기 좋게 부풀어 오른 계란찜에다 엄마가 가시를 발라주는 고등어를 먹는 걸 보니 기분이 뜨뜻해졌다. 이러한 것이 가정의 공휴일 아침이었다. 무종은 자신이 여전히 가정의 핵심에 자리 잡고 있으며, 이 식탁과 거실과 집안 전체를 총괄하는 자리에 있다는 걸 실감하고 있었다.

누가 뺏어갈세라 퍼먹던 민주가 숟가락을 내던지고는 그만 먹겠다고 선언한다. 감기기운이 가시지 않은 것인가. 아무튼 이것도 정상적인 가정의 정상적인 한 광경이었다. 무종은 윤기가 자르르 흐르는 찰진 쌀밥을 먹다 보니 국이 좀 더 먹고 싶어서 국그릇을 들고 싱크대로 가 국자로 국냄비에서 국을 펐다. 냄비 가득 김칫국이 있었다. 일주일 먹으라고 이렇게 끓여놓는 것이다. 그나마 국 중에 물리지 않는 게 김칫국이었다. 김칫국은 보통, 배추와 멸치와 두부로 맛을 내고 있다.

아내는 무종이 국그릇을 다시 갖고 와 먹는 모습을 말없이 지켜보고 있었다. 무종은 경서가 남기려고 하는 햄도 눈치껏 먹었다. 가공식품을 멀리하라지만 부대찌개 먹을 때 외엔 그나마 먹을 기회도 없다. 텔레비전에 선전도 하지 않는가. 하얀 쌀밥 위에 노릇노릇 잘 익은 햄 한 조각을 얹어서. 그런데 이러한 풍성한 아침이 어떻게 존재하게 된 것인가. 오늘 새벽이었다. 새벽에 들어온 아내가 자는 그를 흔들어 깨워 취기가 있는 소리로 "전세금 어쩔 거야?" 하기에 귀찮기도 하고 해서 알았다고 했다. 그 비몽사몽 즉답에 그녀가 크게 고무된 게 틀림없었다. 이제 그녀의 기대를 깨기가 힘들게 된 것이다.

포만감이 뇌까지 차오른 무종은 수저를 놓고 일어나 커피를 한 잔 타 들고는 컴퓨터 테이블로 갔다. 작가처럼 커피를 옆에 두고 바탕화면이 깔리는 걸 지켜보았다. 네이버가 뜨고 회사 사이트에 들어가 공지사항과 이주의 실적을 살핀다. 그의 주간, 월간 실적이 점수로 나와 있다. 총무이자 경리인 미스 정이 어디 컴퓨터 학원을 다니는지 전산 실력을 발휘해 저번 주부터 직원들 실적을 올려놓기 시작한 것이다.

막내그래프가 심장박동처럼 커졌다 작아졌다 쾅쾅 울려왔다. 피를 뽑히는 느낌이다. 주사기에 피가 빨려오는 느낌, 그리고 급전직하 파랗게 줄어드는 느낌. 조금이라도 전주보다 실적이 올라가 있으면 안도감이 들지만, 신입이 치고 나가거나 도저히 상대할 수 없는 무서운 영업맨을 만

날 땐 공포심이 든다. 그러다 '나는 안 되나 보다' 자포자기의 심정이 들다가 '배워 볼까' 겸허의 자세가 되기도 한다. 박 부장조차 제치고 선두를 달리고 있는 이인걸을 적으로 삼는 한 발전은 없을지 몰랐다. 그에게 배울 건 배워야 하나. 인정할 건 인정하고 노하우를 얻어 보나.

무종은 여태 식탁에 머물고 있는 변가영을 돌아봤다. 그녀가 남편의 실적을 알 필요는 없었다. 실적이란 미래를 포함해야 참 수치가 나오는 거니까. 이때 민주가 컴퓨터를 향해 돌진해왔다. 아빠를 자리에서 밀어내겠다는 거다. 울고불고 하기 전에 컴퓨터를 바탕화면으로 돌리고 자리에서 일어난다.

소파에 누워 머리 뒤로 깍지를 끼고 텔레비전을 본다. 토요일 오전에 무슨 프로그램을 하는지 다 안다. 그중 한두 개는 몇 년째 같은 프로다. 한때 공휴일 오전 프로는 그의 권리였다. 아이들이 칭얼대며 채널을 돌리려 해도 '어딜!' 하며 아내가 야단쳤던 것이다. 허나 이제 그는 자기도 모르게 자세를 수정한다. 무릎을 세워 동그란 수비자세로 텔레비전을 본다. 아내가 뚜벅뚜벅 걸어와 말없이 채널을 돌리는 건 시간문제다. 놔두지 그래, 그런 말을 할 자신이 있는가. 무종은 경계하며 텔레비전을 본다. 텔레비전을 사수하라!

"텔레비전 그만 보고 애들 데리고 좀 나갔다 와."

청소하겠다는 얘기다. 무종은 사실 쉬고 싶다. '히트사랑 야구단'이 불러도 움직이지 않은 그였다. 게다가 평일 저녁은 녀석들과 씨름을 하잖은가. 그걸 휴일에 보충해야 하는데… 모르는 것 같지만 실은 무종은 알고 있었다. 청소를 하면 월세와 보증금 문제만 남는 것이었다. 청소를 하지 않으면 청소 문제까지 남는 것이었다.

무종은 말없이 휴대폰을 만진다. 전화를 못 받은 게 있는지 문자를 못 받은 게 있는지 확인한다. 소장의 전화가 기중 무섭다. 소장은 '소대가리'라고 등록되어 있는데 '소'자만 나와도 가슴이 덜컥 내려앉는다. 소장이 전화했다는 건 실적 외에도 신분상의 변동을 뜻하는 것일 수가 있다. 내 일부터 나오지 말라든지. 당장 빌린 돈을 갚으라든지 그가 못할 말은 없다. 그럴 땐 사정을 얘기해야 할 것이다. 잘하겠다든지, 시간을 좀 달라든지. 다행히 소장의 전화는 없다. 그러나 이건 두려운 침묵이다. 침묵의 중압이 가슴을 누른다. 토요일이니까 생각해보지만 토요일이라고 놀라고는 하지 않았다. 방심하고 있으면 안 된다. 무종은 이달 초 사무실에서 열린, 지난 달 실적을 총정리하는 자리에서의 일장 연설을 기억하고 있었다. 그 날 소장은 이렇게 말했다.

'내일은 토요일입니다. 잘라 말하겠습니다. 영업맨이 토요일이 어디 있습니까. 내가 아는 영업맨이 있어요. 부모님 산소를 가기 위해 시골로 가는데 목이 말라 시골마트에 들어갔어요. 제법 규모가 있는 데였는데, 그런데 그 사람은 거기 가서 음료수만 사는 게 아니라 샴푸가 어디에 어떻게 놓여있나 진열 상태를 봅니다. 가고 오면서 전부 네 군데 마트를 가 실제 어느 지역에서 어느 제품이 잘 팔리고 있는지 통계를 내서 영업전략에 반영한다 이 말입니다. 아 거기까지 가서 당사 제품 넣자고 말하라는 게 아니에요. 요는 정신상태, 세상에 안 되는 건 없다 그런 게 머리에 꽉 박혀 있을 때 어떤 시너지 효과를 거두는지 보자는 겁니다. 그 영업맨, 사실을 밝히자면 스카웃되어 갔습니다. 국내 굴지의 회사에서 저런 영업맨을 경쟁상대로 두느니 차라리 우리가 월급 주고 써먹든가 묶어라도 두자 이거였습니다. 인재를 뺏기고도 자랑처럼 얘기하느냐고요? 어쩌겠습니까. 지가 잘 나서 가는 걸. 난 여러분들 안 말립니다. 성공해서 여기서 나가는 거, 더 큰물에 진출하는 거, 하지만 잊지 마시고, 성공한 사람이 되었을 때 소주라도 한잔 사며 '소장님 그때 고마웠습니다' 이 한마디 듣고 싶습니다. 여러분이나 나나 다 가정을 가진 가장입니다. 처자식에 노모를 모시고 누구는 장인 장모까지 모시고, 대한민국에서 가장으로 산다는 거 이거 장난 아닙니다. 옛날에 우리 아버지들은 혼자 벌어 열 식구 먹여 살렸습니다. 그때는 사회구조가 그렇게 되어 있었습니다. 지금은 마누라 애들까지 다 직업전선에 나가 뛰어야 겨우 입에 풀칠합니다. 사실 이거 되돌려야 합니다. 그렇다고 정부가 나서서 해 주겠습니까? 아닙니다. 우리가 해야 합니다. 우리가 열심히 하면 될 수 있어요. 아내가 방긋방긋 웃게 할 수 있다 이겁니다. 아이들이 기 안 죽고 기운차게 학교 다니고 친구들 만나고 연애도 활기차게 할 수 있는 거예요. 자본주의… 뭐 욕도 하지만 이거 성공하는 사람에겐 완전 축복입니다. 미국 최고의 스타는 정치인 연예인 아닙니다. 세일즈맨이에요. 세일즈맨의 죽음이라고 들어봤을 겁니다. 세일즈맨은 죽어도 보험금이 엄청 나온다는 얘기입니다. 대학로에는 그게 연극으로 나와 있습니다. 연극도 토요일에 문 엽니다. 토요일이나 일요일에는 두 번 합니다. 왜 그러겠어요? 고객이 토요일에 시간이 나면 영업맨은 토요일에 일해야 하는 겁니다. 그래야 이 사회가 바르게 돌아가는 겁니다. 바르게 돌아가야 행복이 오는 겁니다. 무슨 말인지 아시겠습니까? 토요일에 뛰는 거 이거 쓴 약입니다. 몸에 좋습니다. 이제 아시겠습니까?'

길이도 적당하고 내용도 알찬 편이었다. 그때 영업맨들은 토요일에 일을 해야 하는 이유를 확실히 알게 되었던 것이다.

"세 시까지 잊지 말고 경서 생일파티 데려가."

왜 하필 세 시지?

"민주는 아빠 집에 데려다 놓고 경서만 데려갔다가 아빠 집에 다시 들러 민주 데리고 집에 가 있어."

데리고, 데리고, 데리고. 순서가 헷갈렸다. 차라리 출근하는 게 낫겠군. 마트 점장에게 머리 조아리는 게 낫겠어. 경서 반의 아이가 생일파티를 한다고 했을 때 무종은 '요즘 아이들은 왜 그런 걸 하지?' 하는 생각부터 했다. 무종이 어릴 땐 집에서 미역국을 끓여주면 더 바랄 게 없었는데 말이다. 하지만 그런 이야기를 꺼냈다간 '애비가 맞느냐'는 소릴 들을 게다.

경서의 친구는 동네 레스토랑에서 생일파티를 한다고 한다. 예전엔 맥도널드 같은 데서 많이 했는데 요즘은 레스토랑이 대세인가 보다. 레스토랑은 번화가뿐 아니라 아파트 앞이나 골목에도 있다. 한낮의 레스토랑은 아이들끼리 떠들고 놀기 좋은 곳일 게다. 인원수에 맞춰 재료를 준비해두었다가 아이들이 들이닥치면 빠른 시간에 음식을 내오는 것이 레스토랑의 강점이라고 한다.

아내 말로는 석 달 뒤에 돌아오는 경서 생일에는 우리도 레스토랑에서 해야 하는데, 몇 명이나 올지 모르지만 최소한 15만 원은 들 거라는 거다. 월세가 밀려 있는데도 생일파티는 자존심 문제인지 해야 한다는 입장 같다. '그때 두고 보지.' 무종은 그렇게만 생각하고 더 말하지 않았다.

아내가 빨리 나가라고 재촉해 무종은 '민주가 감기인데 산책은 좀 무리이지 않느냐'는 의견을 냈다가, "괜찮아, 나가도 돼."라는 소견서를 받아들고 아이들을 데리고 한강변에 나갔다.

아이들은 놀이터를 좋아하고 인라인스케이트를 좋아하고 가게 가는 것을 좋아한다. 방방나라에 가서 한 시간도 더 뛰는 것을 좋아한다. 달리는 것을 좋아하고 길을 가다 고양이 만나는 것을 좋아하고 덩치 큰 개를 보고 겁먹고 피하는 것을 좋아한다. 쫓아가서 수위 아저씨에게 인사하는 것을 좋아하고 몇 번 본 아저씨도 모른 척하는 것을 좋아한다. 무엇보다 집에서 뛰쳐나가는 걸 좋아한다.

영하의 날씨지만 바람은 잦아 있었다. 여기는 어제 무종이 뉴 이어 대부업체에서 나와 정처 없이 거닐었던 한강의 상류 되는 곳이었다. 어제의 물은 흘러갔고 오늘의 물이 유유히 흐르고 있었다. 무종은 추위에 아랑곳없이 뛰어가는 아이들을 앞세워 20여 분 거리의 간이매점까지 걸어갔다. 아이들은 한강변에 나가면 으레 그곳에 가는 걸로 알고 있었다. 50대의 자그마한 체구의 아줌마 혼자서 하는, 지나가는 차의 승객들이나 한강변 산책객들에게 간단한 식음료를 제공하는 곳이었다.

석유난로가 피어 있어 4인용 테이블 두 개의 실내가 훈훈했다. 두 녀석은 삶은 계란과 초코우유를 금세 다 먹고 라면을 먹겠다고 선언했다. 금방 밥 먹지 않았느냐며 말려보지만 말린다고 들을 녀석들이 아니다. 결국 둘이서 라면 한 그릇을 나눠 먹게 하는 데 성공하고 무종은 서비스로 나오는 녹차를 마셨다. 녹차를 마시니 고기를 먹었더라면 좋았을 뻔했다는 생각이 들었다. 생일파티에 고기가 나오려나. 어디 놀러가는 듯한 젊은 남녀 둘이 폐차나 다름없는 낡은 소나타를 세우고 들어와 하나 남은 테이블에 앉더니 토스트를 시켰다.

"아무리 생각해 봐도 진수 걔 웃기지 않냐? 지가 동해 가자 해 놓고 이제 와서 너희끼리 가라고."

아가씨가 입을 삐죽거렸다. 노란 부츠에 빨간 털목도리, 주근깨가 있는 얼굴이 영락없는 말괄량이 삐삐다. 청년은 봉 뭐라는 영화배우를 닮았는데 여자가 막 대하기 좋은 상이다.

"잘 됐지 뭐. 데리고 가 봐야 돈밖에 더 드냐. 좀팽이인데."

102

"맞아. 짜증 날 거야."

무종은 '진수 대신 날 데려가면 어떠니' 속으로 외쳤다. '내 경비는 내가 낼게. 우리 동해 가서 소주나 진탕 먹자. 실컷 웃다가 취해서 잠들자고. 너흰 너희끼리 자. 같이 자든 따로 자든 너희가 알아서 하라고. 난 내 방에서 파도소리나 들을게. 그럼 뭐라도 씻겨나가겠지. 가슴이 좀 덜 답답하겠지. 그리고 우리 아침에 다시 만나자. 아침 먹고 차 한잔 마시고 서울로 오자. 어때? 내가 크게 방해될 것도 아니잖아. 그러니 같이 마시자고, 같이 좀 마셔!'

그러나 그들은 무종의 호소하는 얼굴을 외면한 채 토스트를 우물우물 해치우고는 코를 풀거나 우유가 묻은 입가를 냅킨으로 훔치곤 계산대로 갔다. 카드를 꺼내는 청년에게 아주머니가 현금 없냐고 하자 아가씨가 청바지에서 꼬깃꼬깃한 만 원권을 꺼냈다. 같은 만 원이라도 애틋한 지폐가 있지 않은가. 아내와 연애할 때 이야기인데 집에 가서 드시라고 리어카 호두과자 앞에서 꺼내들던 그녀의 만 원짜리… 파릇파릇한 만 원짜리 말이다. 그날 밤 어머니 몰래 혼자서 다 먹었던 호두과자, 그걸 먹던, 목이 메던 시간들은 어디로 갔나. 잠시 후 시동 걸리는 소리가 나더니 폐차는 동해로 출발했다. '젊음은 폐차도 달리게 한다.' 무슨 책카피 같은 문구가 무종의 장성한 머리에 하나 떠올랐다. 뒤이어 '가장은 아이들을 신나게 달리게 한다.' 그런 문구가 연속 히트처럼 뒤를 이었다.

무종은 차도와 인도의 구분이 불분명한 도로를 따라 아이들을 일렬로 줄 세워 장인 집으로 갔다. '그들이 오는구나.' 장인은 그런 얼굴로 세 사람을 집안에 들였다.

컴퓨터 화면에 란제리를 입은 괜찮은 여자가 있었는데 장인은 그것을 순식간에 사라지게 했다.

기관지에 좋다는 도라지차를 한 잔씩 놓고, 장인이 자주 켜놓는 YTN을 보는데 40대 남자가 어제 한강에서 투신했다고 나왔다. 무종은 얼굴이 벌게져서, 한강 다리와 구조정과 잠수부들이 교차 편집되어 나오는 화면에 시선을 고정시켰다. 자신이 한강변에 갔던 그 시간에 또 다른 다리에선 한 남자가 서성이고 있었던 것이다. 자신이 그러지 않았으면 그 남자는 죽지 않았을까? 그러나 언제나 그렇듯 무종은 죽은 자가 자기가 아니라 다른 누구라는 걸 알고 안심하였다. 그리고 잊어버렸다. 내가 죽을 때도 이렇게 잊히겠지… 그건 상관없었다.

두 시 좀 넘어 경서를 데리고 나왔다. 민주가 자기도 가겠다고 발버둥을 쳐서 장인이 '할아버지가 가게 데려간다.'고 약속하자 잠잠해졌다. 경서가 생일선물을 사야 한다고 해, 몇 번 녀석을 따라가 본 적 있는, 언제나 최신 음악이 나오는 대형문구점으로 갔다. 녀석이 경쾌한 음률에 발맞춰 한 바퀴 돌며 물건을 고르더니 게임박스 같은 걸 집어 들고 그의 눈치를 봤다. 아이들 것도 어떤 건 5만 원씩 하니까 가격을 확인하지 않고 오케이 하고 나면 계산대에서 돌아서야 하는 경우가 생긴다. 경서가 고른 것은 39,800원의 가격표가 붙어 있었다.

"비싸다. 너만 비싼 거 사가면 다른 아이들은? 2만 원 이하로 골라 봐."

녀석이 그걸 내려놓고 또 뭘 고른다. 아랍 여자들의 장신구함처럼 생긴 상자다. 무종은 값부터 본다. 13,000원, 그걸로 정했다.

"경서 아빠 오셨어요?"

오늘의 주인공 지영의 엄마가 무종에게 따로 자리를 하나 내준다. 거기 앉아서 식사를 하며 아이들 노는 것도 구경하라는 거다. 남자는 그 하나다. 엄마는 지영 모친까지 모두 넷 와 있다. 그런데 그중에 낯익은 얼굴이 하나 있다. 경서 문제로 상담을 당한 바가 있는 재희 엄마였다. 무종이 엉거주춤 인사를 하자 재희 엄마가 당황 반 언짢음 반 그러나 그런 표정을 무마하려는 듯한 웃음을 띠고 가볍게 목례를 했다. 그 재희 엄마가, 아이 주제에 털에 윤기가 있는 상당히 고급스러워 보이는 코트를 입은, 얼굴도 야무져 보이는 여자아이에게 '넌 음료는 코코아 할 거지.' 물었다.

테이블 세 개를 연결해 놓은 자리에 아이들이 옹기종기 앉아 있다. 같은 또래라지만 발육이 좋은 아이가 있고 애처로울 정도로 조그마한 아이도 있다. 녀석은 중간 정도 간다. 여럿 사이에 끼어 있으니 종7품 정도는 할 것처럼 보인다. 녀석은 재희하고는 대각선으로 앉아 있는데 한 번씩 그쪽으로 음험한 눈길을 던지는 걸 보고 있자니, 제발 그러지 말라는 소리가 목구멍까지 치밀어 오른다. 재희는, 우빈이라는 키도 크고 인물도 그럴 듯한 귀공자풍 아이와 나란히 앉아 있었다. 우빈이 뭐라고 말을 하자 고개를 갸웃하며 듣는 폼이 거의 아역배우에 가깝다.

생일을 맞은 주인공은 선물보따리를 하나씩 푼다. 경서는 선물로, 자질구레한 것들을 담을 수 있는 아랍풍 상자에 작은 그림수첩을 넣어 두었다. 다른 아이들이 뭘 해 왔는지 경서가 눈을 동그랗게 뜨고 본다. 무종도 고개를 내빼고 본다. 책, 지갑, 인형, 시계 등 그럴 듯한 것들이 하나씩 포장을 풀고 비밀을 드러낸다. 그때마다 오늘의 주인공 여자아이는 '우와 우와'를 연발한다. 경서 선물이 끌려지자 여자아이는 또 '우와 우와' 한다.

"나 이거 완전 갖고 싶었어!"

경서의 기분이 좋다. 무종의 입에도 웃음이 피어난다.

이제 아이들은 모두 자기 몫의 돈가스를 앞에 놓고 있다. 누구 누구 게 더 큰가 확인하고 저마다 떠들더니 나이프를 들어 칼질을 한다. 밥만 먹는 아이(고기는 암에 걸릴 수 있다고 발언한 후), 김치는 안 먹겠다고 버티는 아이(돈까스에 김치를 준다), 스프는 절대 사양하겠다는 아이(나도 사양하겠다고 옆의 아이가 말한다), 후추를 많이 넣어야 간에 좋다고 주장하는 아이(지식IN이 그런 걸 가르치나), 옆의 아이가 돈가스 뺏어 먹는다고 우는 아이 (녀석은 왜 자기 걸 놔두고 남의 걸 탐할까), 그리고 완고하게 말없이 먹는 여자아이가 있다. 경서 운명의 여인, 재희이다. 경서 땜에 뭐가 불편한 걸까? 경서와 재희의 비하인드 스토리를 모르는지 다른 엄마들과 아이들은 자기 식대로 시끄럽고 자기 식대로 태평하다.

마침 경서의 유치원 시절 알고 지낸 경주 엄마가 왔다. 그녀는 무종에게 반갑게 인사한다. 친한 사람도 없고, 아니 재희 엄마가 한 번씩 곱지 않은 시선을 주고 있고, 남자가 혼자여서 좀 쑥스러웠는데 무종도 반갑다. 그녀가 무종 맞은편에 앉는다. 무종은 "나는 비후까스 시켰어요. 나중에 커피도 주나 봐요." 하고 말했다. 그녀는 "전 됐어요. 아이들 거 먹어도 돼요." 하며 웃는다. 웃으면서 얘기하는 게 보기 좋다. 무종은 '경서는 아무것도 안 남겨요.'라고 말하려다 만다.

"요즘 바쁘시죠?" 경주 엄마가 묻는다.

"네… 그럭저럭."

아내는 오늘 절대 그 샴푸 얘기는 '샴' 자도 꺼내지 말라고 했다. 그냥 사업하고 있다고, 친구와 공동운영하고 있다고만 하라고 한다. 이른바 생활용품 사업이라는 거다. 경서 아빠 김무종 씨가 국내 굴지의 철강회사 핵심부서에서 잘 있다가 전무님이 극구 말렸는데도 3년 전에 사표를 내던지고 나왔다는 것은 이 동네에서 알 만한 사람은 다 아는 얘기였다. 개인사업을 하기 위해서였는데 몇 개 업종을 시험운영해본 끝에 지금은 철

106

강보다 훨씬 유망한 생활용품 사업으로 방향을 잡았다고 아내가 진작 얘기를 해 놓은 상태였다. 아무리 남편이 사업을 한다고 해도 여자가 집에서 빈둥거리는 것은 좀 그렇지 않느냐며, 본인은 친척이 하는 큰 식당에 매니저로 발령받아 일하고 있다며, 때문에 밤 10시에 시작되는 여편네들의 동네 호프집 회동에 참석하기엔 좀체 시간이 허락되지 않는다고 언질을 준 것으로 알고 있었다. 해서 그런 무종네의 부모 한 분이 여기 앉아 있다는 건 교감선생님이 앉아 있는 것과 비슷한 무게를 지닌다고 볼 수 있었다.

"아이 아빠도 여전하시지요?" 이번엔 무종이 묻는다.

"요즘은 좀 힘든가 봐요. 거래업체 하나가 경쟁업체에 오더를 주면서 매출이 많이 줄었대요."

이런 이야기를 스스럼없이 할 수 있다는 건 아직 건재하단 얘기다. 거리낄 게 없는 그녀의 태도가 꽤나 자연스럽고 떳떳하다. 무종은 그런 목소리와 태도에 자칫 위축감을 느낄 뻔했으나 곧 평정을 되찾았다. 3년 안에 무종네 식구 전부가 송파구로 이사 갈 거라고 밝혀 기를 죽일 수도 있었지만, 굳이 그럴 필요까지야 있겠나 싶었다.

어디서 비명이 터져 나왔다. 여자아이의 히스테릭한 목소리다. 맙소사, 아이의 손에 포크가 들려 있다. 아이가 드니 삼지창이다. 주인공의 엄마가, "왜 그래?" 외치며 다가갔다. 이유를 알아본즉 단무가 주름이 잡혔다는 거다. 그것은 노란 주름벌레라는 거다. 단무를 나이프로 찌르고, 쓰레기통으로 투척한 후에야 아이의 울음이 그쳤다.

눈물이 채 마르지 않은 아이를 재희가 한심하다는 듯 바라보고 있었다. 이런 아이를 생일파티에 보낼 땐 아이의 증세에 대해 미리 알려줬어야 하는 거 아닌가 하는 이야기를 엄마들은 주고받았다. 일리가 있는 말이었다. 민주가 왔다면 "당근이 아이 눈에 띄지 않게 해 주세요." 하고 주방에다 대고 당부를 해야 했을 것이다. 어디서 들었는지 당근을 먹으면 빨간 똥을 눈다는 것이다. 그래서 그 똥을 구경하기 위해 밥을 먹다 말고 화장실로 달려가는 것이다.

엄마들은 아이들 시중드느라 자기 입에는 무슨 음식이 어떻게 들어가는지 모르는 것 같다. 무종은 오랜만에 양식을 먹고 후식으로 쓴 커피를 마시며 녀석과 녀석의 친구들이 먹고 어지르고 흥분해서 떠들고 하는 광경을 영화 보듯 본다. 이런 광경을 외국영화에서 자주 보았다.

'아이들의 잔치나 바자회에 엄마들이 참석해 아이들과 오랜만에 놀아주고, 오기로 되어 있는 아빠는 일 핑계로 오지 않아 엄마를 실망시키고, 그때 누군가의 삼촌이거나 아이를 혼자 키우는 남자가 나타나 고깔모자를 쓴 채 아이들과 술래잡기를 하다 가벼운 눈인사와 함께 어떤 실수와 접촉이 이루어지고, 알고 보니 남자는 전문직 남자인데 바쁜 시간을 쪼개 나타난 것이며, 그런 가정적인 모습이 지금의 남편과 대조되며 여심을 흔드는데, 그러다가 잊고 있다가 어떤 장소에서 우연히 아이와 함께 있는 남자를 여자는 보게 되고, 남녀는 아이들이 노는 걸 보며 차 한 잔을 나누는데, 가벼운 질문 속에 호의적인 눈길이 오가고, 서로의 일과나 스케줄을 은근슬쩍 흘리거나 탐색하며, 그렇지만 남자는 임자 있는 여자에게 바로 돌진할 만큼 용맹하지 못하고 여자는 그런 남자가 답답하지만 먼저 나설 입장은 아닌데, 둘은 헤어지지만 서로에 대한 인상을 가슴 깊이 품고 있으니… 그리고 우연을 가장한 또 한 번의 만남, 그리고 진행… 갈등… 파국 …….'

무종은 그러한 스토리를, 영화를 압축해 보듯 순식간에 흘려 보낸다. 그런 일은 대한민국에서도 수도권에서도 이 시간 어디선가 일어나고 있다고 봐야 했다. 현아 씨가 이런 데 와서 어느 남자와 눈이 맞을 가능성은 무종과 그녀가 다시 시작하는 것보다 훨씬 높은 확률을 자랑할 것이었다. 무종은 경서가 입에 돈가스소스를 묻힌 채 바보처럼 웃고 있는 걸 보며, 저 아이의 엄마를 떠올리며 그녀도 이런 자리에서 누군가와 눈에 불꽃이 튀지 않을까 상상해 본다.

"엄마, 나가 놀아도 돼?"

한 용감한 여자아이의 발언 뒤에서 아이들이 눈을 초롱초롱 빛내며, 그 아이의 엄마 입에서 무슨 말이 떨어지나 본다.

"그래, 나가 놀아. 대신 30분만 나가 놀아. 30분 넘어도 계속 놀겠다고 하면 어떻게 되지요?"

"혼나요." 말라깽이 여자아이가 말한다.

"상 받아요!" 금발머리 사내아이가 외친다. 아이들이 깔깔대고 웃는다.

"그래요, 상 줄 거예요. 그런데 상이 꿀밤이에요."

아이들이 또 '와' 하고 웃는다. 레스토랑 뒷마당으로 아이들이 뛰어가고 실내는 어른들만 남았다. 한 엄마가 안전요원을 자청하여 아이들을 보러 나가자 실내엔 여자 넷과 무종 하나다. 그중 한 엄마가 샐쭉샐쭉 웃으며 본격적으로 카톡을 하기 시작하는 가운데 재희 엄마와 또 한 엄마는 담임선생님 품평에 들어가 거기서 헤어나지 못하고 있다. 카톡을 끝낸 엄마가 급한 일이 생겼다며 낭패한 얼굴을 짓더니 "우빈 엄마, 미안하지만 집에 가는 길에 우리 애 좀 집에 데려다 줄 수 있어? 친정 엄마가 또 울기 시작하네. 정말 내가 내 명에 못 살아." 했다. 친정 엄마가 우는데 샐쭉샐쭉 웃으며 카톡을 하나? 우빈 엄마가 고개를 끄덕이자 그녀는 바람처럼 사라져버렸다. 어찌나 급한지 김무종을 보기 위해 뒤를 한 번 돌아보는 것도 생략하였다.

가만 보니 오늘 파티엔 엄마도 아빠도 오지 않은 집이 더 많다. 분명 엄마가 아빠에게 가보라고 하지 않았을까? 그러다가 대답을 못 얻어냈고 아이만 달랑 보낸 것이다. 이런 생일파티를 대수롭잖게 여기면 '뭘 먹었니', '재미있었니' 따위의 말을 부모가 교대로 아이에게 심문하듯 던지게 되겠지. 어떤 집은 이 일로 다투거나 냉전에 들어가기도 할 것이다. 평소에 아이 문제에 관심 끈 집이라면 모를까, 남편이 노력하는 자세를 보이다가도 다시 원점으로 돌아갔다 싶으면 아내의 실망이 이만저만 아닐 것이다. 무종은 그런 생각들을 하고 있다가 문득 여기 나와 있는 자신이 실은 가장 무능한 가장이란 느낌에 사로잡힌다. 조금이라도 능력과 미래가 있는 아빠들은 이 시간에도 골프채를 휘두르거나 비행기 안에 있거나 정책세미나에 가 있거나 가게에 나가 매상을 체크하고 있을 거라는 생각이 떠올랐다. 물론 어느 집은 아이를 보내놓고 관계를 갖거나 둘이 오붓하게 영화 관람을 하고 있는지도 모른다. 정말 그럴 것이다.

무종은 그러나 이 대목에서 기가 죽을 수는 없었다. 그들이 그렇게 대단한 아빠라 하더라도, 여기서 아이들의 재롱을 보고 엄마들과 친분을 쌓고 정보교류를 하는 건 바로 자신이었다. 무종은 그들 무심한 아빠들을 대신해서 여기 나온 건지도 몰랐다. 아이들은 집에 돌아가서 '경서 아빠가 왔더라고, 잘 생기고 친절하더라'고 외치며 부러워 할 것이다. 그 때문에 가정불화가 일어나도 그건 어쩔 수 없는 것이다.

기어코 일이 터졌다. 경서가 우빈에게 발길질을 한 것이다. 안전요원을 자처한 어머님께서 제지를 하며 수습을 했다 하지만 재희가 쪼르르 달려와 이 사건을 자기 어머니에게 바로 일러바쳤다.

"엄마, 경서가 우빈이 때렸어."

"뭐라고? 왜?"

뛰어노느라 옷매무새가 흐트러지고 볼이 발갛게 달아오른 아이들이 모두 엄마들 앞으로 불려왔다.

"우빈이가 날 먼저 밀었어요."

경서가 반박을 했다. 우빈이 엄마는 난처한 표정으로 서 있다.

"다친 덴 없니?"

재희 엄마가 우빈에게 물었다. 사건이 생각보다 늦게 터졌지만 이제라도 터져서 매우 다행이라는 얼굴이었다.

"저요? 저 안 맞았어요. 헛발질 하는데 누가 맞아요?"

어이그 이 자식아, 발길질도 제대로 못하면서 무슨 수호천사 역할을 하겠다고.

"발길질은 왜 해?" 무종은 경서의 머리를 쥐어박았다.

"아이 씨. 하려다 만 거야. 무슨 헛발질이야."

"경서 아빠 나무라지 마세요. 사내애들인데 그럴 수 있죠."

우빈 엄마가 말했다. 재희 엄마는 무슨 고뇌에 잠긴 표정으로 이마를 찌푸린 채 말이 없다. 경서와 우빈이 서로 '미안해' 하는 말을 강제로 하는 걸로 사건은 일단락 되었다.

아이들은 방방나라로 간다고 한다. 매트를 굴리며 쉴 새 없이 공중으로 치솟는 자신들의 황홀한 모습을 그리느라 저마다 눈동자를 반짝이고 있다. 무종은 경서에게 방방놀이가 끝나면 집에 가 있으라고 당부하였다. 계단을 내려가기 전에 재희 엄마에게 살짝 고개를 숙이고 눈인사를 건네자 그녀도 담담하게 고개를 숙였다.

"따님이 정말 귀여우십니다."

남들 안 듣게 그렇게 속삭이듯 말하자, "경서 보고 문자 같은 거 보내지 말라 하세요. 간 떨어지는 줄 알았잖아요." 하고 그녀가 말했다. 도대체

111

공부는 누가 더 잘하는지 경서에게 한 번 물어봐야겠다는 생각이 들었다. 공부만 경서가 더 잘한다면 그녀의 이런 항의는 어리석은 짓이 될 수 있었다.

　무종은 장인 집으로 가기 전에, 거래를 튼 바 있는 인근 마트에 들러 눈 딱 감고 모닝샴푸 한 통을 집어 들었다. 무종의 거래처에서 샴푸 한 통이 팔려나갔다는 소식이 월요일 조회시간 전에 소장 귀에 들어가는 게 중요했다. 이렇게 해 놓으면 주중에 회사에서 잘리는 불상사는 방지할 수 있는 것이다.
　이제 장인 집으로 가 민주를 데리고 와야 한다. 하지만 혼자 있는 이 시간을 더 늘리고 싶다. 세상은 어딘가 모르게 조용하고, 자동차 소리, 사람들이 외치는 소리가 그 조용함을 오히려 부각시키고 있다. 보라, 세상은 무섭도록 적막하다. 겨울 오후의 쇠락한 햇살이 적막의 거리를 덮고 있다. 적막에 적막을 보태듯 휴대폰도 오전부터 지금까지 침묵이다. 현아 씨도 토요일엔 전화를 걸어오지 않는다. 토·일요일과 국경일은, 남자에게 가정이 있다고 판단하는 것이겠지. 그렇다, 이 시간대의 적막은, 아무도 여자들도 그 무엇도 깨지 못한다. 현아 씨의 가정사도 회사 일도 지금은 멀리 있다. '거리 한가운데 샴푸 한 통을 들고 단독으로 서 있는 적막 속의 남자, 이것이 현대인이다.' 그런 생각을 무종은 해 본다. 그러나 현대인은 언제나 갈 데가 있거나 할 일이 있는 존재이기도 했다.

　"읍사무소 옆 문화센터에 전시장 있지 왜. 거기 한 사나흘 빌리면 얼마나 들까?"
　나갈 때 버리고 가라며 쓰레기봉투를 안긴 장인이 엉뚱한 소리를 했다.

"전시장요?"

"그동안 찍은 사진이 꽤 돼. 그래서 내년 봄에 전시회나 한 번 열까 하고."

누가 온다고… 그 뒤치다꺼리는 누가 하라고… 돈은 또 얼마나 보태라고. 30만 원 사고를 친 것도 모자라 제대로 대형사고를 기획하고 있었다.

"글쎄요… 사진 같은 것도 전시장 빌려주는지 저는 잘 …….'

"거기 그림도 하고 서예도 해. 사진도 할 거야.'

"전시장 일정이라는 게 있어 갖고.'

"한번 알아봐야겠어. 오프닝 행사로 강릉댁이 노래를 부를 건데 음향시설이 되어 있는지 그것도 확인해야 되고.'

강릉댁한테 잘 보이려고 별 걸 다한다고 나서고 있었다. 아버지는 사진 그 딸은 클래식 감상, 부녀가 다 예술가로 나서는 판이었다. 더 말하기도 싫었다.

"공항에 또 갈 일 없나?"

"공항요?"

"저번에 공항에서 외국 여배우 사진 찍을 때 배경이 잘 안 나왔어. 이별의 의미 라는 시리즈가 있는데 공항이 들어가면 좋을 것 같아서.'

"그때는 일이 좀 있어 가지고."

"내가 보니까 수출 건으로 공항에 나간 모양인데 그것들 싸가지 보니 다른 데 알아보는 게 빠를 거야. 무역은 말이야 제품도 제품이지만 사람이 중요해. 결국 사람 믿고 거래하는 거거든. 클레임 걸고 언페이드 하면 조지는 거야.'

회사 다닐 때, 야구를 좋아한다는 일본바이어 접대 장소에 한 번 나간 걸 가지고 무역에 대해 10년째 아는 척했다.

"그야 뭐… 아직 물건이 선적된 게 아니라서."

무종도 전문적인 답변을 하였다.

"그럼 앞으로 조심하면 되고. 그리고 왜 출국심사 받으러 가다가 자기도 모르게 돌아보는 사람들 있잖아. 그 무심한 동작 같은 걸 찍으면 좋은데. 배경으로 심사대가 나오면 뭔가 묘한 분위기가 일어날 것 같기도 하고."

그날 공항 식당에서 순두부 한 그릇 드셨으면 됐지 무슨 사진을 또 찍는다고 …….

무종은 거품이 꺼진 캔맥주를 마저 비우고, 동화책 한 권을 세 시간째 읽고 있다는 민주를 데리고 한 손에는 쓰레기봉지를 든 채 장인 집을 나섰다. 계단을 내려가는데 아래층에서 강릉댁이 현관문을 열고 나온다.

"안녕하세요?"

무종이 인사하자 당황한 듯 어색하게 받는다. 무슨 일이 있나? 장인과 싸웠나? 무심한 것보다야 감정이 요동치는 게 낫지. 그래야 무슨 일이 생기는 거지. 두 분이 합치면 여러모로 좋을 거야. 생활비도 절약되고. 딸이 미국에서 일식당을 한다고 했으니 장인이 거기 가서 웨이터를 할 수도 있고. 그 전에 우리 장인 좀 타이르세요. 사진전시회 굳이 안 해도 된다고. 계단을 내려가는데 그녀가 뒤에서 꾸물거리며 있는 것 같다. 위층으로 올라가려는 건지 모른다.

쓰레기 버리는 곳에는 추리닝인지 잠옷인지 청색 하의에 욕실용 투명 슬리퍼를 꿰찬 40대 사내가 담배를 피우며 휴대폰에 대고 뭐라고 속삭이고 있었다. 그러면서 한 번씩 주위를 흘깃거렸다. 무종은 가벼운 미소를 띠었다. 가정이 있는 사내들은 전부 쓰레기장에서 애인에게 전화를 건다고 보면 틀림이 없었다. 장인처럼 대놓고 연애하는 사내는 60세 이하에는 없었다.

밤에 아이들을 재워놓고 오송철강 알바 일을 계속했다. 일이 되느라고 연구소 쪽 직원한테서도 권 선배를 통해 의뢰가 들어왔다. 모 프로젝트 건으로 인해 통상적인 자료조사에 시간을 내기가 여의치 않은 모양이었다. 그런 프로젝트라면 얼마든지 하라고 하고 싶다.

무종은 업계 해외 전문사이트에서부터 야후, 구글까지 들어가 자료에 도움 되는 거라면 뭐든 끌어와 비교, 대조, 분석해보고, 필요하면 원문을 번역해 원문과 함께 자료에 올린다. 이런 건 무종처럼 업계의 경력자가 하는 게 효율적이고 정확하다. 저번에 실수하긴 했지만 두 번 실수는 없다고 봐야 한다. 일은 한 번 실수해본 사람이 더 잘하는 것이다. 그러니 구관에게 일을 맡기는 게 더 안전하다는 걸 선배는 알고 있었던 것이다. 한 번의 실수 끝에, 해외 CEO들의 동향에 관한 자료조사에 열과 성을 다해 가히 혼신의 힘을 기울여 임했고, 인내를 갖고 기다린 결과 두 배의 일거리가 생긴 것이다. 이것으로 아이들 과자값과 장인 맥주값과 잘하면 빌라 관리비도 낼 수 있을 것이다. 물론 아무리 돈이 많이 들어온다 해도 장인의 사진전시회에 보탤 돈은 동전 한 개도 없었다.

흥미로운 기사가 하나 있었다. 미국 피츠버그 소재 철강회사 CEO인 리차드 씨가 뉴욕의 여변호사와 밀회를 즐기다 이혼 위기에 처했다는 것이다. 결혼 전 시트콤 드라마에 출연한 바도 있는 아내가 위자료로 3천만 달러를 요구하고 있지만 리차드 씨는 이혼서류에 사인할 생각이 없다고 한다. 거래처와의 회담에 참석 중이어야 할 리차드 씨가 마이애미의 한 식당에서 젊은 여자와 함께 뭘 처먹다가 아내의 연예계 동료에게 발각되었고, 다음날 오전 호텔 수영장에서 수영복 차림으로 서로 장난치는 모습이 또다시 목격되었다는 거다. 여자는 미혼에 미모며 이혼전문 변호사였다. 여기서 다시 반전이 일어나는데 아내의 동료라는 여자는 동시에 아내의 애인이라는 의혹을 받고 있다는 것이다. 리차드 씨는 아내의 동성애 의혹을 제기했지만 법원에서는 '그래서?' 하고 나올 가능성이 높다 하였다.

무종은 리차드 씨의 경우에서 현아 씨와 그녀의 남편을 떠올렸다. 남녀 사건은 지구촌 어디서나 비슷한 모양새로 자행되고 있었다. 모닝샴푸 회장님과 회장 사모님과 송 감독과 현아 씨의 남편과 현아 씨와 거기에 무종까지 얽히고설켜 그 미스터리와 선정성은 한국판이 더 했다. 앞으로 리차드 씨는 어떻게 될 것인가? 그리고 현아 씨와 그녀의 남편은? 3천만 달러는 아니더라도 300만 달러 소송이 제기되는 건 아닐까? 한편으론 3천 달러짜리 인생이 여기 있었다. 그런 헐값의 남자가 이런 고급 유희에 동원되는 것만 해도 어딘가.

무종은 리차드 씨의 운명을 예의주시해 보기로 했다. 이제 국내 CEO들도 이러한 사례에서 값진 교훈을 얻어 재산을 뺏기고 명예를 손상당하는 대신 원만한 합의를 이끌어내는 법을 배워둬야 할 것이었다. 이런 것이 자료로 올라오면 오송철강 CEO와 중역들은 당장 그날 저녁이라도 애인과 아내를 교대로 점검하느라 엉덩이에 불이 날 것이다. 무종은 민완기자가 된 기분으로, 앞으로도 이러한 방면을 탐사하는 데 있어서 자신의 활약에 제한이 없을 것임을 예감하였다.

그런데 이 일을 언제까지 할 수 있을까. 부정기적인데다가 또 선배가 지방으로라도 발령 나면 일감이 줄거나 아예 없어지지 않을까. 젠장, 정년퇴직한 고참부장이나 회사의 녹을 먹을 만큼 먹은 중역들은 하청업체를 세우도록 해 물량을 주고 편의를 봐주면서, 이 평직원이 좀 먹고 살려는데 조그마한 편의조차 못 봐주면 그건 불공정하지. 경제민주화가 아니지. 아니다, 그런 말은 입 안에서라도 웅얼대면 안 된다. 그나마 있던 일감마저 없어져버릴 수가 있다. 아무튼 이번 일은 돈을 좀 더 받았으면 좋겠다. 욕심이겠지만 욕심 좀 부리자 싶었다.

　무종은 자판을 두들기던 손을 내려놓고 허공을 응시한다. 녹색어머니회도 드라마 피피엘도 단체구매도 외국 바이어와의 계약 건도 모두 여의치 않고 그저 몇 푼 들어오는 이 알바비만이 확실한 수입이었다. 복권 두 장이 있지만 그건 복권 두 장이었다. 회사는 선수금 이자를 까고 수당이라고 몇 푼 지급할 것이다. 그것이 10만 원 이하라는 걸 이제는 안다. 참, 현아 씨가 돈을 주겠다고 했지. 탐정 일의 대가로 말이다. 무종은 그녀 생각을 의식적으로 피하고 있었다. 그녀에 대한 연민과 탐정 일의 부담 사이에서 무종의 가슴은 찢기고 있었다. 그 둘을 솜씨 좋게 봉합할 바느질 솜씨가 그에겐 없었다. 그녀의 선의는 알겠지만, 그 선의는 속됨을 포함하고 있었고, 속됨을 통해서만이 그녀에게 기쁨을 줄 수밖에 없다면 무종의 선택은 제한적이어야 했다.
　탐정이 되는 것, 불륜의 증인이 되는 것, 그럼으로써 그녀에게 이혼과 재산분할이라는 세속적인 승리를 안기고 무종은 역할을 끝내는 것이다. 어쩜 새 역할이 주어질지도 모르지. 승리를 거둔 그녀에게 안기는 역할. 그녀는 애써 본심을 숨기고 있는 게 아닐까. 이 모든 소동이 끝나면 충분한 재산을 확보한 자유의 여인으로 곧바로 무종을 선택하겠다는 결심을 말이다. 무종은 머리를 흔들었다. 불행한 그녀를 구원할 순 있어도 돈을 깔고 앉은 그녀를 구원할 순 없다. 그건 소설에도 영화에도 없는 캐릭터였다. 어떤 드라마는 그런 인물을 전면에 내세우기도 하지만 그건 사랑의 순수성과 위대함을 돋보이게 하기 위한 전략적 장치 아니겠는가. 그녀가 순수성을 보전하는 방법은 임무를 완수한 김무종 탐정에게 한잔 술을 사고, 그가 취하기 전 그만 일어나 가주는 것이었다. 아마도 그녀는 그 길을 택할 것이다. 임무를 끝낸 무종 또한 갈 데가 어디 있겠는가, 마덕리 외에는.

그리고 그녀의 남편은 어떻게 되나. 여기서 다시 무종의 머리가 번뜩였다. 회장님의 아내 즉 사모님께서 현아 씨의 남편과 송 감독을 동시에 편력한다? 이건 충분히 가능한 얘기였다. 애인과 애인의 친구를 교대로 만나는 여자는 사건 추적 프로그램에 얼마든지 나오는 인기 캐릭터였다. 현아 씨 말대로 남편을 미행해 봐야 답이 나올 것이다. 그러려면 시간과 돈이 드는데… 자칫 회사에서 잘릴 수도 있고. 그런데 그녀가 선금인지 진행비인지 하는 걸 공개된 탁자에 내려놓지 않고 슬쩍 주머니에 찔러주었더라면 모른 척 받았을까? 피피엘에 투자만 할 수 있다면 영혼이라도 팔고자 하는 무종이었다. 허니 알 수 없는 일이었다. 사랑의 두근거림이여, 순수의 세월이여. 무종은 신기루처럼 멀어져가는 그것을 보고 있었다.

일요일 내내 무종은 아이들과 씨름하면서 틈틈이 알바일을 했다. 결정적으로 송 감독에게 보낼 편지를 완성하였다. 명함을 받아 놓은 게 있어 메일로 보낼 수도 있었지만, 매우 중차대한 문제라 직접 손으로 써 등기로 부치기로 했다.

감독님 전상서

안녕하십니까? 감독님. 일전에 박정훈 부장님과 함께 만나 뵌 모닝 인더스트리의 김무종입니다. 공항에서는 경황이 없어 제대로 인사를 드리지 못했던 것 같습니다. 중국에서의 일은 잘 진행되었는지요? 지금쯤 큰 성공을 거두시고 돌아와 고국의 하늘 아래 계실 것으로 믿고 이렇게 글월 띄웁니다.

지난날 한돈돼지갈비집에서 감독님께서 해 주신 여러 말씀, 영업 쪽으로나 마음 쪽으로나 제게 큰 도움이 되고 있습니다. 감독님 감사합니다. 드라마라는 영상매체의 영향력과 그 파급력을 새삼 실감한 하루였고, 현대인들이 집에 들어가 드라마를 틀어놓고 하루의 피로를 푸는 데 감독님 같은 분의 땀과 열정이 전제되어 있었음을 알 수 있는 귀중한 시간이었습니다. 감독님, 그날 박정훈 부장께서 드라마 피피엘 이야기를 꺼냈고 모닝샴푸의 경우 어떤 계기가 주어지면 크게 성장할 수 있는 제품이라고 두 분이 말씀 나누는 걸 들었을 때, 저 또한 거기에 공감하며 제가 할 역할이 무엇일까 곰곰이 생각해보았습니다. 그것이 그날 박정훈 부장이 말한 대로 금액으로 투자하는 게 있을 수 있고, 또 제 힘닿는 한까지 감독님 일에 협조하고 성의를 다 하는 것도 있을 수 있다고 생각되어졌습니다. 아무쪼록 감독님과의 만남이 좋은 인연으로 이어져 아름다운 결실을 맺기를 기원해 봅니다. 감독님 고맙습니다. 불러주시면 언제라도 찾아뵙겠습니다. 차가운 날씨에 감기 조심하시기 바라오며 감독님 가정에 평안과 행복이 가득하기를 기원합니다.

모닝샴푸 영업B팀 차장 김무종 드림

사실 돈 외에 무엇을 협조하겠다는 건지, 편지 내용으로 봐선 분명치

119

않았다. 촬영현장에 가서 허드렛일을 하겠다는 것 같기도 하고, 엑스트라로라도 써 달라는 것 같기도 하고, 돈도 투자하고 몸으로도 헌신하겠다는 것 같기도 하고, 생각하기 나름이었다. 이렇게 두루뭉술하게 쓴 데는 이유가 있었다. 돈이 혹 구해질 수도 있으니 돈은 투자 못하겠다고 딱 잘라 애기할 필요까진 없다는 거고, 어떤 식으로라도 감독님과 함께하고 싶다는 마음을 전달함으로써 끈을 놓지 않으려는 거였다. 돈이 없어 피피엘을 포기하기엔 분하고 애석했다. 이렇게라도 최선을 다해 봐야 하지 않겠나, 그런 절실한 심정으로 편지를 썼고 문장이나 조사를 고치느라 거진 반나절이 갔다. 더 고치다간 병이 날 것 같아 마지막으로 한 번 읽어보고는 잘 접어 흰 봉투에 넣고 풀로 봉해버렸다. 회사 나가는 길에 빠른 등기로 부치면 될 것이었다.

할 일을 했고 해야 할 일을 했고, 그런 후 맞이하는 작은 휴식 공간에 무종은 대추차 한 잔을 끓여 놓고, 유독 분주했던 지난 몇 주의 일들과 마음속에 들끓는 상념들을 떠올리며 눈을 감고 있었다. 한 해의 결실을 맺는 12월에, 지난 한 해를 뒤돌아보고 다가올 새해 계획을 설계해보는 이 수확과 포부의 달에, 무종은 자신이 그간 무엇을 거두었고 거둘 것은 무엇인지 자문하고 있었다. 얻은 것은 오현아의 비밀이요, 잃은 것은 옛사랑인가. 얻은 것은 환상이요, 잃은 것은 시간인가. 얻은 것은 복권 두 장이요, 잃은 것은 희망인가.

"아빠, 쉬."

언제 깼는지 민주가 거실에 나와 있었다. 화장실 앞에서 보초를 서라는 거다.

요강을 한 번 건의했다가 아내가 묵살하면서 아이는 번번이 변기용 작은 덮개를 사용해야 했다. 소변 본 물을 못 내리게 하고 무종도 소변을 보고 나오자 아이는 이미 이불 속으로 들어가 코를 골고 있었다. 경서도 이마에 반창고를 하나 붙인 채 깊이 잠들어 있었다. 상처도 없는데 저렇게 한 번씩 붙이곤 했다. 이놈과 재희의 앞날은 어떻게 될 것인가? 착잡한 심정을 금할 수 없었다. 재희 엄마라는 커다란 장애물을 극복하고 거기다 재희의 마음까지 얻을 수 있을지 …….

아이들이 앞으로 두 시간은 깨지 않는다고 본 무종은 집을 나서 동네를 한 바퀴 돌았다. 밤공기를 쐬며, 간단하게 한잔할 술집이 있을까 기웃거리고 다니다 어느 순간 실내에 뜨거운 김이 오르는 오뎅바 앞에 멈춰 섰다. 무종은 주머니의 지폐를 세며 거기 한참을 서 있었다. 그러다 돌아서서 집으로 걸어가기 시작했다.

6 다이아몬드로 남은 아버지

"사느냐, 죽느냐. 이제 이 두 가지밖에 없소이다. 즉 우리가 살아남느냐, 뒤지느냐. 그거밖에 없다고. 무슨 말인지 모르는 사람? 있으면 손들어 봐. 손들어 보라고!"

월요일이 조회로 시작되는 건 모닝 인더스트리도 다를 바 없었다. 때는 추위가 맹위를 떨치는 12월 중순, 서울과 수도권 각지에서 전철로 버스로 부리나케 달려온 열여 명의 샴푸맨들은 난방이 시험 가동 중인 음산한 사무실에서 초긴장상태로 기립해 있었다. 그들의 앞에는 모닝 인더스트리 대외영업을 총괄하고 있는 황춘식 소장이 두 손을 허리춤에 얹은 채 사자후를 토하고 있었다.

소장의 붉게 상기된 얼굴이 고조되는 흥분으로 터질 듯 부풀어 올랐다. 누구는 이러한 모습을 '길길이 날뛴다'고, 누구는 '광분'이라고 폄하할 수 있겠지만, 무종의 눈에는 대전투를 눈앞에 둔 맹장으로서 기념비적인 출정연설을 하고 있는 장엄한 모습으로 비쳤다. '병사들이여, 여러분은 오늘 승리를 거둘 것이다. 자비는 없다. 무찌르고 약탈하라. 그 대가는 금붙이며 금붙이로 사는 화려한 삶이 될 것이다. 허니 전진하라. 승리하라. 오늘 우리는 오직 승리만을 기억할 것이다!' 무종은 드라마에서 본 중세 서양 장군의 모습까지 떠올렸던 것이다.

현대화가나 전직교감이나 퇴역상사 같은 몇몇 시시껄렁한 인물들뿐 아니라 이인걸을 포함한 그동안 좀 나간다 싶은 영업맨들까지 총집합한 출정식에서 소장은 '죽음 아니면 판매'라는 비장한 각오를 밝히고 또 요구했다. 회장님이 지시한 영업목표 달성을 위해, 기 할인에 추가 할인을 해서라도 각자 총돌진하라고 입에 거품을 물었다. 비록 눈앞의 야전장교들에게, 그들이 그동안 이룩한 크고 작은 전공들에 대한 치하 및 앞으로 세울 전공에 대한 격려사를 빼먹고 독려하고 있었지만, 세심함이 다소 부족한 무지막지 언어로 일관하고 있었지만, 목표에 대한 열정과 조직에 대한 충성심은 모두를 감복시키기에 모자람이 없었다. 그러나 눈알이 튀어나올 듯 부릅뜬 두 눈과 금방이라도 피가 뿜어져 나올 듯 부풀어 오르는 목덜미의 핏대로 짐작하건대 소장이 곧 기절하는 데는 큰 어려움이 없어 보였다.

무종으로 말하자면 소장의 지루할 정도로 끈질긴 체력과 샴푸원액도 게워낼 오장육부의 복원력과 나날이 강화되고 있는 불구의 정신력을 찬양하지 않을 수 없었다. 소장은 샴푸 판매가 정해진 목표에 근접하기까지는 쓰러질 수 없는 인간이었다. 그럼에도 소장의 이러한 모습은 샴푸맨들을 극도로 긴장시키고 내장을 뒤틀리게 하고 있었다. 특히 최근에 입사한 두 신입사원 중 트럭을 몬 이 차장은 바퀴가 내려앉은 듯 주저앉을 태세였다. 알고 보니 그는 불과 며칠 차이로 선수금도 못 받은 상태에서 뛰고 있는 중이었다. 회사 자금사정이 악화되어 가는 와중에 입사한 불운 탓이었다. 대학원 휴학 중이라는 또 하나의 신입사원은 일주일도 못 채우고 퇴사해버려 여기에 없었는데, 그는 젊은 나이에 중소기업 차장 출신이라는 큰 이력을 갖춘 상태에서 지금 이 시간 어느 일류회사의 조회에 참석하고 있을 터였다. 상대적으로 장기근무자인 무종은 고참답게 초인적인 인내로 이 상황과 맞서고 있었다. 낙담하거나 두려움에 떨고 있지만은 않았다. 지금은 자신의 실적이 바닥을 헤매지만 고급두피케어나 피피엘 등 여러 방면으로 숨통이 트일 가능성을 보고 있었다. 더 멀리는 중국과 인도와 인도네시아 시장이 있었다. 위대한 세일즈의 세기가 다가오고 있었고, 그 선두에 김무종의 이름이 휘날리는 건 시간문제였다.

한편 이인걸은 스마트폰을 들여다보며 입가에 짓궂은 웃음을 머금고 있었다. 소장에 대한 조롱에 가까운 그러한 모습은 팀은 져도 나는 계속 안타를 양산하고 있다는 심술에 다름 아니었다. 놈의 스마트폰을 뺏어 창문 너머 던져버리고 싶었지만 소장이 놔두라는 얼굴을 하고 있어 무종은 참고 있었다. 박 부장도 별 표정 변화 없이 먼 산을 보고 있었다. 아까부터 그는 제대로 서 있지도 않고 책상 의자를 끌어다 앉기도 하고 팸플릿을 들여다보는 등 방만함이 도를 넘어 있었다. 모르는 사람이 보면 태연을 가장한 이러한 산만한 짓거리로 소장의 위력에 맞서려는 것 같았다. 실은 어떤 주요인물이 주주 신분을 감추고 회의에 참석할 때 나올 수 있는 그러한 태도였던 것이다.

"누구야? 지금 욕한 인간!"

소장이 끝날 듯 끝날 듯 끝나지 않는 연설을 멈추고 인상을 썼다. "좆 같네." 소리가 어디서 나온 직후였다.

"누가 좆 같다 그랬어? 응? 진짜 좆 같은 게 뭔지 보여줘?"

"좆 까고 있네."

124

이번엔 모두가 들을 수 있을 정도로 분명한 목소리였다. 좆의 주인공은 놀랍게도 30대의 문 씨였다. 전직 택배기사로 팔 인대가 늘어나면서 무게가 1킬로 미만인 샴푸로 업종전환을 했으나 그동안 있는 듯 없는 듯 조용하기 그지없던 사내였다.

"다시 한번 해봐. 지금 한 말."

소장이 목소리를 착 깔았다.

"그동안 좋은 경험 많이 했소이다. 잘들 지내시오. 나는 갑니다."

문 씨가 소장과 영업맨들을 향해 내뱉듯 말하고 돌아섰다.

"어딜 가냐? 돈 갚고 가야지, 시발놈아."

"주소 있으니 내용증명 보내시오. 법 됐다 뭐 하시게."

문 씨가 뒤도 돌아보지 않고 문을 향해 걸어가자, "개호로새끼" 외치며 올빼미가 뒷덜미를 낚아채려는데, "놔 두지 그래." 하고 박 부장이 철제 책상 모퉁이에 걸쳐두었던 엉덩이를 떼며 말했다.

"그냥 보내주라고. 서류만 은하 파이넌스로 넘겨, 미스 정."

"이건 또 뭔 잡소리야. 박 부장니임, 왜 대납하시게요?"

소장이 말했다.

"매뉴얼이 있으니까 그대로 하라는 거요. 그게 싫으면 존나게 패고 독박 쓰든가."

"때리라 그러시오. 어차피 좆 같은 인생인데 치료비나 좀 받아보게."

문 씨가 빨리 나가지 않고 버티고 서서 도발하자, "아유 요걸 그냥!" 하고 올빼미가 주먹을 들어올려 때리는 시늉을 했다. 이때 다리가 하나 허공으로 쭉 뻗더니 정확하게 올빼미의 면상 10센치 앞에서 멈췄다. 올빼미가 "어!" 소리를 지르며 뒤로 발라당 넘어지며 엉덩방아를 찧었다. 태권도 원장이 다리를 거두어들여 바닥에 내려놓은 다음, "이 따위 싸구려 샴푸를 파느니 올림픽 금메달 따는 게 빠르겠다. 나도 굿바이다. 시발놈들아."
하더니 "갑시다."라며 문 씨의 팔을 잡고 함께 문을 향해 걸어갔다.

"저 새끼가 미쳤나."

소장이 어이가 없는 얼굴로 태권도 원장의 등을 쏘아보더니 침을 찍 뱉
었다. 나머지 영업맨들이 웅성거리자, "시발새끼들, 뒤지고 싶으면 무슨
짓을 못해. 저 새끼들 앞으로 어떻게 되는지 잘들 지켜보라고." 하며 영업
맨들을 형형한 눈빛으로 훑었다. 겁박을 해서라도 일시적인 혼란을 잠재
우고 구질서를 되찾으려는 거였다.

"문 씨, 복권 당첨된 거 아니야?" 전직교감이 조그맣게 말했다.

"정규직으로 취직한 거 같은데?"

누군가 말했다. 취직, 가장 아픈 한마디였다. 동료의 신분이동이야말로
함부로 듣고 싶지 않은 이야기인 것이다. 만약 복권도 신분이동도 아니라
면 문 씨는 이제 인생 조진 거라고 봐야 했다. 빚 500이 빚 1억을 찍는 건
살아있는 한 피할 수 없는 것이었다. 태권도 원장이라고 다를 바 없었다.
두들겨 맞아도 더 두들겨 맞지 체육인이라고 봐 준다는 건 이 세계에서는
없는 일이었다.

"내가 보기엔 팔이 다 나은 거요. 택배기사면 개인사업잔데 다시 트럭
몰면 되지."

쭈꾸미가 모르는 소리 말라는 듯 말했다. 그 말대로라면, 샴푸영업을
요양차 해온 사람이 있다니! 택배차량 하나만 갖고 있어도 그렇게 배짱
으로 나갈 수 있는 거였다.

"그런데 그 두 사람 그렇게 가버리고도 무사할까?"

아까 소장이 저 새끼들 어떻게 되는지 두고 보라고 한 소리가 있어 무
종이 한마디 하자 전직교감이 주위를 흘끗거리더니 목소리를 조그맣게

해서 속삭였다.

"몇 달 전에 그만둔 사람들 중에 교통사고로 죽은 사람이 있다고 했어. 근데 그 사람이 회사 그만두기 전에 노동청에 신고하겠다고 했다는 거야."

"그래요?"

"우연인지… 설령 신고를 해서 돈 좀 받아낸다 해도 그 뒤가 문제야. 죽는 수가 있잖아."

"죽여도 연속으론 못 죽이겠지. 교감선생께서 먼저 신고해 보시오."

쭈꾸미가 이죽거렸다. 연속으로 죽이진 않는다 해도 팔 하나 부러뜨리는 건 일도 아닐 것이다.

소장이 떠들지 말라는 인상을 쓰고 영업에 대해 몇 마디 더 했으나 말이 꼬인다 싶더니 결국 입을 닫았다. 기력이 쇠진되어 가는지 두 눈을 감고 이빨을 꽉 깨물고 있었다. 속으로는 이대로 가면 자신의 위치가 위태롭다고 느끼는 것 같았다. 사실 영업직원들이 소장 한 사람 지키지 못한다면 문제가 있는 거였다. 어느 조직이건 그건 마찬가지였다. 총무이자 경리인 미스 정도 자신도 책임을 느끼는지 전에 없이 심각한 표정으로 업무에 임하고 있었다. 소장이 어디선가 걸려온 전화 한 통을 받고는 고함을 쳤다.

"뭐야? 약을 먹어? … 왜?… 뒈질려면 외국 나가서 뒈지지 대한민국이 지네 안방이야? … 알았어. 혹시 형사가 찾아와 캐물으면 사생활이 복잡한 것 같더라고만 말해. … 그래."

소장이 굳은 얼굴로 잠시 생각에 잠기더니, "다들 뛰어!" 그 말만 하고는 사무실을 나가버렸다. 그 어느 때보다 장엄했으나, 불순한 두 사내의 일탈로 작은 파문이 일기도 했던 조회는 그렇게 해서 막을 내렸다. 영업맨들이 저마다 뭐라고 한마디씩 하면서 책상으로 가거나 가서 전화를 돌리거나 바깥바람을 좀 쐬어야겠다는 듯 밖으로 나갔다.

"누가 죽은 거야?"

갈 데가 없는 듯한 전직교감이 미스 정에게 물었으나 그녀는 고개를 흔들었다. 전직 영업맨이 교통사고사 당했다는 말을 좀 전에 들은 터라 무종은 아까부터 소름이 돋았으나 애써 표정을 감추고 있었다. 한편 박 부장이 묘한 웃음을 띠고 있어, 비밀요원으로서 이미 내사에 착수한 것 아닌가 하는 의문이 들었으나, 설마 살인사건은 아닐 거라고 보고 그만 신경을 끄고자 했다. 무엇보다 마음이 급했다. 내일은 어찌 될지 몰라도 오늘 하루만은 얼마라도 실적이 거양되어야 했다. 소장이 빈손으로 하루를 마감하게 할 수는 없었다. 소장 입에서 험악한 탄식이 또다시 새어 나와서는 곤란했다. 비록 두 영업맨이 실적 압박을 못 이기고 현장을 떠났지만, 누가 뭐라 해도 그는 아직 모닝 인더스트리 호의 기관장이었다. 기관장을 엿 먹이면 돌아오는 건 역시 엿일 거였다.

'오늘 사무실로 놀러 가도 되나? 모닝 인더스트리 영업 B팀 차장 김무종'

그동안 이런저런 이유로 껄끄러워 연락을 안 한 동창명단을 뒤져 이렇게 단체문자를 여덟 군데 날렸다. 그중 한 놈은 오래전에 통일문제로 입씨름을 한 적 있어 상당히 켕겼으나 소장의 기분을 조금이라도 풀어드릴 수 있다면 녀석뿐 아니라 종교문제로 다툰 놈한테라도 연락하지 못할 건 없었다. 사람이 이렇게 다급한 마음을 품으면 망설이고 자시고 할 게 없는 것이다. 그런데 답이라고 온 것들을 보니 눈앞이 어두워졌다.

'이사한테 깨지고 있는 중이다. 오늘 날이 안 좋다.'

'동창회에 나와라. 그때 이야기하자.'

'차 안이다. 구미 가고 있다.'

'마누라 출근하고 설거지 중임. 집으로 올래?'

'뭔 얘긴지 모르지만 내년 구정 쇠고 와라.'

그렇게들 다섯 군데서 답신이 왔다. 다 필요 없었고 추가로 온 문자 하나가 가슴을 뛰게 했다. 최동순의 보안 회사에 전무로 재직했던 이영호의 문자가 그것이었다. 일전에 최동순의 행방을 수소문한 것을 잊지 않고 있다가 근황을 알려온 것인데, 놈이 영등포 이불공장에 근무하고 있다는 것이다. 김무종이 뭘 팔러 오리라 짐작한 이영호가, 무종의 방향을 틀게 만들려고 얼른 알려준 것이었다.

휴대폰에서 주소를 검색한 무종은 한 줄기 빛이 비쳐오는 것을 느꼈다. 녀석이 월급을 받고 있다니, 잘 되었다 싶었다. 소득이 있는 자만이 빚을 갚을 수 있는 것이다. 그리고 프랑스 여배우는 무슨 여배우야. 샴푸는 공장 아줌마들이 더 쓰지.

오후에 갈 데가 하나 생긴 무종은 다소 여유가 생긴 목소리로 공 마담에게도 안부 전화를 띄웠다.

"웬일이세요? 아침부터." 잠이 덜 깬 목소리로 마담이 받았다.

"아… 샴푸 저번에 사 가신 거 사용 좀 해봤나 싶어서요."

"샴푸요? 네, 해 봤어요. 그런데요?"

"사용해보니 어떤가 싶어서요."

"글쎄요? 뭐 알고 싶은 거 있으세요?"

"… 여성들이 사용하기에 어떤지."

"김 과장님."

"네."

"구 상무님 모시고 한 번 오세요. 상무님 요새 어디 단골 생기셨나 봐. 끝내주는 언니도 새로 왔고… 꼭 좀 모시고 와요."

"… 네."

"모레쯤 어떠세요?"

"네?"

"모레 오세요."

"모레는 좀… 봐서 연락드릴게요."

"바쁘세요?"

"아 좀. 로샤 까르디네 라고 좀 봐야 될지도 모르고."

"누구요?"

"로샤 까르디네요."

"러시아 여자예요?"

"아니오, 불란서 배우예요. 우리 샴푸를 직접 사용해 보고 있는 중인데."

"아 그럼 같이 한번 와요. 요즘 코리안 팝 땜에 외국인들도 노래방 너무 좋아하거든요."

"네, 그럼."

로샤가 짱살롱에서 노래를 부른다는 거야말로 신문에 날 일이었다. 마담을 통해 대형 야간업소들을 소개받는 건 아무래도 시간이 필요해 보였다.

무종은 휴대폰에 고개를 박고 있는 미스 정에게 로샤 까르디네를 아느냐고 물어보았다.

"샴푸 이름이에요?"

엉뚱한 소리를 했다. 프랑스의 유명 여배우라고 하자, "그래요? 그런데

130

왜요?" 하고 턱을 치켜들었다. 무종이 난감해 하자, 지금이 어느 땐데 그런 한가한 소리나 하고 있냐는 눈빛을 주고는 턱으로 물품박스 쪽을 가리켰다. 한눈에도 박스가 찌그러져 있었다. 가까이 가 보니 구둣발로 마구 밟았는지 흙이 잔뜩 묻어 있고 샴푸 두 개 정도가 터져서 진액이 흘러나와 있었다.

"그 사람들 짓이에요?"

눈이 동그랗게 된 무종은 일전의 두 캐비닛을 떠올리며 미스 정에게 다가가 누구 들을세라 조그맣게 말했다. 미스 정은 고개를 빠르게 좌우로 흔들며 눈으로 아니라고 말하고 있었다.

"그럼?"

"… 회장님." 미스 정이 속삭였다.

"네에?"

"아침 일찍 오셨다 가셨어요. 소장님 완전 깨지고요."

놀라운 일이었다. 직접 오셔서 구둣발을 놀려 저걸 저렇게 만들어 놓다니. 그 울분을 그 몸부림을 눈으로 보는 듯했다. 애지중지 새끼나 다름없는 샴푸의 찢긴 상처에서 고통스럽게 새어나오는 피고름, 그것은 곧 회장님의 피고름 아니겠는가.

이러한 참담한 상황에 대해 박이 무슨 대답을 갖고 있지 않나 싶어, 그 대답을 들려주기 위해 식사나 하자는 눈짓을 보내오지 않을까 싶어 한참을 박을 바라보았으나, 박은 입김을 날려가며 손톱깎이로 손톱을 가는 걸로 대답을 대신하였다. 무종도 출근길에 송 감독에게 편지 보낸 게 있어, 몰래 무슨 일을 저지른 것 같아 박과 정면으로 마주치기가 불편했다. 벌써부터 투자를 둘러싸고 협업보다는 주도권 다툼을 벌이는 기분이었다. 속 시원히 '논의 좀 합시다' 하고 나서지 못하는 자신의 처지가 쓰라렸다.

박이 식사를 함께할 생각이 없는 걸 보고 무종은 바로 사무실을 나왔다. 이인걸이 전화를 받으며 화장실에서 나와 그를 스쳐 복도 끝으로 걸어갔다. 오줌 누면서 전화 받는 걸 큰 자랑처럼 여기는 자들이 있는데 이인걸이 그랬다.

"시발 확 군납을 해버릴까 보다. 한 삼십만 개 주문 오면 소장 눈깔이 뒤집어지겠지."

계단을 내려가다 돌아보니 바로 뒤에서 퇴역상사가 비감한 얼굴을 하고 있었다. 무종은 '왜 인민군에 납품하지 그러시오?' 하려다 말았다. 제품을 밀어내서라도 당장 매출을 크게 올리지 않으면 안 될 비상사태에 처한 것으로 보이는 회사 상황을 감안해 볼 때, 지금 그런 한가한 농담을 주고받을 때가 아니었다. 게다가 방금 둘이나 퇴사해버려 남은 영업맨들의 어깨가 더욱 무거워졌다. 건물 밖으로 나오자 앞에 현대화가 흰 스펀지로 둘러싼 커다란 그림을 들고 걸어가고 있었다. 그림이 땅에 닿지 않게 팔을 불편하게 치켜들고 있었다. 어디 팔러 가는지 부지런히 걸어갔다. 무종은 미행하듯 그를 따라 지하철로 들어가 영등포 가는 전철을 탔다.

"여기 보안은 잘 되겠다."

처음부터 무종의 날카로운 공세를 경험한 최동순은 울컥하는지 쓸쓸하게 웃었다. 아픈 곳을 찌른 건데, 무종 자신도 보증 서준 거 땜에 얼마나 괴로웠는지 녀석이 알까 싶었다. 뭐 땜에 녀석을 동정해야 하나.

"전화번호가 달라졌으면 연락을 해야지."

"더러운 놈이 하나 있어 그렇게 했어. 넌 모른다. 사업이 망하면 백 가지 문제가 생기는 거야."

"그야 그렇겠지. 형편은 좀 어떠냐."

"이러고 있는 거 보면 모르냐. 말이 관리부장이지 계약직이야. 월세만 겨우 내고 있다. 좀 기다려라. 내후년에는 나아지지 않을까 싶다. 사업 아이템도 하나 있고."

내후년… 무종은 가슴이 답답해왔다.

"백만 원도 안 되냐?"

"교통카드만 들고 다녀. 회사에서 주는 밥 먹고. 사람도 안 만난다."

무종은 샴푸라도 팔아야 되겠다 싶었다. 950만 원 수당이 떨어지려면 개당 7천 원에 3천 개는 팔아야 하는데… 계산은 그런데 일단 가방에서 샴푸를 꺼내 공장 휴게실 탁자에 내려놓았다.

"야, 요즘은 공장 아줌마도 다 개성시대야. 지 쓰고 싶은 거 쓰지 누가 권한다고 쓰지 않아. 그리고 다 이름 있는 거 써. 샴푸 얼마 한다고 모닝인지 나이트인지 하는 생전 처음 보는 제품을 쓰겠냐."

섭섭한 소리를 했다. 놈은 심했다 싶은지 자판기에서 커피 한 잔을 뽑아와 내밀었다. 여기 오기 전 김밥을 두 줄 먹어둔 터라 커피가 부드럽게 넘어갔다. 관리부장은 그다지 두텁지 않은 푸른 누비잠바를 입고 있었는데 공장이 얼마나 난방이 잘 되는지 과시하고 있었다. 얼굴이 좀 피곤해 보이긴 해도 굶어 죽어가는 기색은 아니었다. 그렇다고 신수가 훤하다고는 도저히 말할 수 없었다. 보안회사를 운영할 땐 연애질깨나 하던 세련 남이었는데, 요 근래 단 한 번도 데이트를 못해 본 작자의 꼬라지를 하고 있었던 것이다.

"개성시대니까 우리 거 쓸 수도 있는 거지."

"개성이라고 아무 거나 쓰냐?"

"여종업원이 모두 몇이냐?"

"여종업원? 좀 돼."

왜 묻는데 하는 얼굴이었다. 무종이 아까 얼핏 들여다본 공장 내부는, 기계는 좀 있는데 단체로 화장실에 갔는지 남녀 합쳐서도 손가락으로 셀 정도였다. 이불공장이라면 그 어느 곳보다 포근한 기운이 감돌아야 할 터 인데, 그보다는 오래된 것 같은 빈한한 냄새가 더 많이 매캐하게 떠돌고 있었다.

"인력 확충에 어려움은 없냐?"

무종이 기업의 애로사항을 조사하는 구청 공무원처럼 묻자 관리부장은 얼른 조사받는 태도를 취하였다.

"퇴사 셋에 입사 둘이다."

임금이 박하고 복리후생이 엉망이라고 봐야 했다.

"신규인력 채용 시 정부에서 보조금이 나오지 않나?"

무종이 날카롭게 지적하자 결코 회사 극비사항일 수도 없는데 관리부 장은 땡감 씹은 표정을 지었다.

"… 뭐 그거라도 있어야 사람 쓰겠지."

"처음엔 훈련수당도 나오고?"

"상황에 따라서."

결국 관리부장으로 하여금 바른 말을 실토케끔 한 무종은, 아내를 이곳 에 추천하는 건 비록 2교대에 식대가 따로 나온다 하더라도 재고해봐야 할 것 같았다. 지원이 끊기면 그땐 어떻게 되나 싶었다. 무종은 잠시 생각 후 다음 단계로 나아갔다.

"여기 경리는 일을 어느 정도 하나?"

관리부장이 낯을 찌푸리며, "경리라니?" 하고 반문했다.

"경리 하기에 따라 매출과 순이익이 오르락내리락하지 않나? 세금 안

내도 될 걸 곧이곧대로 기재해서 경영상의 타격을 입힌다든가."

그런 문제가 있음인지 관리부장은 주저주저하며 대답을 하지 못했다.

"경리가 잘해야 불필요한 비용도 줄이고 그러지."

"… 원래 돈계산은 아무한테나 안 맡기지. 특히 사주가 오너인 경우."

"친척이란 말인가? 경리가."

"10년째지."

그러면서 관리부장은 주위를 살폈다. 청소하는 아주머니가 쓰레기통을 비우고 나갈 때까지 입을 다물고 있었다. 그도 뭔가 회사의 체제에 불만을 갖고 있는 듯했다. 무종은 변가영이라면 다년간의 경리 경력을 살려 이 이불공장의 재무제표를 건전화하는 데 일익을 담당할 수 있을 거로 보았다. 급여는 업계 평균에서 약간 상회하는 정도면 아내가 오케이하는 데 큰 문제가 없을 것이다. 그러나 알다시피 친척을 몰아내는 건 쉬운 일이 아니다. 친척이 경리라면 온갖 경영상의 비리나 탈세사항을 머리나 자료에 잔뜩 담아갖고 있을 터인데, 잘못 건드렸다간 신고니 고발이니 부산을 떨어 세무조사받는 불상사가 생길 거고, 그러니 그런 위험을 무릅쓰고 사람을 물갈이하겠나 싶었다. 돈 앞에는 형제도 없는데 친척은 더욱 없다고 봐야 했다.

"다른 종업원들은 근속 상태가 어떠냐? 장기근속자가 많은 편인가?"

"많냐고? 내 말은 애써 채용하면 뭐 하냐야. 일 좀 가르쳐 놓으면 나가 버리는걸. 어디서 5만 원만 더 준다 해도 가 버린다고."

5만 원 이야기를 꺼내는 걸 보니 더 안 들어도 알 것 같았다. 오죽하면 옮기겠나, 오죽 짜면. 이젠 통근버스가 무종이 사는 마덕리까지 다니느냐고 물어볼 필요조차 없었다. 와이프는 그냥 식당에 다니는 게 나았다. 흥, 주방장이 차로 집까지 편안히 모셔도 주는데 말이다. 물론 두 사람을 물리적으로 떼어놓는 게 서로의 정신건강을 위해서도 좋을 것이지만 억지로 그렇게 할 수는 없었다. 공장은 많고 회사도 많고 경리를 필요로 하는 사장은 앞으로 많을 것이다. 둘은 기다려라, 이별의 아리아를 연습해 두어라. 아내의 업종 전환이 여의치 않음을 확인한 무종은 잠자코 커피를 마셨다. 이 공장에 대해서는 더는 물어볼 게 없었다.

"처제 어디 다니냐?"

"갑자기 처제는… 왜 처제한테 가보게?"

녀석은 처제를 찾아가 빚을 받아내려는 줄 알고 크게 긴장하였다.

"그냥 옛날 본 기억이 나서 그래."

"너 설마 거기 가려고 해?"

"거기가 어딘데?"

"거기가… 처제는 교도관이야. 너 죄수들한테 팔 생각 있냐?"

"죄수들도 머리는 빨아야 하지만… 그냥 물어본 거야. 참 제수 씨는 잘 있고?"

위장이혼 소리를 들은 터라 궁금하지 않을 수 없었다.

"… 잘 있어."

'잘 있겠지'가 아니라 '잘 있어'라고 말하니 더는 배려할 수가 없었다. 이혼이 사실이라면 양육비 문제도 있고 해서 빚을 한 3백은 깎아줄 용의가 있었던 것이다. 그때 초등학교 동창 유연지의 전화가 왔다. 전에 10만 원밖에 못 보내서 미안하다며 샴푸를 팔아줄 수 있을 것 같다고 반가운 소리를 했다. 소개해 줄 사람이 있는데 지금 바로 올 수 있냐고 한다. 아침조회 때 소장이 광분한 걸 목도라도 한 양 구원의 손길을 뻗쳐온 것이다.

"주문이 빗발친다!" 무종이 흥분한 목소리로 외쳤다.

136

"잘 됐네. 여기도 열 개만 놓고 가라."

무종은 녀석이 보는 앞에서 사무실로 전화해 명함에 있는 주소를 불러주며 바로 주문을 넣었다. 10퍼센트 할인가만 적용해 완전 바가지를 씌웠으나 동창은 가격에 대해선 말이 없었다. 그 옛날 앞날의 꿈을 이야기하며 소주 깨나 마시지 않았던가. 지난날들이 추억의 그림엽서가 되어 지나가는데 공장 기계소리가 배경음으로 아련히 깔리고 있었다.

"근데 누구냐? 여자 목소리 같은데. 혹시?"

"초등학교 동창이야 임마. 고등학교 동창보다 낫다."

"그래? 어쨌든 여자란 말이지. 참 너 오현아 좋아했지?"

"누구?"

"오현아 말이야. 학교 다니는 둥 마는 둥 한 애. 걔한테도 한 번 연락해봐."

"니가 오현아를 어떻게 알아?"

"내가 임마 니네 학교 놀러가서 니네 둘 탕수육 대자로 사줬는데 뭔 딴소리야?"

"그랬나?"

"이래서 사람들 잘해줄 필요가 없다니까."

"뭐 탕수육 대자 먹었다 그러고… 그런데 오현아는 갑자기 왜?"

"몇 달 전인데 찾아 왔더라고. 아는 사람이 무역을 하는데 거래 좀 터보자고."

"아는 사람? 남편이 아니고?"

"몰라, 남편인지 누군지."

"그래서?"

"그래서는 뭔 그래서야. 거기 넘길 물량이 어디 있냐. 그런데 이상한 소

137

리를 하더라고. 세계적인 스타들에게 공급할 천연이불을 만들어 줄 수 있
냐고, 원적외선에 목화씨 잔털 어쩌고 하면서. 못 만들 건 없지만 거래조
건이 낯설어서 접었지."

세계적인 스타들? 거기엔 로샤 까르디네도 포함되어 있는 건가? 로샤
를 통해 스타 네트워크를 구성한다? 그렇다면 현아 씨가 로샤의 존재를
이미 오래전에 알고 있었다는 얘기인데… 무종의 상상은 여기서 그쳤다.
이불에, 샴푸에, 머리가 아팠다.

"수출이라면 우리도 없어. 공장이 24시간 돌아가는데 수출은 무슨."

"사실은 내가 보안회사 할 때도 온 적이 있었어. 금액은 얼마 안 됐지만
수출은 수출이었지."

"그런 적이 있었어?"

"그때 너 부를까 했는데 남편하고 같이 나타나서 말았지."

"그래? 혹시 또 연락 오면 내 얘긴 할 것 없어. 환율 땜에 수출은 좀…
그래."

"환율? 환율이라… 환율 걱정할 정도면 규모가 있네. 환헷지를 해 그
럼."

"뭐… 실무진이 알아서 하겠지. 오현아 남편이 그러니까 오퍼상이란 말
인가?"

"복덕방 같은 건 아니고 결국 무역 브로커인데 중개도 하고 본인 돈으
로도 좀 움직였나 봐. 한 번 그 물에서 놀면 망해도 그걸로 망하고 흥해도
그걸로 일어서게 되지. 돈이 눈앞에 보이거든. 실제로 주머니로 들어오는
건 별개 문제지만. 근데 바이어 말 믿고 기계 증설했다가 낭패본 회사가
한둘이라야지."

녀석은 보안회사를 운영하던 사장님의 시각에서 현아 씨의 얘기를 풀

어나가고 있었다. 인도와 인도네시아 진출을 앞두고 있는 무종으로서는, 앞으로 소주나 한잔하자며 녀석을 불러내 경공업 관련 무역에 대해 좀 알아 둘 필요가 있었다.

"다른 말은 없었냐?"

"무슨?"

"혹시 투자 관련해서 말이 없었나?"

" ……."

"사업체 지분투자라든가 인수라든가."

"짜식, 귀신이네. 사장한테 요즘 대세인 생활용품 시장 진출 계획이 없는지 그것도 한번 물어봐 달라 했지. 얘기가 나오니까 하는 말인데 커미션을 꽤 높게 제시하더라고. 그런데 우리 사장은 이불밖에 모르거든. 이불 아니면 사교춤이야. 카바레 인수하라고 했으면 얼른 했을 거야."

"요즘은 카바레보다 콜라텍이라고 그게 장사가 좀 될 거야."

장인이 종3에서 콜라텍을 좀 드나드는 것으로 알고 있었다. 입장료가 일금 일천 원이라나 이천 원이라나. 휴대폰이 울리자 녀석이 번호를 확인하더니 사색이 되어 벌떡 일어섰다.

"네, 사장님! … 그게 학부형 자녀 면담이 있어 좀 늦게 나온다고 … 월급에서 까는 건 그렇고 야근을 시키겠습니다. … 급한 물량은 별로 없지만. … 네, 그럼 까라고 하겠습니다. … 저요? … 제가 숙직실에서 자는 게회사를 위해서도 … 주 부장과 교대로 자라고요? … 저 사장님…"

녀석이 휴대폰을 내리더니 본 정신으로 돌아오지 못하고 눈이 헤매고 있었다. 월세만 겨우 내고 산다더니 그것도 아니었다. 판교 아파트는 어따 갖다 버리고 월세방은커녕 숙직실에서… 그것도 숙식이 풀로 보장되지 못하고 ……. 사장 입장에선 한 놈만 계속 숙직을 시켰다간 그놈이 물품을 빼돌리지 않는다는 보장이 없는 것이다. 경영의 기본을 아는 사장이었다. 상황이 이렇다고 우리 집에 와서 자라고 하기엔 4인 식구라는 걸 놈이 감안해야 할 것이었다. 놈이 주거 문제를 논의하기 전에 이 자리를 벗어나고자 했다.

"공사다망하구나. 앞으로 자주 연락하자."

"그래, 이불 필요하면 연락해라."

녀석이 힘없이 중얼거렸다. 950만 원짜리 이불도 있나? 그런 이불이 있으면 중동의 왕족용일 터인데 선적하기 전에 한 번 덮어봤으면 싶었다. 만약에 현아 씨와 나란히 그 이불을 덮고 눕게 된다면? 하늘에서 포탄이 빗발치듯 떨어진다 해도 결코 벗어나지 못하리라.

혹 떼려다 혹 붙이기 전에 무종은 그만 일어섰다. 녀석이야 사내니까 찜질방을 이용하면 될 것이고, 알고 보니 남편 사업 돕겠다고 두 팔 걷어붙이고 나선 현아 씨가 가장 곤경에 처해 있었다. 남편이 아무리 미워도 가정의 재정과 재건을 생각해서 나섰다는 건데 ……. 이불공장까지 찾아왔을 정도면 그동안 얼마나 많은 사람을 만나고 투자 유치에 대해 알아봤겠는가. 여기서도 답을 못 얻고 쓸쓸히 돌아서야 했던 그녀의 심정. 그러고도 이를 악물고 또 여기저기 찾아다녔어야 했을 그녀. 그러니 남편에게서 받는 배신감이 어느 정도였겠는가. 불륜의 진위 여부를 떠나, 그 작자가 얼마나 무심했으면 그녀가 정신과 치료를 다 받고 있겠는가. 무종도 자칫 바이어와 공급처라는 또 다른 인연으로 그녀와 만날 뻔했으니… 사업을 번창시켜 아니 유지라도 시켜 가정을 윤택케 하려는 그녀의 노력이 이대로 물거품으로 바뀌는 걸 지켜보고 있을 수밖에 없는 자신, 그런 자신을 꾸짖어야 할지 달래야 할지 알 수 없었다.

"자네가 무종이라고?"

볼이 옴폭 패이고 광대뼈가 튀어나온 앙상한 노파가 쉰 목소리로 말했다. 무종은, 안락의자에 파묻힌 채 그를 뚫어져라 보고 있는 노파를 숨죽이고 바라보았다.

"김무종이에요. 목재공장 뒤에 살던 그 김무종요."

노파 곁에 다소곳이 서 있던 유연지가 말했다. 다시 볼 것도 없이 얼마 전 성지숙의 피부미용센터 건물 앞에서 뵌 적 있는 그 어르신이었다. 그 사이에 돌아가실 수도 있었는데 용케 살아 계셨다. 무종은 유연지가 불러준 주소를 들고 좀 전에 이곳 신수동의 단독주택으로 왔다. 잘 손질된 정원까지 약 300평 규모의, 은은한 광택의 대리석과 중후한 목조가 비싼 조화를 이루고 있는 2층 저택이었다. 현관에는 청동의 동물조각상이 그리고 거실에는 동양화와 서양화가 몇 점 벽에 걸려 있었다. 조각과 그림에서 풍기는 아우라가 돈깨나 나갈 성싶었다. 특히 동양화가, 아버지가 남기신 산수화와는 달리 칼라풀한 것이 특징이었다.

"그래, 무종이. 맞아, 기억나는구나."

그 말끝에 노파는 청화백자가 놓인 동그란 테이블에서 담뱃갑을 집어 가는 담배를 빼내 물었다. 유연지가 라이터를 꺼내 불을 알맞게 해 붙여 주었다. 노파는 말없이 연기를 내뿜었다. 기침을 두어 번 하더니 한참 만에 "내가 누군지 알겠나?" 하고 말했다. 무종은 고개를 흔들었다.

"자네가 알 리 없지. 자네 모친은 날 잊지 않았겠지만."

" ……."

"자네 부친은 날 오랫동안 잊고 있었지. 이제는 영원히 잊었겠군. 돌아가셨으니."

"제 아버지를 아십니까?"

"알지. 아주 잘."

노파는 앉은 채로 몸을 돌려 탁자 서랍을 열고 변색된 종이 한 장을 꺼내들었다.

"읽어보게나."

무종은 노파가 뼈가 불거진 손으로 건네준 종이를 펼쳤다. 차용증서였다. 2009년 11월 30일 김병준은 신은희에게 월 3부 이자로 3,000만 원을 빌렸다. 지급기한은 2010년 5월 30일이었다. 내용은 빛바랜, 아마도 파이로트 잉크로 기재되어 있었다. 그리고 인감으로 보이는 동그란 도장이 금액 앞에 하나 아버지 이름 뒤에 하나 그렇게 찍혀 있었다. 무종은 10년도 더 된 누런 종이에서 눈을 들어 노파를 바라보았다.

"왜 아직까지 갖고 있는지 알겠나?"

" ……."

"한 번은 날 찾을 줄 알았지. 김병준 씨 말이야… 그럼 돌려주려고 했네. 이젠 그럴 수도 없게 되었어. 찢어주겠나?"

"네?"

"찢게나."

"아버님 부채라면 제가."

"똑같군."

"네?"

"큰소리치는 건."

" ……."

"찢게나."

" ……." 무종은 말없이 종이를 내려다보았다.

"무종아."

142

유연지가 눈짓을 했다. 마침내 결심한 듯 무종은 종이를 한 번 길게 찢었다.

"가다가 버리게… 그만 가보게나."

노파는 담배를 비벼 끄고 눈을 감았다. 유연지가 어서 나가자는 눈짓을 했다. 나가다가 문지방에서 돌아보자 노파가 손짓을 했다. 무종이 다가가자 서랍에서 자그마한 보석함을 꺼내 건넸다.

"다이아네. 담보라고 맡긴 거지. 이것도 가져가게."

무종은 떨리는 두 손으로 보석함을 받들었다. 3천만 원에 대한 담보라면? 이것은 1캐럿이 넘는 다이아몬드가 분명했다. 노파는 그만 가라는 표정을 짓고 있었다. 더는 나올 게 없어 보이면서 무종은 깊이 고개 숙여 인사하고 물러났다. 대문 밖으로 나오자 연지가 말했다.

"무종아 난 몰랐어. 네 얘기를 꺼냈더니 무조건 데려오라는 거야. 난 샴푸 영업을 도와주려나 보다 하고만 생각했지. 고향 사람이라고 말이야."

"… 하나 물어볼게."

"……."

"그날 마트에서 나 정말 우연히 본 거야?"

"… 우연이라고 하긴 좀 그런가. 그래, 어떻게 알게 됐어. 거기로 가면 네가 있을 거라고 하더라. 동창회에 꼭 데려가고 싶었거든."

"… 그랬구나."

그게 다인가? 하긴 이것도 다 인연이고 게다가 다이아까지 받았는데 따질 게 뭐 있나. 빚도 바로 면제해 주고 말이다. 그러고 보니 아버지에겐 항상 여자가 있었다. 여자를 쫓아다니지도 않았는데 그의 곁에는 여자가 있었다. 아내 외엔 제대로 된 연애라곤 해보지 못한 무종과는 다른 분이었다. 그러나 아버지의 인생은 진작 마무리되었다. 마무리되었지만 죽어서도, 죽어가고 있는 듯한 한 여자를, 가슴에 고독이 고인 한 여자를 마지막까지 울리고 있었다. '그렇게 여자를 울리면 좋아요?' 하고 무종은 속으로 묻고 있었다.

"무종아." 유연지가 그의 이름을 나지막이 부르고 있었다.

"응?"

"한번 안아 보자."

그러더니 두 팔을 벌려 무종을 안았다. 여자에게 안긴 무종은 가만있는 게 어색해서 한 손을 연지의 등에 얼른 갖다 댔다. 애인이 아니다 보니 별 느낌은 없었다. 잠시 후 팔을 푼 연지가 말했다.

"잘 가."

"그래, 또 보자."

연지가 돌아서서 대문 안으로 들어가는데 마치 연기가 빠져나가는 듯했다. 비서인지 수양딸이라도 되는 건지 그녀가 다 죽어가는 노인에게로 빨려 들어가고 있었다.

저 나이, 저 피부에 피부관리를 받는 노파, 왜인지 아버지에게 선뜻 돈을 빌려준 여자… 무종은 고개를 흔들고는 버스정류장으로 걸어갔다. 걸어가며 긴장 속에 보석함을 열어보았고 상당한 크기의 찬란한 백색 다이아 앞에서 전율했다. 보증서가 없는 게 아쉬웠으나 실물이 있으니 걱정할 일이 아니었다.

7 음악의 초대

950만 원 대신 샴푸 열 통을 최동순에게 팔아치운 무종은 뒤이어 꿈에도 생각 못 한 아버지의 옛 여자를 만나 거액의 채무를 면제받게 되었다. 무종은 이상한 감명을 받은 채 그 여운이 가시지 않은 채, 그리고 주머니에 든 다이아 때문에 가슴이 두방망이질 치는 상태로 종3 버스정류장에서 내렸다. 이곳은 금은방가게가 길게 늘어선 21세기 황금의 거리였다. 무종은 그중 유서 깊어 보이는 한 금은방을 찾아 들어가 다이아 감정을 즉각 의뢰했다. 50대의 매우 정갈한 매장 남자는 돋보기 같은 걸로 은빛 물건을 잠시 들여다보더니, "진품이 아니네요." 짤막하게 말했다.

"네?"

"선물로 받으신 겁니까?"

"아니… 그게 ……."

"금은 14케입니다. 두돈 반은 되겠네요."

페이퍼에 금을 갈아대더니 그나마 다행이라는 투로 말했다. 무종은 다이아를 보석함에 다시 넣고 도주하듯 금은방을 나왔다. 노인은 여태 이걸 진품으로 믿고 보관해왔다는 건가? 아니면 모조품인 걸 알면서 하사한 것인가. 이것은 미스터리였고 그로선 결코 그 답을 알지 못할 것이었다. 무종은 사실 금은방 주인의 청천벽력 같은 판결문을 듣는 순간 순간적으로 큰 상실감에 휩싸였고, 그 충격에서 쉽게 벗어나지 못한 채 침울한 낯빛으로 여기가 어디라는 의식도 없이 거리를 걷고 있었다.

이성은, 14K 두돈 반이 주는 작은 위안으로 만족하라고 달래고 있었지만, 1캐럿의 휘황한 광채가 머리 여기저기서 어른거리는 걸 떨칠 수가 없었다. 이것이 진품이었다면, 피피엘 문제 해결과 함께 현아 씨가 내민 봉투에 대한 미련 따위는 깨끗이 날려버릴 수 있는 기회였다. 그런데 짝퉁이라니… 어느 순간 하나의 생각이 머리를 강타했다. 아, 아버지. 아버지는 이 반지를 그럼 애정의 증표로 주신 건가요? 담보가 아니라 애정의 증표로?

걷다 보니 종로2가였다. 무종은 무반주 앞을 한 번 지나가 봤다. 약속이 있는 건 아니고 그냥 그 앞을 지나가 보고 한 바퀴 돌았다가 두 번째로 그 앞을 지나갔다. 아버지의 여자가, 새삼 여자라는 존재에 대한 아련함과 아픔을 불러일으켰고, 어딘지 그녀와 닮은 구석이 있는 현아 씨를 다시 떠올리게 된 것이다. 이별의 그림자가 남자의 마음을 깊이 침식해 들어가 그 그늘 속에서 무종은 이제 저물어가는 한 해를, 저물어가는 세월을 보고 있었다. 이제 안녕인가. 현아 씨, 우린 이대로 안녕인가. 아버지의 여자와는 달리 현아 씨는 왜 내게 아픈 채무를 남기는 것인가. 갚을 길 없는 이토록 막막한 채무를.

휴대폰이 심상치 않은 소리로 종로거리에서 울렸다. 그런 느낌이 들면… 아니나 다를까 변가영이었다. 머리에 돈이 그려졌다. 잡을 수 없는, 허공에 떠다니는 돈 돈 돈.

"나 시내 나갈 건데 약속 없으면 좀 볼까."

월요일이면 쉬는 날인데 집에서 빨래나 개지 뭐 하러 나오겠다는 건가. 마치 서방님이 지금 일없이 빙빙 돌아다니는 걸 보고 있다는 말투 아닌가. 시간이 남아 무종은 몸을 좀 녹일만한 데를 찾다가 KT홀로 갔다. 투명한 유리진열대 위에 아마도 어떤 의미에 따라 또는 무슨 순서에 따라 진열된 게 분명한 신형 테블릿 피시와 휴대폰 들을 찬찬히 들여다보며 몇 개는 시험운행을 해보기도 하며 한 걸음 한 걸음을 유영하듯 떼었다. 무종의 휴대폰은 5년 된 갤럭시노트3였다. 그간 배터리를 한 번 갈았고 저장번호들의 성함이 날아가는 참사 끝에 유심칩도 갈아 끼움으로써 짧아도 3년은 더 수명이 보장되는 글로벌제품이었다. 그러니까 3년 후 아파트 구입과 동시에 휴대폰도 미래형으로 바뀌게 될 예정이었다. 그때는 '열려라, 휴대폰' 하면 휴대폰이 우산도 되고 모자도 되겠지. 10년 후에는 '달려라, 휴대폰' 하면 자전거가 되고 '날아라, 휴대폰' 하면 행글라이더가 되겠지. 100년 후에는 우주선이 되겠지. 105세 민주가 휴대폰 우주선을 타고, 어느 행성에서 기다리고 있을 이 애비를 찾으러 오겠지. 그때 휴대폰이 트럼펫이 되어 우주 가득 멋진 선율을 풀어놓겠지.

몸을 충분히 녹인 무종은 대로를 건너 아내와 약속한 스타벅스를 향해 걸어갔다. 동네엔 스타벅스가 없었다. 그래서 여길 오기 위해 아내가 나왔나 싶었다. 찻집 하나에서도 현아 씨와 아내가 다른 점이 있다면, 현아 씨가 스타벅스 같은 대중커피숍은 회피하는 반면 아내는 그 모던한 흐름에 끼고 싶어 한다는 것이었다. 아내는 그동안 스타벅스로 대변되는 현대 대중문화의 도저한 흐름에서 소외되어 있었으나, 이제 무종까지 참여시킴으로써 이 분위기가 둘의 관계에 어떤 역할을 하게끔 하려는 것 같았다. 그렇지 않아도 요 며칠 아내와의 사이가, 뭔가 분위기가 부담이 되는 방향으로 흘러가고 있었다. 경서의 생일파티에 그를 특사로 보낸 것도 그렇고, 이런 것이, 마치 데이트처럼 보이는 밖에서의 이런 만남이 매우 부담을 준다는 건 두말할 나위 없었다. 그렇다, 아내는 돈이 해결될 거라고 보고 있는 것이다. 잠꼬대처럼 '알았다'고 한 그 말을 철석같이 믿고 있는 것이다. 이를 어쩌나. 대부업체까지 거절하는 돈이 어디서 날아오나. 알바를 밤을 새워 해야 하나. 무종은 복잡한 심사에 얼굴이 썩 밝지 않았다.

"못 보던 목도리네."

버버리 비슷한 외투를 입고, 뭘 발라 갖고 입술이 반들반들한 변가영이 고개를 갸웃하며 말했다.

"응?"

"그것도 닥스네. 100프로 캐시미어 같은데."

"아 이거… 회사에서 나온 거야."

"회사에서?"

"응, 브이아이피 고객용으로 나온 게 있어 하나 맸어."

"샴푸 하나에 그걸 준다고?"

"샴푸 하나에 주겠냐? 단체 구매하는 사람한테 특별히 주는 거지."

"남자 거 같은데?" 아내의 질문은 연속성이 특징이었다.

"기업에서 단체구매 책임자들이 다 남자잖아. 그러니까 남자 거지."

"그런데 당신이 매도 돼?"

"아… 큰 기업을 하나 뚫었더니 소장이 특별히 하사한 거지."

무종은 줄줄 읊었다. 변명에는 타고 난 듯 막히지도 않았다. 아내는 의심스러운 눈초리를 거두지 않고 있다가 네 주제에 여자한테 무슨 선물을 받겠냐 싶었는지 눈을 부드럽게 했다. 아니 그건 착각일 수도 있었다. 부드러움 속에 살짝 아니꼬운 기색도 비친 듯했던 것이다.

"잃어먹지 마. 그거 비싼 거야."

"안 잃어. 아예 안 풀잖아. 밥 먹을 때도 매고 있다니까."

"똥 눌 때도 매고 있어." 아니 이 여자가? 사람 많은 데서.

"배고파?" 뭐 얘기하고 배고프냐고?

"별로."

배고프다고 하기 싫었다. 자주 배가 고팠지만 말로 하는 건 그랬다.

"가만, 간단하게 뭐 먹을 시간은 있을 것 같다."

아내는 거의 일어설 태세였다. 무종이 차를 못 마시게 하려고 이러는 거였다.

"어디 갈려고?"

"참 나 혼자 서두르네. 실은 음악회표가 두 장 있어."

"음악회?"

"브람스 교향곡 4번, 대한심포니. 어때?"

무종은 가슴 한쪽이 시려왔다. 한때는 음악회 가는 게 데이트의 한 코스였고 많은 연인들이 그렇게 했던 것 같다. 브람스니 베토벤이니 쇼팽이니 모차르트니 라흐마니노프니 말러니, 무종은 오래전으로 돌아간 듯 최소한 10년 전으로 돌아간 듯 아련한 느낌에 휩싸였고, 눈앞의 여자가 고풍스러운 낭만의 천을 두르고 있는 게 보였다. 선율은 살아있었다. 그의 가슴에 영원히 되풀이되고 있는 선율들.

"갑자기 음악회는? 같이 갈 사람 있었던 거 아냐?"

농담 같지만 말해놓고 보니 잔인한 질문이었다.

"혼자 가려 했지. 난 뭐 일하고 애들 외에는 모르는 사람인가."

" ……."

그 이기심을 사랑했었다. 그렇게 예쁘게 드러나던 이기심. 무종은 가만히 아내의 두 눈을 바라보았다. 그 눈이 어떤 얘기를 숨기고 그를 향해 열려 있었다.

"브람스라서 가는 거야."

아내는 자기가 말해놓고 자기가 웃었다. 그것은 그녀가 오래전에 했던 말의 도돌이표였다. '쇼팽이라서 가는 거야.' 10년 전 그가 표를 두 장 구해왔을 때 그녀가 했던 말. 지휘자가 누군지 교향악단이 어딘지가 아니라 작곡가만 보고도 가고 싶다는 건 선뜻 이해가 되지 않았지만, 지위나 재산보다는 한 남자의 자질을 보고 무종을 낭군으로 선택한 그녀의 영리함을 돌이켜볼 때 이는 용인할 만했다. 하긴 어르신음악회라도 동네악단이었어도 그녀는 그와 같이 갔을 거다. 젊은 연인들은 무모하고 무모한 만큼 가난하고 가난이 외투처럼 그들을 감싸고 있고 그 속에서 그들은 뜨거우니까.

선 채로, 아내가 남긴 커피를 입안에 털어넣고 커피숍을 나왔다. 무종은 아내의 이번 제안은 타이밍이 좋았다는 생각을 했다. 실은 얼마 전 전철역에서 클래식 공연 포스터를 보는 순간 갑자기 가고 싶다는 격렬한 충동에 휩싸였던 것이다. 가격을 보니 로얄석은 18만 원이고 C석은 2만 원이었다. 현아 씨를 대동한다면 적어도 8만 원짜리는 끊어야 할 것이었다. 영화관람은 무산되었지만 클래식 공연을 제의함으로써, 남편 일로 큰 고통에 빠져있는 그녀에게 잠시나마 정서적 위안을 부여할 수도 있는 문제였다. 그러나 역시 8만 원은 무리였다. 혼자 듣는 게 속 편했다.

그런데 혼자 듣는다 해도 2만 원짜리가 있을까? 있다 한들 가난뱅이티를 내며 들을 필요가 있을까? 로얄석보다, 음악을 사랑하는 이는 물론 B석 C석에 더 많지. 진정 듣고 싶어 가는 자들이니까. 입장권을 선물로 받은 게 아니니까. 그렇다 한들 노골적으로 신분차별을 겪어야 하나. 극장

직원들이 은근히 깔보는 시선을 던지지나 않을까. 그런 염려가 머리에 전선줄처럼 엉켜들었고 결국 못 갔고 그것은 무척 후회가 되었다. 한 번 들어봤으면, 한 번 더 천상의 소리를 들었으면 하는 욕구가 있었다. 라디오도 있고 시디도 있고 스마트폰도 있지만 현장에서 듣고 싶은 욕구는 전혀 다른 욕구였다. 살아있는, 커져가는, 식을 줄 모르는 욕구.

날이 날이니만큼 무종과 아내는 일반분식집보다 한 단계 위인 전문우동집을 찾아 들어가 돌냄비우동과 유부우동을 시켰다. 연신 시간을 확인하는 그녀를 보며 무종은 옛날로 날아갔다. 공연을 앞두면 유독 조바심을 쳤던 그녀. 최소한 공연 20분 전에는 자리에 앉아 있어야 하고, 프로그램을 끝까지 읽고 공연과 연주자들에 대한 정보를 숙지하고 광고멘트 같은 찬사까지 다 읽고는 마음의 준비를 갖추고 있어야 안심하던 그녀. 언젠가 공연장에 조금 늦었을 때 그녀는 불같이 화를 내며 입장 대신 계단을 내려가 버리고 말았지. 그도 비참하고 난감한 심정으로 따라나섰고, 그녀는 뒤도 돌아보지 않고 택시를 타고 가버렸다. 어떻게 해서 풀어졌더라? 그래… 그건 또 다른 음악회표였지. 그녀가 도저히 거부할 수 없는. 그런데 그때의 그 남자 무종은 지금 무엇으로 그녀 비위를 맞추고 있나? 돈도 아니고 다정함도 아니고 무엇으로?

"아직 시간 충분해."

무종은 휴대폰 액정의 시간을 보여주며 아내를 안심시켰다. 그래도 그녀의 젓가락 속도는 느려지지 않는다. 아내에게 음악회는 큰 사건이었다. 그것은 일상과 딴 세계, 쉽게 입장할 수 없었던 세계, 훔쳐보고 선망하고 그러다 포기해버린 세계에 기적처럼 초대받아 두 시간여 머무르는 특혜였다. 그런 그녀가 결혼 후 텔레비전의 음악프로그램을 보고 라디오에서 흘러나오는 세미클래식을 들으며 사소한 행복을 추구하는 걸로 만족하는 듯 보였다. 그 작은 울타리에조차 무종이 들어설 여지는 없었다. 그런데 그녀의 가슴에는 이런 불씨가 살아 있었던 것이다.

가슴에 불씨를 키워 온 아내는 마침내 그 불씨를 한 번 피워 올리자고 오늘 단단히 차려입고 나왔다. 차려입었다고 보이는 여자가 있지 않은가. 특히 오랜만에 차려입은 주부들, 아 누구 결혼식이 있구나, 팔순잔치 가는구나, 공연장에 가는구나, 그런 티가 나는 여자들, 주부들. 아내가 그러했다. 거기다가 연한 화장에 어디 어디인지 은은한 향수를 뿌려 놓았다. 오랜만에 실로 오랜만에 무종의 거기가 반응하고 있었다. 줄을 세운 바지의 그 부분이 일어서고 있었다. 무종은 헛기침을 하고 돌냄비우동을 앞으로 당겼다. 겨우 두세 젓가락 남은 면에 후추와 고춧가루를 뿌리며, 오늘도 간도 안 보고 그냥 먹은 자신의 무신경에 혀를 찼다.

극장 로비에서도 변가영의 차림새는 흠잡기가 어려웠다. 그런 여자 곁에 있는 무종의 차림새도 예사롭지 않았다. 무종은 연주회장에 가기 위해 일부러 차려입은 사람처럼 보였다. 황금외투에 알로에색 양복, 은빛 셔츠, 잘 닦인 구두, 단정히 빗어 넘긴 머리 -중요한 행사에 차게 되어 있는 오리엔트 은딱지가 있어야 할 왼 손목은 비어 있었지만- 이러한 것들을 갖춘 자가 그녀 옆에 있는 남자였다.

좌석은 일층 한가운데였다. 여기라면 상당한 금액이 매겨져 있다. 누가 아내에게 로얄석 표를 줬을까? 무종은 잠시 누군가의 호의에 파묻히는, 편승하는 자신을 보았다. 무대엔 오케스트라 단원들이 튜닝을 하고 있었다. 튜닝도 음악을 듣는 하나의 과정이라고 들었다. 오늘의 연주곡은 차이코프스키의 바이올린 협주곡에 이어 브람스의 교향곡 4번으로 이어지게 되어 있었다. 정기연주회다 보니 기량을 한껏 선보이는 자리였다. 무종은 그녀가 이 곡들을 들으러 작정하고 온 것이 아니라 단지 표가 생겨 이 곡들을 듣게 된 상황임을 짐작할 수 있었다. 그런데 누구와 여기 앉아 있기로 되어 있었던 것일까. 주방장인지 어떤 사업가인지, 놈은 왜 표를 아내에게 줬을까. 아내에게 주고 나서 자기는 일이 생긴 것일까. 혹은 아내가 뭐에 씌어서 표를 산 건데 같이 가기로 한 놈이 일을 핑계로 발뺌을 한 것일까. 표 두 장에 얽힌 진실은 무엇일까. 무종은 '음악을 듣는다'와 '그녀와 음악을 듣는다' 이 둘의 차이를 생각했다.

튜닝이 끝나고 지휘자가 무대에 들어섰다. 그는 7년째 저 자리에 있다. 나이가 들어 무게감이 더해가고 있다. 한군데 있다 보면 스타일의 도식화, 정열의 퇴조, 굳어가는 완고함이 느껴지는데 그는 그런 게 없기로 유명하다고 팸플릿이 칭찬하고 있다. 무종의 직장생활도 그랬다. 무종은 그 자리에서 자신의 앞날을 개척해 나갔어야 했다. 승진하고 새 영역을 확보했어야 했다. 업무라는 음악을 끝까지 연주했어야 했다. 은퇴는 명예로워야 했다. 단원들의 기립 속에 수석연주자와 악수를 하고 박수를 받으며 퇴장했어야 했다. 그렇게 쫓겨나다시피 떠나는 게 아니었다.

연주는 차이코프스키의 바이올린 협주곡으로 시작되었다. 바이올리니스트는 천재라 일컬어지는 청년으로, 1등에서 3등을 오가는 화려한 국제 콩쿠르 수상 경력에 유수의 세계적 오케스트라와 협연을 했고, 극도로 바쁜 일정 속에서도 고국의 음악팬들을 위해 이 자리에 선 것이었다. 덕분에 무종 같은 얼치기 청중에게까지 그 수준 높은 음악성이 현장에서 전달되고 있는 것이다. 무종은 오랜만에 실로 10년 만에 현장에서 음악을 들으며 인생엔 음악도 있다는 가슴 벅찬 사실을 새삼 깨닫고 있었다. 휴지라도 한 장 있었다면 좀 울지 않았겠는가.

명연주가 끝나고도 그치지 않는 박수 속에 바이올리니스트는 세 차례나 불려나와 세 차례의 짧은 연주, 즉 한번은 화려하면서 기교적이고 한 번은 섬세하게 매혹적이고 한 번은 가슴을 찢는 슬픈 연주로 박수에 화답했다. 그제야 1부가 끝나고 휴식시간이 돌아왔는데 객석에 불이 켜지자마자 아내가 가방을 움켜쥐고 일어섰다. 무종이 좀 있다 로비로 나가보니, 아내가 자판기 옆에서 휴대폰을 귀에 대고 있는 게 보였다. 꽤나 흥분한 모습이었다. 제자리에서 뱅뱅 돌며 연신 고개를 끄덕이던 그녀가 전화를 끊고 어디론가 걸어갔다. 화장실 쪽이었다. 무종도 옆 칸의 화장실로 가 소변을 보고 나왔다.

로비에서 냉수를 마시며 좀 서성이다 연주회장으로 들어가자 아내가 이미 자리에 앉아 있었다. 얼굴이 상기되어 있었다. 이건 음악 외적으로 뭔가 작용한 얼굴이었다. 전화 한 통이 그녀를 이렇게 만들어 놓다니… 아… 그 자식이, 같이 가기로 한 원래 파트너가 미안하다고 다음엔 꼭 같이 가겠다고 다짐을 했나. 그 말 한마디에 이렇게 흥분되어 ……. 이건 음악회 온 여자가 아니라 짝짓기파티에 온 여자처럼 굴고 있잖아. 2부의 브람스는 나 혼자 들어야겠군. 이 여잔 음악을 들을 준비가 안 되어 있어. 남자를 생각하고 있잖아. 그렇다면? 그렇지, 오른편의 한 아줌마를 현아 씨라고 생각 못 할 이유가 없지. 아내와 현아 씨, 그 사이에 앉아 있는 김무종… 매우 이상적인 형태 속에서 무종은 흥분과 불안이 교차되며 고조되어 가는 상태로 브람스를 감상하고 있었다.

브람스가 끝나고 지휘자와 오케스트라를 향해 수없이 박수를 보낸 무종은, 퇴장하는 사람들 사이에 섞여 밖으로 나와 그 자신 또 하나의 음악이 되어 로비로 계단으로 물 흐르듯이 떠내려갔다. 역시 반은 음악이 된 아내가 말없이 그와 동행하고 있었다. 극장 밖에는 갑자기 펼쳐진 것 같

154

은 청동빛 밤하늘이 아스라이 빛나는 별들을 품고 머리 위로 광활하게 떠 있었다. 이 밤하늘 아래 세계는, 음악 후의 침묵이 던지는 미세한 파장에 가녀리 떨고 있었다. 아름다운 밤이었다.

이러한 밤, 부부는 바로 집으로 가지 않고 이 일대에서 알아주는 호프 집을 찾아 들어갔다. 그 유명한 크림생맥주가 허공으로 허공으로 바쁘게 떠다니는 곳으로, 종업원이 춤추듯 앞장서 두 사람을 연인용 미니테이블 로 안내했다. 아내는 5분이나 메뉴판을 들여다보더니 맨 위에 있는 후라 이드 치킨을 시켜주었다.

아내는 오케스트라의 연주내용에 대해서는 말을 아끼며 '차이코프스키 가 곧 음악이야.' '역시 브람스는 브람스지?' 같은 어디서 들어본 듯한 평 만 남겼다. 이번 브람스 연주는, 섣불리 희망을 말하지 않는, 즉 수다스럽 게 희망을 발설하지 않는 브람스의 태도에서 나 또한 무언의 공감과 위안 을 얻을 수 있었다 같은, 상당히 전문적인 해석을 하려 했으나 그런 말을 할 기회가 없었다. 아내가, 그래 모닝 인더스트리는 어떻게 돌아가고 있 느냐, 수당은 얼마나 나올 것 같으냐, 승진 가능성은 있느냐 등을 차례차 례 물어왔던 것이다. 그동안 무종이 하는 일에 대해선 알바 개념으로 보 고 크게 관심을 갖지 않았던 그녀였다. 뭘 하든 돈만 가져오라는 태도였 는데 오늘은 무종과 가정의 장래를 생각하는 듯한 발언을 한 것이다. 무 종은, 회사는 능력과 실적에 따라 대우를 하는데, 모 프로젝트 건이 있어 그게 잘 풀리면 본인의 위치도 달라질 거라는 정도로 답변하였다.

"저번에 회장님 만나러 호텔에 갔다고 했지? 회장님이 왜 자길 보재?"

느닷없이 아내의 입에서 회장님 얘기가 나왔다.

"아… 그땐 어음 전해줄 게 있어 가지고. 내가 미더운가 보지."

"난 어찌 그 회사 별 믿음이 안 간다. 최소 기본급을 100은 주고 수당인

155

가 하는 걸 쳐 줘야지. 뭔가 문제가 있는 회사 아냐?"

"아냐. 수당을 월 3천 챙긴 사람도 있는 회사야. 장난 아니라니까."

"3천? 월 3백만 갖고 오면 내가 소원이 없겠다. 암튼 전세보증금 신경
좀 써."

드디어 보증금 이야기가 나왔으나, 월세는 만들어 보겠는데 보증금은
시간을 요한다고 말했다. 저번의 잠꼬대처럼 간단하게 알겠다고 한 게 아
니라 상세하게 대답한 것이다. 아내는 뭔가 머릿속에서 계산하는 것 같
았다. 이토록 계산에 치중하고 있는 그녀를 보자 공연장 로비에서 전화
를 받고 뱅뱅 도는 등 혼자 분주했던 그녀의 행동에 의구심이 생겼다. 사
람이 갑자기 이렇게 차분해질 수 있나, 이렇게 감정을 자유자재로 조절할
수 있나 싶었던 것이다. 그런데, "당신 요즘 뭘 하고 다녀?"

하고 아내가 정색을 했다. 목소리는 낮았지만 무종에겐 벼락 치는 소리
로 들렸다.

"뭘 하다니?"

"아침부터 누굴 만나고 돌아다니든 내 알 바 아닌데, 집세도 밀린 사람
이 사람 만나고 돈 쓰고 그러면 안 되는 거 아냐?"

"무슨… 알아듣게 좀 얘길 해봐."

"관두자. 밤새 술 퍼먹고 아침부터 만나고 그것도 다 당신 능력이겠지."

일이 이상하게 돌아간다는 생각이 들었다. 이건, 정면돌파 외에는 답이
없었다.

"혹시 공 마담 만난 거 말하는 거야? 공 마담 옛날 오송철강 단골 주점
마담이잖아. 내가 얘기 안 했나? 최 대리가 한때 좋아했다고. 그날 그거
샴푸 영업한 거야. 마담이 아는 여자들이 워낙 많잖아. 근데… 당신, 나
미행했어?"

156

"시끄러! 그년 집에 외투하고 가방까지 놓고 나온 주제에 변명은."

"아 씨 미치겠네. 야, 그거 가게에 놓고 온 거야. 내가 술값이 없어 갖고. 야, 쪽 팔리니까 그만 얘기할란다. 아 씨 진짜."

"잘하는 짓이다. 술 팔아주며 영업하냐?"

"야 야. 좋은 음악 잘 듣고 왜… 그만하자."

아니 왜 미행을 다 하고… 갑자기 무서운 생각이 들었다. 주방장놈과 살림 차리기 위해서 남편의 흠을 캐내는 것 아닌가 싶었던 것이다. 그렇다고 이렇게까지 해야 하나. 한편 생각해보니 아직도 서방님에게 미련이 남아 있다는 얘기일 수도 있었다. 아직도 부부 해로의 기회를 주고 싶어 한다는 것도. 정확히 무슨 속셈인지는 알 수 없었지만 일단은 판단을 유보하기로 했다. 아무쪼록 밤이 깊어가고 차이코프스키도 브람스도 치킨 냄새에 그윽이 묻히고 있었다.

"민주가 누구 닮았는지 음악에 재능이 있대."

어느 순간 아내가 지금까지의 얘기는 다 잊어먹고 손뼉을 치듯 말해 무종은 손에 든 생맥주를 쏟을 뻔했다. 아내는 민주를 피아노 특별과외를 시켜야 한다는 입장이었다. 결국 돈이 더 들어가는 문제였는데, 재능이 있다는 게 어느 정도 재능인지 알기 위해서라도 과외를 시켜야 한다는 거였다. 무종은 고개를 끄덕이며 심각한 얼굴로 듣고 있었다. 그러다가 "음악 공부라면 당신이 좀 더 해야 하지 않나?" 하고 마치 오랫동안 그 문제를 생각해 온 사람처럼 말했다.

"무슨 소리야? 뜬금없게."

"당신은 음감이 있잖아. 그러니까 '음악 듣는 여자' 이런 제목으로 책을 내도 좋고."

"나보고 책을 쓰라고?"

"아니 음악을 좋아하니까 감상법 같은 거 쓸 수도 있잖아."

"지금 진심으로 하는 이야기야?"

"진심이지."

"그러려면 음악회를 얼마나 쫓아다녀야 하는지 알아? 짤즈부르크도 가야 하고 강좌도 들어야 하고. 그 돈은? 그리고 시간은?"

"지금 당장 어디 가거나 뭐 그러라는 게 아니라 나중에 좀 한가해지면 하라는 거지."

"한가해지면? 내가 한가해져?"

"그럴 수도 있지."

아내가 통영 노래를 부른 게 이제야 이해가 되었다. 봄이면 통영국제음악제가 거기서 열리는 것이다. 그렇다면… 가만히 있어도 외국연주자가 우리나라로 온다는 건데, 그 사실을 외면하고 짤즈부르크 어쩌고 타령을 한 거였다.

"강좌를 듣는다? 음악회에 간다? 블로그에 글을 쓴다. 그걸 책으로 낸다? 그거 어디서 들은 얘기야?"

"뭘?"

"꿈같은 소리 그만하고 당신 일이나 잘해. 난 민주가 피아노 레슨이나 받았으면 싶으니까."

아내가 지나치게 자신을 과소평가하고 꿈을 꿀 생각조차 않는 걸 보고 무종은 기분이 좀 언짢았다. 석촌호수 쪽에 아파트를 구입한 후에는 그녀가 그런 방면으로 나가야 하는데 여태 준비조차 않는다면, 그때서야 갑자기 시작한다면 책 발간은 그만큼 늦어지는 문제였다. 물론 이것도 그 주방장놈과의 관계가 깨끗하게 정리된 후의 일이겠지만.

"오늘처럼 직접 음악회 가서 듣는 것도 좋지만 집에서도 수시로 음악을 들으면 좋을 거야. 감상을 메모도 하고… 당신 일하는 교토부에서도 좋은 음악 나오지 않나?"

"차라리 날 전국노래자랑대회 나가라고 해. 그럼 특산품이라도 타 올 테니."

"당신은 듣는 편이지, 직접 부를 생각일랑 마."

노래라면 민요가수였던 강릉댁을 첫손으로 꼽아야 할 터였다.

"안 불러. 노래방에나 데려다 줘. 애들이나 실컷 부르게."

무종은 아내가 현아 씨보다 음악성이 뛰어나다는 데 주목하고 있었다. 그러니까 평범 속에 예사롭지 않은 재능이 숨어 있었던 것이다. 현아 씨가 비터인지 스위트인지 아리아리인지 영국 보컬에게 가사를 써줬다고 자랑했지만 음악이 주는 행복은 분명 아내가 더 알차게 향유하고 있을 터였다. 아내의 예술적 재능을 가벼이 봐서는 안 될 성싶었다. 그것이 책으로 연결되자면 그 재능과 함께 본인의 꾸준한 노력이 필요했다. 아내는 '음악 듣는 여자'로 세상에 이름을 알리게 될 것이다. 그럴 때 무종은 그녀를 파티석상이나 예술 모임에 데려가 사람들이 그녀의 책에 대해서 얘기하는 것을 들으며, 남편이 어떻게 아내가 그러한 책을 쓸 수 있게 심적 물적 지원을 아끼지 않았는지 질문을 해올 때, 그저 담담하게 미소를 짓는 걸로 대신해야겠다고 작정하였다. 특히 오늘 저녁의 연주회 이야기도 책에는 나올 것인데, 책의 서두를 이 연주회를 소개하는 거로 해도 흥미로울 것이었다.

무종은 그녀를 예술가로 인정해야겠다는 생각을 하였다. 그때까지는 그녀가 주방장놈을 깨끗하게 정리하고 가정을 위해 생활 영위를 위해 조금만 더 희생을 하는 것이 필요했다. 그다음은 무종이 다 알아서 할 것이었다. 실은 아내의 예술활동 이러한 것이 무종이 큰돈을 벌었을 때 한 가정이 속됨에 빠지지 않게 하는 방지막이 될 수도 있었다. 무종의 이러한 세련된 계산을 그녀가 알 리 없었다. 마침내 해결책이 보이기 시작한 것이다. 기분이 좋아진 무종은 부드럽게 넘어가는 크림생맥주를 입가에 거품을 묻히며 시원하게 들이켰다. 그리고 무의식적인 듯 닭날개를 집어, 잊지 않고 소스에 찍어, 무의식적인 듯 입으로 가져갔다.

아내는, 도대체 이 자가 음악 얘기를 꺼내 뭘 하려는지, 미심쩍은 눈길로 무종을 보고 있었다. 지나치게 오래 보았다고 생각했는지 낯빛을 바꾸더니 곧 이직할 거 같다고 놀라운 말을 했다. 월급이 20만 원이나 늘고 일도 편해질 거라고 자랑스러운 얼굴로 목소리를 높였다. 새 직장은 레스토랑 개념으로 이해하면 되는데 주방에서 과일을 깎고 마른안주를 세팅해서 내놓는 일로 업무강도가 30퍼센트는 줄 거란다. 그제야 아까 로비에서 전화를 받던 그녀 모습이 재차 오버랩되었고, 이직에 관련된 그런 전화를, 말하자면 확답을 받았다면 아무리 브람스라 하더라도 온전히 감상할 수 있는 상태가 아니었을 것임을 짐작할 수 있었다. 그러고 보니 피아노 과외 문제도 이러한 수입 증대를 감안해서 꺼낸 것이었다. 무종은 오늘 이불공장 관리부장을 통해 경리 자리를 타진해보았다는 소리를 꺼내지 않은 걸 천만다행으로 생각했다. 이렇게 좋은 일자리가 났는데 괜히 바람만 들게 했다간 둘 다 놓치게 될 공산이 컸다. 하긴 경리 자리가 난다 하더라도 오너의 탈세를 도와주다 검찰에서 오라 가라 하면 그보다 성가신 일은 없을 것이다. 무엇보다 주방장과의 결별을 준비하고 있는 그녀의 의지를 읽을 수 있었다는 점이 오늘의 성과였다.

무종은 자신에게도 오늘 큰일이 있었다는 걸 비로소 밝혔다. 아내가 긴장하며 바라보는 가운데 '오늘 억대의 빚을 졌고 빚을 지자마자 바로 면제되었다.'고 말했다. 황당하다는 표정을 짓던 아내가 한참 만에, "고스톱

쳤어?" 하고 심드렁하게 물었다.

"고스톱?"

무종이 어이없어하자,

"사이버머니 말하는 거잖아." 하고 픽 웃었다.

"사이버 아니야. 진짜 돈 이야기라니까."

"그럼 경마 했어?" 아내가 외쳤다.

"아니." 사내들은 다 경마를 하는 줄 아는 모양이었다.

"설마 가상화폐?"

"아니라니까."

진작 그걸 했으면 마덕리에 5층짜리 빌딩이 김무종 앞으로 되어 있었
겠지.

"그럼 뭐야?"

"천국의 빛, 에… 늙은 천사의 사면."

아내는 무종을 물끄러미 보더니 고개를 흔들었다.

"여보세요. 밀린 집세나 갚아요."

"응?" 무종은 꿈에서 깨어난 듯 되물었다.

이제 둘 사이에 억대의 돈은 행방이 묘연하고 집세만이 덩그러니 남아
있었다. 아니다, 14케이 두돈 반이 주머니에 있었다. 그리고 이직이라는
큰 선물을 받은 아내의 새날도 출발을 기다리고 있었다.

무종이 생맥주 두 잔 아내가 한 잔을 비웠고, 다리 하나 날개 하나를 무
와 함께 싸달라고 해서, 무종은 어깨에는 소가죽 가방 손에는 치킨을 들
고 아내가 함께 지하철역으로 걸어갔다. 도중에 아내가, "가만있어 봐."
하더니 무종의 목에 감긴 목도리를 고쳐 매줬다. 무종은 죄인처럼 얼굴을

붉히고 잠자코 있었다. 차라리 현아 씨가 팬티를 샀으면 아내가 만지지는 않을 텐데. 그것도 이렇게 정성이 들어간 손길로 말이다. 두 여인의 손길이 앞서거니 뒤서거니 닿은 목도리가 무종의 목에 단단히 맵시 있게 매어져 있었다. 그래, 사주기는 현아 씨가 샀지만 아내의 손길로 인해 새 목도리로 탄생한 것이다, 이것은. 무종은 이렇게 생각하였다.

바야흐로 가정에 새로운 변화가 일어나고 있었고, 무종은 각오를 새롭게 다지지 않으면 안 되는 이 변화에 힘을 보태야 하는 입장에 있었다. 현아 씨의 사정이 급하지만 가정의 재건과 번영보다 중대하다고는 볼 수 없었다. 마침 아버지도 저세상에서 힘을 보태오고 있었다.

전철을 탄 무종은 아내가 그의 곁에 성숙한 여인의 모습으로 앉아 있는 걸 보고 한 남자의 아내와 아이들의 부모라고만 그녀를 한정 지을 수 없다는 판단이 섰다. 이런 여자가 한 가정을 위해 온몸을 던져 뛰고 있다는 사실이 가슴에 묵직한 무게감으로 다가왔다. 무종은 무릎에 놓인 비닐봉지에서 간단없이 올라오는 치킨 냄새를 맡으면서도 아내의 굵은 팔뚝에서 전해오는 어떤 뭉클한 메시지를 놓치지 않았다.

자정이 넘어가려는 시점이었다. 아이들을 재워놓고 종편을 원 없이 본 장인이 무종이 주는 오천 원을 받아들고 고개를 갸웃하며 돌아가자 아내가 바로 샤워를 하기 시작했다. 어딜 씻는지 평소보다 오래 욕실에 머무른 아내가 레이스 속옷 차림으로 작은 방으로 건너와 말없이 무종의 곁에 누웠다. 못 보던 속옷이지만 '못 본 건데?' 하고 물어보지는 않았다. 감히 속옷을 사 주는 작자가 수도권에 존재하겠는가 싶었다.

무종은 어둠을 배경으로 은은히 빛나는 야들야들 속옷 안으로 손을 넣어, 커져 있는 아내의 가슴을 번갈아 만지다가, 자신의 팬티와 하의 내복을 한 번에 벗어 발가락에 걸어 저만치 던졌다. 그다음에 런닝과 내복 상의를 또 한 번에 벗고 그녀가 속옷을 벗는 것을 흥분 속에서 지켜보았다. 그리고 재빨리 그녀 위로 올라갔다. 무종은 모닝샴푸 입사가 확정된 그날 한 번 하고는 처음으로, 살이 더 붙은 것 같은 그녀와 힘껏 뒹굴었다. 나올 만큼 나온 두 아랫배가 출렁이며 부딪치는 가운데, 땀이 축축이 밴 그녀의 방만한 엉덩이를 와락 움켜쥐었다. 마침내 무종은 부르르 떨었다.

무종은 변가영의 위에 죽은 듯 엎어져, 베개에 흩뜨려진 그녀의 머리카락에 코를 박고 있었다. 시큼한 땀냄새가 두 콧구멍에 들어찼다. 기대했던 모닝샴푸의 페로몬 향은 전혀 안 맡아졌다. 남편이란 작자는 굳이 유혹할 필요도 없다는 건가. 때가 되어 한 번 하게 해주는 걸로 됐다는 건가. 아니… 그렇게 생각하면 안 되겠지. 아내도 상당히 호응한 것 같은데. 그러니까 향 같은 거와 상관없이 본인을 있는 그대로 즐겨 달라는 것 아니었겠는가. 이러한 선한 생각을 잠시 하였다.

변가영이 눈을 감고 숨소리를 내며 계속 쉬고 있기에 무종도 좌로 몸을 굴려 나란히 누운 모습으로 쉬었다. 선한 생각을 계속하고 있자 잠시 후 그것이 처음과 다름없이 강직하게 일어서고 있었다. 무종은 힘을 내서 한 번 더 그녀 속으로 잠입했다. 아내가 움찔하며 좀 놀라는 것 같더니 완력을 느꼈는지 곧 모든 걸 포기하였다. 거친 호흡과 복잡한 신음소리에 이어 몸이 완전히 늘어져 버린 걸 보니 두 번째 역시 상당히 만족하지 않았나 싶었다. 그런 확신이 들자 수방상이나 표를 준 놈에 대한 의심이 눈 녹듯 사라졌다. 무종은 씻지도 않고 거만하게 누워 있었다. 아내가 나가더니 샤워를 하는 것 같은데 다시 돌아오지는 않았다. 신랑이 또 덤빌까봐 겁이 났으리라. 무종은 몸이 노곤한 느낌이 들면서 곧 잠에 빠져들었다.

8 개도 집으로 가는데

    아침에 일어났을 때 무종의 기분은 상쾌했다. 오랜만에 아내와 굉장한 밤을 보내서만은 아닌 것 같았다. 아버지의 옛 여자를 만나 묵은 빚을 면제받은 것 때문만도 아닐 것이었다. 인생에는 괜히 상쾌한 아침이 있는 법인데 오늘이 바로 그러한 날이었다. 무종은 우선 큰놈을 깨워 밥을 먹여 마을버스에 태워 학교에 보냈다. 그리고 집으로 돌아와 작은 아이를 먹이고 입히며 일찌감치 유치원에 보낼 준비를 했다. 아이 엄마가 오늘 특별예약이 있다며, 새벽같이 달려온 주방장 차를 타고 수산시장에 장을 보러 간 것이다. 이직을 앞두고도 이렇게 성실하게 직장에 전념을 다하는 종업원을 누가 어떻게 나무랄 것인가. 그런데… 혹시 주방장과? 설마 어제 하루 못 봤다고 수산시장 핑계 대고 새벽같이 만나 부둥켜안는 건 아니겠지. 눈물 나게시리 말이다.

    "있잖아, 나랑 할머니랑 물에 빠지면 누구 먼저 구할 거야?"

    유치원에 데려다주는 길에, 민주가 고개를 치켜들고 물었다.

    "응? 그게 무슨 소리냐?"

    "빨리 말해 봐. 누구 구할 거야?"

대답을 듣지 못하면 바로 한강으로 달려가 빠질 태세였다.

"음… 그게 어떻게 되냐 하면 ……."

"빨리이!"

"그게 그러니까… 할머니!"

"진짜?"

"그런데 할머닌줄 알고 구했는데 구하고 보니 너였어."

"뭐? 하하 아빠 순 엉터리야."

아내 대신 민주의 고사리손을 잡고 유치원으로 갈 기회가 자주 있는 것은 아니었다. 불과 100미터 거리인데도 민주는 그 사이에 옛날이야기를 해달라 조르기도 하고 엉뚱한 질문을 하기도 했다. 유치원 5미터 앞에서 손을 흔들고 간 민주가 몇 발짝 가다 뒤돌아보더니 뛰어와서 무종에게 안겼다. 무종은 아이를 꼭 안고 있었다. 아이를 안은 팔에 힘을 줬다가 풀었다. 아이는 똘망똘망한 눈으로 아빠를 한 번 올려다보고 다시 유치원으로 걸어 들어갔다. 신발을 벗어 노랑방 전용 신발장에 잘 넣고 들어가는 것까지 지켜본 무종은 돌아서서 지하철역을 향해 걸어갔다. 출근하는 사람들 사이에 섞여 역사로 들어가는데 문자 소리가 났다.

'안녕하세요. 전에 설명회 들었던 녹색어머니회 수지 엄마예요. 샴푸 30통 사려고 하는데요. 단가하고 견적 뽑아주세요.'

30통, 그 자체로도 크지만 이것이 시작이 되어 요원의 불길처럼 번져나갈 수가 있었다. 역시 녹색어머니회를 과소평가하는 게 아니었다. 그들은 무종의 섭섭함을 이런 식으로 보상해 주고 있었다. 다쳤던 그의 속마음을 어루만져 준 것이다. 인생은 이런 여인들에 의해 맑게 세수한 얼굴이 되어가고 있었다. 녹색어머니회의 단체주문, 이것은 빨리 소장에게 보고를 해야 했다. 무종은 내려가고 있는 에스컬레이터에서 발을 놀림으로써 남들보다 두 배 빠른 속도로 하강해 -이번에는 속도에도 불구하고 최대한 균형을 잡음으로써 엎어지는 비극을 방지하였다- 전철을 탔다. 다시 한 번 전철을 갈아타기 위해 거점역에서 내려 더듬이가 달린 곤충처럼 부지런히 걸어가는데 또 문자가 왔다. 070으로 시작되는 번호였다.

'당사는 김무종 씨와의 계약을 해지함을 공지합니다. 귀하께서 선수금 명목으로 빌려간 대금의 이자율이 상향되었음을 알려드리며 계좌는 농협 274-32-857XX 동일합니다. 조정된 첫 번째 이자 납입일은 12월 24일이며 금액은 275,500원입니다. 귀하의 건강과 행운을 빕니다.'

무종은 그 자리에 멈춰 서서 소장에게 전화했다. 신호는 가는데 받지 않았다. 이번에는 사무실로 전화했다. 경리이자 총무인 미스 정이 받았다.

"해고 문자 받았는데요. 미스 정이 보낸 겁니까?"

"보내긴 제가 보냈지만 내용은 소장님이 주신 거예요."

"소장님 계십니까?"

"오늘 밖에서 일 보신다 하셨어요. 휴대폰으로 해보세요."

"휴대폰 안 받아서요."

"그럼 저녁에 사무실로 해보세요. 그땐 들어오실 거예요."

"미스 정, 요번에 그만두는 사람이 저 하나입니까?"

"아… 아니에요. 몇 분 더 계세요."

"알겠습니다."

무종은 전화를 끊고 뒤돌아섰다. 이것은 소장 선에서 결정된 게 아니었다. 회장님이 지시한 것이었다. 현대화가나 전직교감 같은 사람은 몰라도 실적이 한창 제고될 여지가 있는 김무종을 아웃시킨 것은 결국 현아 씨와의 건을 문제 삼은 것이다. 남편 놈이, 모닝샴푸 김무종 차장이 자기 아내에게 접근하고 있다고 회장님에게 일러바쳤고, 회장님이 대외이미지 차원에서 결단을 내린 것이 분명했다. 어쩌면 송 감독과 사모님이 공항에서 같이 있는 걸 목격한 그를 입막음 차원에서 제거한 것일 수도 있었다. 또는 박에 이어 제3인자로 떠오르려는 그를 견제 차원에서 친 것일 수도 있었다. 분명한 건 자신이 해고되었다는 거였다.

무종은 집으로 가고 있었다. 거리를 걸었고 공원을 가로질렀고 지하철역 내를 걸었고 버스정류장까지 걸었고, 그리고 이제 집으로 걸어가고 있었다. 어깨에는 여전히 소가죽 가방이 걸려 있었다. 그것은 사무실에 갖다 놓고 오거나, 한강에 집어던지거나, 공원의 벤치나 전철역 짐칸이나 거리의 쓰레기통에 버렸어야 했다. 거기 뭐가 들었나. 증정용 샴푸, 전단지, 먼지떨이, 껌 한 통, 휴대용 칫솔과 치약, 명함들(자신의 것과 받은 것들), '샐러리맨의 영광' 책자 한 권, 그러한 것들이 들어있는 가방이었다. 이제는 굳이 소가죽 가방이라고 믿을 필요가 없는 인조소가죽 가방이었다. 명함만 빼고 그것을 진작 버렸어야 했다(명함은 그의 얼굴과 같은 것으로 비록 회사를 떠난다 하더라도 쓰레기통에 쏟아부을 순 없는 것이다).

그러나 그는 가방을 버리기 아깝다기보다 그러한 행위조차 의미가 없다는 듯, 어제처럼 처음 이 일을 시작한 석 달 전처럼 그렇게 가방을 메고 집으로 걸어가고 있었다. 통장에는 해직위로금은커녕 수당 한 푼 들어오지 않았고, 않을 것이고, 좀 전에 온 안내문자엔 앞으로 전화를 하고 싶으면 연체된 휴대폰요금을 넣으라는 멘트가 기록되어 있었다. 그렇다, 이제 돈은 들어오지 않을 것이다. 세 배나 오른 이자와 함께 빌린 돈을 갚으라

167

는 독촉문자가 빗발치겠지. 그들은 자신을 전 동료가 아니라 단지 채무자의 존재로만 인식할 것이다. 그들은 자신을 그냥 놔두지 않을 것이다. 지금 이 시간 아내가, 학교와 유치원에서 돌아온 두 아이에게 간식을 먹이고 숙제를 봐주고 소리 지르거나 쥐어박기도 하고 장인집에 데려다주거나 장인더러 집으로 오라고 연락할 것이다. 그런 다음 그녀는 세수를 하고 콜드크림을 바르고 집을 나서 근무지로 갈 것이다. 그러한 것들이 모두 그리운 이야기처럼 뿌옇게 떠올랐다.

무종은 걷다가 어느 버스정류장 앞에 섰다. 거기 대기벤치에 앉아서 오는 버스, 서는 버스, 떠나는 버스를 바라보았다. 타고 내리는 사람들을 보았다. 무종보다 늦게 온 자들이 모두 버스를 타고 떠나고 있었다. 어느 순간 무종도 버스에 올라탔다. 마을버스 기사가, 그가 자리를 잡고 앉을 때까지 기다려주었다. 무종은 짧은 시간이지만 낯선 사람에 의해 보호받고 있었다.

무종은 마을버스를 타고 3분여 가다 집 한 정거장 전에서 내렸다. 아무 생각 없이 무심코 내렸지만 왜 여기서 내렸는지 알 것 같았다. 가는 길에 주막이 하나 있었던 것이다. 허름한 곳이었다. 막걸리를 주전자로 팔고 있고 언젠가 밖에서 들여다보니 안주는 6천 원대였다. 그러고 보니 오늘 식사가 시원찮았다. 편의점에서 우동 한 개를 먹고 오전 오후 내내 걷기만 했던 것이다. 안주가 요기가 될 것이었다. 유리문을 밀고 들어가자 늙수그레한 남자가 신문을 보다가 무종을 쳐다보았다. 혼자 왔느냐고 눈은 묻고 있었다.

"장사합니까?"

"앉으시우."

무종은 동그란 양철 식탁에 앉아 막걸리와 파전을 시켰다.

"좀 기다리셔야 되우."

잠시 후 김치와 함께 간장에 담긴 양파가 나왔고 이어서 막걸리가 나왔다. 시중에서 파는 장수막걸리였다. 무종은 이런 것보다는 주전자가 나왔으면 하고 바랐지만 -주전자를 기울이는 재미가 있는 건데- 주전자는 아무 때나 내놓는 게 아니라는 듯 페트병이 나온 것이다. 17년 전 현아 씨와 헤어져 집으로 돌아가면서 들렀던 막걸리집은 주전자를 내왔다. 안주는 노가리였다. 그땐 가슴이 쓰라렸지만 지금 같은 막막함과는 거리가 있었다. 일말의 낭만성이 있었다면 지금은 생계의 무거움만이 가슴에 쇠추처럼 달려 있었다. '어떻게 되겠지. 뭘 못 해. 보란 듯이 일어서겠다.' 이런 취중 결심조차 아직은 일어나지 않고 있었다.

반병을 비웠을 때 파전이 나왔다. 창밖은 아직도 햇살이 미지근한 오후고 실내는 고즈넉하다. 주인남자가 간헐적으로 기침을 한다, 1930년대 남자처럼. 주인장도 어지간하다. 무종 같은 해직자를 기다려 한 병 팔아보고자 대낮부터 문을 열고 있다니. 이렇게 홀로 마시고 있자면 어딘가 세월의 무게가 느껴지는 주모가 털썩 마주 앉아 막걸리를 따라주기도 하고 '한 잔 줘 봐요' 같은 소리도 해야 하는 것 아닌가. 밤이면 여기 주모가 나오는 걸 알고 있었다. 안주를 나르느라 바삐 움직이는 주모를 지나가다가 본 적이 있다. 키가 컸고 이목구비가 뚜렷했다. 가끔 저런 여자가 왜 저기 있나 하는 생각이 드는 여자들이 있는데, 혹시 이 늙수그레한 남자의 장녀가 아닐까 하는 생각은 들었다. 그녀가 나왔으면, 둘의 행동을 가만히 보고 있으면 둘의 관계를 알 수 있으련만. 민주가 장성하면 결혼은 안 하고 이런 걸 차려 동업하자고 나올지도 모르는 일이었다. 실업 상태가 한 20년 지속되면 그렇게 되겠지. 그땐 변가영이 졸혼인지 이혼인지 빨리 선택하라고 하겠지. 아니, 진작 집을 나가 저 혼자 살고 있을지도 모르지. 혼자 살면서 무종 보고 밥이나 한 번씩 사라고 하겠지.

'뭔 나눠 먹을 재산이라도 있어야 이혼을 해도 하지. 거지들이 헤어지면 상거지밖에 더 돼?'

그러니까 이러한 연유로 무종은 이혼 부적격 대상이었던 것이다. 앞으로 자신이 얼마를 더 생존할지 모르지만, 아내는 지금부터 50년은 더 살 거고 경서와 민주는 거의 90년을 더 살 것이다. 그러니까 아내는 무종 없이 긴 세월을 보내야 하고 두 녀석은 고아로 40년을 더 보내야 한다는 거다. 그러려면 아내에겐 노후자금이, 두 녀석은 머리에 든 거라도 있어야 대학도 가고 취업도 하고 결혼도 할 터인데… 그 모든 게 결국 가장 김무종 손에 달린 일이었다. 이러한 가장에게 해직자 김무종은 전혀 어울리지 않는 이름인 것이다.

무종은 파가 드문드문 있는 파전을 젓가락으로 무심히 찢는다. 막걸리가 서서히 끈적끈적 혈관을 따라 달라붙는다. 몸 안에서 발효가 되라지. 알코올이 안 빠져나갈수록 몸에 좋을 거야.

밖은 저물어가고 있다. 밖의 그늘이 점차 실내에도 퍼지며 몸과 의식이 묻혀가는 기분. 그나마 인생의 한고비에 이런 주막이 있는 인간은 얼마나 행복한가. 지난여름 비쩍 마른 개 한 마리가 오르막길을 뛰어 올라가는 것을 보았다. 더위에 지쳐 혀를 내빼고, 그럼에도 멈출 수 없는 운명인 듯, 천리 길의 귀로인 듯, 오늘 밤까지 주인집에 가닿아야 하는 듯 개는 부지런히 달려가고 있었다. 숙명 같은 실존의 그림자를 끌고 언덕을 오르고 있었다. 그 개도, 주막이 있었으면 이 시간에 이렇게 한 잔 마셨을 것이다. 개와 함께 마시면 안 될까. 맞은편에 앉혀놓고 잔을 주고받자. 기운을 얻은 개는 다시 먼 길을 가겠지. 입술에 술찌꺼기를 묻힌 개가 먼 길을 가겠지. 무종은 개가 눈앞에 있는 듯 빈자리를 응시하며 한 잔 들이켰다.

좀 더 빨리 가기 위해 뛰어가던, 조급한 마음으로 거래처로 뛰어가던 모닝 인더스트리 김무종 차장은 이제 존재하지 않았다. 갑자기 주어진 시간… 그러나 허비할 시간이 많지 않다. 당장 국비기술교육을 받으면 차비 정도는 나올까. 그걸로는 곤란하다. 게다가 기술에 대한 두려움이 있다. 기술 관련 일을 잘해낼 수 없다. 자신은 영업을 뛰어야 한다. 인생을 제대로 역전시켜야 한다. 그렇다고 다단계영업은 곤란하다. 될 거 같지만 안 되는 것. 그가 정수기니 공기청정기니 비타민세트니 뭐니 사준 사람들, 지인들, 지금 모두 어떻게 되었나. 회사에서 어디 여행을 보내준다고 자랑하던 사람들, 지금도 여행 가고 있다. 동남아 오성급 호텔에서 와이파이로 카톡을 보내온 적 있나. 명확한 비전과 정확한 통계를 갖고 한 번 더 김무종을 설득할 자신이 있나. 술이 좀 올라온 무종은 휴대폰을 만지작거리다가 박에게 전화했다. 일방적으로 해고되었다는 무종의 얘기를 듣더니, "해고는 아니지." 했다. "계약해지지."

김 형의 경우 사업자 대 사업자로 계약한 거고, 그런 해지는 흔하고 그리고 뭔 미련이 남았다고 신경 쓰느냐고 했다. 드라마 피피엘을 이야기하며 열의에 차 있던 그 박이 아니었다. 아니 박은 냉철하게 이 모든 걸 꿰뚫고 있었던 것이다.

"좀 만날 수 있을까요?"

"아… 나 지금 지방 가는 중이에요. 올라오면 연락하죠."

전화가 끊어졌다. 피피엘은 어떻게 해야 하나 물어보지 못했다는 사실이 떠올랐다. 실은 대답을 듣는 게 두려워서 안 물어봤는지도 모른다.

주막을 나온 무종은 집으로 가던 발길을 돌려 지하철역으로 걸어가 전철을 타고 세 정거장을 더 가 내렸다. 황금외투에 커다란 가죽가방을 멘 사내가 20여 분 거리의 산을 향해 터벅터벅 걸어가고 있었다. 해발 600여 미터의 산은 어둠에 잠겨 있었다. 늦게까지 술자리를 하고 있는 사내들이 부르는 노랫소리가 산자락의 어느 음식점에서 흘러나왔다. 그들은 은퇴했거나 은퇴 후 정착했거나 아직도 일자리를 찾아 헤매는 그런 이들이었다. 무종 같은 신입생 들으라는 듯 구성진 노래가 이어지고 있었다.

　차가운 밤하늘에 파리한 별들이 촘촘히 박혀 반짝였다. 거무튀튀한 산 위로는 둥근 달이 두둥실 떠 있었다. 그 아래 지상에는 무종이 개울가 바위에 앉아 있었다. 마냥 흘러가는 은빛 개울물이 자갈을 굴리고 바위에 부딪쳐 갈라지며 쉴 새 없이 물소리를 냈다. 나무들은 존재의 입증처럼 수직으로 서 있었다. 혹은 죽음의 부름에 응답하듯 늙은 몸통과 휘어진 가지를 메마른 땅을 향해 기울이고 있었다. 작은 산짐승들이 낙엽을 밟거나 수풀 더미에서 바스락거리며 움직이고 벌레들이 신호 같은 소리를 내고 있었다. 이 모든 소리들을 품으며 물소리가 흘러가고 있었다. 산은 여기 천년을 앉아서, 오늘도 여기 말없이 앉아, 세상에서 떨어져나간 부스러기 같은 한 남자를 무연히 버려두고 있었다.

　추위가 딱딱하게 달라붙었지만 무종은 얼어가는 몸을 방치하고 있었다 산짐승도 아니고 이러고 있을 이유가 없었지만 일어설 생각을 하지 못하고 있었다. 그러다 어느 순간 자신이 독자적인 운동능력과 판단력과 선택권을 갖고 있음을, 잊힌 사실을 깨닫듯 불쑥 떠올렸다. 무종은 꼬부라진 손으로 휴대폰을 열어 전철시간을 확인하고는 관절을 펴고 일어나 역으로 걸어갔다.

　내일은 내일의 태양이 뜨는 건 잘 알고 있었다. 태양만 뜨겠나, 강은 흐르고 벌레들도 울 것이다. 얼음장이 갈라지고 언 땅에서 풀씨들이 발아할 것이다. 남풍이 불고 술을 빚고 시루에 떡을 찌겠지. 태양만 뜨겠나, 휘영청 보름달도 뜨겠지. 그 밤에 갑돌이와 갑순이가 몰래 만나겠지.

9 버는 게 정답

실직 후 첫날. 무종은 평상시처럼 아침 일찍 경서를 학교에 데려다주고, 건널목에 서 있는 같은 빌라의 식재료회사 과장 부인과 심심한 목례를 주고받고, 맑은 공기를 쐬려 함인지 흰 가운 차림으로 대로바닥까지 나와 있는 이발소 가위손과 악수를 나눈 다음 전철역을 향해 걸어갔다. 무종은 여전히 소가죽 가방을 메고 있었다. 가방에는 '세일즈맨의 영광'이라는 책과 크리넥스 휴지, 생수 한 병, 수도권광역지도가 들어 있었다. 먼지떨이는 거실 벽에 걸어두고 나왔지만, 인사발령이 다시 났다는 통보가 올 수 있어 명함은 그대로 두었다. 그럼 바로 뛰어다녀야 하기에 샴푸 세 통도 챙겨 둔 상태였다.

무종은 지하철을 타고 어떠한 충동에 이끌려 강남으로 갔다. 까마득히 높은 빌딩들이 줄지어 있는 깨끗한 거리 속 세련된 사람들의 흐름 속에 얼마간 자신을 놓아두고 싶었다. 사대문 안은 지나치게 소란하고 모두가 바쁘며 -그 속에서 무종 역시 서둘러야만 할 것 같았고- 갑작스러운 실직을 맞이한 남자를 정도 이상 실의에 빠지게 했다. 강남은 달랐다. 그곳은 모닝 인더스트리 영업차장과 실직자를 특별히 구분하지 않았다. 이 거리에서라면 애초부터 그는 존재하지 않는 듯 존재하는 자였고, 해서 더 잃을 게 없었다. 무종은 존재감 없는 자의 거의 비굴한 편안함을 느끼며 신사동 거리를 배회하였다. 그렇다고 그가 과거까지 없는 허깨비는 아니었다. 거리 곳곳, 쇼핑몰과 올리브영과 미용실들이, 아 그리운 옛 연인들이 새로운 상대를 맞이할 준비를 하느라 분주해 보였다. 무종은 그것들이, 그를 수없이 배척하면서도 실은 얼마나 정다웠던 존재였던가를 새삼 느끼고 있었다. 그래, 얼마나 희망찬, 희망을 속삭이던 존재들이었던가!

　무종이 소리 없이 들어서자 소파나 의자에 앉아 있던 총 여섯 늙은이의 시선이 일제히 그에게 쏠렸다. 차를 나르고 있던, 이 방면의 고참으로 보이는 노숙한 여직원이 무종을 돌아보며 의아한 표정을 지었다. 무종은 6,70대로 보이는 늙은이들을 향해 가볍게 목례를 하고 소파로 가서 앉았다. 맞은편 벽에 오송철강 제3공장 준공기념식에 참석한 사장 이하 임원들 단체사진이 걸려 있었다. 무종은 탁자에 놓인 신문을 집어 넓게 펼쳤다. 사무실에 일시 대화가 사라졌다. 모두가 무종의 존재에 알게 모르게 신경을 쓰고 있었다. 그들의 표정으로 보건대, 이렇게 젊은 퇴직임원이라면 혹시 오너의 친척? 이런 생각을 하는 것 같았다. 그렇다. 여기는 영동에 위치한, 오송철강 퇴직임원들의 휴식처인 강철대오회 사무실이었다. 퇴직임원들이 모여 정보도 교환하고 친목도 도모하고 커피값도 아끼는 그런 곳이었다. 여길 어떻게 오게 되었나 하면 일전에 오송철강 홈페이지에 들어갔다가 '퇴직임원들의 사랑방'이라는 코너를 발견했기 때문이었다. 영동 일대에서 가장 낡은 건물에 입주해 있다는 사실은 '강철대오회'를 네이버에서 검색하면서 추가로 알아낸 사항이었다. 과연 그 예스러움이 30년째 그 자리에 있는 종친회 사무실이라 해도 믿지 않을 수 없었다. 다행인지 불행인지 여기 임원 중에 김무종을 알아보는 어르신이 있었다.

"혹시?"

그가 무종을 빤히 보며 말을 붙였다. 본사 전무로 있다가 부사장 승진을 코앞에 두고 낙마한 심유석 영감이었다. 구 이사가 호출되어 갈 때 딸려 들어가 심부름 비슷한 걸 한 적이 있었다.

"아 안녕하세요? 전무님."

무종은 일어나 허리를 깊이 숙여 인사를 하였다.

"우리가 어디서?"

"제가 구희수 이사님과 함께 전무님 앞에서 브리핑을 한 적이 있습니다. 회사 연수원에서 미래인재론에 관한 강의도 들었고요."

"그래요? 그럼 ……."

"네 자재관리부 구매과 김무종 과장입니다."

"아… 기억나는구만. 근데 언제 임원이 되었다가 퇴직하셨나."

"임원요? 아 저는 3년 전 퇴사했습니다. 임원은 아니었고요."

"여긴 퇴직임원들 사무실인데… 그럼?"

무종은 눈을 껌벅껌벅했다. 심 전무 옆에 앉아 있던, 얼굴이 익은 금테 안경 임원이 대화를 유심히 듣다가 얼굴이 파리하게 변해갔다. 감을 잡은 것이었다.

"저… 여기선 말씀드리기가."

"그 그렇겠지… 아, 이제 우리 점심 하러 갈 건데. 보자 ……."

심 전무가 더듬거리자,

"임원이든 직원이든 한 번 오송맨은 영원한 오송맨 아닙니까. 같이 가시지 뭐."

금테안경 임원이 재빨리 말했다. 무종이 고개를 끄덕이고 커다란 소가죽 가방을 어깨에 메자 두 사람이 놀란 눈으로 가방에서 시선을 떼지 못했다. 거기 무엇이 들었는지 짐작도 못하겠다는 표정들이었다.

"아 이 가방요? 보고서가 많아 좀 큽니다."

이 소리를 듣고 두 사람은 매우 두려운 표정을 지었다.

이리하여 무종은 퇴직임원들의 점심식사 자리에 참석하게 되었다. 한정식A 같은 상당히 고급스런 음식을 먹을 거로 기대했으나 그들은 감자탕집으로 갔고 무종은 숟가락 하나를 더 얹게 되었다. 오랫동안 별러왔던 만둣국밥집이 바로 옆에 있어 신경이 쓰였으나 감자탕도 목도 칼칼한데 넘길 만했다.

무종은 말을 아꼈다. 퇴직임원들의 불만사항을 듣기 위해, 또는 회사 기밀을 언론이나 세무서나 검찰에 제보할 만한 위험 인사가 없나 염탐하러 좋게는 파악하러 온 감찰관 신분이라는 것을 대충 눈치챈 것 같았다. 사실 전혀 근거가 없는 것은 아니었다. 그렇지 않아도 지금 세계적인 시이오들의 행적을 알아보고 있는 중인데, 그 전에 국내 퇴직임원들의 동향을 캐치하고 위험요인을 사전에 제어하거나 방지하는 것이 매우 중요하다는 것을 본사가 알 필요가 있었다. 이런 일은, 사무실 근무요원들의 일상적인 업무에서는 파악하거나 포착할 수 없는 것이었다. 퇴직임원들이 하는 말들이야 뻔할 터였다. 우리는 모두 영원한 오송맨이라는 것, 회사가 퇴직임원에게 자문역이나 감사역을 1년 정도 맡기고 월급을 70퍼센트 선에서 지급해 온 건 인정한다는 것, 하지만 그게 끝났다고 이렇게 사람을 방치하거나 기껏 공동사무실 제공 정도로 입막음하려 한다면 그건 매우 안이한 인식이라는 등일 것이었다. 그들이 실제로 그런 말을 하지는 않았지만, 그런 속셈이 깔린 의견들을 중구난방 주고받게 내버려 두었다. 무종은 밥을 한 공기 반을 먹고 뼈다귀 고기를 먹을 만큼 먹고 그들이 따라주는 소주도 양껏 마셨다.

'예전엔 강남 하면 여기 영동하고 신사동하고 압구정이 다였지.' '전무님은 영동에 단독주택도 갖고 있지 않았습니까?' '신혼때. 크 그땐 결혼 3년차가 강남에 단독주택 샀으니 말 다 했지, 뭐.' '도 이사는 한강 쪽 아파트 놔두고 상계동 주공 분양받았다며?' '그땐 뭐 몰랐죠. 돈 천만 더 쓰면 한강 쪽 아파트 널리고 널렸는데 말이죠.' '대치동에 있다가 분당 갔다가 용인 갔다가 그렇지 뭐. 가만있는 게 돈 버는 거라는 거 그땐 몰랐지 다들.' '일산만 안 갔어도 다행이죠. 우리 아버지는 구반포에 살았는데 글쎄 신도시라고 하니까 그게 좋은 덴 줄 알고 구반포 팔고 덜컥 일산으로 갔지 뭡니까.' '이젠 자식들 다 컸고 공기 좋은 데 살아야 돼. 방 상무는 남양주라고 했지? 남양주 거기도 좋아. 거기 공기가 얼마나 좋아. 전철도 다니고.' '하긴 증권회사만 두 군데나 있더라고요. 전무님은 우리 사주 아직 갖고 계십니까?' '평생 오르지도 않는 그딴 걸 왜 갖고 있어. 주식은 현대도 그렇고 에스케이도 그렇고 그저 삼성뿐이야. 삼성바이오 같은 걸 갖고 있어야지.' '철의 시대는 이제 간 건가요.' '뭐 아직도 철기시대이긴 하지. 자동차건 조선이건 건설이건 철 없이 뭘 하나. 중국애들이 치고 올라오니 경쟁력도 수익성도 점점 떨어져서 문제지.' '자산도 없는데 아들놈이 둘이다 보니 집 얻어줄 일이 아득합니다.' '요샌 딸이 좋아. 늙은 부모 신경 쓰는 건 다 딸이야. 아들놈이야 유학까지 보내놔도 걸핏하면 직장 때려치우고 사업자금 손 벌리고. 늙으면 요양원 보낼 생각이나 하고.' '그래도 정 이사 아들 내외는 이번 터키 투어에 부모님 모시고 간답니다.' '어허. 아들하고 며느리하고 괜히 싸움 나지 않게 처신 잘하라고 해. 터키가 좋긴 좋지. 거기 애들이 인간미가 있어요.' '참 내년 3월에 캄보디아 가기로 한 거 일정 그대로 가는 거죠?' '총무가 회비 좀 미리 거두고 빠리빠리 움직여 봐. 인근 골프장도 알아보고.' '골프투어 낀 패키지로 가시죠. 값도 싸더라고요.' '거기 아가씨 있는 술집도 있나?' '그야 뭐, 당연히.'

이때 총무라는 나 이사가 말끝을 흐리며 김무종 눈치를 슬쩍 봤다. 다들 아차 싶었던지 헛기침을 하거나 말을 삼가고 몸가짐을 바로 했다. 김무종 잔에 조심스레 소주를 따라주며 공손한 미소를 띠는 자도 있었다.

그러다 강철대오 사무실 경비 결제권자가 구희수 상무라는 얘기가 어떻게 나오자, '구 이사가 상무 된 건 들었어. 머리가 좋은 친구지.' 또는 '지금의 최 사장이 전무 때부터 라인이었지 아마?' 등등 말했다. 그들은 구 상무가 능력보다는 영리하거나 줄을 잘 선 걸로 보고 있었다. 얘기를 말없이 듣고 있던 김무종이 기침을 한 번 하자, 즉각 구 상무에 관한 신상 발언이 멈췄는데, 이는 이 자리의 감찰관이 구 상무의 직계일 수 있다는 판단에 근거한 조건반사적 반응이었다.

그들은 퇴직직원이 감찰관 임무를 맡고 있는 것을 오늘 처음 알게 된 터라 언행에 더욱 조심을 하면서, 그래도 전직임원답게 오송철강의 현황에 대해 사업분야별로 두루두루 진단하며 변화와 비전에 대해 한마디씩 하다가, 누가 정부의 일자리 창출 얘기를 꺼내자 늙은이들 주제에 기다렸다는 듯 회사 차원에서의 퇴직임원 새 일자리 운운하며 어떤 희망을 보고자 했다. 무종은 각자의 자리에서 열심히 하다 보면 기회가 오지 않겠느냐 하는 취지의 언질을 주었다. 그러면서 회사 재직 시의 운전기사나 심복들이나 거래처 사람들을 잘 관리하고 있는지, 무엇보다 한번씩 연락을 주고받는 게 매우 중요하다는 걸 강조했다. 쌓인 한이나 오래된 원망 같은 게 어느 순간 표출되지 않도록 각별히 신경을 쓰고 있는지 질책성 비숫한 어투로 묻기도 하였다. 한순간에 회사가 날아갈 수 있는 게 바로 그런 관리상의 미흡함 때문이라는 건 임원 정도라면 절대 까먹지 말아야 할 사항이었다. 더불어 무종은 앞으로도 분기에 한 번은 고견을 듣는 자리를 갖도록 해보겠다는 약조를 하였다. 오늘 여기 나오지 않은 퇴직임원들의 경우, 치킨집 등 자영업에서부터 하청업체 대표나 철강협회 감사나 여타 철강 관련회사에 직을 갖고 있다는 것을 파악할 수 있었는데, 상대적으로 이 자리의 퇴직자들은 국민연금을 받으며 대체로 놀고먹는 자들이라는 것도 알 수 있었다. 누군가 오 상무가 분당에서 아파트 경비를 하고 있다는 말도 했는데, 그 말을 들을 때의 그들 표정은 매우 비장했다. 무종은 알바일인 보고서 작성과 관련해서, 오늘 오간 얘기들이 보고자료의 가치를 높여 단가가 상승하는 효과를 유발할 수 있다고 보았다. 새 일자리를 얻기 전에 우선 돈이 나오는 일부터 업그레이드할 필요가 있었다. 이제 무종의 머리는, 굳이 애를 쓰지 않아도 이런 생각과 행동이 자연히 따르는 어떤 경지에 들어 서 있었다.

무종이 부른 배를 하고 그들보다 한 발 앞서 일어서자 그들은, 앞으로 자주 보세, 우리끼리 경조사나 챙기며 세월을 까먹기엔 아직 우리가 많이 젊다네, 그래도 불만뿐이더라는 말은 말고 회사의 발전에 기여할 방안을 애타게 찾고 있더라는 얘기를 전해주게 등등 부탁을 해왔다. 무종은 그들의 인사말에 일일이 대꾸하지 않고 절을 하며 머리를 이리저리 돌리는 걸로 대신하였다. 모닝샴푸를 꺼내 흔들 필요가 없어진 지금, 심적인 압박이 지워진 지금, 무종의 얼굴은 매우 편안하고 태도 또한 유연하였다.

"참 헤어지기 전에 건의사항 하나만 드리고자 합니다. 강철대오회, 이름이 너무 구린 거 아닌지요. 내용이 무거울수록 형식은 가볍게 가는 게 요즘 추세라서요."

무종은 도저히 참고 넘어갈 수 없는 문제를 꺼냄으로써 그들 모두에게 숙제를 하나 안기고 자리를 떴다. 이름이라면 모닝샴푸를 예로 들 수도 있었지만, 그들 스스로 찾아보도록 예도 생략하였다. 무종은 공짜 맥심커피를 한 잔 뽑아 들고 인근 공원으로 갔다. 벤치에서 편안하게 쉬다가 날이 추운 것 같아 공원을 나와 골목길을 좀 돌아다니며 쓰레기도 줍고 하다 더는 갈 데가 없어 가까운 지하철역으로 걸어갔다. 차비 결제를 하고 나무의자에 앉아 전철을 세 대 보내고 나서 네 번째 오는 차를 타고 집으로 향했다. 별로 한 것도 없는데 오후 네 시가 넘었다.

일을 안 해도 시간은 잘도 가니 같은 값이면 일을 해서 돈을 버는 게 정답이었다. 그러자면 새로이 직장을 잡고 본의 아니게 중단되었던 영업왕의 길로 재차 들어서야 한다. 퇴직임원들을 보라. 나이로 보나, 열정으로 보나, 그들보단 이 김무종의 장래가 훨씬 밝지 않은가. 그런 의욕을 강하게 품고 장인에게 전화하자 아이들을 데리고 있지 않다며 엄마가 집에 있는 모양이라고 시큰둥하게 말했다. 평소 같지 않은 말투에, 사위의 신상에 변화가 온 것을 눈치챈 거 아닌가 하는 생각이 들었다. 그렇다고 그렇게 시큰둥하게 나올 것까지야.

집에 들어서자 현관에 내팽개쳐진 경서의 가방이 그를 맞이했다. 학교에서 돌아오자마자 마구 벗어 던지느라 뒤집힌 채 널브러져 있는 옷가지들도 눈에 띄었다. 오늘도 화장실 앞에 내복하의와 골덴바지가 둘둘 말려 계셨다. 그 풍경을 평소에 무종은 좋아했지만 오늘은 어떤 통증 같은 게 거기에 있었다. 작은 방의 문을 열자 경서와 민주가 이불을 뒤집어쓴 채 목만 내밀고 책을 읽고 있었다. 엄마한테 야단을 맞았는지 둘 다 까부는 기색이 전혀 없었다. 그때 등 뒤에서 안방 문이 벌컥 열렸다. 변가영이었다. 아직 일하러 안 간 것이다. 그녀가 불쑥 서류 하나를 내밀었다.

"이거 뭐야?"

코앞의 서류를 들여다보았다. 전세보증금 2천만 원에 가압류가 들어와 있었다. 가압류한 회사는 사금융업체인 은하 파이넌스였다.

"돈 빌려 썼어?"

"……."

"말을 해!"

"5백."

"어쩔 거야?"

"풀 거야."

"뭘로?"

"돈으로 풀지 뭘로 풀어."

"집세 올려 줄 돈은?"

"……."

"말을 해봐!"

"그만큼 월세로 돌리자고 해. 요즘 다 그렇게 하잖아. 선진국에서도 그러고."

"선진국? 그럼 우리가 선진국민이라는 거야?"

"아니, 뭐……."

"당신 요즘 우리 집이 어떻게 돌아가는지 알아? 그저껜 애들만 놔두고 영화구경을 하고 와서 속을 뒤집어 놓지 않나."

"영화? 나 그런 적 없는데."

이런 반가운 오해라니! 현아 씨가 영화 볼 거면 보자고 한 것을 뿌리쳤던 사실이 있었던 것이다. 떳떳한 무종은 아내가 더 자세히 캐물어 오기를 기다렸다. 그럼, 실은 요사이 퇴직임원들과 사적인 모임을 갖고 있다고 알려 줄 작정이었다.

"아빠 말하는 거잖아. 아랫집 할머니랑 바람난 건 좋아. 애들은 보면서 바람을 피워도 피워야 할 거 아냐."

장모도 없는데 바람은 무슨? 이제야 아까 장인의 시큰둥했던 말투에 대한 해답이 나왔다. 딸년이 아비를 무슨 고용인처럼 대하니 뿔이 안 날 리가 있나. 무종은 아내를 좀 꾸짖어야겠다고 생각했지만 말은 다르게 나왔다.

"본격적으로 시작한 거야? 하하 장인어른도 참."

"말 돌리지 마. 이거 어쩔 거야?"

아내가 서류를 세차게 흔들었다. 무종은 눈앞에서 아래위로 흔들리는 서류를 겨우 붙잡아 들고 아이들이 숨죽이고 있는 작은 방으로 들어갔다. 어젯밤 잠자리에서 그 정도 만족을 했으면 태도가 많이 달라져 있어야 할 텐데, 서류 하나 때문에 원래의 변가영으로 돌아가고 만 것이 못내 안타까웠다. 부모님의 대화를 다 들었는지 아버지 눈치만 보며 숨죽이고 있는 아이들 곁에 누워서 붉은 글씨가 드문드문 있는 서류를 읽다 말고 벽에 걸린 산수화를 올려다보았다. 30년째 봐온 산수화, 아버지가 유일하게 남긴, 이사 갈 때마다 따라와 줬던, 아무리 보고 있어도 물리지 않는 순수회화였다. 이제 저것을 팔 때가 온 것이다.

"노조가 없어서 당한 거요."

굳은 얼굴로 쭈꾸미가 말했다. 별빛도 흐린 밤 9시, 무종은 성수동의 한 병원장례식장에 와 있었다. 가게도 나가지 않고 안방에서 이불을 뒤집어 쓴 채 침묵시위 중인 아내 때문에 전전긍긍하고 있던 무종을 구해낸 것은

전직교감의 긴급전화였다. 유체이탈하듯 장례식장으로 날아가 보니 이미
세 사람이 모여 있었다. 전직교감과 태권도 원장과 쭈꾸미였다. 전직교감
만 모직양복을 입고 있고 태권도 원장과 쭈꾸미는 파카를 상다리 밑에 반
숨겨두고 있었다. 셋 중 현재 모닝샴푸에 재직하고 있는 인물은 전직교감
이 유일했다. 전직교감은 무종에게 3만 원을 달라 하더니 5천 원을 거슬
러 줬다. 네 사람 몫으로 10만 원 조의를 표하겠노라고 전화로 미리 말해
온 게 있었다. 민주가 인형 산다고 모아 놓은 3만 원을 훔쳐 갖고 왔지만,
조의는 매우 중요한 것으로, 민주가 이해를 해야 할 것이었다.

"돈을 준다 해서 민 회장 성폭행 건에 위증을 섰답니다. 그런데 위증 후
에 돌아온 게 오빠인 성 차장의 해고였다네요. 성 차장은 우리하고는 다
른 게 거의 정직원 신분이었고 얼마지만 월급도 받고 있었다는 겁니다.
그러니 타격이 컸겠죠."

태권도 원장이 보고서를 읽듯 말했다. 올빼미의 면상에 발차기를 시도
한 바 있고, 택배 문 씨와 함께 굿바이하며 회사를 떠났던 태권도 원장이
었다. 그가 관혼상제를 맞이하여 여기 돌아와 있었다.

"오빠가 그리 됐다고 약을 먹으면 돼?"

전직교감이 말했다. 죽은 사람은 성 차장의 여동생이었다. 이때 검은
상복을 입은 성 차장이 모닝샴푸 전, 현직이 모여 있는 자리로 왔다. 상주
답게 수염이 까칠했다.

"상심이 크겠네." 쭈꾸미가 위로를 했다.

"어떻게 된 거야?" 전직교감이 급하다는 듯 말했다.

"황 소장이 동생을 찾아오고 사흘 후에 애가 약을 먹은 거예요."

성 차장이 말했다.

"저런… 소장이 무슨 협박을 한 거야?"

전직교감이 안타까운 목소리를 냈다.

"그걸 모르겠어요."

"죽은 장소가 본인 아파트였다 그랬나?"

"아니요. 살던 아파트가 있었는데 그땐 거기서 나와서 원룸에 있었어요."

"아파트를 팔았다고?" 전직교감이 계속 부동산에 집착했다.

"걔가 무슨 돈이 있어 아파트를 샀겠어요. 등기부등본 보니까 집주인은 따로 있고 거기 살 때도 전월세인데 다른 사람 명의로 되어 있었어요."

"누구?"

"… 있어요. 짐작은 했지만."

"누군데?"

"여동생 개인사에 관한 거라 말씀드리기가 좀 그렇네요."

"그렇다면야 뭐… 근데 유서는?"

"발견 못 했어요."

"어쨌든 놈들이 성 차장 여동생에게 무슨 협박을 했고 그래서 극단적인 선택을 한 거죠."

태권도 원장이 사태를 완전히 파악한 사람처럼 말했다.

"글쎄… 회장님은 다녀가셨고?"

전직교감이 회사의 성의를 알아보고자 했다. 무종에겐 아파트 전월세 명의가 회장님 아니었나 하는 소리로 들렸다.

"조화만 보내왔습니다. 소장은 낮에 왔고요."

"가만뒀어?" 태권도 원장이 말했다.

"봉투를 하나 들고 왔는데… 아직 안 열어봤습니다."

안 열어보다니? 믿기지 않는 얘기였다.

"소장보다는 그 원인 제공을 회장 새끼가 했다고 봐야 하지 않나?"

185

쭈꾸미가 말했다. 쭈꾸미도 무슨 감을 잡은 듯했다. 무종은 육개장을 다 비운 후 국만 한 그릇 더 달라 해서 소주와 함께 먹고 있었다. 전세보증금 가압류 건으로 아내에게 야단을 맞은 후 밥을 먹지 못했고 다행히 장례식장에 와서 배를 채우게 된 것이다.

"썹새끼들 고발을 해 버릴까." 태권도 원장이 목소리를 높였다.

"구체적인 증거가 있어야 고발이든 뭐든 하지." 전직교감이 말했다.

"회사 편드는 겁니까?"

태권도 원장이 말했다. 현직에 있다고 그러느냐는 말투였다.

"무슨 편을 든다고 그래? 증거가 있어야 한다고 말하잖아."

사실 전직교감이나 퇴역상사는 자신들이 왜 아직 현직에 남아 있는지 알아야 할 필요가 있었다. 영업을 잘해서가 아니라 우려먹을 게 한참 있다고 본 것이다. 그런데도 회사의 입장을 매우 고려하고 있는 인상을 주고 있는 것이다.

"썹새끼들이 증거를 인멸하기 전에 처넣어야 하는데."

쭈꾸미가 말했다. 아까 고인의 사진을 보니 신비롭게 미소를 짓고 있었다. 세상은 미소로 해석이 가능하다는 듯 말이다. 그런데 들창코가 낯이 익었다. 거기다 주근깨도 있었다. 무종은 화장실 가는 척하며 고인의 사진을 멀리서 눈을 가늘게 뜨고 다시 보았다. 이것은… 블루리버 호텔? 남녀 6인 맴버의 일원? 거의 그런 것 같았다. 그렇다면 성폭행을 당했다는 여자는 누구인가. 그 여자도 그날 거기 있었던 거? 성추행을 했으면 했지 도저히 당할 것 같지 않던 여자들이었다. 그런데 어떻게 된 거임?

성 차장이 자리를 비우자 선수금 얘기가 나왔다. 그동안 무료봉사한 거나 마찬가지라며, 오너가 성폭행 건에 걸려 있는 회사에 절대 돈을 갚아서는 안 된다는 결론에 이르기 위해서 다들 애쓰고 있었다. 사실 이들은 선수금 문제를 논의하기 위해 장례식장에 모인 거라 봐도 틀리지 않았다.

성 차장의 경우 은하 파이넌스 출신으로 이 자리의 인물들과 크게 유대감이 있다고 볼 수 없었다. 무종도 내심 선수금 얘기가 나올 것 같아 그 얘기나 좀 들어보자고 여기 온 것이었다. 그런데 그들은 금융이 어떻게 돌아가는지 하나도 모르는 친구들이었다. 누가 자살했다고 아무나 빚을 면제해준다는 게 있을 법한 얘기인가. 특히 태권도 원장의 경우 황 소장이 단단히 벼르고 있을 터인즉, 거의 죽은 목숨이라고 봐야 했다.

무종은 육개장도 먹었고 편육과 동그랑땡과 캔맥주에 마른안주까지 순서 없이 먹어둔 터라 배도 많이 부르고 해서 먼저 가겠다고 일어났다. 문상객도 별로 없는데 좀 더 있어야 하는 것 아니냐고 전직교감이 타이르듯 말했지만 아무래도 집안 분위기가 불안했다. 변가영이 원수 남편 대신 아이들을 두들겨 패고 있을 수도 있는 것이다. 병원을 나서는데, 소장이 회장의 입장을 고려해 여자를 죽여버린 게 아닐까 하는 생각이 퍼뜩 들었다. 강제로 약을 먹였을 수도 있었다. 사실 그 체구로 고함만 한 번 쳐도 죽어버릴 것 같았다. 그런데 조심해야 했다. 함부로 주둥이를 놀렸다가 칼침을 맞으면 등신이 될 수 있었다. 아킬레스건이라도 끊어지면 평생 앉은뱅이로 살아야 되는 거였다. 입 닥치고 그냥 선수금 상환이나 연기해달라고 사정을 해봐야 할 성싶었다.

집에 들어와 안방 문을 조심스레 여니 아내가 보이지 않았다. '어디 있어?' 문자를 보내니 '가게야. 민주 깨서 울면 옛날이야기 해줘.' 하고 답이 왔다. 문자를 보고 있자니 콧등이 시큰해 왔다. 여부가 있겠나. 옛날이야기라면 누구보다 구성지게 할 자신이 있었다.

4부

1 옛사랑에 대한 입장

김이 오르는 얼큰한 소고기국밥이 무종 앞에 놓였다. 불황을 모르는 광장시장은 해직자에게도 오전부터 국밥을 뚝딱 팔아치우고 있었다. 여기 이렇게 편안하게 앉아 제대론 된 국밥을 먹고 있는 걸 아내도 장인도 알리가 없었다. 남이 안 볼 때도 이런 걸 먹는다는 건 비겁한 게 아니라 용기일 수도 있다고 무종은 생각했다. 무종은 그릇을 높이 들어 국물까지 말끔히 비우고, 허리띠가 든든하게 조이는 것을 느끼며 청계천을 30여 분 거닐었다. 이번에는 소가죽 가방을 메지 않고 있었다. 11시가 넘은 것을 확인한 무종은 모닝 인더스트리 본사로 찾아갔다. 이 시간이면 영업직원들은 외근을 나가고 없고, 소장과 미스 정만이 남아 있기 일쑤였다. 아니나 다를까 오늘도 둘이 오누이처럼 정겹게 사무실에 붙어 있었다.

소장은 신나게 컴퓨터를 하고 있었다. 게임소리가 실내에 명랑하게 울려 퍼지고 있었다. '장사 할 생각은 않고' 무종의 얼굴에 그런 생각이 숨김없이 드러났다. 소장이 무종을 보더니 일어서서 칸막이 회의실로 들어가며 따라오라는 손짓을 했다. 둘은 칸막이 안에서 칠이 벗겨진 철제책상

190

을 사이에 두고 앉았다.

"돈 갖고 오셨소?" 소장이 말했다.

"그게 아니고 돈을 갚을 수 있게 기회를 좀 주십사 하고."

"기회? 줬잖소. 원 없이 달라는 대로 회사가 희생해 가며 쭉 줘왔잖소. 그런데?"

"석 달 만이라도 더 일하게 해 주시면 빌린 돈도 갚고."

"말 같지 않은 소리. 당신은 일 년을 일해도 돈 못 갚아요. 알아요?"

"… 그럼 압류라도 좀 풀어주시면."

"압류?"

"법원에서 서류가… 전세보증금에 가압류가 돼가지고."

"아, 그거. 그건 우리가 합법적인 단체라는 거, 우리 계약이 법 안에서 합법적으로 이루어졌고 앞으로도 합법적으로 해결되어야 한다는 걸 의미하는 거요."

"갚긴 갚겠습니다만 이자를 좀 줄여주시면… 그동안 직원으로 일한 것도 있고."

"직원? 당신은 사업자요. 직원이면 4대 보험 들었겠지. 고용보험 들어주고 국민연금 의료보험 산재보험까지 넣어 줬겠지. 당신은 사업자로서 우리와 계약을 맺은 거지. 봐요, 수당이 뭘로 나갔나. 사업소득으로 나갔잖아."

"그럼 처음에 저한테 준 돈이?"

"이거 왜 이러시나? 선수금이라고 사인까지 해놓고 말이야. 설마 선수금이 무슨 뜻인지 모르시나?"

"돈 받는 사람한테는 선수금이고 주는 측에서는 선급금이라고 하고."

"어이고 박식하네. 그러니까 선수인지 선급인지 좌우지간 당신이 사업

초기 사업자금 대여를 한 거지. 그런데 그걸로 뭘 하셨나? 사업은커녕 당신 가족 생계비로 쓰지 않았나? 유흥비로 쓰셨나? 이건 우리를 기망한 거고 다분히 사기성이 농후한 거지. 당신 사기죄가 뭔지 아시나? 갚을 의사가 없으면서 상대를 기망해 돈을 빌리는 거, 갈취하는 거, 그게 사기야. 억울하다 싶으면 돈을 갚아요. 그럼 갚을 의사가 있었다는 걸 증명하는 게 되니까."

"법적으로 했다면 이자가 이렇게 높을 리가."

"법정이자? 34.9퍼센트 말이요? 사기꾼한테 무슨 법정이자. 지금 당장 갚고 다시 빌려 봐. 그럼 그렇게 해드리지."

24퍼센트 된 게 언젠데… 무종은 입술을 깨물었다.

"… 영업비 쓴 거도 한 9만 원 되는데 그거는 이자에서 까야 하는데."

"뭐라 그러는 거야, 이 인간이."

이때 칸막이 밖에서 미스 정이, "소장님." 하고 불렀다.

"들어와." 미스 정이 칸막이 안으로 들어와 휴대폰을 내밀었다.

"급하다고 해서."

"충전 다 됐나?" 소장이 번호를 확인하더니 조심스레 귀에 댔다.

"아 강 형사님. … 네 그 여자가 죽은 건 일전에 진술한 거 외에는 뭐 특별히 드릴 말씀이. … 에이 여긴 구멍가게예요. 여기하고 연관 짓지는 말아주시고요 … 네, 회장님께서야 기부활동까지 하고 계신 분인데 이번 일과는 무관하시죠. … 글쎄 요새 여자들 조울증 있지 않습니까? 그런 쪽으로 한 번 알아보시는 게. 병원 진료라든가. … 아. … 뭐 무슨 정보가 들어오면 바로 연락 올리겠습니다. … 네, 들어가십시오."

소장이 전화를 내리고는 "니미 생전에 나한테 한 번 대주기를 했나. 왜 뒈져가지고 사람을 볶아 먹나." 하고 역정을 냈다. '성 차장 여동생이 왜 죽었습니까? 혹시 노예계약 그런 거 한 거 아닙니까?' 하고 묻는다면 한 대 맞을 게 분명했다. 무종은 굳게 입을 다물고 있었다.

"박 부장은 어디 가고 나한테 자꾸 전화가 와? 이런 거 처리하라고 회장님이 안 짜르고 있는 거 모르나? 하긴 비리 형사 주제에 쓸 힘이나 남아 있겠나. 미꾸라지 같은 새끼."

소장이 괜히 미스 정을 째려보며 험악하게 주절대더니, 그녀가 '뭐? 임마' 같은 표정을 짓고 있자, 고개를 돌려 무종을 똑바로 바라보고는 "가 봐요. 가서 돈 갖고 와요." 했다.

"저… 회장님께 한 번만 잘 좀 말씀드려 주시면."

"회장님?"

"네. 무슨 오해가 있으신 것 같은데."

"무슨 개소리야. 당신까지 감히 회장님을 입에 올려?"

" ……."

소장이 육중한 몸을 일으켰다. 산봉우리가 하나 일어선 듯했다.

"별 미친 인간이 다 있구만."

"소장님!" 무종은 다급하게 외치며 일어섰다.

"드라마… 그거."

"드라마 뭐?"

"그거 광고 어떻게 되었는지 말씀해 주십시오."

"뭐라고?"

"광고 어떻게 되었냐고요!"

무종의 목소리가 커졌다. 생전에 소장 앞에서 한 번도 해보지 못한 톤이었다.

"뭐라고? 하 이 인간 이거 희한한 인간이네. 광고가 뭐 어쨌다고 소리

지르고 지랄이야. 응?"

"피피엘 투자할 거잖아요!"

"투자? 당신이 해. 그게 그렇게 좋으면 니가 하라고. 해서 대박 치세요. 네? 대박 치시라고요."

"박정훈 씨에게 물어볼 겁니다."

"박이고 쪽박이고 물어보셔. 하, 적반하장이네. 돈 갚으라고 했더니 선 공격을 해? 이거 완전 얌체 같은 놈이네."

무종은 얼굴이 벌겋게 달아올랐다.

"뭘 봐? 안 가? 가라고. 가서 돈 갖고 와. 돈 갖고 오면 선생님 하고 불러 드릴 테니 갖고 오라고."

이때 사모님처럼 이 모든 대화를 지켜보고 있던 총무이자 경리인 미스 정이,

"김 차장님, 그만 들어가세요. 들어가서 좀 쉬세요." 하고 중재를 했다.

"안 쉬어도 됩니다. 안 쉬어도 된다고요!"

무종은 목소리가 울먹울먹해져서 고개를 숙이고 돌아서서 나왔다. 뒤에서 소장이 도끼눈을 뜨고 지켜보고 있는 게 느껴졌다.

무종은 종로 5가에서 장충공원까지 걸었다. 걷는다는 의식도 없이 걸으며 건널목이 있으면 건널목을 건너고 지하도가 있으면 지하도로 내려가 반대편 구멍에서 나왔다. 다리가 아픈지도 몰랐다. 신발이 무겁게 느껴질 즈음 장충단공원에 도착했고 공원의 벤치에 앉아 있으니 추위가 달려들어 지하철역으로 내려갔다. 벤치에 앉아 어느 개찰구로 들어갈까 생각하는데 문자가 왔다.

'저 현아예요. 그리고 헤어지고 나서 생각해 봤어요. 내가 너무 무리하

게 요구했나 하고요. 하지만 그 말은 진심이었어요. 무종 씨라면 날 조건 없이 사심 없이 도와줄 거라고 한 거 말이에요. 미안해요. 난 지금 도움을 청할 데가 없어요. 빨리 이 지옥에서 벗어나고 싶어요. 그러려면 그 일이 진행되어야 하겠죠. 그것도 시급히요. 무종 씨 너무 힘드네요…'

글자들이 뿌옇게 떠올랐다. 이것이 무슨 내용인지 무종은 알았다. 그녀는 진정으로 도움을 구하고 있었다. 그러나 이런 상황에서 그가 무슨 도움이 될 수 있겠나? 그래도 옛 여자를 다독이고, 쓰러지려는 그녀를 바로 잡아 일으켜주는 남자를 기대했겠지. 그런데? 자기 앞가림도 못 하는 자가 누구를 위로하고 일으키고 하나? 커피 한 잔도 살 돈이 없는 남자가. 허나 이건 돈 드는 일이 아니라 돈 버는 일이라잖아. 무종은 그녀에게 문자를 넣을까 하다가 멈칫했다. 예전처럼 손편지를 쓰기도 그랬다. 그래, 그땐 그도 편지를 썼지. 지금도 몇 구절은 생각난다. 차라리 쓰지 말았더라면 싶었던 …….

'현아 씨. 제가 현아 씨 마음을 편치 않게 하고 있다는 거 잘 알고 있습니다. 때로 무리하게 나서는 제가, 제가 생각해도 잘 이해가 가지 않습니다. 하지만 마음을 숨길 수 없고 숨기려는 것도 잘 되지 않습니다. 사실 전 강요할 순 없습니다. 그래서도 안 되겠지요. 앞으로 제가 좀 무리하더라도 조금만 이해해 주기 바랍니다. 그러다가 우리 사이가 조금이라도 진전이 되면 더 바랄 나위가 없지만 그렇지 못해도 결코 후회는 하지 않으렵니다. 사랑은 받는 것보단 주는 거라면서요. 그런 의미에서 행복한 사람은 저고 저는 그것이 또 미안합니다. 현아 씨. 언젠가 이 모든 것이 추억으로 남겠지요. 그 추억을 둘이서 같이 꺼내볼 수는 없는 건가요? 미안합니다. 또 이렇게 끝을 맺네요.

오현아를 좋아하는 김무종이

대략 그런 내용이었다. 답장은 없었다. 무종을 바라보는 그녀의 눈길이 좀 더 측은해졌던가. 지금은 문자를 남기는 것도 전화로 얘기하는 것도 마땅치 않다. 직접 만나 말하는 것도 내키지 않는다. 그렇다고 그 옛날처럼 편지를 쓰겠는가. 아무튼 이제 더 이상 구차해지지 말자. 과거의 그 시간들을 더럽히지 않기 위해서라도 구차해지면 안 된다. 그 시간들이 돈으로 환치되어서는 안 된다. 그 시간은 지나갔고 영원히 그때의 그 시간이어야만 한다. 그리고 이제 와서, 당신 남편이 우리 사이를 오해하고 회장님께 일러바침으로써 직장을 잃게 되었다는 소리를 할 필요도 없었다. 그녀가 원상 복귀시켜 줄 것도 아니고 미안하다는 소리 한 번 듣는 게 뭐가 그리 중요하겠는가. 다 잊자, 잊고 말자.

무종은 전철을 타고 무작정 그녀의 동네로 갔다. 가서 그녀가 사는 아파트 입구 근처에서 서성였다. 헤어지기 전에 한 번만 보고 싶었다. 미안하다고 속으로 말하며 그녀를 조용히 떠나보내고 싶었다. 그녀가 나타나지 않는다 해도, 낮잠을 자고 있다고 하여도 또는 어디서 쇼핑을 하고 있다 하더라도, 이렇게 기다림으로써 귀가 얼어붙고 다리가 저려오는 상태에서 잠자코 미안한 마음을 전하고 싶었다. 운이 좋으면 그녀의 모습 한 자락이라도 볼 수 있는 문제였다.

1시간 정도 지났나. 어디 가서 좀 쉬었다가 기운을 차리고 다시 나와 보자 싶었다. 맥도널드 같은 게 있으면 단가가 싼 커피를 시켜놓고 2층 창가에서 그녀를 영화처럼 내다볼 수 있을 터인데 근처엔 빵집밖에 없었다. 빵은 먹기 싫고 차라리 고구마가 나았다. 그러나 고구마만 파는 집은 없었다. 무종이 빵집으로 가려고 길을 건너려 하는데 아파트 담벼락 따라 그녀가 아이 어깨에 손을 얹고 걸어오고 있었다. 무종은 급히 몸을 숨겼다. 중학 1학년인 아이는 커도 한참 컸다. 모녀를 보니 무종네 식구는 난쟁이 가족 같았다. 지금 보니 그녀의 아름다움은 어느 거리에서나 빛이 났다. 걸어가는 모습이 사람이 걷는 것 같지 않았다. 일련의 고통 속에서도 품격을 유지하고 있는 그녀였다. 이때 땅에서 솟았는지 남편이 나타났다. 그녀가 약한 미소를 지으며 아이를 남편에게 인계했고 남편이 아이를 데리고 길가에 세워 둔 차로 걸어갔다.

부자의 모습을 잠시 지켜본 그녀가 돌아서서 아파트 단지로 걸어 들어갔다. 아이 앞에서 미소를 지어보이던 그녀. 아, 가정교육을 위해 싸움을 중단하거나 싸움 사실을 감춘 채 연기를 펼쳐야 했던 그녀는 지금 가슴이 시커멓게 타들어가고 있을 것이었다. 무종은 뛰어가고 싶었다. 놀라는 그녀에게, 아름답게 미소 짓는 모습을 돌려주고 싶었다. 그러나 한 발짝도 움직이지 못했다. 그녀의 멀어져가는 뒷모습을 말없이 지켜볼 따름이었다. 그러다가 문자를 보냈다.

'사정이 생겨 더는 뵐 수 없을 것 같습니다. 건강하세요.'

무종은 뒤의 말을 지웠다가 다시 넣었다. 자칫 좀 기다려 달라는 뜻으로 들리지 않겠나 싶기는 했다. 뒤이어 수신거부 등록을 하고 그녀의 번호를 지웠다. 이것으로 끝이었다. 비겁한 것 같았으나, 비겁한들, 언제는 비겁하지 않았나.

돌연 그녀가 멈춰 섰다. 문자를 확인하는 것 같았다. 그러더니 하늘을 올려다보지도 않고 땅이 꺼져라 내려다보지도 않고 똑같은 보조로 멀어져갔다. 자기도 모르게 걷는 것 같았다. 슬픔이 그녀를 밀고 가고 있다고 무종은 생각했다. 하염없는 슬픔에 휩싸인 그녀가 아파트 모퉁이를 돌아가 보이지 않게 된 뒤에도 무종은 한참을 움직이지 못했다. 어떤 통증이, 삶을 파괴시킬 것 같은 통증이 가슴을 꿰뚫고 지나갔다. 이제 다시는 보지 못하는 건가… 이렇게까지 잔인하고 무지막지한 결정을 내리면서 자신은 무엇을 회피하려 하는 건가. 현아 씨를 품은 채 이 난관을 뚫고 나가겠다는 의지가 애당초 자신에게 없었단 말인가? 그러고도 정녕 네가 남자냐? 네 보잘것없는 감정을 더는 애정이라는 이름으로 포장하지 말라. 지금 눈물이 나야 한다면 오직 한쪽 눈으로만 흘리고 싶었다. 그래야 자신이 덜 용서되리라.

'현아 씨… 너무 괴로워 할 것 없습니다. 나 같은 놈 때문에 고귀한 감정을 허비하지 마세요. 그럴 가치가 없는 남자라는 건 나도 알고 당신도 알고 있지 않습니까. 저녁을 드시고 편안히 소화를 시키시고 그리고 김무종이라는 이름을 머리에서 지워요. 언제 어디서나 행운을 비는 한 사람이 있다는 사실조차 잊어버려요. 오늘 밤바람이 차가울 것 같습니다. 외출 자제하시고요.'

여기까지 속으로 서술한 끝에 눈을 한 번 감았다가 떴는데 모르는 번호가 떴다.

"모닝샴푸 김무종 차장님이세요?"

웬 아줌마가 묻고 있었다.

"네, 그랬습니다."

"네? 뭐라고요?"

"말씀하십시오. 무슨 일인가요?"

"녹색어머니회 수지 엄마 통해 샴푸 30개 주문한 거 아시죠?"

"네, 알고 있습니다."

무종의 목소리는 착 깔아서 나왔다.

"이거 근데 쿠팡에서 파네요. 개당 3천 원에. 근데 우리한테 개당 6천5백 원에 팔겠다고요? 어떻게 그럴 수가 있죠?"

"쿠퐁요? 쿠폰 말인가요. 쿠폰은 지급한 적 없는데요."

"쿠폰이 아니라 쿠팡요."

"아 쿠팡 ……."

"아, 이 아저씨. 아저씨 샴푸회사 직원 맞아요?"

"이젠 아닌데요."

"뭐라고요?"

"이젠 아닌데… 그래도 그건 제가 주문받은 거는 맞습니다. 쿠팡은 잘 모르겠고요."

"아, 미치겠네. 아저씨, 모닝샴푸 본사가 어디에요? 본사 고객상담센터 번호 좀 가르쳐주세요."

"본사요? 본사는 종로5가인데요."

고객상담센터라니… 미스 정을 말하는 것 같았다.

"나 참. 알았어요. 아저씨는 빠지세요. 알고도 모르는 척하는 건지… 진짜 바본지."

"네?"

"아니에요. 끊어요."

무종은 휴대폰으로 쿠팡에 들어가 보았다. 다양한 상품이 해외여행에서 전자제품까지 컬러풀하게 더러는 깜짝 놀랄 가격에 나와 있었다. 검색창에 샴푸를 치자 모닝샴푸가 나왔다. '3천 개 선착순 개당 3천 원, 두 개는 5천5백 원, 네 개는 만 원'이라고 되어 있었다. 11월 25일부터 12월 31일 한 달간이었다. 무종은 그 배너광고를 한참 들여다보았다. 그리고 휴대폰을 닫았다. 무종이 마트로 어디로 정신없이 뛰어다닐 때 쿠팡은 이미

나와 있었던 것이다. 이러니 누가 마트에서 모닝제품을 사려 하겠는가. 무종은 하늘을 올려다보았다. 흰 구름들이 한가로이 떠가고 있었다. 이 세상일보다 저 구름이 더 사실적으로 보였다. 무종은 오후를 여기저기 떠돌며 하염없는 구름처럼 보냈다. 이래도 저래도 시간은 가고 오후가 지나고 저녁이 오고, 그리하여 아이들 보는 일만 남았다.

밤에 무종은 경서를 붙들고 밀린 숙제와 산수문제 풀이 등 두 시간을 용을 썼다. 아내가 아이 공부 좀 도와주라고 귀에 딱지가 앉도록 당부할 때는 하지 않다가 무슨 각성이 찾아왔는지 하게 된 것인데, 널 무시하는 재희 그 아이보다 공부라도 더 잘해야 한다는 말을 숨긴 채 하게 된 것인데, 실은 이것이 잡생각 없이 시간을 보내는 아주 좋은 방법이기도 했다. 현아 씨와 작별을 하면서 새삼스럽게 가정이 눈에 들어온 것일 수도 있었다.

대학원이나 갈 걸, 공부를 가르치다 보니 그런 생각이 들었다. 아님 아내를 음악대학에 보낼까, 그런 생각도 하였다. 돈이 없다고 생각이야 못하겠는가. 기어코 녀석 머리를 한 대 쥐어박고서야 공부는 끝이 났다. 녀석은 공부를 한 게 분한지 벌겋게 부은 눈으로 일어나, 컴퓨터에서 인형 옷입히기를 하고 있는 민주를 밀쳐 크게 울리고는 게임을 시작한다. 이제 무종은 다시 민주와 동화책 읽기를 해야 한다. 중세로 떠나야 한다. 가자, 중세로. 숲인지 헛간인지 우물가인지 마귀의 소굴인지.

2 사건과 사고

이자를 넣지 않자 문자가 하루에 세 번 도착했다. 어투가 딱딱하게 변해가더니 마침내 집을 경매에 넘기겠다고 통보해왔다.

'집은 우리 집이 아닌데요.'

무종이 급히 문자를 보내자 그들은 알고 있다며 집주인으로부터 전세 보증금을 받아내겠노라고 정정을 했다. 그렇지 않아도 어제 집주인이 아내에게 전화해 '법원에서 뭐 하나 날라왔다며 당신들 보증금 은하 파이넌스라는 데다 내주면 되는 거냐'고 복장 터지는 소리를 했다는 거였다. 이 말을 무종에게 전할 때의 아내 표정은, 우리가 앞으로 더 이상 살아갈 수 있겠느냐는 물음을 담고 있었다. 아니 울음을 담고 있었다.

더는 두고 볼 수 없어 황 소장에게 전화하자, 그 일은 자기 소관을 떠났다는 대답이 돌아왔다. 그놈들은 자기보다 인정이 없는 자들이니 웬만하면 말을 듣는 게 좋을 거라고, 사람이 돈 몇 푼에 인격이 훼손되어서야 되겠냐고 했다. 낙담한 무종은, '지역기업의 청장년 유휴인력 고용활성화를 위한 정책 토론회'가 열리는 도청 대강당에 가 보기로 한 일정을 접고, 집에서 소맥을 제조해 대낮부터 두 잔을 들이켜 넋 놓고 소파에 앉아있다가 깜박 잠이 들었다.

꿈속에서 아버지를 보았다. 아버지가 펌프를 등에 지고 서 있는데 발밑이 온통 풀이었다. 무종은 다가가지 못하고 쭈뼛쭈뼛 서 있었다. 아버지는 짐이 무거운지 허리를 앞으로 깊이 숙이고 얼굴만 들어 말없이 그를 바라보고 있었다. 아버지가 갑자기 우는 것 같아 무종은 무척 놀랐지만 그래도 다가가지는 못하였다. 그때 어머니가 밥 먹으라고 그를 불렀다. 무종은 돌아서서 목소리가 들리는 곳으로 뛰어갔다. 뛰어가는 무종은 소년이 되어 있었다. 그런데 있어야 할 집이 보이지 않았다. 어머니도 보이지 않았다. 무종은 뒤돌아보았다. 아버지가 없어졌다. 무종은 오도 가도 못 하고 제자리에 서 있었다. 때는 저녁인 것 같았다. 그때 종소리도 아닌 시끄러운 소리가 나서 잠이 깼다. 휴대폰이 울어대고 있었다.

전화를 받으니 현대화가였다. 몇 마디 안부를 묻더니 김 형 주위에 컬렉터가 있다 하지 않았냐고 엉뚱한 소리를 하였다. 자기가 이번에 150호짜리 추상화 한 점을 완성하였는데 집에 걸어둘 데가 없다며, 큰 거실을 갖고 있는 사람이 구입해 걸어두면 좋을 거 같다고 했다. 순간적으로 아버지의 옛 여자, 겨우 숨을 쉬고 있는 노파가 생각났으나 그림을 한 점 구입하라고 연락을 하기에는 만남이 너무 짧았다. 무종이 회사를 그만두던 그때 함께 잘린 현대화가는 생활이 매우 곤궁한 모양으로 목소리가 풀이 죽어 있었다.

문득 어떤 생각이 떠올랐다. 안방으로 들어가 벽에 걸린 산수화를 쳐다보고는 아버지가 꿈에 나타난 이유를 알게 되었다. 무종은 산수화 즉 근대작품을 휴대폰으로 찍어 현대화가에게 전송했다. 작품 감정을 부탁하고 시세가 어느 정도인지 문의하였다. 값이 좀 나가면 본격적으로 판매전략을 짜볼 필요가 있었다.

'옥션에서는 안 받아줄 거고 화랑에선 10에서 15만 정도 부를 겁니다. 그냥 걸어두세요. 걸어두고 감상하는 게 버는 겁니다.'

바로 답변이 왔다. 언제 어떻게 왔는지 옆구리 근처에 와 있던 아내가 '얼마 한데?' 물어 무종은 '20만 원' 하고 좀 부풀려서 대답했다. 그러자 아내는 "그 인간이 노망이 들었나." 하고 버럭 화를 내더니 근대작품을 원망이 가득한 눈길로 바라보았다.

사실은 몇 달 전 읍사무소 강당에 진품명품 현장팀이 왔다는 소리가 나돌았다. 그때 아내는 산수화를 무종 보고 어깨에 둘러메라 하고는 쳐들어가듯 읍사무소 강당으로 앞장서 걸어갔던 것이다. 텔레비전에서만 봐 온 그 유명한 진품명품 감정위원이 작품을 보더니, "없는 것보단 나으니 집에 걸어두세요." 하고 지금의 현대화가와 똑같은 소리를 했다. 무종은 산수화를 다시 둘러메고 집으로 돌아와 휑했던 벽에 걸어두고 한참을 바라보았다. 난초며 복숭아며 14자 한시며 누런 한지와 검은 먹이며 색이 바랜 붉은 낙관이며 모든 것이 그 자리에 다시 돌아와 있었다. 무종은 앞으론 헤어지지 않겠다고 굳게 다짐했다. 그런데 모닝 인더스트리에서 빌린 선수금을 갚을 생각에 또다시 매각 욕심을 품었다가, 아니 그보다는 아버지가 꿈에 나타나 매각 승인을 하는 바람에 시세 문의를 하였다가 현대화가의 충언을 듣기에 이른 것이다.

현대화가도 무종처럼 선수금 갚을 걱정에 잠이 오지 않는 모양이었다. 잘린 사람들끼리 대책회의를 열어야 하는 거 아니냐고 의논을 해왔다. 그런데 트럭 이 씨는 "난 그런 돈 빌린 적 없어요." 하곤 하품하는 소리를 냈다는 거다. 쭈꾸미는 휴대폰이 꺼져 있고 태권도 사범은 "좆까라 그러세요, 난 안 갚을 테니." 하고 배짱만 부리고 있다는 거였다. 쭈꾸미는 만

날 무슨 시위하는 데 쫓아다니는 것 같은데 혹시 유치장에 갇혀 있는 거 아닌지 모르겠다고 별 걱정을 다 했다. 지난번에 어디 노조 시위현장을 지나쳐 가다 인파에 휩쓸렸다가 겨우 빠져나와 오뎅 하나 사 먹고 기운을 차렸던 적이 있었다. 그 와중에 돈 좀 부치라고 변가영이 문자를 보내와 소화가 안 되었던 기억이 있었다.

"우리 둘이 만나 무슨 해답이 나올까요?"

무종은 현실적인 이야기를 했다. 생각해보니 현대화가는 성 차장 여동생 장례식장에도 오지 않았다. 동료애가 많이 부족한 면이 있었다.

"그래도 ……."

현대화가는 서운한 듯 말꼬리를 흐렸다. 할 수 없이 무종은 우선 막걸리나 한잔하자고 했고, 현대화가가 마침 인사동에 갈 일이 있으니 오후 다섯 시에 거기서 보자고 선수를 쳤다. 이에 무종은 장롱의 옷들을 전부 뒤져 3천 원을 찾아내고 아내가 외출한 사이 그녀의 가을 코트에서 2천 원을 찾아내고 5백 원짜리 동전도 7개를 확보해 현금 유동성을 풍부하게 해두었다.

무종은 오랜만에 외국인들 특히 중국인들이 연중 내내 북적대는 인사동으로 갔다. 삼삼오오 남녀노소 오가는 외국인들의 흐름에 끼어 좌우에서 풍겨오는 고아한 문화의 향취를 맡으며 걷고 있자니 여기는 또 다른 세상이구나 하는 느낌이 왔다. 좋긴 하지만 무종 같은 생계형 인물이 오래 머물러도 좋은 곳은 아니었다. 이 순간 아내가 동행했다면, 길바닥의 기타 공연을 보거나 황제솜사탕 맛을 보기 위해 수시로 멈춰 섰을 거였다. 만약 현아 씨와 둘이서 이 거리를 걷는 그런 날이 온다면? 무종은 고개를 흔들었다. 이제 굿바이한 여자였다.

현대화가를 무슨 약국 앞에서 만난 무종은 '부추전에 막걸리' 어떠냐고 제안하였다. 회사를 그만두었지만 건강을 생각해서 부추전을 떠올린 건데 현대화가가 목소리가 흐릿한 게 보태 돈이 없어 보였다. 그렇다면 추가 안주는 자제해야겠다고 결심하는데 현대화가가 머리를 좀 굴리더니 따라오라고 하였다.

현대화가는 축하 난과 꽃다발이 어떤 구도에 맞춰 놓여 있는 화랑으로 들어갔다. 전시실에는 크고 작은 과일그림 수십 점이 걸려 있고, ㄷ자 전시실의 가운데에 약식 뷔페가 차려져 있었다. 일별해 보자 견과류와 과일과 와인이 주종을 이루고 있었다. 떡이 안 보이는 게 좀 이상했다. 현대화가가 어서 먹으라고 눈짓을 해서 무종은 한껏 차려입은 신사 숙녀들을 헤치고 들어가 와인 한 잔에 견과류를 한 움큼 집어 들었다.

현대화가가 몇몇 남녀와 인사를 나누고 요즘 작품 활동 많이 하시냐는 등 안부를 주고받더니 더는 아는 사람이 없는지 혼자 그림을 둘러보고 와서는, 아직도 뷔페 앞에서 얼쩡대고 있는 무종을 데리고 구석의 의자로 갔다. 그의 손에는 샴페인 잔이 들려 있었다. 와인과 샴페인을 거의 구별하지 못한다고 봐야 했다.

"임 형은 작품 전시 언제 합니까?"

"전시는 무슨. 살 사람도 없는데요."

"예술가는 자기 좋아서 그리는 거 아닙니까. 꼭 팔아야 하나요?"

"팔아야 생활이 되지요."

"그야 그렇지만."

"후원자가 있었습니다. 그런데 작년에 파산했어요. 그 사람 갖고 있던 그림을 다 팔기 시작했는데 구입가의 20퍼센트도 못 받았다는 거예요. 내 그림은 아예 거래도 안 되고요."

무종은 그림에 대해서는 정치나 경제처럼 박식하지 못했으므로 그저 듣고만 있었다. 파산한 사람도 그렇고 이 사람은 앞으로 어떻게 살아가나 싶었다. 이때 어떤 생각이 떠올랐다.

"소장에게 돈 대신 그림을 주면 어떨까요?"

그러자 현대화가는,

"제 그림은 사실 김 형이 갖고 있는 산수화보다 훨씬 못한 겁니다. 소장이라고 못 알아보겠습니까." 하고 마음 약한 소리를 했다.

"소장이 알아보겠어요? 회장님이라면 몰라도."

"회장이 그림 한 점을 팔아줄 수 있겠냐고, 그걸 2천만 원에 팔아주면 선수금을 면제해 주겠다고 소장을 통해 제안을 해온 적은 있어요."

"그래요?"

"그런데 파일로 이미지를 보내 왔는데 그냥 복제품이더라고요."

"아… 회장님이 누구한테 속아서 산 건가요?"

"그건 모르겠어요. 그냥 만 원짜리라고 그랬더니 소장이 진품감정서를 받아낼 수 없냐고 말도 안 되는 소리를 해서."

"……."

"감정비만 날릴 거라고 했더니 그림에 대해서 뭐도 모르는구만 하더니… 며칠 후 해고 통보를 받은 거지요."

현대화가는 영업을 못해 잘린 게 아니라는 식으로 사실을 호도하고 있었지만 무종은 아무 말도 하지 않았다. 아무리 복제품이라고 해도 10만 원 정도는 불렀어야 했다. 회장님 입장에선 복제품 가격도 모르는 놈이 진품 가격을 알겠나 싶었을 것이다.

"어제는 소장이 전화를 걸어와 '집사람은 안녕하시냐'고 하더군요."

"그렇게 물어요?"

"네. 무슨 뜻이냐고 했더니, 아니라며 형편 되는 대로 천천히 갚으시라고만 하더군요. 근데 전 그 말이 더 무서워서."

"그래요? 혹시 부인께서 일을 하고 계십니까?"

무종은 침착하게 물었다.

"네, 집사람은 공무원입니다."

"공무원이라고요?"

"네, 15년째 산림청에서 근무하고 있습니다."

이 순간 무종은 자리를 박차고 일어설 뻔했다. 공무원이라는 발군의 직업을 가진 여자의 부군으로서 선수금 5백을 걱정하고 있다니! 단순서비스업 종사자의 부군에게 우는 소리를 하고 있다니. 허나 그 말을 하고도 조금도 계면쩍어하지 않는 모습과 대책 없이 서글픈 눈을 보고는, 그의 고뇌와 남몰래 흐르는 눈물을 이해할 것 같았다. 남들은 마누라 잘 둬서 부럽다고 할지 모르지만 그만의 고충이 적지 않을 터였다. 처가댁에서 받는 핍박은 또 어느 정도이겠는가. 자녀들은 아버지 보기를 헌신짝 보듯 하지 않겠는가. 집안의 총수입은 적을지라도 무종은 자식들에게 배척은 당하고 있지 않잖은가.

여기 더 있기가 곤란한지 현대화가가 엉거주춤 일어섰다. 화랑에 약속이 있다고 하더니 전시장을 나와 어느 골목길로 걸어 들어갔다. 그림도 안 가져온 걸 보니 가서 커피나 한 잔 얻어먹고 순수예술에 대해 논하려는 것 같았다.

걸어가며 생각해보니 정작 돈이 급한 건 자신이었다. 현대화가를 위로할 처지에 있지 않았다. 공무원이라면, 월급도 상당한데다 마음만 먹으면 공무원기금이든 시중은행이든 사흘 안에 저리로 대출이 가능할 것이다. 그런데도 아내에게 터놓고 얘기는 못하고 비싼 이자만 쌓여가는 것이다. 짐작컨대 소장은 현대화가가 돈을 영원히 갚지 않기를 기도하고 있을 것이었다. 무한대의 이자를 붙여, 공무원 아내가 일시불로 퇴직금을 타게해 그 돈을 다 쓰게 만들 작정인 것이다. 이 검은 속셈을 무종은 알고 있었다. 따라서 '즉시 아내에게 사실을 고하고 선수금을 빨리 갚으라'고 문자를 보내거나 한 번 더 만나 이 음모를 말해주어야겠다고 생각했다.

무종은 집으로 가지 않고 종로 5가 쪽으로 걸어갔다. 아내가 전화를 해와 지금 어디 있냐고 빨리 집에 가서 애들 좀 보라고 다그쳤으나 무종은 '사람을 만나러 간다'고 말하고 끊었다. 아내가 다시 전화를 해와 '밤에 면접 보는 데도 있냐'고 소리쳐 '있다' 하고 바로 끊었다.

무종은 이제 모닝 인더스트리 본사 건물 맞은편에 서 있었다. 공식 해고 통보를 받은 지 일주일이 지나 있었다. 그 사이 낮이 몇 차례 밤이 몇 차례 지나갔다. 소장은 말했다. 사람이 돈 몇 푼에 인격이 훼손되어서야 되겠냐고. 안 되지, 돈 몇 푼에 너도 인격이 훼손되어서는 안 되겠지, 소장아.

무종은 소장이 나오기를 기다리고 있었다. 뭘 어떻게 해야겠다는 생각 따위 애초에 없었다. 신문과 방송에 나오는, 인명 사고를 친 해직자가 다이렇게 막연히 옛 동료나 상사를 기다린 게 아닐까. 그렇다면 그들이 친 그 끔찍한 사고는 전혀 예측할 수 없는 거였다고 할 수 있었다. 예측할 수 없다는 사실은 두려움을 증폭시켰다.

그렇지만 자기 자신을 제어할 수 없다는 게 말이 되는가. 태양 때문이라고, 젠장 갑자기 불어온 바람 한 줄기 때문이었다고, 느닷없는 자동차 클랙슨 소리 때문이었다고 법정에서 주장하면 까뮈의 이방인 납셨다고

208

하겠지. 변호사는 수임을 포기하고 재판부도 항소를 괘씸해하지 않을까. 죽은 이의 가족은 그를 때리려고 하겠지. 정신병 감정을 받으려나.

그러나 이러한 것들은 모두 지나친 상상이었다. 뉴스에 난 그들, 그 무자비한 집행자들과는 달리 무종은 품 안에 아무것도 지니고 있지 않았다. 그의 무기는 연약한 팔과 빈약한 허벅지 근육 정도였다. 당연히 뾰족한 손톱도 없었다. 침은 뱉을 수 있었다. 그러나 그러한 행위조차 가혹한 보복이 뒤따를 것이다. 무종은 다만 기우뚱 서 있었다. 건물 입구를 주시하며.

마침내 소장이 건물 입구에 전신을 드러냈다. 길바닥에 가래침을 카악 뱉고는 도심의 불빛 속으로 걸어가기 시작했다. 무종은 천천히 소장 뒤를 밟았다. 소장의 뒷모습은 그러나 항용 느껴지던 그런 자신만만함은 아니었다. 그렇다고 그건 외로움도 고달픔도 아니었다. 공격적이지도 않았고 그저 오래된 벽처럼 완고해 보였는데, 그다지 위압적인 건 아니고 약간의 비루한 사연을 안고 있어 보였다. 그러한 뒷모습에 그러한 걸음걸이였다. 지금 소장을 넘어뜨리고 발로 한 대 찬다 해도, 흙을 툴툴 털고 일어나 아무렇지 않다는 듯 가던 길을 갈 것만 같았다.

무종은 일정한 간격을 두고 소장 뒤를 따랐다. 놈을 바로 쫓아가 뒤에서 어깨를 툭툭 치면, '뭐야?' 하며 뒤돌아보겠지. 그럴 때 '안녕하십니까? 소장님.' 하면 하얗게 질리겠지. 헛것을 보나 할 거야. 그도 두려움이 있다면 무종을 보고 침착할 수만은 없겠지. 뒤이어 '현대화가의 가정을 어떻게 하실 작정이오?' 정곡을 찌르면 움찔하겠지. 무슨 말이든 끌어내 반격을 하려 들지도 모르지. '당신이 간여할 일이 아니야!' 하고 나올 때, 그때 무슨 말을 해야 하는가. '성 차장 건도 알고 있소. 세상 그렇게 살지 마시오.' 할까. '회장에게 과잉충성 하면 뭐 돌아오는 거 있소? 내가 보니 좆도 없는 것 같던데.' 할까. 이리저리 궁리하는데, 소장이 휴대폰을 귀에 대더니 무슨 소리를 들었는지 갑자기 뛰기 시작했다. 쫓아갈 수도 없고 멍하니 쳐다보자니, 아니 저게 누군가?

저 앞에서 현아 씨가 오고 있었다. 붉은 외투를 걸쳤는데 골목길이 순식간에 그녀에게로 수렴되는 듯했다. 그렇게 존재감이 빛을 뿜어내고 있었다. 무종은 급히 뒤돌아 구멍가게 차양 아래로 몸을 숨겼다. 넓적다리에 경련이 왔으나 지금 그런 게 문제가 아니었다. 그녀는 휴대폰으로 누군가와 통화하며 사무실 쪽으로 걸어오고 있었다. 이윽고 한 치의 오차도 없이 사무실 건물로 들어섰다. 무종은 너무 놀라 목까지 뻣뻣이 경직되었다. 총무 겸 경리인 미스 정이, 그녀 현아 씨를 보면 뭐라 하겠는가. 아니 그녀가 미스 정을 보면? 미스 정의 말투를 들으면? '꿀꿀하다'는 소리를 들으면? 무종의 상황을 순식간에 다 파악하게 될 것이다.

무종은 숨을 죽이고 기다렸다. 그 사이 소장은 모텔로 뛰어 들어갔는지 혹은 지나쳤는지 또는 벌써 대로까지 내달렸는지 시야에서 없어지고 말았다. 대박 자리가 났다는 연락을 받고 총알같이 오락실로 달려갔을 수도 있었다.

10여 분 지났나. 이윽고 현아 씨가 나왔다, 그런데 혼자가 아니었다. 박이 옆에 있었다. 지방 가고 있다던 박이 언제 돌아왔는지 그녀와 함께 건물에서 나오고 있었다. 더 이상한 것은 입구에서 헤어지지 않고 둘이 어디론가 가는 것이다. 그들은 색깔이 스타벅스 닮은 조그마한 찻집으로 들어갔다. 도대체 무슨 일인가? 원래 아는 사이인가? 그럴 수도 있었다. 남편을 통해 박을 알았을 터이고, 그렇다면 ……

무종의 판단으로는 사무실로 들어선 그녀가 무종의 행방을 묻자 박이 친하다고 나섰고, 무슨 단서라도 얻을까 싶어 함께 찻집으로 갔다고 봐야 했다. 그런데 만약… 그녀의 사정을 알면, 불륜 현장 잡는 일을 박이 하겠다고 나설 수가 있었다. 그렇게 되면… 일이 복잡하게 된다. 그녀가 상당한 피해를 입으리라. 혹은 박과 그녀 사이에 무종이 모르는 일종의 계약이 맺어져 있는 게 아닐까? 그럴지도 …….

무종이 찻집 밖에서 20여 분 기다리자 마침내 두 사람이 나왔다. 이번에는 둘이 선 채로 무슨 말인가 주고받다가 헤어져 각자 걸어갔다.

길을 가던 박이 흠칫 놀라며 멈춰 섰다. 무종이 옆에 나란히 걸어가고 있었던 것이다.

"뭐야? 놀랐잖아."

"지방은 잘 다녀오셨습니까?"

"다녀왔소. 고생은 좀 됐지만."

"고생요?"

"뭐 잠자리, 식사, 그런 거지 뭐."

"수금하러 가신 건가요?"

"수금? 수금이라… 뭐 돈은 받아야겠지."

그제야 박은 무종을 찬찬히 보며 우리가 왜 이런 이야기를 주고받나 뜨악해하는 표정이었다.

"김 형, 식사는 했소?"

"별로 생각이."

"안 했으면 갑시다."

안 따라갈 이유가 떠오르지 않았다. 이번에도 박은 설렁탕집을 지나쳐 갔다. 그런데 오락실이 아니고 낡은 건물 2층의 중국집으로 들어갔다. 인

테리어와는 담을 쌓은 실내에, 시멘트 바닥은 짬뽕 국물을 흘렸는지 신발이 쩍쩍 달라붙었다. 행주 자국이 있는 테이블에 앉아 박은 간짜장을 무종은 볶음밥을 시켰다. 이번에는 볶음밥을 삼선으로 먹으라는 말은 하지 않고 대신 고량주를 한 병 시켰다. 전에 오락실에 음식을 날라왔던 바로 그 거구의 아주머니가 물잔, 단무, 양파를 식탁에 늘어놓았다.

"배달은 아직 못 구하셨나?" 박이 아주머니를 빤히 보며 말했다.

"임시지만 구하긴 했어요. 배달 보냈는데 아직 안 오네."

"다행이네. 근데 요번 달 이자 아직 안 들어왔다 하대. 이러면 곤란한데… 안 되는 거 억지로 연결시켜준 내가 무지 곤란하다고… 잘 좀 해봅시다. 오죽하면 나라도 팔아줘야겠다고 여기 오겠소."

"… 네."

박은 이번에도 돌아가는 그녀의 뒤룩뒤룩한 엉덩이에 깊은 시선을 주었다. 하 작가의 준수한 엉덩이를 놔두고도 이러는 걸 보면 취향 같았다.

"배달하는 서방님을 구하면 딱인데. 사내놈들이 꿀만 빨려고 들지 다 게을러터져 가지고."

박이 중얼거렸다. 여차하면 자신이 서방님 역할을 하겠다는 뉘앙스였다. 식사가 나오기 전 단무를 안주로 한 잔씩 들이컸다.

"소장하고 얘기했소." 박이 말했다.

"……."

"김 형을 너무 일찍 내치는 거 아니냐고. 그만큼 노력하는 사람도 없다고."

급변하는 영업환경 속 살아남기 위한 전략적 선택에 관해 박은 한참 얘기했다. 무종은 자신을 자른 게 소장이 아니라 회장님인 걸 짐작하고 있었지만 굳이 따지지 않았다.

"쿠팡은 어떻게 된 겁니까?"

무종이 기민하게 쿠팡 얘기를 꺼내자 박은 당황하는 얼굴도 아니고,

"봤소?" 하고 천연덕스럽게 말했다.

"네."

"물량이 빠지지 않아요. 할 수 없이 쳤지. 창고 보관비만 나가니까."

결국 영업맨의 분투가 요구되는 시점에 쿠팡이 나온 것이었다. 그 전에 영업맨의 책임이 컸다. 결국 그런 거였다.

"그러니까 고육지책으로."

"그렇지, 고육지책이요. 사람 안 짜르려고 샴푸를 친 거요. 치다 치다 사람도 짜르게 된 거고."

"아 ……."

"이번에 나간 제품은 사실 질이 좀 고르지 않소. 백화점에 나간 거 하곤 다르지. 근데 사람은 그렇지 않아. 언젠가 크게 쓸 수 있는 재목도 적지 않다 말이요. 이를테면 김 형 같은 인재가 그렇고."

"별말씀을. 저야 뭐 실적이 워낙."

"이런 말 군이 할 건 없지만 구조조정이라는 게 그렇소. 불알 하나를 거세하는 기분. 알겠소?"

"… 그럼 박 형께서 그 모든 걸."

"내가 총대 멘 거뿐이오. 자기 앞가림도 못하면서… 우습지 않소?"

"……."

"아, 김 형의 경운 내 권한 밖이었소. 영업 비팀은 소장 직속이었단 말이오."

"네 저야 뭐 소장의 지시를 받는 입장이라."

"소장도 짜를 거요."

"네?"

"소장을 짜른다고." 무종은 박의 얼굴을 쳐다봤다.

"박 형이 직접요?"

"내가 짜르겠소? 회장이 짜르겠지. 나는 짜르라고 충언을 할 뿐이지."

"아… 박 형도 모닝샴푸 주주라고 저번에."

"주주이긴 해도 인사권은 회장이 갖고 있소. 나야 소장을 좀 지켜보고 있었던 거고."

"박 형이 바로 숨은 실세였군요."

"실세는 무슨, 그냥 김 형 동료일 뿐이오."

이제 동료가 아닌데도 박은 김을 동료로 인정하고 있었다. 간짜장과 볶음밥이 와 두 사람은 먹기 시작했다. 이 집은 단무를 항상 다섯 개만 준다고 박이 투덜거렸다.

"저… 사실은 전세보증금에 가압류가 들어와 가지고."

무종은 실세인 박에게 사실을 얘기했다.

"그건 내가 한 게 아니고 아마 금융팀에서 했을 거요."

"금융팀이라면 은하 파이넌스?"

"아, 아시네. 거기요."

"어떻게 풀 수가 없을까요? 회장님께 한 번 말씀 올려 주시면 ……."

"내가 회장 친구지만 그건 못하오. 시스템으로 움직여서 말이오."

"시스템요?"

"금융에 관한 내규가 있어요."

" ……."

"회장한테 말해 본들… 아마 말만 꺼내도 업무방해로 간주할걸. 놈은 내 몫도 떼먹고 있고, 그런 자요."

"저… 혹시 회장님 사모님께 말씀을 올려드려보면 어떻게."

박이 대답을 않고 그를 빤히 바라보기만 했다. 아무래도 해서는 안 될 금기어를 꺼낸 것 같았다. 박이 고량주를 한 잔 털어놓고 심란한 표정으로 입을 열었다.

"일 복잡하게 만들지 맙시다. 내가 부인을 모르는 바 아니지만 청탁은 해본 적 없소. 그런 자세를 마인드라 그러는 거요."

"아 네. 가까운 이일수록 그런 건 안 하는 거라는 건 저도 알고 있습니다만 워낙 사정이 급박하다 보니 그만 저도 모르게."

이번에도 말이 헛나온 것 같았다. 엄연히 성별이 다른데 그만 가까운 이라고 해버린 것이다.

"알면 됐소. 참고로 말해두는데 보통 여자가 아니오. 아예 신경을 끄는 게 좋을 거요."

위험한 짐승을 지칭하듯 박이 덧붙였다. 그러니 황소 같은 황 소장도 사모님 소리가 나오면 움츠러드는 것이리라. 근데 여자가 얼굴이 부티가 나고 몸매가 좋으면 다 위험한 짐승인가. 머리채 잡고 싸우면 변가영이 질 것 같은가. 무종은 박의 말에 두려움보다는 오기가 일어났다.

"네 뭐. 다들 각자 인생을 사는 거지요."

박이 어설픈 웃음을 짓더니, "김 형, 그래 이제 뭘 할 거요?" 하고 화제를 돌렸다.

"뭐 특별히 ……."

그보다 피피엘 얘기를 꺼냈다. 직장을 그만둔 건 둔 거고 피피엘 문제는 따로 마무리를 지어야 했다. 내부영업이 아니라 이제는 투자자의 입장에서 접근해야 하는 문제였다. 무종이 여차여차해서 어렵겠다고 하자 박은 젓가락을 내려놓고 입을 굳게 다문 채 창밖의 먼 하늘을 보았다. 무종이 설명을 하는 내내 박은 그러고 있다가 마침내 입을 열었다.

"그러니까… 도저히 어렵다는 거요?" 이렇게 말해주는 게 고마웠다.

"네. 지금은 형편상 도저히… 미안합니다."

"아, 아니에요. 괜찮아요, 형편이 그렇다는데 어쩌겠소."

"좋은 기회를 마련해 주셨는데."

"난 그래요. 다만 김 형이 아까운 기회를 놓치는 게 안타까울 따름이오. 이런 기회가 또 있다고는 보장 못 하는 것 아니겠소."

"왜 모르겠습니까? 절 위해 애써 주셨는데 그에 부응하지 못해 정말 면목 없습니다."

하마터면 '박 부장 놈이 당신한테도 투자하라고 그랬냐'고 소장이 말한 걸 일러바칠 뻔했으나 어떻게 참았다. 무엇보다 박에게 의논도 하지 않고 송 감독에게 편지를 쓴 게 마음에 걸리기도 하고, 답장을 받지 못한 게 무슨 괘씸죄에 걸린 게 아닌가 싶기도 하고 아무튼 피피엘 문제에 있어서만은 크게 떳떳한 게 없었다.

"이 문제가 잘 풀리면 복직도 가능하고… 오히려 이번 일이 전화위복이 될 수도 있는 건데."

"면목 없습니다."

"아, 아니라는데 그래요. 괜찮아요. 자 그럼 그 얘긴 그만합시다."

"저… 뭐 하나 물어봐도 될까요?"

"물어 볼꺼잖소."

"네, 다름이 아니고 경찰은 왜 그만두신 건지."

위장취업한 비밀경찰이 아니냐고 곧바로 물어볼 수는 없고 얘기 중에 허점이 노출되기를 기다려야 했다.

"아 그거… 뭘 좀 먹었지. 급전이 필요했거든."

그러니까 박 형사도 자신과 같은 사유로 인해 그만둔 것이다?

"하나 있는 동생 놈이 보험도 안 든 봉고를 몰다가 비보호 좌회전에서 아줌마를 들이받았거든. 아줌마가 탄 승용차. 재수가 없으려니 전치 8주가 나왔어."

"그럼 합의금 때문에?"

"뭐, 그만하자고. 재미없잖아. 돈 먹은 건 먹은 거고… 옷 벗고 나왔으면 그만이지."

절박한 사연도 없는데 돈을 먹은 자신에 비해 박은 확실한 이유가 있었던 거였다.

"사무장도 하셨다고 들었습니다."

"했지. 성과급젠데 경제사범 아니면 큰돈 못 만져. 형사 때 보던 인간 말종들을 또 보는 것도 지겹고."

이 정도까지 박이 해명을 했지만, 무종은 박이 회장의 비위 사실을 캐기 위해 위장 취업한 현직형사라는 의혹을 완전히 내려놓은 것은 아니었다. 그의 말대로 현직이 아니라면? 하긴 실직상태에서도 경찰청과 임시 계약을 맺을 수는 있겠지.

"동료들과는 아직도 연락을 주고받으시는지요?"

"동료? … 한 놈 있지. 꼭 얼굴을 맞닥뜨려야 할 놈이."

그 말을 하는 박의 표정이 심상치 않았다. 무종은 숨을 죽이고 그의 다음 말을 기다렸다.

"당시 가택 압수수색이 들어왔어. 이건 심하다 싶었는데… 그 배후가 누군지 어떤 놈이 부풀려서 상부에 찔렀는지 내가 모를 거라 생각하면 이 박정훈을 잘못 본 거지. 인과응보라는 게 있소. 놈이 경험하게 될 거요."

"아 ……."

"금년에 승진도 했더군. 비비는 재주는 여전해 가지고."

"조직마다 그런 인간이 꼭 있죠."

"틀림없이 있지, 어느 조직이나. 헌데 이번엔 비빈다고 해서 빠져나갈 수는 없을 거야."

"무슨 일이 있습니까?"

"내 김 형한테만 얘기하는 거지만 놈이 오락실 지분 20퍼센트를 갖고 있소. 얼마 전 내가 누굴 통해서 내 지분 일부를 팔았거든. 놈은 그게 내 건지는 꿈에도 모를 거야."

"아……."

"놈은 오락실 단속경찰이 바로 오락실 투자자라는 사실을 증명하는 좋은 본보기가 될 거요. 단속경찰 통해 상납도 받고 오락실에서 수익배분도 받고. 그걸 양수겸장이라고 하나. 아직까진 좋아 죽을 테지."

"기어코… 사단이 나겠군요."

"다 먹은 거요?"

박이 대꾸 없이 그렇게만 물었다. 볶음밥에 주는 짜장이 많이 남았지만 밥을 더 달라고 하긴 어려워 고개를 끄덕였다. 그러자,

"어디 약속 있어요?" 하고 간절한 눈빛으로 물었다. 배신감 때문에 사람이 많이 그리운 것 같았다.

"약속요? 아니 특별히 뭐."

"그럼 같이 갑시다."

"어딜?"

"어디냐면 전설이 계신 곳이요. 영업의 전설이지."

전설은 또 뭔가. 그렇지 않아도 아직 할 말이 남아 있었다. 박이 알아서 얘기를 꺼내놓으면 좋을 텐데… 현아 씨가 온 거 말이다. 헌데 박은 어떤

테이블을 노려보더니 말없이 일어서서 불량해 보이는 두 청년에게로 걸어갔다. 그중 뚱뚱한 친구의 어깨를 툭 쳤다.

"빵에서 언제 나왔냐?"

"아 형님. 저흰 와 계신 줄 모르고."

뚱보와 스포츠 머리가 엉거주춤 일어섰다.

"모르긴 새끼야. 백 미터 밖에서도 달려와 인사하던 놈이."

"진짜 못 봤습니다. 건강하시죠?"

스포츠 머리가 머리를 긁적이며 말했다.

"옷 벗었다고 끝까지 떨어진 건 아니니까 어려운 일 있으면 연락해라."

"넵 고맙습니다. 충성!"

뚱보가 거수경례를 붙였고 스포츠 머리는 고개를 꽉 숙였다. 짜장면, 탕수육, 그리고 소주 세 병이 테이블에 놓여 있었다. 멀리서 봐도 탕수육이 대자였다.

"앉아. 나가면서 사고 치지 말고."

스포츠 머리가 계면쩍게 웃다 말고 멀리 무종을 쳐다봐 무종은 시선을 피했다. 박이 고개로 가자는 신호를 보내왔다. 그러더니 뚱보를 향해

"참 너 전에 아파트 분양권 사고팔고 했지. 요즘도 하나?" 하고 물었다

"에이, 안 해요. 쩐이 있어야 하죠. 단속도 장난 아니에요. 서민들 돈 버는 거 싫어하잖아요, 정부가."

"니가 서민이냐? 투기꾼이지."

"아 형님도… 돈 몇 푼 먹는 거 가지고 투기꾼은 좀."

"좋은 물건 있으면 연락해라. 같이 좀 먹고 살자."

"… 형님, 정 그러시면 물건 하나가 있긴 한데."

"너 자꾸 형님 형님 할래? 누가 니 형이냐?"

"앗, 죄송합니다. 박 형사님."

"그래, 얼마냐?"

"우선 한 3천 정도면."

"3천… 내년 이맘때쯤 연락할게."

박이 뚱보의 어깨를 툭 치고 등을 돌렸다. 뚱보가 '시팔' 하고 속으로 욕을 삼키는 것 같았다. 박이 계산을 하지 않고 빨리도 계단을 내려가 무종은 주저주저하다 잔고가 얼마 남지 않은 하이브리드 카드를 사용해 결제를 하였다. 아주머니가 두 손으로 공손하게 영수증을 내밀었다. 내려간 박이 도로 올라와 "아 이런." 하고 탄식했을 땐 무종은 넋이 나간 모습으로 영수증을 손에 들고 있었다. 박이 주머니에서 5만 원 권을 꺼내더니 무종의 황금외투에 찔러 넣어줬다. 손을 휘젓다가 결국은 받아들인 무종은 코끝이 찡해졌다.

무종은 살아생전 다시 올까 싶은 중국집을 뒤돌아보고 놓칠세라 종종 걸음으로 박을 따라갔다. 박이 뒤를 돌아보며 말했다.

"5백짜리 분양권 사서 5억 땡긴 얘기 들어봤소?"

"금시초문인데요."

"존재하는 이야기요. 김 형도 시야를 좀 넓혀 봐. 세상이 그런 거니까."

그런 식으로 돈을 벌어본 사람처럼 말했다. 하긴 미분양 아파트나 프리미엄이 소박했던 아파트가 2년 만에 대박 났다는 소리는 들어봤다. 그런데 돈이 아주 없으면 그런 행운도 남의 나라 얘기였다. 많이들 처먹어라, 나는 영업으로 벌어 타워팰리스 한 채 살 테니!

"박 형은 돈을 많이 벌면 뭘 하고 싶습니까?"

그 목적을 알면 박의 정체를 파악하는 데 도움이 될 거 같았다.

220

"뭘 할 거 같소?"

"그야 저는 잘 ……."

"다들 비슷하지 않나? 아파트 평수 넓히고 좋은 차 뽑고 자식 교육 잘 시키고 여행도 좀 다니고. 그리고 연애도 좀 하고."

그런 대답을 기대한 게 아니었다.

"하나 더 하고 싶은 건 ……."

" ……."

"탱크를 한 대 사서 보기 싫은 놈들 승용차를 확 깔아뭉개 버리는 거야."

무종이 입을 벌리고 말없이 바라보자, "왜? 안 되나?" 하며 묘한 표정을 지었다.

박은 가게에 들러 담배를 사더니 다른 곳이 아니라 사무실 건물로 들어갔다.

"박 형, 사무실은 왜?"

"아, 내가 얘기 안 했나? 이 건물에 내 사무실이 있어요."

이게 뭔 소리지? 올라가 보니 박의 사무실은 모닝 인더스트리와 같은 4층의 ㄱ자로 꺾어진 곳에 숨어 있었다. 모닝 인더스트리 사무실의 절반 크기에 철제책상 두 개와 때 묻은 천소파, 소형냉장고, 캐비닛 하나가 들어 서 있었다. 책상에는 컴퓨터가 한 대씩 놓여 있고 무슨 제품박스들과 서류뭉치가 올려져 있었다. 소파 테이블에는 짜장면 빈 그릇이 하나 계셨다. 어째 아까 중국집에서 짜장면 한 그릇 값이 더 나오지 않았나 싶었더니 바로 이거였다.

책상 앞에서 서류를 뒤적이고 있던 짜장면 사내가 일어섰는데 얼굴에 마스크팩을 붙이고 있었다. 사내가 마스크팩을 뜯어내자 그는 놀랍게도 이인걸이었다. 그가 무종을 소파로 안내했다. 영업의 전설은 수수한 갈색 양복 차림에 면도를 며칠 하지 않은 약간 피곤한 모습이었다. 얼굴은 번들거렸지만 사무실을 드나들던 그 뺀질이가 아닌 것 같았다. 그는 전설로서 여기 앉아있는 것이다. 범접할 수 없는 아우라가 느껴진다든가 전설이라든가 하는 느낌은 별반 없었다. 초고수는 일반인처럼 보인다더니 정녕 그런가 싶었다.

"김 형은 처음부터 강의를 들은 거요."

간짜장이 많이 짰는지 물통에서 넘치도록 물을 따라 들이켠 박이 정신 차리라는 듯 말했다.

"네?"

"한때 자동차 월간 판매왕을 세 차례나 한 분이라면 되겠소?"

박이 전설을 흘깃 보며 말했다. 전설이 빙그레 웃었다. 현대차인지 중고차인지는 밝히지 않았지만 다단계영업을 했다는 건 주요 경력 중 일부에 불과했다. 그는 엘리트 코스를 밟은 정통 영업맨이었다.

"세상만사 다 세일즈로 보면 그렇겠죠. 중요한 건 이렇게 만나 소통을 하는 거죠. 이게 본질입니다."

전설이 말했다. 무종도 한마디 해야 했다.

"그렇군요. 제가 미처 배우려는 자세가 안 돼 가지고."

"김 차장님, 무슨 말씀 하시는 겁니까."

전설이 손을 내저었고 박은 냉장고에서 소주와 쥐포와 포도주스 팩을 꺼내 테이블에 늘어놓았다. 박이 포를 찢었고 전설은 천천히 잔을 비웠다. 무종은 술을 사양하고 달콤 쌉쌀한 포도주스를 마셨다. 그렇지 않아도 속이 탔다.

"차량 대출받을 생각 있으면 말하시오. 이 차장보다 많이 받아주는 사

222

람은 수도권에선 없으니까.”

박이 말했다.

“대출은 아직 생각이 …….”

차 대출받을 생각을 못 하고 진작 매각을 했으니 할 말이 없었다.

“잘 생각하셨습니다. 대출 없는 인생이 우리가 꿈꾸는 인생 아니겠습니까? 하하, 영업을 왜 합니까? 돈을 왜 벌겠습니까? 대출이 싫어서 하는 겁니다.”

대출에 나쁜 감정이 있는 사람처럼 이 차장이 말했다. 받을 수만 있다면 세상에서 가장 받고 싶은 게 현재로서는 대출이라는 거였다.

“저… 말씀 드리기 민망합니다만 영업 석 달 동안 성과가 거의 없었습니다.”

불가능한 대출 대신 무종은 가슴에 맺힌 얘기를 꺼냈다. 어디서부터 무엇이 잘못되었는지 고수로부터 한 수 지도를 받고 싶었다.

“정상입니다.”

“네?”

“정상이라고요. 당연한 거 아닙니까? 처음부터 고객이 줄을 설 줄 아셨습니까? 거절당하는 것 그게 영업입니다. 거절당할 때마다 감사해야 합니다. 그게 시작이거든요. 그걸 당해보지 않은 사람은 크지 못합니다. 거절이 당신을 강하게 하죠.”

어디서 많이 들어본 얘기 같았지만 다시 들어도 역시 울림이 있는 교훈이었다.

포도주스를 비운 무종은 달리 마실 것도 없고 해서 전설이 따라주는 술을 기꺼이 마셨다. 영업이라는 광대한 세계의 전설적인 고수 앞에서 무종은 서서히 고무되어 가고 있었다. 벌겋게 달구어진 쇠는 두드려야 강철이 되듯 이래저래 열 오른 무종도 사회가 내지르는 숱한 편치를 맞으며 진정한 세일즈맨으로 거듭나야 했다. 무종은 금과옥조 같은 전설의 말을 새겨들으며, 자기를 돌아보는 귀중한 시간을 갖고 있었다. 전설이 강의를 잠시 멈춘 틈을 타 무종은 '요즘도 샴푸 거래처를 많이 뚫고 계시는지' 감히 여쭈었다.

"소매점은 하지 않고 법인영업만 간간이 하는 편입니다. 그보다 전 영혼을 정화하는 일에 매진하고 있습니다. 인류의 더 큰 과제, 영혼의 정화에 간여하고 있습니다."

"무슨 종교 같은 거?"

"하하. 매스컴에 나오는 사이비 종교 그런 거 아닙니다. 전 민생 고충 처리 일을 하고 있습니다. 가정의 건전한 가풍 회복과 인성 고취로 영혼을 정화하고 교류하는 거죠."

구체적으로 뭔지 모르겠지만 무종은 지금 자기 형편에 그런 데 간여하는 게 사치로 여겨졌다. 하지만 아내라면 관심을 갖고 실행할지도 모를 일이었다.

그러다 피피엘 이야기가 나왔다. 전설이 박에게, 광고 대행업체에서 연락이 왔다고 한 데서부터 이야기가 시작되었다. 피피엘을 진행하고 있는 걸 어떻게 알았는지, 모 제작사가 웹드라마를 촬영 중인데 1억만 피피엘치라고 했다는 것이다. 웹드라마가 중국에 수출되면 1억 이상 볼 거라는 건데, 그러니까 시청자 1인당 1원만 쓰면 된다는 건데, 박은 그 제안에 대해 부정적이었다. 신의가 중요한데 송 감독을 배신하고 성공하면 뭐하냐는 논지였다. 1원이 비싸다는 말은 한마디도 하지 않았다.

무종은 감명을 받았고, 마치 본인이 광고집행자인 것처럼 두 사람과 피피엘에 관한 얘기를 주고받았다. 어떤 대목에서는 자신의 견해를 굽히지 않으면서 광고의 전반적인 세계에 대해 논하였다. 그러나 한참 있다 자신이 지나치게 앞으로 나갔음을 깨달았다. 자신은 영업사원이었다. 경영자는 아니었다. 그것도 전직 영업사원이었다. 그리고 샴푸 피피엘은 이제는 가슴 아픈 과거사일 따름이었다.

"광고도 광고지만 현 환경하에서 제가 앞으로 어디서 뭔가를 할 때 어떻게 하면 실적을 거양할 수 있을지."

마침내 무종은 오늘의 화두 '진정한 세일즈맨으로의 탄생'에 대한 고견을 지체 없이 구하였다. 전설이 완전히 취해 혀가 꼬부라지기 전에 답을 얻고자 했다. 전설은 잠시 침묵하더니 무종을 빤히 보기 시작했다. 그러더니 무겁게 입을 열었다.

"잘 알고 있지 않습니까?"

"네?"

"김무종 씨 당신 자신이 누구보다 잘 알고 있지 않느냐고요."

"제가요?"

"네, 두려워서 못하고 있는 것뿐이죠."

그러더니 그는 소주를 또 한 잔 달게 마시고 입을 다물어버렸다. 무종은 그런 선문답 말고 구체적인 답을 원했지만 전설의 말처럼 실은 자기 자신이 잘 알고 있는지도 몰랐다.

"그 말씀 가슴에 새기도록 하겠습니다. 오늘 정말 많은 도움이 되었습니다."

이쯤에서, 들은 강의를 차분히 정리해 봐야겠다는 생각이 들었다. 이제 그만 가 봐야겠다는 눈치를 박에게 주자, 박이,

"김 형, 당분간 이리로 나오는 게 어떻겠소?" 하고 전혀 예상하지 못한

말을 했다.

"네?"

"우린 김 형과 함께하고 싶소. 김 형처럼 열의가 있는 사람이면 우리도 마다할 이유가 없지. 물론 일을 하려면 생활이 안정되어야 하니 소액이나마 수당을 지급하는 게 맞겠지."

"… 구체적으로 어떤 일을?"

대답 대신 박이 전설을 바라보자 전설 역시 말없이 박을 바라보았다. 마스크팩이 새 거라서 그런지 전설은 여태 얼굴이 번들번들하였다. 박이 입을 열었다.

"사업이야 여러 개 있지만 그중 하나가 타락한 남녀의 영혼을 구원하는 일이오. 쉽게 얘기하면 남녀문제의 고충에 대해 조언하고 또 직접 해결을 해드리는 일이라고 보면 되오."

"해결사?"

"허허, 그건 방송에 나오는 이야기고 우린 그냥 상담센터라고 부르고 있어요."

상담센터… 모닝그룹의 경영비리를 캐내자면 사무실 바로 곁에 비밀 사무소를 둘 필요가 있다는 생각이 이제야 들었다.

"그럼… 오현아 씨도?"

"누구?"

"오현아 씨요. 제가 본 거 같은데요. 두 분이 아까 찻집에서 차 마시는 거."

"아… 오 여사. 오 여사를 어떻게 알우?"

"네?"

"지금 오현아 씨라고 하지 않았소?"

"……."

"그럼 김 형한테도 의뢰가 간 거요? 김 형도 그런 일?"

"아, 아닙니다. 아는 얼굴이라서요. 딱 보니 알겠더라고요. 동창 얼굴은 보면 알거든요. 하하."

"그래요? 허허 우연이긴 하네. 암튼 뭐 그런 년을 구원하고 도와주는 거지, 우리 일이."

그러면서 박은 날카롭게 무종의 눈치를 살폈다. 그제야 무종은 자신이 현아 씨에게 명함을 준 적이 없음을 떠올렸다. 그녀가 아까 회사 근처에 나타났을 땐 명함을 주었나 긴가민가하면서도, 결국 명함을 주었나 보다 하고 순간적으로 결론지었던 것이다. 그런데 그게 아니었다. 머리를 강타하는 그림 한 장이 있었다.

어느 날 사무실 복도에서, 복도 끝 여기로 꺾어지려는 한 여자의 옆모습이 눈에 띄었고 어디서 본 것 같다고만 생각하였다. 그렇다면? 그때 현아 씨는 바로 그를 알아봤던 거였다. 아니면 박 부장과 함께 있는 그를 언제 어디선가 알아봤던 거였다. 해서 같은 층에 있는 무종의 사무실로 고객인 것처럼 전화해 무종의 전화번호를 물어봤을 테고, 마침내 그에게 연락을 하기에 이른 것이다. 날짜를 돌아보니 그녀가 처음 연락을 해온 게 얼추 그 시점이었다. 웬 여자가 전화로 김무종 씨를 찾기에 외근 나갔다 했다고 미스 정이 말한 것도 새삼스레 기억났다.

이제 무종이 연락을 끊자 박에게 다시 남편의 불륜 캐는 일을 계속 맡기려 사무실로 찾아온 것 아니겠는가. 박은 남편의 돈도 받고 있는지라 그녀와의 대면을 피하고 있었고, 그것이 그녀를 더욱 다급하게 만들었을 것이다.

그러니까 남편이 무종의 휴대폰 번호를 안 건 그녀의 휴대폰을 훔쳐봐서가 아니었다. 그건 박이었다. 현아 씨의 의뢰로 남편을 감시하던 박이 도리어 남편에게 매수되어 그녀를 감시하게 된 것이다. 그리하여 샴푸맨 김무종이 그녀와 접선하고 있는 놀랍고도 기묘한 상황을 즉각 남편에게 보고하기에 이른 것이다. 아, 그리고… 이것은 무서운 생각인데 무종을 자른 사람은 소장도 회장님도 아니었다. 그것도 박이었다. 샴푸 영업맨으로 늙어가기엔 아까운 인재라고 생각했었나. 아니면 휘하에 두고 일거수일투족을 지켜보려는 건가. 그러면서 경찰 끄나풀 일을 전담시키려는 것일 수가 있었다. 이러한 날카로운 추리와 함께 번개처럼 머리를 스치는 생각이 있었다.

무종은 벌떡 일어나 "먼저 가보겠습니다." 하고 절을 했다. 한시가 급했다.

"아 김 형, 잠깐만."

박이 일어서더니 책상 위의 종이박스에서 마스크팩을 세 개 꺼내 무종에게 건넸다. 부디 앉으라는 신호를 보내와 다시 앉았다.

"부인 보고 한 번 사용해 보라고 하시오. 제품이 괜찮은지."

"이게 ……."

"프랑스산 비싼 원료를 넣었다는데 안티에이징 효과가 탁월하다나. 껍데기는 좋아 보이는데."

"요번에 지방 가신 게 그럼 이 일 때문에?"

"연락은 많이 오는데 다 가볼 수는 없고… 공장이 좀 멀어. 가까우면 좋을 텐데."

"그러니까 바로 이게 회장님 사모님이 하신다는 그 달팽이팩?"

"제조하는 데는 따로 있고 우린 총판이라고, 이해가 가시나?"

"아 총판요. 네 총판이라면 저도 모르지는 않습니다."

철강회사 구매과 과장 출신이 총판의 개념을 모르겠는가. 사모님이 달팽이팩 사업에 뛰어들었다는 건 사내에서 모르는 사람이 없는데, 박이 제품의 경쟁력을 확신하고 총판 계약을 맺었다면 이제 곧 시너지 효과가 나타날 것이었다.

"샴푸도 좋지만 팩이 돈이 되거든. 세계적인 추세가 그래."

"저도 그렇게 생각을… 그럼 이제 품목 전환을?"

"샴푸만 밀다간 굶어 죽기 딱 알맞지. 뭐 아직은 시작단계라 직원 크게 쓸 형편은 못 되고."

"그래도 통역은 있어야."

"이 차장이 중국통이오. 대림동 차이나타운에서 좀 놀았지. 해서 사람도 많이 알고 간단한 중국말 정도는 하지."

바라보니 전설이 빙그레 웃음을 머금고 있었다.

"그럼 경리는 어떻게 하실 건지요."

무종은 즉시 변가영을 떠올렸다.

"돈이 들어와야 경리를 쓰지. 급하면 미스 정이 도와주겠지."

전설 이 차장이 그건 그렇다는 듯 고개를 끄덕였다.

"… 네. 그 정도면 이제 체계는 잡힌 걸로."

"그런가? 무엇보다 추 여사가 발로 뛰고 있으니 잘 되겠지."

"추 여사요?"

"민 회장 부인 말이오."

"아 네… 사모님 같은 경우 완전 독점공급으로 하면 될 거 같은데요."

"그래야겠지. 제품도 제품이지만 중국 유통망을 잘 아는 밴드를 잡아야 해."

"그건 저번에 알아보신 것으로. 대방물산이라고 들었습니다만."

"양아치들이 하는 그거?"

박이 이 차장을 돌아보고는 "걔들, 사고 한 번 칠 것 같다고 했나?" 하고 물었다.

"네 정보원에 의하면 조만간 일시에 거래 끊고 도주할 가능성이 높다고 합니다. 중국에서 오퍼가 끊겼다 하더라고요."

"양아치들 속성이 어디 가나. 차 회장 그놈이나 그 밑에 놈들이나 다 똑같은 놈들이지."

"우린 물량 더 안 주고 있습니다."

"그래, 거기 친해졌다는 그 조선족한테 차 회장 관련 최근 행적 알아봐. 이미 배신감 느끼고 있을 테니 잘 구슬리면 술술 불 거야."

"네, 수배 떨어지면 우리 형님께서 검거 대상에서 빼줄 거라 그러죠 뭐."

"그러든가."

차 회장이 어떻게 생긴 자인지 치고 빠지는 솜씨가 일품으로 보였다.

"사모님께서도 얼마 전에 중국 갔다 오셨다는 말이 ……."

무종은 공항에서의 일을 상기해냈다.

"중국? 아닌데?"

"송 감독님과 ……."

"송 감독은 중국 갔지. 추 여사는 줄곧 대한민국에 살고 계셔."

그럼? 그땐 그냥 공항에 배웅 나왔다는 말인가. 로샤 까르디네와 파란 바지 한족 중국인과 송 감독이 함께하는 원정사업에 대한 격려차 나오신 거? 그런데 지금 사모님의 알리바이가 문제가 아니었다. 문제는 현아 씨였다. 무종은 초조한 기색을 내비쳤다. 한시가 급했다. 박은 모른 척 계속 이야기했다.

230

"우리처럼 이런 법률사무소를 끼고 총판을 하게 되면 그 자체로 바이어에게 신뢰를 주는 거거든."

"법률사무소요?"

"법이 광범위하잖아. 우리처럼 피해자와 정의를 위해 일하는 사람은 사실 변호사보다 한 단계 윗길이지."

"…네."

박 부장이 잠시 생각에 잠기더니,

"부인에게 그거 좀 붙여보라 그러시오. 필요하면 계속 공급해 드릴 테니." 하고 마스크팩을 가리켰다. 이제야말로 무종은 절을 하고 사무실을 나섰다. 뒤에서 박이 소리쳤다.

"15분은 붙여야 해!"

총판 어쩌고 하며 잠시라도 무종을 붙잡아 둔 데에는 성공했을지 모르지만 무종이 그리로 가는 것은 막을 수 없을 터였다. 현아 씨가 왔다 갔다고, 남편 미행을 의뢰했다고 박이 이미 남편에게 보고를 했을 것이고, 보고를 받은 남편은 미행에 대비해 지금 이 순간 모의를 꾸미고 있을 터였다. 그 모의를 파악하고 분쇄해야 했다.

오줌이 급해 화장실에서 오줌을 누고 나오다 화장실로 들어오려는 미스 정과 부딪쳤다. 웬만하면 이 화장실을 이용하지 않는 미스 정인데 어지간히 급했던 모양이었다. 남녀 공용화장실이다 보니 미스 정의 방귀 소리를 들었다고 주장하는 자도 있었던 것이다.

"어머, 김 차장님."

"잘 지냈어요?"

"네, 저야 뭐 ……."

얼굴이 파리하고 눈동자가 흔들렸다. 언제나 되바라진 모습을 보이던 그녀가 아니었다.

"퇴근 안 해요? 소장님 아까 퇴근하시는 것 같던데"

"소장님요? 네 소장님은… 나가셨어요." 그때였다.

"아악! 아야야 아야!"

비명소리가 들려왔다. 옥상에서 나는 소리 같았다.

"무슨 소리예요?"

"네? … 전 잘."

"아야야야 아야 아야!"

비명소리가 또 터져 나왔다. 무종은 주위를 둘러보았다. 4층 사무실들 중 그 어디에서도 문을 열고 나와 보는 기척이 없었다. 옥상으로 향하는 계단을 조심스레 올라갔다. 다리가 후들후들했다. 마지막 계단을 딛고 올라가 고개만 내빼고 옥상을 바라보았다. 무종은 보았다. 웬 남자가 쇠파이프를 들어 소장의 손바닥을 내리치려 했다.

"손바닥 안 펴? 손바닥 펴, 이 개새끼야!"

"회장님 한 번만 용서해 주십시오. 다시는 다시는 안 그러겠습니다."

소장은 그 큰 덩치로 손바닥을 비비며 빌고 또 빌고 있었다. 알전구 아래에서 그러고 있으니 조명에 갇힌 한 마리 고릴라처럼 보였다.

"해! 또 해! 또 해 처먹으라고. 손바닥 펴! 안 펴?"

"회장님! 회장님!"

"시발새끼, 이걸 소장이라고. 이런 도둑놈을 믿고 내가… 이 개새끼!"

회장이 발을 높이 들어 소장의 배를 찼다. 어구구구 소장이 거꾸러지며 뒹굴었다.

"일어나 개새끼야. 엄살 피우지 말고 일어나."

회장이 구둣발을 들어 사정없이 발길질했다. 지난날 샴푸를 두 개 터트려 원액이 쏟아져 나오게 한 바로 그 분노의 발길질이었다. 소장이 죽는다며 뒹굴었다.

　　"너 이 새끼 그동안 샴푸 몇 통 팔았다고 그걸 빼돌려 오락실에 갖다 처박어? 오락실에서 내가 얼마 먹을 거 같애? 겨우 두 개 먹는 거야. 니가 열 개 갖다 박으면 두 개 돌아온다고, 이 개새끼야!"

　　"회장님 제발 한 번만 용서해 주십시오. 다시는 오락 안 하겠습니다. 하늘에 대고 맹세합니다."

　　"하늘이 너 땜에 있냐, 개새끼야."

　　소장은 이제 회장 앞에 무릎을 꿇은 채 고개를 푹 숙이고 있었다. 그러더니 중대한 결심을 한 듯 얼굴을 치켜들었다.

　　"실은… 박 부장이 단속경찰과 내통한다는 소문이… 그것도 감시할 겸 제가."

　　"그래서?"

　　"네?"

　　"시발놈아, 경찰 안 끼고 오락실 장사하냐? 그나마 박 부장이 사바사바하니까 문 안 닫는 거지, 시발놈아."

　　"아… 그게."

　　"한심한 새끼. 성종수 건도 그래. 니가 뭐라 그랬기에 그년이 자살을 다 해?"

　　"그건 형님, 제가 막걸리도 사 주고 좋게 타일렀는데 지 동생한테 약속한 돈을 안 주면 ……."

　　"말을 해, 이 새끼야."

　　"네, 성폭행 위증 선 거 돈 안 주면… 형님 마약 건도 찌르겠다고."

"마약? 이런 씹새끼, 누가 마약을 했다고 시불렁거려."

"저도 눈깔에 뭐 씌었냐고 뒤지고 싶어 환장했냐고 그랬죠."

"그랬더니?"

"증거도 있다고… 하 그래서 일단 막걸리도 사주고 니가 진짜 있다면 그거 갖고 오라고."

"그랬더니?"

"여동생한테 있다고, 자기가 잘못되면 그년이 다 불 거라고."

"그래서 여자애를 족친 거야?"

"그게… 겁만 줬는데, 그런 거 없다면서 그러더니 오빠가 좆 같다고 생각했는지 뭐 그것들 야기는 잘 모르겠습니다. 하여튼 그년이 뒈져버린 거고."

"성종수 이 쌍놈의 새끼. 그년이 하도 졸라서 오빠라는 3류대 나온 새끼를 회사 넣어줬더니 짜고 협박을 해?"

"원래 불만이 많은 놈인데… 은하 파이넌스에서 모닝샴푸로 전출돼 온 게 분한지 평소에도 인상을 쓰면서."

"미친 새끼. 일류대 나온 놈도 골라 받는데, 지깟놈이… 야채가게 하나 있는 거 말아먹고 아동전집 나까마나 하는 놈을 금융팀에 박아줬더니… 그런데 그년 혹시 이복동생 아냐?"

"아 그럴 수도 있겠습니다."

"그러니까 이루지 못할 사랑이네."

"네, 뭐 형사도 아마 그렇게 결론 내릴 걸로."

"부검했다는 소린 못 들었지?"

"전혀 못 들었습니다."

"내가 만약 마약을 했다면 그년도 같이 했겠지, 안 그래?"

"아… 그래서 부검 없이."

"뭐가 그래서야? 마약 같은 소리 입 밖에 내는 순간 니가 바로 약쟁이가 되는 거야. 무슨 말인지 알아?"

"압니다. 마약은 우리나라 사람은 잘 안 하는 걸로 알고 있습니다."

"그건 어떻게 아네. 마약도 그렇고 총질도 그렇고 백의민족이 그런 걸하겠냐고."

"당연한 말씀이십니다. 그래서 희망이 있는 나라라고 사람들이 얘기하는 걸로."

"그걸 다 알면서 희망도 없는 백성처럼 조직을 이따위로 운영하냐?"

"희망에 대해서 열심히 생각해 보겠습니다, 회장님."

"넌 차라리 아무 생각도 하지 마. 그리고 너, 저번에 사무실로 왔다는 그 양아치 새끼들하고 내통한 것도 내가 다 알아. 짜고 협박을 해?"

회장이 다시 오른발 왼발 두 번 발길질을 했다. 둔탁한 소리가 울려 퍼졌다. 소장이 알아서 나가떨어졌다.

"아 아닙니다. 오햅니다. 그런 일 절대 없습니다."

소장이 엉금엉금 기며 목소리를 쥐어짰다.

"괜찮아 씹새끼야. 협박해, 법으로 해 줄 테니."

"진짜 오햅니다. 형님 맹세코 그런 일은 없습니다."

"형님 좋아하네. 법은 법이고 이런 시발놈은 우선."

머리가 헝클어진 회장이 쇠파이프를 공중으로 들어올렸다.

"소장님! 소자앙님!"

숨죽이고 있던 무종은 자기도 모르게 소리치며 달려갔다. 쇠파이프를 내리치려다 말고 회장이 뒤돌아봤다.

"뭐야?"

배를 감싸 쥐고 꿈틀거리던 소장이 고개를 들어 무종을 올려다보고 있었다.

"회장님, 이러시지 마세요!"

무종은 쇠파이프가 닿지 않을 정도의 거리에서 멈춰 섰다.

"뭐야, 이놈은."

그 사이에 소장이 한쪽 무릎을 꿇고 비칠비칠 일어섰다.

"뭐냐니까?"

무종이 말이 없자 회장이 소장에게 물었다. 회장은 어음을 배달한 무종을 알아보지 못하고 있었다.

"전에 일하던 잡니다." 소장이 말했다.

"근데?"

"회장님. 무슨 일인지 몰라도 이건 아닙니다." 무종이 말했다.

"뭐요? 뭐가 아니라고?"

"고정하십시오, 회장님. 말로 하시고 …….."

회장이 무종을 한참 보더니 픽 웃으며 쇠파이프를 내던졌다. 쇠파이프가 시멘트 바닥에 한 번 튕겨지더니 길게 누웠다. 무종은 저것이 손바닥을 내리칠 때 어떤 무시무시한 아픔이 오는지 알고 있었다. 동작이 굼뜨다고 군대에서 고참한테 맞은 적이 있었던 것이다. 열 대를 지옥 같은 고통을 느끼며 맞았는데 손바닥이 테니스공처럼 부풀어 올라 두 달 동안 안티프라민을 바르고는 붕대를 감고 있어야 했다.

"너 이 새끼, 사표 써. 돈 내일까지 게워내고 사표 쓸 준비해."

회장이 침을 뱉고 계단 쪽으로 걸어갔다. 무종은 이제 단독으로 소장과 마주 보고 서 있었다. 바람이 불어와 무종의 머리카락이 황야의 보안관처럼 휘날렸다. 이 상황에도 약사여래 같은 소장의 곱슬머리는 조금도 흐트

러짐 없이 건재했다.

"괜찮으십니까?"

"야 이 개새끼야! 몇 대 맞으면 끝나는데. 들었지? 사표 쓰라는 소리. 감히 내 밥줄을 끊어? 시발놈아 니가 책임져. 돈도 니가 물어. 이 좆 같은 새끼야!"

무종은 듣고 있었다. 이 자리에서 빨리 벗어나고 싶은 생각뿐이었다. 옆걸음질 치다 후다닥 계단을 타고 내려온 무종은 박의 사무실 문을 황급히 열어젖혔다.

"박 부장님! 소장님이 ⋯⋯."

"손바닥 안 펴? 손바닥 펴 이 개새끼야!"

어디서 좀 전의 회장님 목소리가 흘러나왔다. 녹음된 목소리였다. 미스정이 휴대폰 화면을 박과 그새 다시 마스크팩을 붙인 전설에게 보여주고 있었다. 세 사람이 동시에 고개를 들었는데, 그때 확신이 왔다. 위장취업 여부를 떠나 박은 무서운 사람이었다. 사무실을 방문한 두 캐비닛의 큰형님 되시는 분이 박이 아니라고 말할 자신이 이제는 없었다. 박이 노리고 있는 것, 그 창끝은 궁극적으로 회장님을 향하고 있었다. 무종은 뒷걸음치며 사무실을 나섰다.

어두운 밤거리에 네온사인들이 번쩍였다. 무종을 실은 택시는 현아 씨의 남편이 근무하는 빌딩으로 달려가고 있었다. 20분 후 택시에서 내려 건물 6층을 올려다 보았지만 어느 창문이 남편 사무실 것인지 알 수 없었다. 그 주변이 모두 컴컴한 거로 보아 남편도 사무실에 없는 모양이었다.

건물 맞은편 커피숍 창가에 앉아 그가 나타나기를 기다렸다. 무종은 건물 입구에서 눈을 떼지 않았다. 커피를 받아올 때도 연신 뒤돌아보며 시야에서 빠져나가는 존재가 없는지 살폈다. 그렇게 경계를 선 지 30분쯤 지났을까. 남편이 아니라 송 감독이 건물에서 나오고 있었다. 마침내 베이징에서 돌아온 것인가.

송 감독은 추운지 발을 떼었다 붙였다 하며 보도에서 택시를 기다리고 있었다. 무종은 급히 커피숍을 나가, 그와 좀 떨어져 택시를 기다리는 척서 있었다. 이윽고 감독의 앞에 택시가 아니라 하늘빛 승용차가 미끄러지듯 정차하였다. 한눈에도 여자가 운전하는 승용차였다. 감독이 조수석에 타자 지체 없이 차가 떠났다. 무종은 바로 택시를 잡아타고 앞의 하늘빛 차를 쫓아가 달라고 외쳤다.

"운전자가 여자 아닙니까?"

차색깔로 짐작했음인지 운전기사가 신난다는 듯 말했다.

"차만 쫓으면 됩니다."

기사는 고개를 갸웃하더니 그대로 차를 몰았다. 어느 기관에서 이런 일을 해본 자인지 앞차와 일정 거리를 유지하면서도 용하게 신호를 따라잡고 있었다. 은퇴한 기관원은 하늘빛 차를 놓칠 생각이 전혀 없었다.

마침내 무종은 일말의 기우가 현실임을 보았다. 불과 오피스텔에서 10분 거리의 유흥가 모텔 주차장에 차를 대고 감독과 함께 내리는 건 그녀였다. 숨 막히는 장면이었다. 그리고 무종은 또 하나의 차가 모텔의 대각선상에 서 있는 것을 보았다. 박의 부하가 그 검은 차에 타고 있는 건 의심의 여지가 없었다. 무종은 뛰어갔다. 무종의 귀는 카메라의 셔터소리를 듣고 있었, 수제 카메라의 연신 터져 나오는 셔터소리를 한쪽 귀로 들으며 모텔의 입구로 들어서려는 두 사람의 앞을 가로막았다. 놀란 것은 그들 두 사람이었다. 밤인데도 옅은 선글라스를 쓴 회장 사모님은 그 자리에 못 박혀 버렸다.

"위험합니다. 절 따라오세요."

무종이 말했다. 그녀는 떨고 있었고 송 감독은 크게 당황하고 있었다.

"빨리요. 지금 당신들 사진이 찍히고 있습니다."

감독은 대경실색했고 여자는 선글라스에 가려 있지만 분명 눈이 튀어나올 듯 커져 있었다. 무종은 그들을 호위하듯 데리고 모텔 뒷문으로 빠져나왔다.

"다 다 당신은?"

여자가 말했다. 목소리가 젊었다. 몸매도 회장 사모님이 아니었다. 하작가 같았다. 그렇다면? 번개처럼 떠오르는 생각이 있었다.

"실례했습니다."

무종은 뒤돌아서서 급히 뛰어가, 눈앞에서 1미터 차이로 빠져나가려는 택시를 잡았다.

"갑시다, 그 사무실로 갑시다."

무종은 숨을 헐떡이며 말했다.

"그 사무실요?"

"아, 큰길에서 우회전해서 직진. 네 직진하면 나옵니다."

택시는 그 사무실로 달려갔다. 한시가 급했다. 그러나 아무리 조바심쳐도 전철이 맞은편 열차를 보내거나 행패 부리는 인간을 끌어내기 위해 정차타임을 넘기듯, 택시도 교통체증에 갇히거나 아슬아슬하게 신호등에 걸리거나 해서 결코 속 시원히 달리지 못했다. 따라서 10분 거리를 20분도 더 걸려 겨우 도착했다. 무종의 예상이 맞는다면 지금은 초를 다투는 상황이었다.

아니나 다를까. 현아 씨의 남편이 건물에서 막 나오고 있었다. 예상한대로 그의 옆에는 여자가 있었다. 젊은 여자였다. 그 두 사람을 보는 순간 분노가 치밀었다. 현아 씨가 기만당하고 있었다. 불륜이 아님을 증명하기 위해 남편은 위장작전을 펼치고 있었다. 사무직 여자와 있는 현장을 들키게 함으로써, 심부름센터가 현아 씨에게 그 위장된 사진들을 보내도록 하는 것이다. 무종이 둘러본바 자줏빛 차에서 섬광이 터지고 있었다. 여기도 박의 부하가 그 차에 타고 있는 것이다. 그 부하는 하 작가를 제외한 그 누구였다.

자칫하면 자신이 프레임에 들어갈 수도 있어 무종은 급히 몇 발짝 물러섰다. 이제 모든 게 명확해졌다. 남편과 회장 사모님, 두 불륜의 치밀한 공조와 작전이 펼쳐지는 가운데, 현아 씨와 남편으로부터 각각 돈을 받은 박과 전설이 좀 더 큰돈을 내놓은 남편 편에서 본 작전을 수행하고 있는 것이다. 이렇게 해서 남편은 위자료를 주지 않고 현아 씨를 정신병자로 몰고 가려는 것이다. 이 음모를 무종은 간파하였다.

무종은 남편과 여자가 주차장으로 들어가는 걸 보고 주차장 입구에서 미리 택시를 잡아타고 기다렸다. 잠시 후 하얀 차 한 대가 주차장에서 튀어나왔다. 무종은 바로 그들을 뒤쫓았다. 무종 외에도 그들을 뒤쫓는 차량이 하나 있어야 했다. 무종은 어느 차가 함께 삼각편대를 이루고 있는지 둘러보았다. 아까 섬광을 터뜨린 그 자줏빛 차가 교묘히 몸을 숨기고 뒤따르고 있거나 무전으로 연락을 받은 제3의 차가, 즉 2차선의 저 회색 마티즈가 바로 그것일 가능성이 컸다.

하얀 차는 어느 커다란 건물 앞에 멈춰 섰다. 그곳은 텔레비전 뉴스에 나오는 정부관청으로 행정부의 심장이라 불리는 곳이었다. 남편과 젊은 여자는 관청 주차장에 차를 세우고 밤 아홉 시가 넘었는데도 불이 켜져 있는 본관으로 들어갔다. 여자는 서류봉투를 손에 들고 있었다. 그걸로 두 사람이 업무관계임이 증명되고 있었다. 이들은 이성관계가 아니었다.

이것은 중요한 발견이었다. 남편은 업무관계에 있는 여성을 -그녀가 남편의 사무실에 근무하는 직원인지 외부인사인지는 밝혀지고 있지 않다- 이성관계로 오인하게끔 유도한 것이었다. 이러한 위장술이 무종의 눈을 비켜갈 수는 없었다. 무종은 주차 중인 하얀 차의 안을 들여다보았다. 회장 사모님이 운전석에 앉아 있어야 하는데 아무도 없었다. 그렇다면? 사모님이 미리 여자화장실에 숨어 있다가 젊은 여자와 바톤터치를 했을 가능성이 컸다. 한참을 기다려도 남편과 사모님이 나오지 않았다. 아차, 후문으로 빠져나갔을 수가 있었다. 에라, 이놈아. 귀신을 속여라.

여기서 다시 무종의 머리에 불이 들어왔다. 무종은 관청 밖으로 뛰어나가 마침 택시에서 내리는 어떤 할아버지가 뒤돌아볼 만큼 놀라운 속도로 그 택시에 뛰어들고는 바로 남편의 사무실로 달려갔다. 초를 다투는 일이었다.

아니나 다를까. 무종이 차에서 내리는데 선글라스를 쓴 현아 씨가 입구로 들어서고 있었다. 그 옆에는 전설이 있었다. 무종이 오피스텔 안으로 들어서자 그들은 막 엘리베이터를 타고 오르려 하였다. 무종은 뛰어가 그 옆 엘리베이터를 탔다. 6층에서 내리자 아무도 없었다. 6층, 7층, 8층 정신없이 오르락내리락하고 있자니 어느 순간 8층의 어느 문에서 자기 집인 양 빠져나오는 전설과 그녀의 뒷모습이 보였다. 증거를 채집하고 나온 것이다. 그러나 그 증거는 조작된 것이다. 전설이 이중스파이 노릇을 하고 있고 그녀는 엉터리 증거에 다시 한번 좌절하게 될 것이다. 그들이 엘리베이터를 타자 복도 코너에 몸을 숨기고 있던 무종이 달려와 순식간에 따라 탔다. 두 사람은 무종을 보고는 한마디도 하지 못했다.

"현아 씨, 당신은 속고 있습니다. 이 자는 스파이입니다. 남편이 고용한

끄나풀입니다. 속으시면 안 됩니다."

두 사람은 무종을 멀뚱히 쳐다볼 뿐 말이 없었다.

"지금 증거 채집한 거 증거물 1호 그거 다 조작된 겁니다. 현아 씨는 속
고 있습니다."

그녀가 기절해 쓰러지면 받치려고 준비하고 있었으나 그녀는 그 자리
에 서 있었다. 증거물에 대해서도 새롭게 확인해볼 의사가 없어 보였다.
전설은 무종을 멍하니 보고 있었다. 잠시 후 남자가 말했다.

"너 뭐야?"

무종은 전설을 똑바로 보았다. 너야말로 뭐냐? 그 자는 전설처럼 생긴
자였다. 그리고 이 현아 씨는 원래 현아 씨보다 가슴이 컸다. 심지어 배도
나왔다. 무종은 엘리베이터가 서자마자 튀어나갔다. 현아 씨가 위험했다.
남편과 회장 사모님이 무종을 현혹시키며 사건을 꾸미고 있었다. 무종은
뛰어갔으나 어딘가에 세게 부딪쳤고 바로 기절했다.

3 뉴스에 나올 뻔한 무종

머리가 깨질 듯 아팠다. 변가영의 얼굴이 눈에 들어오고 뒤이어 병실의 천장이 들어왔다. 침대 옆 칸막이 너머에서 중년 남녀가 누구 욕을 하고 있었다.

"정신 좀 들어?"

"여기가?"

"병원이야. 근데 자기, 그 오피스텔은 왜 들어가 기둥에 머리를 박고 기절했어?"

머리가 다시 깨질 듯 아팠다. 콧등도 시큰시큰한 게 크게 부은 것 같았다.

"기둥? 나 괜찮대?"

"겁은 나나 보지. 시티 촬영하고 뇌파 검사했는데 큰 이상은 없대."

"이상 없다고? … 애들은?" 창밖이 괴물이 와 있는 듯 캄캄했다.

"아빠가 집에 와 있어."

"그래… 검사비 많이 나왔지?"

"많이 나왔지 그럼. 벌어도 시원찮은데."

"실손보험 안 들어놨나?"

"당신이 안 들었는데 누가 들어?"

"……."

대화 도중에 나이 든 남자 의사와 젊은 여자 의사가 들어왔다. 젊은 여의사는 뭘 받아 적으려는지 종이를 들고 있었다.

"깨셨네요. 어떠세요? 혹시 속이 울렁거린다거나 사물이 겹쳐 보인다거나 하면 말씀하세요."

나이 든 의사가 무종을 보며 말했다.

"머리하고 코가 아픕니다."

"기둥을 박았으니까요." 의사가 아내에게로 얼굴을 돌렸다.

"충격을 심하게 받았지만 코뼈에 금이 조금 간 거 외에는 큰 이상은 보이지 않습니다. 하지만 후유증이 있을 수 있으니 당분간 경과를 지켜봐야겠습니다."

그러더니 젊은 여의사를 향해 영어가 들어간 전문용어로 한참 이야기했다. 여의사가 환자의 상태와 투약 치료에 관해 운을 떼는 것 같았고, 나이 든 의사는 신중하게 듣더니 '그렇지' 하고 맞았다는 듯 확답을 주었다. 이걸로 봐서 무종은 자신이 치료되고 있다고 느꼈다. 잠시 후 두 의사가 오누이처럼 다정하게 나갔다.

"이제 좀 되나 했는데, 이게 뭐야."

"괜찮다 하잖아."

"직장도 옮기고 월급도 오르고 이제 좀 되나 싶었는데… 자기만 자리 잡으면 이 생활에서 좀 벗어나나 했더니 이게 뭐야."

"옮겨? 어디로?"

"말했잖아. 레스토랑으로 간다고."

244

"아… 그랬지."

음악회에 갔을 때 휴식시간에 로비에서 전화를 받고 상기되어 돌아왔던 아내, 호프집에서의 진지한 대화, 그날 밤의 뜨거웠던 살의 부딪침. 그리고 그날 이후 어딘지 달라져 있던 그녀, 결국 이직에 대한 기대였던 것이다. 무종이 출근정지 처분을 받았을 때 한쪽에서는 새로운 세계가 열리고 있었다. 누가 세상이 공정하지 않다고 하나.

"퇴근도 한 시야. 거긴 새벽 한 시부터 네 시까지 파트타임 뛰는 아줌마가 따로 있어."

"주방장은?"

"뭔 주방장?"

"교토부 주방장."

"나만 옮기는 거야. 주방장 얘기가 왜 나와?"

"상호 협조 관계에 있으니 하는 말이지."

"당신 혹시?"

"뭐?"

"설마 나하고 장 셰프 사이를 의심하는 거야?"

"… 의심이라기보다 파트너십이라는 게 있고."

무종을 내려다보는 아내의 눈에 생전 처음 보는 기묘한 빛이 어른거렸다.

"이거야 참… 그 사람 중학교 중퇴야. 중학교 중퇴하고 일식집에 시다로 들어가 당신이 상상할 수 없는 고생을 하고 이제 자리를 잡아나가는 거야. 정말 당신이란 사람 실망이다."

"중학교 중퇴했으면 뭐? 중학교 중퇴하면 연애도 못 하나? 성공도 못하나? 큰인물이 못 되냐고!"

"… 어이가 없네. 그래 당신보단 낫다. 백번 낫지. 본격적으로 연애 한번 해야겠네. 당신 상상 그대로 내가 실천 옮겨줄게. 됐어? 됐냐고 이 화상아."

"…그래, 해라. 연애를 하든 뭘 하든 하고 싶은 대로 해!"

"지랄한다. 환자라서 봐주려 했더니… 어디 퇴원하고 보자."

옆 침대에 있던 보호자 여자가 커튼 밖으로 고개를 내미는 게 보였다. 한참 침묵하던 아내가 미간을 찌푸리고 뭔가 생각하더니 불쑥 말했다.

"설마 당신… 그래서 자해한 거야?"

"… 요즘 초밥 한 번도 안 갖고 왔잖아."

무종은 즉답을 피하고 다르게 접근을 해갔다.

"초밥?"

"이상하잖아. 갑자기 안 갖고 오는 게."

"사장한테 직접 전화해서 물어봐. 내 마누라가 왜 초밥 안 갖고 오냐고."

"사장이라니."

"안귀영 씨 알지? 나보다 먼저 들어온 아줌마. 한 달 전에 초밥하고 회 챙겨가다 사장한테 들켜서 음식값 토해냈거든. 무슨 말인지 알아?"

" ……."

"그 일 때문에 장 셰프도 잘릴 뻔했다고. 이제 알겠어?"

"말을 하지 그럼."

"이렇게 시시콜콜 여편네 의심하는 사람한테 무슨 말을 할까?"

"안귀영 씬 잘 다니고."

"니 여편네하고 애들이나 걱정해, 인간아."

머리가 흔들렸으므로 무종은 잠자코 있었다. 그럼 초밥은 그렇다 치고 지금쯤 현아 씨가 어떻게 되었는지 알 수 없었다. 지운 전화번호를 떠올려보자 가운데 한 자리가 기억나지 않았다. 경미한 기억상실증인가? 1에서 10까지 번호 열 개를 다 돌려봐야 하나?

246

"당신 혹시?" 아내가 얼굴을 바짝 갖다 댔다.

"혹시 뭐?"

"기둥 박고 아예 죽으려 한 거야?"

"뭐? 그렇게 죽는 사람도 있어?"

"당신 같으면 그러고 남지."

"실없는 소리."

무종은 생각했다. 그 망할 오피스텔에서는 왜 사람이 사람 본모습대로 보이지 않았을까? 추리와 예측력에 비해 시력이 형편없이 약화된 것 같았다. 아니면 사건의 본질에 대한 정밀한 추적이 환각 형태로 진행되는 것 같았다. 아내가 측은한 눈길로 자신을 보고 있어 못마땅해진 무종은 이참에 최대의 의혹을 꺼내 들기로 했다.

"나도 하나 물어보자."

"뭘 물어, 감히."

"뭐냐 하면… 저번에 음악회 그거 특석표 그거 누가 준 건지 이실직고해."

"누가 줬으면 뭐? … 나 참. 오빠라는 인간이 가게 와서 한 잔 처먹고는 놓고 갔다. 됐어?"

표정이 입 아프다는 표정이었다.

"처남이?"

"거래처에서 준 거라나. 내 더러워서 안 받으려 하다가 손 떠는 게 불쌍해서 받았다."

"사업이 좀 되나 보지?"

"올케년 하는 짓을 잘 봐야 돼. 뭐 하고 다니는지 알면 오빠 사업이 어떤지 알 수 있으니까. 당신은 퇴원하면 애먼 영업한다고 사고 치지 말고 올케년 동향이나 잘 살피고 다녀. 아빠 아파트 판 거 무조건 반은 받아내야 하니까."

현아 씨에 이어 이제 여편네까지 탐정 일을 의뢰해오고 있었다. 다시 태어나면 처음부터 곧장 그 길로 들어서야 하리라.

"우리가 그 돈을 받으면 강릉댁이 가만있을까?"

"뭐라 그러는 거야? 이 남자가."

"아니… 우리가 받으면야 좋긴 하지."

"따지고 들면 절반이 뭐야. 더 받아야 해. 아파트값이 그간 얼마나 뛰었어? 디제이나 계속 하지 무슨 사업을 한다고… 암튼 돈 받아내면 당신은 그때부터 택배나 싸. 장사는 내가 할 테니."

"무슨 장사?"

"얘기 안 했나? 유명 의류인데 망하긴 했지만 브랜드는 살아있나 봐. 온라인에 띄워 놓으면 장사가 꽤 될 거야. 평생 구정물에 손 담그고 살 순 없잖아. 나도 고급으로 좀 놀아보자."

니 오빠가 백만 원이라도 내놓으면 내 손에 장을 지진다. 하지만 그 말을 할 필요는 없었다. 희망이 있는 한 우울증은 덜 걸릴 테니. 그래도 답답한 건 어쩔 수 없었다. 영업왕으로 등극할 남편을 눈앞에 두고 그런 사소한 희망을 품다니 ……. 아무튼 가장이 병원에 입원함으로써 부부 사이에 적잖은 대화가 이루어지고 있었다. 이걸 어떻게 봐야 하나 싶었다. 아내의 일방적인 해명이었지만 그간의 의혹들도 미심쩍으나마 해소되어 있었다. 해서 부부 사이에 무슨 진전이 있는 것 같기도 하고… 이때 서양근대음악이 나오자 아내가 휴대폰을 꺼내 목소리를 죽이고 말했다.

"네 아빠. 아뇨 지금 깨어났어요. … 뇌는 괜찮대요 … 그래도 지켜봐야 한대요. 네. … 알았어요 … 네, 일하러 가야죠."

전화를 끊고 그녀는 무종이 잘 있나 내려다보았다.

"장인어른도 알아?"

"알지 그럼."

무종은 자신이 왜 그 순간에 젊은 여자의 부드러운 신체가 아니라 딱딱한 기둥에 부딪쳤는지 알 수 없었다.

"참 범인은 잡았대?"

"범인이라니?"

"누가 뒤에서 날 공격한 거 아닐까?"

"농담하는 거야?"

"아니… 추정을 한 번 해보는 거지."

"차라리 그게 낫겠네. 잘하면 합의금도 받고."

여차하면 CCTV를 돌려보자고 나올 수도 있었다. 그럼 거기 박 부장이나 이 차장 얼굴이 찍혀 있을 수도 있는 것이다. 그건 그렇고 이러고 있을 때가 아니었다. 현아 씨 문제를 해결하고 그다음 가압류 문제나 취업문제도 해결해 나가야 했다. 무종은, "일 안 나가?" 하고 물었다.

"나가야지. 오늘이 이직 첫날인데 당신 때문에 이러고 있는 거야."

"그래? 빨리 가. 난 괜찮으니."

빨리 아내를 보내고 상황을 정리해 본 다음 해야 할 일을 진행해야 했다. 그런데 문득, 이대로 죽는 게 아닌가 하는 공포가 밀려왔다. 그럴 수도 있었다. 의사가 경과를 지켜봐야 한다고 하지 않았나. 확신하지 못하는 것이다. 현아 씨도 문제지만 우선 살고 봐야 했다. 살 수 있을까? 살아도 후유증이 남는 게 아닐까? 무종은 자문하고 있었다. 한강변에서 그가 가졌던 그 사치스러운 허위의 감정들이 미웠다. 죽느냐 사느냐의 문제가 닥친 것이다. 무종은 휴대폰을 찾았다. 뉴스에 자신이 나왔는지 궁금했다. 하도 시시콜콜한 게 다 나오니 안심할 수 없었다.

아내가 서랍장 위에 앉아있는 휴대폰을 가져다 주었으나 꺼져 있었다. 충전시켜 달라 하고 눈을 감았다. 그리고 이내 눈을 뜨고 내가 밥을 먹어도 되는지 물어보았다. 아내는 밥은 내일 아침에 나온다고 했다. 병원 밥은 보험이 된다고 덧붙였다. 무종도 그 정도는 알고 있었다. 문제는 자신이 허기를 잘 참지 못한다는 거였다.

"가게 얼른 갔다 올게. 먹을 거 갖고 올 테니까 쉬고 있어. 몸이 이상하면 여기 벨 눌러 간호사 부르고."

"난 됐고, 애들한테나 가 봐."

새 가게에서 돈가스하고 건포도가 들어간 마른안주를 갖고 오면 좋겠지만 말하지 않았다. 첫날부터 사장과 트러블이 생기면 곤란할 것이었다.

"집에도 갔다 올 거야."

무종은 고개를 끄덕였다. 아내의 얼굴은, 지금 보니 장인의 얼굴과 흡사했다. 생산날짜만 다르지 고집 세 보이는 턱과 끝이 둥근 코 등 제형이 같았다. 그렇다면 장인의 얼굴에서 그녀의 얼굴을 발견하는 일이 이제 남았다. 부녀가 공통적으로 그에게 바라는 게 무엇인지 분명히 알 것 같았다. 그것은 책임감이란 것 아니겠는가. 무종은 생사의 문턱에서도 결코 내려놓을 수 없는 가장의 막중한 책임감에 대해 잠시 생각한 후, 서둘러 병실을 나가려는 아내에게 내 윗도리 어디 있냐고 물었다. 아내가 옷걸이에서 윗도리를 집어다 주자 무종은 안주머니에 상품권이 있으니 갖다 쓰라고 말했다. 아내가 놀란 눈을 하더니 안주머니에서 사각봉투를 꺼내 열어보았다.

"얼마짜리야?"

"7만 원이네."

"10만 원이 아니고?"

"그것도 구두표네."

"그래? 장인 드리든가."

7만 원짜리고 구두표라는 건 잘 알고 있었지만 짐짓 모른 체했다. 장인이 새 구두를 신고 택배 일에 나서면 딱일 것이다. 새 신을 신고 뛰어보자 팔짝, 머리가 하늘까지 닿겠네. 무종은 장인의 머리가 전철 천장에 수없이 닿는 모습을 그려보았다. 금액이 좀 애매했지만 오광도도 그게 10만 원권인 줄 알았을 거다. 자동차 회사 상무대우라면 책상서랍에 상품권 봉투가 한두 개 있겠나. 오송철강 구매과 과장 김무종의 책상서랍만 해도 상품권 떨어질 날이 없었는데. 그런데 구두표라면 그건 매우 요긴한 것으로 내구성으로만 따져보아도 일반 상품권보다 그 가치가 결코 평가절하될 수 없는 것이었다. 순간적으로 이참에 14K 두돈 반도 내놓을까 하다가 이 일은 신중을 기해야 하는지라 좀 더 수중에 지니고 있는 편을 택했다.

무종은 이제 쉬고 싶어 눈을 감았다. 누가 망치로 머리를 주기적으로 두들기고 있었다. 그런 그의 귀에 대고 아내가 속삭이고 있었다.

"간호사가 와서 1인실이나 2인실로 옮기자고 해도 절대로 옮기면 안 돼. 폐소공포증 있다고 말하란 말이야. 알았어?"

무종은 고개를 끄덕였다. 아내가 가고 나면 뒤이어 의사 복장으로 변장한 자가 나타나 목을 조를 가능성이 절반 이상이었다. 무종이 너무 많은 것을 알고 있다고 믿는 자들이 분명 있다고 봐야 한다. 그러니까 가스총을 하나 구입해 시트 밑에 깔아두면 덜 불안할 텐데. 얼마나 시간이 흘렀을까. 망치질이 조금씩 약해지고 간격도 길어지면서 무종은 서서히 잠에 빠져들었다.

4 다른 사람을 사랑하고 있어

이마가 아니라 코뼈에 금이 간 무종은 코를 풀 때마다 통증에 시달렸다. 머리도 한 번씩 쑤셔왔고 어떤 땐 멍한 상태가 한참 지속되곤 했다. 그래도 그게 다 낫는 과정이라고 하니 견뎌야 했다. 무종은 얼마 전부터 그의 차지가 되어버린, 특공무술도장으로 경서를 데리러 가는 길에 박의 문자를 받았다.

'김 형, 박정훈이오. 휴대폰으로 뭐 하나 보냈소. 약소하지만 사양하지 말고 받아주면 좋겠소. 언제 한번 봅시다.'

그렇지 않아도 오해가 있으면 오해를 풀고 앞으로의 일도 논의할 겸 얼굴을 한번 봤으면 하던 차였다. 그런데 호텔 숙박권을 보내오다니! 무종은 1박 투숙에 저녁 만찬과 조찬이 포함된 특급호텔 패키지를 눈이 아프도록 들여다보았다. 출근을 해야 하는 처지라면 이런 특급 조찬을 느긋하게 즐길 수 없을 거라는 생각이 들자, 백수의 좋은 면이 확실히 눈에 보였다. 그렇다고 이런 기회가 다달이 오기야 하겠나. 새 일자리를 알아보기 전에 호사를 한 번 누려보는 걸로 족해야 할 것이었다.

일자리 관련해서는 워크넷에 등록을 해놓았는데, 연락을 해오는 곳이라곤 이름도 생소한 업체들뿐이었다. 모닝 인더스트리와 무엇이 다를까 싶어 쉽게 응할 수 없었다. 좀 더 양호한 조건의, 사회적으로 공인된 영업직을 기대하며 이제나저제나 기다리고 있었다. 그의 경우 오송철강 이후 변변한 직장을 못 잡은 게 경력상의 흠이었다. 모닝 인더스트리 영업 B팀 차장이라는 경력이 그다지 보탬이 되는 것 같지는 않았고(그래도 거기에서의 다양한 경험과 두둑해진 배짱과 세일즈의 요령은 차후의 영업활동에 큰 자산으로 작용할 게 분명했다) 승용차가 없는 점도 흠이었다. 그렇지만 좋은 인생은 주로 미래에 있는 것 아니겠는가. 과거는 사라졌고, 회사로서는 이 자가 당사의 제품을 얼마나 팔아줄 것인가가 중요하다. 무종이 원하는 것도 그것이었고, 그 점에서 회사와의 교감과 공감이 있었으면 했다.

빚 관련해서는 전세보증금 인상분을 월세로 돌리자고 제의를 한 상태였다. 집 주인이 승낙을 하지 않고 있다지만, 통장에 10만 원이 갑자기 더 들어오면 기분이 다달이 좋아지지 않겠나 싶었다. 문제는 모닝 인더스트리의 빚이었는데 무종의 병원비도 아내가 아는 언니에게 꾼 마당에 더는 비빌 데가 없었다. 다달이 20만 원씩 분할결제해 나가면 안 되겠느냐고 제의를 해 보았지만 단 한 푼도 모자라게 갚으면 그건 갚은 게 아니라는 답변이 건너왔다. 신용회복위원회도 두 달 후면 연기기한이 지나 다시 37만 원씩 갚아나가야 하는데 엎친 데 덮친 격이었다. 이런 와중에 박이 호텔패키지를 보내온 것은, 사람과 조직은 다르다는 점을 보여주는 하나의 귀중한 사례였다.

"실컷 먹어."

도심 야경을 꿈결인 양 바라보는 아내에게 무종이 말했다. 여기는 J 호텔 스카이라운지로 아내는 네 접시째, 무종은 세 접시째 음식을 갖다 먹

고 있는 중이었다. 소시지와 해산물, 견과류 등을 먹었고 와인도 각자 석
잔째였다. 그들 주위에는 청년이나 다름없는 중년 남녀들과 말 그대로 젊
은 남녀들이 상대를 미화하는 표정으로 아양 섞인 대화를 나누고 있었고,
몇몇 서양인과 중국인이나 일본인 그리고 동남아시아인도 보였다. 혼자
서 음식을 먹으며 노트북으로 작업 중인 흑인 여자도 있었다. 그녀는 미
국무부 소속으로 보였다.

"이게 다 쿠폰에 붙어 있다는 게 사실이야?"

아내는, 나갈 때 따로 음식값을 달라고 하는 거 아닌지 불안해했다.

"그렇다니까. 공짜야. 뷔페 못잖아. 사실 뷔페 가봐야 음식만 많고 배탈
나기 딱 좋잖아. 이 정도가 딱이라니까."

"그런데 박 부장이라는 사람 왜 자기한테 이런 걸 줘?"

"아 몇 번을 말해야 돼. 기업에서 선물 받았는데 출장 가야 해서 썩히게
됐다잖아. 그런데 내 생각이 나서 양도한 거라고 했잖아."

"그게 다야?"

"그럼 뭐? 뭐가 더 있어야 하는데."

"마침 내가 노는 날로 예약이 되어 있으니 신기하잖아."

"그게 재수가 좋으려니 그런 거지."

"그런가. 근데 낼 아침도 준다고?"

"응, 여기서 줄 거야. 아침 10시까지니까 9시 전에 내려와야 해. 그래야
제대로 먹지."

"참 어찌 좀 슬프다."

"뭐가?"

"그렇잖아. 이거 먹고 간다고 뭐가 달라지는 것도 아니고. 마음만 더 그
렇지 뭐."

"그냥 생각 없이 즐겨. 그럼 되지 뭐하러 생각을 해."

아내는 가장 좋은 옷을 입고 왔다. 옷도 없는데 하며 이것저것 입어보다 결국은 음악회 갔을 때 입었던 버버리 비슷한 외투에 못 보던 니트까지 걸치고, 아래에는 스커트를 입었는데 옷들이 어딘지 명품의 향기가 났다. 무종의 황금모직외투와 그녀의 버버리 비슷한 외투는 지금 객실의 옷장에 반듯하게 걸려 있는 상태였다. 스카이라운지의 무종은 셔츠 위에 V라인 조끼를 걸쳐 세련된 도시남의 형태를 취하고 있었다. 아내가 불안한 눈으로 두리번거리지 못하게 무종은 라운지 내부를 차단하는 방향에 자리 잡고 있었다. 과일이 바닥을 보여 무종은 침착하게 일어섰다. 자기 여자가 너무 왔다 갔다 하는 건 남자의 체통을 깎는 거였다.

"이 와인이 나을 거예요."

무종이 돌아보자 옆에 현아 씨가 서 있었다. 급히 뒤를 돌아보았다. 아내는 옆얼굴을 보인 채 창밖에 시선을 주고 있었다.

"여긴 무슨 일입니까?"

"무종 씨야 말로 웬일이세요?"

"아내하고 왔습니다."

"아… 전 혼자예요."

"혼자라고요?"

"잘 됐네요. 한 시간 후에 절 보러 오실래요? 할 얘기가 있으니."

" ……"

"1107호예요."

그녀가 옅은 미소를 짓고는 자리로 돌아갔다. 무종은 와인만 들고 안주는 도로 놓고 아내에게로 돌아갔다.

"과일 갖고 온다더니."

"응?"

"과일 갖고 온댔잖아."

"응."

무종은 다시 과일을 가지러 갔다. 현아 씨가 앉아있던 자리가 비어 있었다. 그녀의 녹색 블라우스는 화면에서 바닷물이 한 번 출렁였다 잦아든 듯 그렇게 사라지고 없었다.

네온사인으로 빛나는 도심을 배경으로 현아 씨가 젖은 머리에 가운 차림으로 팔걸이의자에 앉아있었다. 열어놓은 창으로 찬 공기가 들어왔고 전자담배 연기가 빠져나가고 있었다. 담배 피우는 모습은 처음이었다.

"유럽의 숱한 호텔을 가 봤죠. 야경을 보며 슬픔을 느낀 건 여기가 처음이에요. 고국에 대한 향수는 있었지만 나 자신에 대한 향수는 아니었죠. 난 내가 그리워지기 시작했어요. 그 옛날의 나, 돌아갈 수 없는 내가 보고 싶어요."

무종은 티테이블을 사이에 두고 연극배우처럼 독백하고 있는 그녀를 바라보았다.

"무슨 일로 여기 묵고 있는 겁니까?"

자기 자신이 그리워지기 시작했다는 괴상한 말보다는 그녀가 왜 여기 있는지부터 알아야 했다.

"무종 씨를 보려고요."

"절요?"

"그래요. 짐작했겠지만 숙박권은 제가 보낸 거예요."

"… 그런데 왜 박 부장님을 통해서?"

"무종 씨가 날 차단했잖아요."

무종은 얼굴이 확 달아올랐다. 어떤 말을 해도 변명이 안 될 것 같았다.

"안 그래도 내가 직접 보냈으면 무시했겠죠. 물론 내가 여기 와 있는 건 비밀이에요. 동창에게 연말 선물 하나 하고 싶다 한 거니까."

"박 부장이 우리가 동창인 걸 안다고요?"

"그렇게 말했다면서요. 내가 사무실에 간 날."

"아… 그땐 좀 놀라서 그만."

"뭐 상관없어요. 한국사회에선 흔한 게 동창이잖아요."

그 흔한 동창을 왜 여기서 일부러 보고 있는지 …….

"여기까지 온 건… 무슨 긴요한 일이라도?"

"말하자면 길지만 남편과 관련된 일이에요."

"저… 사실 알고 있었습니다. 모닝샴푸 전 주주의 부인 되신다는 거."

이왕 이렇게 된 거, 다 밝혀야겠다고 결심했다.

"주주요? 하긴 주식이라고 발행은 해놓았더군요."

"네… 2대 주주였다고 들었습니다." 현아 씨가 씁쓸한 미소를 지었다.

"근데 혹시 전에도 우리 회사에 온 적 있습니까? 거기서 날 본 건가요?"

"내가 얘기 안 했던가요? … 안 했나 보군요. 남편이 어느 날 샴푸를 갖고 왔는데 쇼핑백에 전단지가 몇 장 있더군요. 그중 한 장이, 얼굴이 살이 붙고 좀 둥글어졌지만 무종 씨라는 걸 알아보지 않을 수 없었죠. 이름과 전화번호도 거기 있었고요."

"… 그런 일이."

"이럴 수도 있구나 싶었어요."

길거리 담벼락에 수천 장을 붙여놓아도 눈에 안 들어오려면 안 들어오는 게 전단지라는 거다. 회사로 전화를 한 여자가 있었다고 들었는데 그러니까 그건 오현아가 아니라는 거였다. 그럼 의부증 환자인 변가영?

"미처 얘기 못 드렸습니다만 제가 남편분을 만난 적 있습니다. 그런데 남편께서 엉뚱한 말을… 아내가 정신과 치료를 받고 있다고, 잘 좀 보살펴 달라고 하더군요."

"그랬어요?" 그녀는 조금 웃었다.

"중학 여동창 중에 정신과 의사가 있어요. 한 번씩 만나 식사하며 수다 떠는 정도죠. 남편도 아는."

"아… 저도 정신과는 좀 생뚱맞다는 생각을 했습니다."

"또 무슨 말을 하던가요?"

"모델 여자와는 동료라고, 불륜 같은 건 없다고."

"동료 좋죠. 동료라는 것에 첫사랑도 포함된다면 말이죠. 모닝샴푸 회장 부인이 남편의 첫 여자였다면 믿겠어요?"

"……."

"남편은 모닝샴푸라는 회사의 수출 건을 봐줬다가 중국 건이 문제가 발생하면서 회사에 돈을 일부 물어주고 대신 지분을 받았죠. 회사가 어려워지자 모닝샴푸 대주주와 자신의 지분을 담보로 돈을 융통했어요. 첫 여자의 남편이 운영하는 대부업체를 통해서 말이에요. 그건 그대로 이자에 이자가 붙어 빚으로 돌아왔어요. 대주주라는 자는 잠적했고 상호지급보증을 쓴 남편이 빚을 떠안게 되었죠."

"……."

"재미있는 건 그 대주주라는 자도 그 여자의 옛애인이었다는 사실이죠. 모닝샴푸는 원래 그 여자의 남편 즉 민 회장 거였어요. 그걸 아내가 옛애인인 자에게 팔아넘겼고 다시 대출을 미끼로 헐값에 빼앗은 거죠. 대단하지 않아요?"

"아 그 대주주요?"

"아세요?" 그녀가 놀란 눈을 했다.

"아 아닙니다. 어디서 그런 얘길 얼핏 들은 것 같아서요. 회장 사모님과의 관계는 처음 듣는 거고요. 아무튼 남편분은 처음부터 엮인 거군요."

"그 대주주를 남편에게 연결시켜 준 사람도 그녀였어요. 좋은 수출 건이 있다고 꼬드겨서 말이에요. 남편이 자신은 똑똑하다고 생각하지만 실은 어리석은 면이 있어요. 그 결과가 빚이었죠."

차 회장이라는 사람이 다시 여기서 등장했다. 중국에 있을 거라고 말하려다 말았다. 누구보다 박이 먼저 추적하고 있을 거였다. 그런데 그 자를 잡아 돈을 회수하면 현아 씨 가정은 살아나는 것일까? 돈 회수도 어렵고 설령 회수 가능하다 해도 박이 남편을 쉽게 방면해줄 것 같지는 않았다. 어쩜 차 회장이 무슨 범죄 건에 연루되어 있어 형사로서 놈을 잡으려는 것인지도 모른다. 이인걸을 활용하여.

"그룹에 빚이 있다는 건 저도 대충 알고 있습니다. 박 부장이 그런 얘길 흘리셨죠."

"그랬어요? 그 박 부장이 어느 날 제안을 해 왔어요. 숨긴 재산 중 일부를 달라고."

"숨긴 재산요?"

"내 재산이 있다고 본 거죠. 지금의 모닝 회장이 내 재산을 캐라고 하자 협상이 들어온 거죠. 회장에겐 없다고 할 터이니 자기 몫을 달라고."

"그래서요?"

"재산은 없지만 그렇게 보고해주는 대가로 인사는 할 수도 있다고 했죠. 그러자 욕심이 나는지 나와 내 남편을 동시에 파멸시킬 수 있다고 협박을 하더군요."

"재산은 진짜 없고요?"

"밖으로 드러난 게 없자 제 친정 쪽까지 캐고 협박이 들어갔어요. 수사기관이 아니니 자금거래를 파악하진 못하겠지만 받아내려고 작정을 한 자들을 무시하는 건 쉽지가 않아요."

"그래서요?"

"우선은 남편과의 고리를 끊는 게 우선이었어요. 이혼하려면 우선 이유가 있어야 하죠. 말하자면 남편이 바람을 피운다든가."

"그럼, 그래서 절?"

"남편은 첫 여자와 식사만 몇 번 했다고 했어요. 빚을 연장시켜 보려고 그랬다고 하더군요. 그날 그 여자와 사무실에 같이 있다는 정보가 들어왔어요. 좋은 기회였죠. 무종 씨가 증인이 되어 줄 수 있으니까."

"그날 무슨 일이 있었나요?"

"아뇨. 두 사람은 아무 일 없었어요. 빚 문제로 언성이 좀 높아졌던 것 외에는."

그건 또 어떻게 알지? 뭐가 뭔지 …….

"그럼 제가 무슨 소용이 있나요?"

"중요한 건 제가 남편의 외도를 의심하고 있다는 거죠. 특히 민 회장 부인과. 그리고 그 둘의 관계를 증명하려 노력한다는 사실이."

"그게 왜 중요합니까?"

"그 사실이 박 부장을 통해 회장 귀에 들어가야 하니까. 그런 게 없으면 재산을 빼돌리려 이혼했다는 의심을 면치 못하죠. 물론 그래도 의심하겠지만 지금 제 여동생 명의로 돌려놓은 아파트를 온전히 건지려면, 소송을 당했을 시 사해행위로 걸리지 않으려면 그 수밖에 없었어요."

"그래서 저보고 아무 일도 없는 남편을 계속 미행하라고 그런 거군요."

260

"미안해요. 사실을 말할 순 없었어요."

"사실을 말했으면 미행하는 시늉은 했을지 모르죠."

"무종 씬 그랬을 거예요. 어쩜 그 둘이 진짜로 만나고 있는지도 몰라요. 내 계산엔 그것까지 들어 있었어요."

그보다는 그 대주주라는 자와 사모님이 만나고 있는 게 아닐까? 둘이 공범이라고 보지 않을 이유도 없었다. 사모님이 마스크 팩 사업에 진출한다 했으니 놈의 사업과도 연관성이 있는 것이다.

"글쎄요, 저는 이해가 잘 ……."

"남녀 사이는 항상 미스터리죠."

"이해되지 않는 게 또 있습니다."

" ……."

"남편분이 나를 보자고 해 여자 문제에 대해 결백을 주장했습니다. 왜 나한테?"

"글쎄요. 그건 나도 모르겠네요."

모르겠다고? 회장한테 맞아 죽을까 봐 그런 것 아니겠는가. 사모님과는 결백하다는 걸 박이 알게 하려고 말이다. 현아 씨도 사모님이 남편 불륜 상대인 건 부담스러울 텐데… 그러나 무종은 짐짓 다른 얘기를 했다.

"아직도 현아 씨를 사랑하기 때문이 아닐까요?"

"과연 그럴까요? 설령 그렇다 하더라도 그 사람은 사랑을 다른 무엇과 혼동하고 있는지 모르죠. 가령 대걸레와 사랑을 혼동한다든가."

" ……."

"저, 보기보다 청소 잘해요."

" ……."

"민 회장 부인이야 하녀를 쓰겠지만."

하녀? 영국에선 도우미를 하녀라고 부르나.

"… 참 저번에 회장님 부인과 송 감독이라는 드라마 감독을 공항에서 봤습니다. 로샤 까르디네라는 불란서 배우하고요."

"송 감독과 그 여자는 아니에요. 일 관련이죠. 남편은 어떻게든 그녀를 도와주고 빚을 면제받으려 하고 있어요. 그 여자도 빚을 미끼로 계속 남편을 이용하고. 한 침대에 누워서도 다른 생각을 하는 게 성인남녀죠. 모닝 회장 역시 돈에 관한 한 자비를 베풀 사람이 아니죠."

"회장님이 두 사람의 관계를 안다면… 아니 오해라도 한다면 가만있을까요?"

"… 죽이기밖에 더 하겠어요?"

그녀의 얼굴에 핏기가 가셨다. 농담이라 하기엔 지나치게 섬뜩했다. 남편과 그녀의 이름으로 각기 고액의 생명보험을 들어놓고 있다는, 보험회사 이치우의 말이 떠올랐다. 서로가 서로를 노린다? 설마 …….

"저… 회장님보다 박 부장이라는 사람이 더 무서운 것 같습니다."

위장취업한 형사일 수도 있다는 말은 생략하였다.

"아시네요."

그녀는 새 담배에 불을 붙였다. 맨 젖가슴을 감싼 가운이 천천히 부풀어 올랐다.

"아마도 회장의 회사는 전부 박 부장에게 넘어가지 않을까 싶어요. 회장은 곧 소환 통지를 받을 거예요. 아니 지금쯤 구치소에 가 있는지도 모르죠. 회계비리와 세금탈루, 코스닥 내부자거래, 불법성인오락실 운영, 연예인 지망생 성폭행, 거기다 매춘 알선 등 걸린 게 한두 가지가 아니니까. 그거 다 해결하려면 변호사비만 해도 장난 아닐 거예요. 그럼 반거지가 되겠죠. 그리고 회사는 헐값에 넘어가겠죠. 박 부장에게."

"성폭행 건은 어느 정도 해결된 거로."

"… 그것도 세 건은 될 거예요."

"성인오락실 그건 알짜 회사입니다. 완전 현금장사라서 그것만 해도 먹고 사는 데는 지장이 없는 걸로 알고 있습니다."

"그건 또 어떻게 아세요?"

"한 번 견학을 한 적이."

"이런 말 하긴 뭐 하지만… 사실 그건 절반은 내 거였어요."

"네?"

"그 대주주라는 자와 내가 공동으로 지분을 갖고 있었죠. 물론 남편 것을 내 명의로 한 거지만. 그것도 대출 건 때문에 거의 빼앗기다시피 헐값으로 그들에게 넘어갔어요."

"전혀 몰랐습니다."

"아시는지 모르겠지만 빠징꼬 세계는 말 한마디가 곧 법이에요, 백지에 도장 하나 찍으면 끝나는 거라고요. 대주주 지분은 회장에게 내 지분은 박 부장에게 넘어갔다고 보면 돼요."

"아… 근데 성인오락실 지분 일부가 현직 형사한테 넘어갔다는 말이 있습니다."

현아 씨가 술술 불기 시작했으므로 안 그래도 입이 싼 무종은 바로 정보를 누설했다.

"그놈이 그놈이죠."

그런 정보를 듣고도 현아 씨는 전혀 놀라는 기색이 없었다.

"그럼 빚은 다 해결된 것 아닙니까?"

"그들이 남아 있다고 하면 남아 있는 거예요. 민 회장은 살인교사 전력이 있고 박 부장은 전직형사 겸 반건달이죠. 상대하기가 쉽지 않아요. 박

263

부장이 좀 더 영리하다고 할까."

"아… 그럼 이제 박 부장이 회장님 자리를 차지하고… 그럼 현아 씨와 남편분은 어떻게 되는 겁니까?"

이제야 알 것 같았다. 박 부장은 위장취업 후 경찰본부를 속이고 아예 모닝그룹을 통째로 먹으려는 것이다! 홍콩 영화를 세 편만 보면 알 수 있는 이야기를 이제야 감을 잡다니.

"박 부장이 다시 제안을 해왔어요. 남편 빚을 부실채권으로 처리하는 대신 화장품 총판에 투자하라고."

"아… 총판이라면 그건 유령회사는 아닙니다. 실체가 있습니다."

무종은 외치듯 말했다. 상담센터인지 법률사무소인지 하는 사무실에서 마스크팩을 얼굴에 붙이고 있는 전설을 본 바 있었다. 세계로 진출하려는 박의 포부도 읽었었다. 그녀는 무종을 조용히 보기만 하더니 말을 이었다.

"나는… 그렇게 처리해 주면 내 여동생이 투자할 수도 있을지 모르겠다고 했죠. 그러자 박 부장이 악수를 청하더군요. 난 그 손을 잡았어요."

"… 그럼 벌써 투자를."

"그건 아니고요. 약정서만 작성한 상태죠."

약정서라면 대기업이든 개인이든 마음만 먹으면 아무나 하는 거였다. 대기업 출신인 자신이 볼 때 멀쩡한 채권을 부실채권으로 전환한다는 건 아귀에 맞지 않은 일이었다. 오송철강 하청업체 중에도 가끔 부도를 내는 회사가 있는데 개인회생이나 파산선고를 받지 않는 한 빚은 한 푼도 면제되지 않았다. 박 부장한테 무슨 꿍꿍이가 있음이 분명했다.

"조심하십시오, 시중은행이라면 모를까 사금융업체 입장에서 부실채권은 쉽게 포기할 수 있는 게 아닙니다."

"알고 있어요. 저도 채무가 그렇게 쉽게 해결될 거라곤 생각 안 해요."

"그런 제안은 조심 또 조심입니다. 근데 이 모든 걸 왜 나한테 말해주는 건지 물어봐도 되겠습니까?"

"무종 씨가 알아야 될 게 있어요."

"뭘?"

"마지막으로 무종 씨가 할 역할이 있어요. 이제 여길 나가면 사진이 찍힐 거예요. 그 사진은 남편에게 배달되겠죠. 나와 이혼할 이유로는 적당하죠."

"……."

"무종 씨."

"……."

"미안해요."

"… 꼭 이렇게까지 해야 합니까?"

"남편에게 결격사유가 없다면, 아니 증명하기 힘들다면 나라도 남편에게 이혼할 거릴 줘야죠."

"그럼 현아 씨가 불리하지 않나요?"

"어차피 그 사람 재산은 없어요. 난 이혼당해도 돼요."

"하지만… 나는 현아 씨와 불륜관계가 아닙니다."

"… 그럼 지금 맺어볼까요?"

그녀가 정면으로 그를 바라보았다. 그것은 갈망이라기보다 유혹이라기보다 나태한 손짓 같았다.

"농담이 지나친 거 같습니다."

"지금 날 가지나 안 가지나 결과는 매한가지일 거예요. 그러니 원한다면 가져요. 그리고 잊어버리면 돼요."

"……."

아내를 아래층에 두고 딴 여자와 한다? 그녀와 하는 건 평생에 다시 없을 굉장한 사건이겠지만, 장소 때문에라도 아내가 알면 죽을 때까지 용서받지 못할 것이다. 그것이 오현아가 바라는 것인가? 그녀는 상대의 입장이라는 건 아예 머릿속에 없는 것일까. 아니면 잔인하게 즐기는 것일까.

"미안해요. 다른 사람을 사랑하고 있어요."

"……."

그녀는 전자담배를 끄고 일어나 창가로 가서 섰다. 영화에서처럼 머리카락으로 얼굴에 음영을 만들며 말하기 시작했다.

"그는 알려져선 안 될 사람이죠. 이렇게라도 나는 이혼해야 해요. 그 사람도 이혼할 거예요. 그리고 외견상 우린 어느 여름날 우연히 부딪치겠죠. 그는 나에게 빠질 거고 나는 그의 데이트 신청을 한두 번 거절하다 마침내 만나겠죠. 나는 이혼녀고 아이도 없고… 대학 선배와 바람난 여자이니 아이 친권자론 적합하지 않겠죠."

무종은 아무 말 하지 않았다. 연극대사를 듣고 있는 듯했다. 특히 아이 친권을 포기하려는 듯한 말에선 무서움마저 느꼈다. 이혼을 앞둔 남녀가 친권을 두고 얼마나 싸우는데 포기라니 …….

"자백할 게 있어요. 무종 씨가 카페 누보에 왔던 날, 나 거기 있었댔어요."

"……."

"이층에 있었죠. 그 남자와 함께."

"……."

"정말 미안해요. 그날 남편이 카페 밖에 있었죠. 남편 차가 주차장에 서 있는 걸 2층 창가에서 봤어요. 난 두 가지를 다 해야 했어요. 무종 씨를 만나야 했고, 그렇게 보이는 시간에 그 남자와 있어야 했죠. 그 사람 생일이었거든요."

266

"……."

"화내셔도 돼요. 무종 씨에게 못할 짓을 한 건 알고 있으니까요."

"그랬군요. 그날 내가 거기 있었던 거 남편분은 알고 있더군요. 하지만 저에 대해 별 의심은 하지 않았습니다."

"그야 내 취향을 아니까요. 하지만 그래서 그는 더더욱 충격을 받아야 할 거예요."

"……."

"그 남자와 결혼할 거냐고요? 그럴 수도 있겠죠. 좀 더 시간이 지난 후… 아 영국에서였어요, 처음 만난 건. 그가 정부사절단의 일원으로 출장을 왔죠. 교포 간담회가 있던 날 저녁 내게 말을 걸었죠. 런던의 안개는 언제쯤 볼 수 있을까요 하고. 우린 금방 서로에게 빠졌어요. 그래요… 우린 서로가 서로를 알아봤어요. 운명인걸."

"……." 운명이 다가오면 아이는 버림받는 건가. 그런 건가.

그녀가 몸을 틀어 자리로 돌아와 앉았다. 눈앞에 그녀가 있다는 건 어떤 의미로든 숨이 막히는 일이었다. 그보다 더 숨통이 막히는 건 고위공직자라는 그 남자의 실체였다. 학창시절 임신설의 근원, 바로 행시합격생이 그일 가능성을 배제할 수 없었다. 그토록 끈질긴 인연이여. 그에 비하면 무종 자신은 무엇이었던가, 그녀에게 무슨 의미였던가.

"남편과는 여기까지라는 것도요." 목이 탔다. 가벼운 오한도 일어났다.

"맥주 하나 마시겠습니다."

"그러세요." 무종은 냉장고에서 하이네켄을 꺼내 뚜껑을 돌려 땄다.

"드릴까요?"

"아뇨."

그녀는 커피잔에 입을 댔다. 무종은 맥주를 반 마시고 내려놓았다. 그랬다, 그녀는 사랑 중인 여자였다. 고통과 번민 속에서도 사랑을 하고 있었다. 그 고위직 남자는 지금 자신의 집에 머물고 있을까? 아내와 담소를 주고받으며, 자녀 성적 얘기를 하며.

"마실 만한가요?"

"하이네켄을 좋아합니다." 몇 번 먹어본 적이 있었다.

"그건 몰랐네요. 하나 더 하세요."

무종은 그녀를 조용히 바라보았다. 그러니까 남편과 회장 사모님의 관계를 증명함으로써, 아니 둘의 관계가 사실이 아니라 하더라도 그렇게 보이게 함으로써 회장 손으로 남편과 그 여자를 완전히 파괴시키게 하고, 자신은 쓸쓸히 떠나고자 했던 거였다. 그게 여의치 않자 김무종이란 인간을 끌어들인 거고… 고위공직자가 된 그와 다시 결합하기 위해.

"이 복잡한 게임에 왜 날 끌어들인 겁니까?"

"지금 이 자리에 세우기 위해서라면 말이 되겠어요?"

" ……."

"남편도 날 의심하고 있죠. 송 감독과 나와의 관계를."

"송 감독님을요?"

"한때는 부부동반으로 여행도 다녀온 적이 있죠. 암튼 그는 남편의 친구일 뿐이에요. 내 상대가 송 감독이 아니라 무종 씨인 걸 알면 더욱 참을 수 없을 거예요."

" ……."

"다시 말하지만 그 남자와 난 아직은 알려져선 안 돼요. 내 상대는 무종 씨 당신이어야 해요. 이래도 여전히 날 좋아하나요?"

"… 잘 모르겠습니다."

"모르면 좋아하지 않는 거예요. 부인이 기다리고 있겠네요."

268

"아내 얘기는 하고 싶지 않습니다."

"친구들 모이면 부인 얘기들 하고 그러지 않나요?"

"술집에선 합니다. 여편네 흉도 보고 그러죠."

"애정의 다른 표현으로요?"

"꼭 그런 건 아닙니다."

"… 이런 말 해도 될까요?"

"말하세요."

"행복하세요. 꼭 그러길 빌게요."

"… 그만 일어나겠습니다."

"참, 잠깐만요."

그녀가 핸드백을 열어 봉투를 꺼냈다. 그걸 테이블 위로 밀었다.

"소액이에요. 그래도 이게 날 잊는 방법일 거예요. 아니 날 하찮게 여기는 방법일 거예요."

"시간이 늦었습니다." 무종은 일어섰다.

"마음에 안 드네요. 그런 자존심."

"가겠습니다."

"… 다시 태어나면 당신을 선택할지도 모르겠어요."

올려다보는 그녀의 눈이 흐려보였다. 잊을 수 없을 것 같은, 그러나 잊어야 하는 눈빛이었다.

"사람은 다시 태어나지 않습니다."

"… 잘 가세요."

"여길 나가면 되도록 천천히 걸어가겠습니다."

무종은 돌아서 나갔다. 사진 운운보다는 그녀가 여기 홀로 남겨진다는 사실이 아프게 다가왔다. 복도는 소모품을 담은 카트를 미는 아주머니가 하나 있을 뿐 진홍빛 양탄자가 모든 소리를 빨아들인 듯 적막했고, 그 양탄자 따라 복도 끝까지 텅 비어 있었다. 어쩜 사진 따위는 룸에서 찍혔는지도 모른다. 아니면 카트에 카메라나 휴대폰이 숨겨져 있어 객실 담당 아줌마가 마구 찍어대는지도. 그러니까 박 부장을 통해서 패키지 숙박권을 보낸 것은 이 밀회를 박 부장이 알아차리라는 것이고 남편에게도 전하라는 거 아니겠는가. 그렇게 하시든가 …….

"담배 피우고 왔어?"

룸으로 들어서자 아내가 눈을 치켜뜨고 물었다.

"담배 끊은 지 언젠데."

"그럼 어디서 뭐 하다 온 거야?"

"한 바퀴 돌고 왔어, 명동까지. 숙취가 좀 있어서."

무종은 붉은 꽃을 한 송이 내놓았다. 객실 복도에 놓여 있는 화병에서 하나 뽑아 온 거였다.

"왜 안 하던 짓 하고 그래?" 아내가 눈을 흘겼다.

"샤워할게."

무종은 욕실로 들어가 설사를 하고 샤워를 했다. 비누가 비닐종이에 감싸져 있는 것 말고는 뭐가 모텔보다 낫다는 건지 ……. 수건으로 머리를 털어대며 나오자 아내가 장인과 통화를 하고 있었다.

"네, 아빠. 나중에는 우리 같이 와요."

어딜 같이 온단 말인가. 말도 안 되는 소리 하고 있어.

"애들 잔대?"

"지금 통화하고 있잖아."

아내는 또 눈을 흘기더니 전화를 끊고 "안 잔대. 자기 아깝다고." 하고

270

짜증을 냈다. 모친 부친이 한꺼번에 없으니 그렇게 좋나?

"참 구두표 장인 드렸지?"

"그걸 왜 줘?"

"드리라 했잖아."

"당신 취직하면 보태서 새 구두 사야지. 박 부장이란 사람 이런 호텔 말고 어디 취직자리나 알아봐 줬으면 좋겠다. 부탁 좀 해 봐."

"본인이 사업을 이것저것 벌이고 있긴 한데… 전망이 확실한 것 같지 않아서 지켜보는 중이야."

"4대 보험 되고 월급 정해진 날짜에 나오고… 이번엔 제대로 좀 해 봐."

"난 택배나 싸라며? 의류 사업 할 거라면서."

"당신이 제대로 된 직장만 잡으면 나 혼자 싸도 돼. 그러니 제발 정규직 좀 해. 구 이사도 찾아가 보고."

"그야 뭐… 어디건 자리가 나겠지."

"그렇게 희미하게 말하지 말고 각오를 단단히 하란 말이야. 여기 지금 이 호텔 투숙객들 중에 우리 같은 거지 부부가 있을 것 같아?"

"당신이 몰라서 그렇지, 사업하는 사람들 보통 빚이 얼만데… 당장 뛰어내리고 싶은 사람만 해도 층마다 열은 될 거다."

사실이다. 그들은 가족을 뒤에 남겨두고 뛰어내린다. 괴로워서, 미안해서, 그리고 사랑해서. 무책임한 걸 알면서도 망각의 세계로 떠난다. 무종이 눈을 감고 그들의 명복을 빌고 있자,

"됐고, 경서 민주 어떻게든 키워야 할 거 아냐. 꼴찌라도 줄은 세워야 할 거 아니냐고. 내 말 무슨 말인지 알아?" 하고 아내가 목소리를 높였다.

"알지 ……."

"두고 본다. 성과 없으면 오송철강 앞에서 매일 1인 시위할 거야. 내 말

가볍게 듣지 마."

1인 시위, 왜 안 나오나 했다. 그런데 왠지 이번엔 진짜 할 것 같은 예감이 온다. 사나이가 수신제가를 못해 가지고 본처가 그런 모습을 보여서야
…….

"안 씻어?"

"씻은 거 안 보여?"

그러고 보니 말간 그녀였다. 장밋빛 불빛을 받아 볼이 발그레했다. 한 층 아래에는 현아 씨가 있었다. 고위직 남자? 어쩜 지금쯤 현아 씨 곁에 와 있는지도 모른다. 여자 혼자 자기엔 룸비가 너무 비싸지 않나? 근데 그도 이혼할 거라고? 어떤 운명은 이제 그들 거였다. 가져라, 그 운명.

남편이 취직에 관해 단단히 결심을 했다고 보는지 변가영이 가방에서 카스 캔맥주를 두 개 꺼내 하나를 내밀었다. 스카이라운지에서 챙겨온 마른안주도 내놓았다.

"당신, 잘 들어. 한 번만 더 전철에서 샴푸 꺼내들고 정신병자처럼 외쳐봐. 바로 이혼해 줄 테니."

맥주를 한 모금 마신 아내가 눈에 쌍심지를 켜고 느닷없이 말했다.

"당신 …….'

"마스크 썼다고 전철에서 마누라 얼굴도 못 알아보냐?"

미세먼지 때문에 전철칸 여자의 반은 마스크를 쓰고 있는 판국인데, 거기 무슨 마누라가 있다고 보나.

"그럼 신고도 당신이?"

"그러니까 다시는 하지 말라고. 나만 본 거 다행으로 생각해. 동네 학부형이라도 봤으면 무슨 소리 나올 거 같애?"

"그렇다고 어떻게 남편을 …….'

"정신 안 차릴래? 아침부터 어떤 년을 만나질 않나, 전철에서 샴푸를 흔들어대질 않나? 저녁엔 호텔을 가지 않나? 저게 내가 아는 내 남편이 맞나 했다니까."

"그러니까 그날 하루 종일 나 미행한 거야?"

저번에 호프집에서 공 마담 건과 호텔 건에 대해 변명을 해야 했을 때 다 알아챘어야 했다. 어떤 깨달음은 항상 뒤늦게 왔다.

"당신 요즘 이상해진 거 몰라? 내가 모를 것 같아?"

"이상하긴 뭐가 이상하다고… 야 호텔은 내가 설명을 다 했고. 그 여자는 술집 마담인데 샴푸 팔아준다 그래 갖고. 그것도 저번에 설명했고."

"됐어, 반은 넋이 나간 인간이 되어 가지고. 빨리 제정신으로 안 돌아오면 국물도 없을 줄 알아. 취직도 총알같이 하란 말이야."

"… 무슨 미행을 다 하고."

미행이라니, 생각할수록 어이가 없었다. 그리고 남편이 넋이 나갔다면 그건 현아 씨 때문일 텐데 그 방면으로는 전혀 눈치 못 채는 걸 보니 완전 범죄가 따로 없었다.

"안 잘 거야? 계속 말대꾸나 할래?"

무종은 입을 다물었다. 뭘 잘못했는지 모르겠지만 용서받는 시간은 눈물에 젖은 평화 같은 것이었다. 또 다른 여자가 이 호텔에 있는 걸 알면 기절하겠지만 그것도 하나의 막이 내린 상태였다. 내일 아침까지만이라도 머리를 완전히 비우고 성난 육체만 남겨두고 싶었다. 잠시 후 불이 꺼지고, 스탠드가 켜지고, 그리고 무종은 눈앞의 여체를 어떻게 껴안았다. 둘이 무너진 곳은 국제 비즈니스맨들이 드나드는 특급호텔의 더블베드였다. 새하얗고 탄력이 꿈만 같은.

5 달하 노피곰 도다샤

"염증수치가 너무 높대."

응급실에서 아내는 안절부절못했다. 독일냄비 파는 회사에서 오후 세 시에 시작하는 면접을 보고 나오다 연락을 받고 그대로 뛰어온 참이었다. 무종은, 민주가 불덩어리가 되어 송파구의 종합병원 응급실 침대에 누워 있는 것을 보았다. 무종이 아이 곁을 지키는 동안, 아내는 이런저런 증세 로 아이를 입원시킨 보호자들과 의학적인 견해를 주고받았다. 부부는, 간 호사와 의사가 왔다 갈 때마다 초조하게 그들의 입을 바라보았다. 민주는 울거나 자지러지지도 않고 그저 아픈 모습만 비치며 천진한 모습으로 누 워 있었다. 자기가 좀 아프다는 사실만 알고 있는 것 같았다.

"병실 안 난대?" 무종이 물었다.

"나면? 6인실도 아니고 잘해야 2인실인데 어쩌자고?"

" ……."

"의사가 조금만 일찍 말해줬어도 이 지경까진 아닐 텐데. 어쩐지 어리 비리해 보이더라 했더니."

동네 내과의사는 열흘을 진료하고도 감기 같다고만 했다고 한다. 열이 떨어지지 않자 그제야 폐렴 같다면서, 빨리 종합병원으로 가보라며 의뢰서를 써 주었다는 것이다. 말하자면 면밀한 관찰 끝에 전문의로서 최종판단을 내린 거였다. 의사의 말을 듣자마자 아내는 최고급 호텔이나 진배없는 여기 유명 종합병원에 아이를 들쳐 업고 달려왔으니, 거의 제정신이 아니었다고 봐야 했다.

저녁에 2인실이 나자 아내는 민주를 그리로 옮겼다. 응급실 침대는 밀려드는 환자를 위해 몇 개는 비어 있어야 했다. 그렇지 않아도 열이 떨어지는 정도가 미미해 안정적인 환경에서 치료받아야 했다. 그래도 아주 위험한 고비는 넘겼다고 했다. 아내는 염증수치가 이 정도 나오는 건 드문 일이라고 간호사가 경악을 했다며, 조금만 늦었어도 모든 게 끝장날 뻔했다는 표정을 지었다. 그렇게 최악을 상정하는 건 지나친 반응이었지만 무종은 숙연하게 고개를 숙이고 있었다.

"면접은?" 이 와중에도 아내는 할 말을 까먹는 법이 없었다.

"그런대로."

"출근하래?"

"면접 본 거야. 합격자 불러서 간 게 아니고."

아내는 한숨을 쉬더니 더 묻지 않았다. 그녀도 왕년에 면접을 한두 번 본 게 아닌데 입사 절차를 모를 리 있겠나. 당장 병원비 구할 걱정에 지푸라기라도 잡으려는 거지.

아내는 하루 휴가를 내고 민주를 돌보았다. 무종도 복도와 병원 마당과 휴게실을 왔다 갔다 하며 수시로 민주를 들여다보았다. 아내는 무종이 바람난 남자처럼 왔다 갔다 해도 별말을 하지 않았다. 그보다 어디 멀리 가든지, 가서 병원비를 좀 구해오라는 것 같았다. 경황이 없는 가운데 돈을

275

세 군데 알아봤지만 구하지 못했다. 그나마 다섯 살 아이는 정부보조금이 나와 치료비보다는 병실비가 문제라는 거였다. 내일 4인실로 옮기지 못하면 또 수십만 원이 불어난다고 했다. 무종은 간호사에게 4인실이나 6인실 나오는 거 있으면 가장 먼저 옮겨달라고 수도 없이 이야기했다.

"병실도 순서가 있어요. 그게 싫으면 빽이라도 있으시든가."

이 방에 고등학생으로 보이는 딸을 입원시키고 있는 아주머니가 무종이 그러고 다니는 걸 보고 쏘아붙였다. 그녀도 딸을 6인실로 못 옮겨 화가 나 있는 상태였다. 오후 늦게 장인이 왔지만, 병원비에 대해선 한마디도 하지 않았다. 사진 전시장 빌리려면 얼마나 들까 묻던 양반이 손녀 병원비에는 침묵하고 만 것이다. 장인은 텔레비전 가요무대만 쳐다보다 경서 밥 주러 간다고 도망갔고, 아내와 무종은 밤늦게까지 병실을 지켰다.

"집에 가서 자."

아내가 두 사람이 다 있을 필요는 없다고 했다. 일리가 있다고 보고 무종은 집으로 가서 역사드라마를 보고 있는 장인과 맥주를 마셨다. 장인은 사도세자를 죽인 영조에 대해서 어떻게 생각하느냐고 물었다. 뒤주가 마음에 걸린다는 무종의 답변에, "사도세자는 사람을 너무 많이 죽였어. 야구도 아니고." 하고 생뚱맞은 비유를 들었다. 장인이 돌아간 후 경서를 재우고 자리에 누웠다. 그러고 보니 끝내 병원비 문의를 하지 않은 장인이었다. 손녀를 뒤주가 아니라 죽을 때까지 병원에 가둬 두자는 심사였다.

이튿날 무종은 눈 뜨는 대로 돈을 알아봤다. 며칠을 입원할지 모르지만 병원비를 못 내면 퇴원을 못 하고, 그러면 돈은 기하급수로 늘어날 것이었다. 병원에 들어온 이상 병은 일단 낫는다고 봐야 했다. 민주는 팔에 링거를 꽂은 채 바퀴 달린 보조기를 끌고 복도를 왔다 갔다 했다. 컴퓨터에 동전을 넣고 게임도 하였다. 그걸 보고 있는 무종은 흐뭇했다. 낫는 건 시간문제였다.

"이게 뭐냐?"

연속으로 회의가 있다고 해 두 시부터 네 시까지 기다렸다 만난 오광도 상무대우가, 탁자 위의 기다란 물건을 턱으로 가리켰다. 무종이 노끈을 풀고 신문지를 벗기자 근대미술작품이 모습을 드러냈다. 아버지가 남기신 유품으로 언제나 벽에 걸어두고 보던 바로 그 산수화였다.

"승진하면 집무실도 옮길 거고 그때 이런 고상한 회화 한 점은 걸어두라고."

"새끼, 승진 소식은 어디서 들어 가지고. 암튼 고맙다."

"손님이 처음 들어올 때 바로 보이는 곳에 걸어두면."

"그러지 뭐. 야, 근데 이거 족보 있는 거 아냐?"

"아버지가 30년 전 표구할 때 그때 돈으로 한 100 간다 했다니 그럴 거다, 아마."

"아 새끼. 또 갈등하게 만드네… 보자… 그래 내 비서가 연락 줄 거야. 기다려 봐."

"아니 난… 선물로."

"알았어. 알았으니까… 아 그리고 가영 씨에게 항상 사랑한다고 전해주고."

녀석은 걸핏하면 남의 와이프를 사랑한다고 주장했다. 그건 그렇고 무종의 눈은 이미 벌겋게 달아오른 상태였다. 비서 통해서 그림 대금을 보내 주겠다니… 역시 그냥 상무 진급대상이 아니었다. 세상 이치를 꿰뚫고 있는 그런 인재인 것이다. 상무대우님의 방을 나가기 전에 무종은 외투에서 새끼샴푸 두 개를 꺼내 전달하였다.

"출장용으로 써."

오광도가 샴푸를 물끄러미 내려다보더니 다음과 같이 말했다.

"독일에 갔더니 치약도 아침 저녁용이 따로 있더라. 이것도 그런 거나?"

그 정도로 독일이 진보가 이루어졌단 말인가? 그렇다면…

"빨간 게 아침, 초록이 저녁이다. 손바닥에 동전만큼 발라서."

"그래 그러자. 동전만큼 아침저녁으로 처바르자."

그때 휴대폰이 울리자 한참 듣더니 "유럽은 프리미엄차로 승부 봐야지. 아시아가 무한 시장이지. … 차라는 게 반은 가오 잡으려고 타는 건데 무인자동차는 무슨. … 크크 외국관리한테도 김영란법 적용되냐고 묻는 멍청이가 그놈이지. … 뭐? 김 차관? 작년에 물러난 인간 아냐. … 영향력은 무슨. … 식사는 됐고, 꼭 보려면 밤 11시 반에 인터콘티로 오라고 전해. … 그래… 바에서 보자고 해. 키핑한 거 썩지 않았나 모르겠네. 수고."

전화를 끊은 녀석이 아직 안 갔냐고 눈짓을 줘 무종은 다가가 악수를 건네고 방을 나섰다. 이번에는 녀석이 저번처럼 세차게 잡아 흔들어대지 않고 새색시처럼 손끝만 살짝 잡았다.

고층건물을 나선 무종은 탭댄스를 추듯 걸어가고 있었다. 역시 미리 돈 얘기를 꺼내지 않은 건 백번 잘한 일이었다. 자존심도 세우고 그림도 매각한 것이다. 하늘이 유난히 푸르렀다. 추위도 모르겠고 팔다리에 힘이 절로 들어가며 자동차의 매연조차 향기롭게만 느껴졌다. 무종은 궁전 입구 같은 지하철로 힘차게 걸어갔다. 민주가 병원에서 자랑스러운 아빠를 기다리고 있었다.

사흘째 되는 날 4인실에 자리가 났고 무종은 간호사님에게 거듭 감사의 인사를 드렸다. 행운이 연이어 밀려오고 있었다. 오후에는 아내가 경서를 데리고 왔다. 경서는 민주와 장난을 쳤다. "니가 백설공주냐?" 하며 놀렸다. 민주는 "오빠는 집에서 컴퓨터 혼자 하니까 좋겠다." 하고 부러워했다. 경서는 퇴원하면 인형 게임을 하게 해주겠다고 약속을 하였다. 오누이가 지나치게 다정한 게 좀 불안했다. 울리고 우는 예전으로 돌아가야지 이렇게 다정하면 곤란했다. 무종은 경서 녀석을 복도 휴게실로 데리고 갔다. 대화를 좀 할 필요가 있었다.

"너 연애사업은 어떻게 되어가고 있냐?"

"지금 나한테 묻는 거야?"

녀석이 깡통 오렌지주스를 들이켜며 고개를 치켜들었다.

"아빠가 발차기나 문자 같은 거 하지 말고 공부를 1등 하든가 뭔가 능력을 보여주라 그랬지?"

"뭐가 그리 복잡해. 아빠하고 말하기 싫어."

"이놈아. 촐랑대지 말고 태산처럼 가만히 있어야 여자아이가 좋아하는 거야."

"말도 안 돼."

"그리고 너 전에 아빠 가방에서 새끼 샴푸 두 개 빼가서 그 아이한테 줬지?"

" ……."

"줬어, 안 줬어?"

"싫대. 불량제품 같다면서."

"… 제품 효능 자세히 설명 안 했어?"

"샴푸가 샴푸지 무슨 효능."

"말도 없이 불쑥 주니까 그렇지."

"내 머리에서 안 좋은 냄새 나는 게 그런 샴푸 써서 그렇대."

"그걸 그냥 듣고 있었어?"

"사실 냄새 좀 구리잖아."

"뭐? 이놈아, 그게 얼마나 향기가 좋은데. 개코 아냐?"

"개코 아냐! 아빠 코가 개코지!"

하, 키워 놓으니 소용도 없다. 머리에 피도 안 마른 것이 벌써 여자아이 편드는 거 봐라. 무종은 녀석의 오렌지 주스를 뺏어서 한입에 들이켰다.

병실로 들어가니 유치원 여자 선생님이 와 계셨다. 민주가 곰인형을 안고 방실방실 웃고 있었다. 무종은 머리를 깊이 숙였다. 원장님 이하 모든 관계자분들이 민주의 입원에 걱정이 많다고 해서 심려를 끼쳐드려서 죄송하다고 말하고, 퇴원을 하게 되면 바로 찾아뵙겠다고 안심을 시켜드렸다.

이불공장 최동순이 20만 원을 보내왔다. 은행에 돈을 맡겨 놓은 거나 진배없는, 적금통장 같은 놈이었다. 인사차 숙직실에 난방은 잘 들어오냐고 문자를 보냈더니 아랫도리가 춥다고 엉뚱한 답을 해왔다. 아내도 가불을 50만 원 해와 무종은 한시름 놓았다. 결정적인 것은 오후에 일어났다. 장인이 와 말없이 35만 원을 내놓은 것이다. 그 돈을 받아 쥔 무종은 또다시 눈시울이 뜨거워졌다. 폭행 합의금 30만 원에서 5만 원이 더 온 것이다. 그러니까 무종은 이제 5만 원만 갚으면 되지만 장인의 형편을 아는 한 그럴 수는 없을 것이다. 대신 좀 천천히 갚을 작정이었다. 집주인에겐 병원 얘기를 하지 않았기 때문에 그 와중에도 계속 집세 독촉문자가 와서 아내가 한숨을 쉬었다.

아무리 기다려도 02로 시작되는 오광도 비서 전화가 오지 않았다. 금액 산정에 고심이 있는 거 같았다. 물가상승률을 감안했을 때 500 가까이 된다는 걸 인정하고 있는 것이다. 그렇게 전화는 없고 퇴원 전날 밤이 찾아왔다. 크리스마스이브였다. 무종은 바닥에서 낮게 떠 있는 장의자에 누워 병실 천장을 응시하고 있었다. 아내는 연말이라 밀려드는 손님으로 정신이 없다고 했다. 4,50대 손님이 많아서 그런지 요 며칠 크리스마스 캐럴을 계속 틀어놓는다고 했다. 무종은 결혼 전 아내와 명동거리를 걸었던 어느 해의 크리스마스이브를 떠올렸다.

구세군이 댕그랑 댕그랑 종을 치고 캐럴이 울려 퍼지는 가운데 거리는 발 디딜 틈 없이 사람들이 밀려가고 밀려오고 했다. 걷고 걷고 또 걷고, 포크송이 나오는 레스토랑에서 생맥주잔을 부딪치고, 그리고 또 걷고. 명동성당 언덕에 올라가 미사를 보고 나오는 신도들 곁에 가만히 서 있어도 보고, 눈이 오려나 수시로 하늘을 올려다보고, 계단을 내려오다 발을 헛디뎌 미끄러지려는 그녀를 그가 얼른 붙잡았던 기억… 마주 보고 소리 내어 웃었던 기억… 버스를 고집하는 그녀를 집까지 바라다 주니 주머니엔 데이트 비용이 남아 있었고, 돌아가는 버스에서 몇 번이고 꺼내보았던 그녀의 크리스마스카드.

'수많은 사람 중에서 무종 씨를 만나서 참 다행이에요.'

그 문구를 그 뒤에도 얼마나 자주 들여다 봤던가. 기억들이 하나하나 떠올랐다. 그리고 경서가 그들에게 왔고, 민주라는 선물이 와서 지금 그의 곁에 새근새근 잠들어 있었다. 그러한 추억의 필름에 아련히 정읍사의 가사가 흘렀다. 달하 노피곰 도다샤~ 행상 나간 남편이 아니라 서빙 나간 아내의 귀가를 밝히는 달이 오늘따라 높이 떠 있었다. 오송철강에 다니던 어느 날, 아내가 틀어놓은 포터블 카세트에서 정읍사를 들었고 그때는 그 의미를 잘 몰랐었다. 아내는 밤마다 달하 노피곰 도다샤 하며, 진 자리 즉

요물 같은 여자들의 늪에 빠지지 말고 어서 귀가하라고, 밝은 달빛을 밟고 무사히 귀가하라고 빌고 또 빌었던 것이다. 귀가하여, 번 돈도 좀 내놓으라는 것이었다. 이제 그 의미가 달처럼 밝아졌다. 그 시절 그대가 보내준 달, 그 달을 이제 그대 머리 위에 높이 띄우리다.

"아빠, 자?" 언제부터 깨어 있었는지 민주가 침대에서 속삭였다.

"아니."

"나 이제 별로 안 아픈 것 같아."

"그래, 의사 선생님이 다 나아간다 했어. 밥만 잘 먹으면 금방 나을 거래."

"아빠, 근데 아빠가 나 사랑하는 건 알겠는데… 엄마도 사랑해?"

"사랑하니까 결혼했겠지."

"내 말은 지금도 사랑하냐고. 그러니까 오늘 사랑하냐고."

"오늘? 오늘 사랑하는 거야 뭐 어렵지 않지."

옆에 있지도 않은데 사랑 좀 한다고 무슨 탈이 나겠나.

"그럼 내일은? 내일하고 모레는?"

"… 너 무슨 생각하는지 알겠는데… 아빠 엄마는 잘 살 거야. 그러니까 헤어지지 않을 거라고. 좀 싸우기도 하고 아빠가 잔소리도 듣고 그러겠지만 민주랑 경서랑 다 함께 살 거야."

"응, 내 말이 그거야. 계속 함께 살 거냐는 거."

"왜 그런 생각 했어?"

"혜연이 알지?"

누군지 모르지만 "그래." 하고 대답했다.

"걔는 지금 아빠랑 같이 안 살아. 엄마랑 아빠랑 이혼했대. 그래서 아빠가 유치원에 못 오는 거야."

"… 그렇구나. 그래도 너흰 친하게 지내지 않나?"

"응, 그래도 혜연이 앞에서 아빠 얘기는 잘 못 하겠어. 싫어하거든."

"그래, 아빠 얘기 굳이 안 해도 돼. 다른 재미있는 얘기해."

"재밌는 얘기하고 싶어도 혜연이는 유치원 끝나면 바이올린 배우러 가."

"그래? 참 너도 피아노 같은 거 배우고 싶어?"

아내가 민주의 음악적 재능을 확인하기 위해 피아노 교습을 시켜야 한다고 주장한 바 있었다.

"피아노? 응, 배울래. 혜연이 가는 음악학원에 가도 돼?"

"가도 되지. 피아노 재미있을 것 같아?"

"몰라. 해봐야 재미있는지 없는지 알 것 같아."

"그건 그렇겠다."

"나 이제 자도 돼?"

"그래, 얼른 자. 푹 자고 내일은 집에 가자."

"응, 등 간지러워도 좀 참아. 내가 집에 가면 많이 긁어줄게."

조용하다 싶더니 민주가 가늘게 코를 골기 시작했다. 무종은 이런저런 생각을 하면서 몸을 뒤척였다. 등으로 말하자면 가려운 게 아니라 배겨왔다.

퇴원하는 날, 이웃집 여자가 차를 갖고 왔다. 식자재회사 정규직 과장의 아내였다. 이것이 어떻게 된 거냐 하면, 화장실 공사를 하는데 시끄럽게 해 미안하다며 시루떡을 갖고 왔다는 거였다. 이때 두 여자가 처음으로 깊은 대화를 나누었는데, 김무종이 국내 500대 기업 출신인 걸 알고 상당히 놀라워하며 바로 겸손한 자세를 취했다는 것이었다. 이에 아내는 그녀의 손을 잡으며 영세중소기업 직원의 아내로서 얼마나 고생이 많으냐는 류의 위로를 전하고 아이들 교육문제와 주부의 역할 등에 대해 폭넓게 의견 교환을 나누게 되었다는 거였다. 이런 인연으로 인해 그녀가 승용차를 갖고 왔고, 무종은 그녀가 지켜보는 가운데 퇴원수속을 밟느라 왔다 갔다 하며 정신이 없었다. 모자라는 병원비 30만 원을 오전 일찍 구해버린 것에 대해서 무종은 특별히 내색하지 않았다. 마침내 14케이 금 두 돈 반을 매각한 것인데, 아무튼 가장이 있는 집은 이렇게 다른 것이었다. 여자 혼자 사는 집은 어떻겠나 싶었다. 입원은 물론 퇴원조차 어머니와 누나에게는 알리지 않았는데, 아내는 모녀가 들이닥치면 번거롭다고 생각하는 것 같았다. 알렸으면 10만 원은 버는 거였다. 그러나 금다이아 반지를 어머니에게 전하려 했던 결심이 허공으로 날아간 지금 어머니를 뵈면 마음이 편치 않을 것임은 자명했다.

'아버지가 남기신 다이아입니다. 아버지가 집을 나가기 전 저를 불러 네가 마흔이 넘으면 이것을 어머니에게 전해드리라고 말씀하셨어요. 이제 아버지가 남기신 사랑의 증표를 어머니에게 돌려드립니다. 더는 아버지를 미워하지 마세요. 내년에는 제사를 크게 지냅시다. 어머니, 어서 받으세요.'

이런 말과 함께 다이아를 드리려 했으나 그림 매각대금이 속히 들어오지 않는 바람에 그만 시중에 매각하기에 이른 것이다. 이에 대해 어머니에게 사실을 밝히지는 않겠지만, 설령 아신다 해도 손녀의 건강을 위한 부득이한 결정이었다는 걸 깨닫는 순간, '그래도 당신이 유산을 하나 남겼구려' 하고 아버지의 명복을 빌 것이었다.

"민주야, 집으로 가니 좋아?"

식자재회사 정규직의 부인이 신형 소형차를 세련되게 몰며 서울 말씨
로 물었다.

"네, 좋아요."

"요번 일요일에 아줌마랑 영화 구경 갈까? 우리 승철이도 함께."

싸가지가 별로 없어 보이는 승철이란 놈과 민주가 헤헤 호호 하는 게
썩 내키지는 않았지만, 그래도 이런 제안이 오는 걸 볼 때 남편의 사회적
위치에 대해 변가영이 깨달은 바가 있을 텐데, 그런데도 얼굴이 그다지
밝지 않은 게 유감이었다. 또 돈 같은 걸 생각하는 모양이었다. 현직 남편
과 퇴사 남편의 부인들, 그 둘의 만남이 영속성이 있다고 보기는 사실 어
려웠다. 오늘은 이웃사촌이지만, 식자재 부인으로부터 조금만 말실수나
오해 살 만한 행동이 나와도 변가영이 용서를 하기 힘들 것이었다. 때문
에 차 안의 이 평화로움 속에는 뭔가 조마조마함이 숨을 쉬고 있었다. 무
종은 민주가 만화를 보느라 코를 박고 있는 그의 휴대폰을 갑자기 강탈
함으로써 녀석이 끝없이 비명을 지르게 만드는 데 성공했다. 이편이 그런
조마조마함보다는 한결 나았다.

민주가 가정에 합류하고 모든 것이 다 정상으로 돌아왔다. 그러나 아내
의 가불이 부담이었다. 무종의 병원비에 민주 병원비까지 예상 못 한 돈
이 나가 앞으로 몇 달은 풀만 먹고 살아야 할 것 같았다. 월세는 난망하
고 1월 2일자로 결제가 돌아올 하이브리드 카드값도 대책이 없었다. 은
하 파이넌스는 거의 죽여버리겠다는 투로 전화와 문자를 오전 오후 해 왔
다. 죽여라! 조금만 기다려 달라고 사정하는 입과는 달리 속에선 '날 죽이
라'고 외치고 있었다. 그런데 죽이라고 가장 크게 외치는 순간에 맞춰 02
로 시작되는 전화가 요란하게 울렸다. 오광도의 여비서라고 자신을 밝힌

여성이 고양이 외모와 다르게 사무적인 목소리로 계좌번호와 주소와 주민등록번호를 불러달라고 했다. 결제는 오늘 올리면 약 2주 후에 처리될 것이라고 덧붙였다. 금액을 물어보기 전에 전화가 끊겨버렸으나 무종은 뛰는 가슴을 진정시키지 못하고 하느님의 보살핌에 감사를 드렸다. 과연 '사즉생'이 그냥 있는 말이 아니었다.

6 신화를 찾아가라

대통령 연두연설에서 중요한 이야기가 나왔다. 이 땅에서 서민이 주인이 되는 세상을 구현하겠다는 것이었다. 그러기 위해서 집값 안정, 내수 진작, 청년실업 문제 해결, 사교육비 절감 방안, 세금체제 개편 등을 내세웠다. 야당 대변인은 곧바로 논평을 내, 뜻은 좋지만 포퓰리즘 남발로 국가부채 증가 등 심각한 부작용이 예상된다고 화를 냈다. 지상파와 종편에서는 연일 전문가들이 나와 대통령 연설의 의미와 실현 가능성 등에 대해서 심도 있는 토론을 이어갔다.

"앞으로 나라가 좋아지겠구만."

점심을 얻어먹으러 와 커피까지 마신 장인이 한마디 해서 무종도 고개를 끄덕였다. 정권을 누가 잡든, 경제가 개판이라며 일생을 화만 내온 아내가 방학 중인 경서를 데리고 어딜 나가 이 자리에 없다 보니 장인과 사위는 아무 대화도 진전시키지 못하고 양파깡만 먹고 있었다. 어느 순간, '자네는 왜 일을 안 나가고 나하고 같이 있나' 하는 장인의 뜨악한 시선을 느낀 무종은 추리닝 바지에 묻은 양파깡 부스러기를 털며 일어나 화장실로 갔다. 화장실 거울에 수염이 거뭇거뭇한 사내가 들어 있었다. 무종은

287

면도기를 들어 턱 밑까지 면도를 했다. 갈 데가 있었다.

택배일도 안 나가면서 사진 전시회나 알아봐야겠다고 장인이 나간 후 무종도 집을 나섰다. 장인이 삼거리 당구장에 간 걸 눈치챈 무종은 당구장을 외면하고 전철역을 향해 걸어갔다. 장인이 연애사업이 잘 되어서 그런지 안 되어서 그런지 정신상태가 많이 해이해진 것 같았다. 이참에 용돈을 좀 줄여야 하나 싶었다. 무종도 돈을 빌리려고만 말고 일을 해야 했다. 독일냄비 파는 회사는 오송철강과 같은 금속계통인데도 소식이 없었다. 입사만 시켜주면 모 증권회사 총무부장과 미팅을 갖고 제품을 대량으로 팔 계획이라고 말했는데도 믿지 못하는 것 같았다.

여러 회사가 보라고 워크넷에 등록을 해놨지만 어느 세월에 연락이 와 출근하겠나 싶었다. 연락이 오긴 왔지만 조건이 수상하거나 보증금을 내고 들어오라는 등, 모닝샴푸보다 건전해 보이는 직장은 거의 없었다. 모닝샴푸는 그래도 가족 같은 분위기였는데……

'무종아, 라뷰티 고희성 이사를 찾아가. 회장님께서 말씀을 해놨대. 이 업계에서는 신화적인 여자인데 배울 게 있을 거래.'

무종은 광교의, 연륜이 있어 보이는 한 6층 건물 앞에 서서 휴대폰을 들여다보았다. 오전에 온 유연지의 문자였다. 무종이 발을 들여놓은 곳은 건물 3층에 위치한, 책상이 다닥다닥 붙어 있는 15평 정도의 평범한 사무실이었다. 30대 후반으로 보이는 고희성 이사는 투피스 차림에 단정한 단발머리를 하고 자신의 책상 앞에 앉아 무종을 맞이했다.

"김무종 씨?"

"네."

"앉으세요."

무종은 무릎은 오므리고 허리는 펴고 소파에 앉았다. 분명 화장품 회사인데 사무실이 예쁨이나 세련과는 거리가 멀었다. 헐렁한 옷에 수더분해 보이는 여직원이 국산차 같은 걸 들고 왔다. 피부가 평균 이하였다. 고 이사가 이력서를 읽은 후 차를 한 모금 입에 물더니 말했다.

"샴푸 파셨어요?"

"네."

"이 업계가 어떤 덴 줄 아세요?"

"… 잘."

"모르시죠?"

"열심히 하면 ……." 벌써 몸 여기저기 땀이 맺혀오는 듯했다.

"괜찮으세요?"

"네."

"뭘 하고 싶으세요?"

"영업을 하고 싶습니다."

"어떤 영업을요?"

"미용실과 마트는 많이 다녀봤는데, 화장품은 좀 다르겠지만. 그래도 올리브영이나 백화점에도 가 봤고, 국제전시회장도 가 봤고… 이제 달팽이팩이나 마유크림 같은 거 그런 거 수출도 하고 그러면."

"수출요?"

"중국이나 홍콩이나 인도네시아에 출장 같은 거 가 보고. 내년에 독일에서 열리는 뷰티 전시회도 있고."

그녀는 그를 조용히 바라보았다. 심각하게 보는 것 같기도 했다.

"인도네시아요? 할랄 인증받을 자신 있어요?"

"할… 아 그런 건."

"관두죠. 그보다 중국 위생국에 아는 분 있나요?"

"네?"

"위생허가 속성으로 받아주실 분 알고 있냐고요."

"위생허가요? 화장품에 곰팡이라도."

이번에도 조용히 그를 바라보았다.

"김무종 씨."

"네."

"제가 아는 생산공장 물류창고에 자리가 하나 있어요."

"물류창고는 좀… 전 영업을 해야 하는 입장이라."

"재고관리 출신 영업맨, 무슨 느낌 안 오세요?"

"무슨 느낌이? … 영업은 언제쯤?"

"6개월 후에 보죠. 그 사이에 해고되지 않으면요."

"해고요?"

"회사를 위해 고용하는 거예요. 고용시키기 위해 회사가 있는 게 아니고."

"저도 그런 마인드로 ……."

"생각해 보시고 답변 주세요. 월급은 최저라고 생각하시면 돼요."

"최저요?"

"재고를 빼돌려 팔아넘기고 싶을 만큼요."

"… 그럼 4대 보험은?"

"인턴 같은 걸 거예요. 그건 6개월 후에나 생각해 보죠. 아 그리고 하루 네 시간 교대근무예요."

무종은 대꾸 않고 찻잔만 들었다 놨다 하였다. 고 이사는 짧게 기침을 한 번 하고는 탁자 위의 업무파일을 들췄다. 이때 자기 책상에서 휴대폰을 들여다보고 있던 갈퀴 머리 여직원이 목소리를 높여 말했다.

"이사님, 명 차장 카톡 왔는데 광저우 미팅 며칠 미뤄졌다는데요."

"왜?"고 이사가 일어서서 여직원에게 다가갔다.

"그쪽 사정인가 봐요."

"그럼 관광할 생각 말고 상하이하고 텐진 돌라고 그래."

텐진이면 차 회장이 있는 곳인데⋯ 무종은 그런 일급정보는 나중에 써먹을 데가 있다고 보고 입을 다물었다.

"홍콩 가고 싶다는데요."

"어딜 가든 수량 개런티 못 받아오면 귀국할 생각 말라 그래."

"이사님이 직접 하세요."

"카톡 한 번 확인하는데 반나절이나 걸리는 애한테? 참 텐진에서 카운터 오퍼 온 거 없어?"

"어제 보냈다고 하던데요. 국제우편으로."

아까 차를 갖고 왔던 여직원이 컴퓨터로 무슨 작업을 하다가 고개를 들고 말했다. 무종은, 신화라는 여자와 직원들이 짓떠드는 걸 보며 어이가 없어 자리에서 일어섰다.

"가시게요? 어떡하죠, 별 도움을 못 드려서."

고 이사가 말했다. 그렇게 니들끼리 떠들어대는데 누가 남아 있냐? 역시 대기업을 경험 못한 중소업체 직원들이라 체계가 전혀 잡혀 있지 않았다. 무종은 가볍게 목례를 하고 사무실을 나섰다.

나가는 뒷모습만 봐도 고개가 빳빳하고 허리가 곧고 어깨에 힘이 들어가 있는 것을 알 수 있을 터였다. 사흘만 이 사무실에서 근무하게 되면 손님 응대와 위계질서, 업무기강 등에 대해 확실하게 교육을 시킬 자신이 있었다. 물류맨 김무종, 인턴, 하루 네 시간 근무, 최저 월급, 6개월. 오송철강 과장 경력을 기재하지 않았더니 이런 취급을 받나 싶었다. 너무 거물이라 부담을 느낄까 봐 뺀 건데, 화장품 회사라곤 아모레 외에는 주가가 얼마 하는지도 모르는데, 코딱지만 한 회사에 기껏 30대에 무슨 이사고 신화랍시고… 니가 신화면 나는 김춘추다!

모닝샴푸 영업맨으로서 머리가 클 대로 큰 무종은 헛웃음을 지으며 광교 대로를 걸어갔다. 무협지에서 사부가 물 긷는 거부터 가르친다더니 딱 그 꼴이었다. 그런데 왜 신사동 할머니는 그런 곳을 가보라 했을까. 그 아비의 자식이라면 그 정도면 과분하다고 본 것일까. 유연지의 전화가 오면 자알 다녀왔다고 말해주리라. 자알 배웠다고.

경서를 데리러 마덕리 특공무술학원으로 가기 위해 지하철역사로 들어서는데 이상한 문자가 하나 왔다. 온통 한자로 된 문자였다. 한자들 사이에 'morning shampoo'라는 영어가 들어 있었다. 그리고 '150萬'이라는 숫자가 눈에 들어왔다. 이것은? 순간 강한 전류가 가슴을 꿰뚫고 지나갔다. 무종은 급히 피시방을 찾아 들어가 네이버 번역가에게 번역을 의뢰했고 내용이 대충 밝혀지면서 다시 한번 전율했다. 예감이 틀리지 않았던 것이다. 150만 개… 숨이 멎는 것 같았다. 드디어 터진 것이다! 라뷰티 고 이사? 물류창고 어째? 조금만 일찍 이 문자를 받았더라면 그 새침한 여자의 건방진 취조를 받는 일은 없었을 거였다. 무종은 문맥과 조사들을 손보고 인쇄를 걸었다.

"중국 상하이 대동유한공사에서는 귀사의 모닝샴푸 샘플을 검토해본 결과 시장성이 있다고 보고 년 150만 개 오퍼를 넣고자 합니다. 따라서 최소오더 월 10만 개 이상 공급이 가능한지 알고 싶으며 가격은 개당 3,800원으로 맞춰주기 바랍니다. 그 전에 샘플 3,000개를 아래 주소로 보

내주시면 거래처 확보에 활용하고자 합니다. 중화인민공화국 상하이 대
동유한공사 부사장 아펑."

충격적인 내용에 쓰러질 것 같은 몸을 바로 하며 무종은 빠르게 머리를
굴렸다. 단가가 3,800원이면… 제조원가를 1,800원에만 맞추면…

무종은 첫 번째 행보로 모닝 인더스트리 본사를 방문하였다. 사무실엔
박 부장과 황 소장이 소파에 마주 앉아 있었다. 박 부장이 다리를 꼬고 앉
아 무슨 얘기를 하고 있는데 황 소장이 경직된 자세로 경청하고 있었다.
무종은 다가가서 박 부장에게 악수를 청하였고 그가 엉겁결에 무종의 손
을 잡았다. 무종은 황 소장에게도 악수를 청하였다. 황 소장도 무종의 손
을 잡았는데 손아귀의 힘이 현저히 약화된 것 같았다.

"두 분 말씀 중이신 모양인데 말씀 더 나누시죠."

무종이 웃으며 말하자 두 사람이 의아한 눈빛으로 무종을 바라보았다.

"무슨 일이오?" 박 부장이 앉으라는 소리는 않고 그렇게 말했다.

"뭐… 그냥 한 번 와 봤어요. 잘들 지내시나 하고."

황 소장의 얼굴이 붉으락푸르락했다. 박 부장은 그냥 어이가 없는 얼굴
만 하고 있었다.

"사무실이… 이거 좀 넓혀야 하지 않나? 가구도 그렇고."

사무실을 둘러보는데 미스 정 자리가 비어 있었다.

"미스 정이 안 보이네. 결혼 날짜 잡아 놨나?"

"너 지금 뭐 하자는 거야!"

황 소장이 버럭 소리를 질러 무종은 소리 지른 인간을 물끄러미 내려다
보았다.

"그럼 두 분 말씀 마저 나누시고… 또 봅시다."

무종이 빙그레 웃으며 돌아서자,

"아니 이 자식이…" 하고 황 소장이 말을 다 하지 못했다.

"김 형, 잠깐 이리 와 보시오."

박 부장이 무슨 낌새를 챘는지 무종을 불러 세웠고 무종은 기꺼이 소파에 착석하였다. 무종은 미소를 지으며 두 사람에게 번갈아 시선을 주었다.

"무슨 좋은 일이라도 있소?" 박 부장이 물었다.

"뭐… 차차 알게 될 거고… 지금은 그냥 얼굴이나 한번 보려고 들렀어요."

무종은 다리를 꼬고 몸을 거의 반 눕힌 상태에서 심드렁하게 대꾸했다. 소장이 잡아먹을 듯 노려보고 있었다. 무종은 대끼 하는 눈초리를 줬다.

"그러지 말고 말해 보시오. 무슨 일인지."

박 부장의 목소리에 간절함이 묻어나왔으나 무종은 손톱을 들여다보며 말을 아꼈다.

"그보다 창고에 지금 샴푸 재고가 어떻게 됩니까?"

"재고? 재고라면… 한 3만 개? 맞소?"

박 부장이 황 소장을 쳐다보자 황 소장이 일이 심상찮게 돌아가는 걸 느꼈는지,

"반품이 들어와 3만 7천 개 정도 남아 있는 것 같습니다." 하고 보고하듯 대답했다. 그 소리를 듣자마자 무종은 하품을 하였다.

"그만 가 봐야겠소이다. 일이 있어서."

무종이 일어서자 두 사람은 눈만 동그랗게 뜨고 올려다보았다.

"사무실이 그래도 강남에 있어야지 이런 데 있어서야 바이어가 붙겠나."

이런 말을 남기고 무종은 뒤도 돌아보지 않고 사무실을 나섰다. 벌린 입을 다물지 못하는지 뒤에서 아무 소리도 들려오지 않았다. 신사동 사거리쯤에 50평 정도의 사무실을 얻어놓고 벽에다가는 로샤 까르띠네가 수영복 차림으로 해변을 거니는 사진을 연속으로 붙여 놓는 그런 아이디어가 그들의 빈약한 머리에 떠오를 리가 없었다.

그것도 사무실이라고 모닝 인더스트리 본사를 나선 무종은 장인에게 전화해서 사진 전시회 꼭 여실 생각이냐고 물어보았다. 장인은 "왜? 열지 마?" 하고 시비를 걸 듯 대꾸했다.

'아니 그게 아니고 전시장 일정이 있으니까 미리 잘 알아보시라고 말씀드리는 거'라고 했더니, '그래?' 하고 시큰둥하게 받았다. 그렇게 시큰둥하게 대꾸하는 것도 오늘이 마지막일 터이니 얼마든지 그러시라고 속으로 말하고 이왕 하는 거 좀 화려하게, 지인들도 많이 부르시라는 소리는 아예 하지도 않고 전화를 끊었다. 어머니와 누나에게도 전화를 해야 했으나 급할 건 없었다. 일에는 순서가 있었다. 그다음으로 공 마담에게 전화해 '조만간 미팅 자리가 있을 것 같으니 다시 연락하겠다'고 말함으로써 감사의 인사를 받게 되었다. 짱 쌀롱에서 일전에 동석한 바 있는 모란씨에게는 통화 대신 문자를 넣었다. '문자를 한 번 주셨네요. 그동안 일이 바빠 답신을 못 드렸습니다. 곧 중요한 미팅 자리를 짱 쌀롱에서 가질 예정이니 그때 꼭 뵙기로 하겠습니다.' 그러자 바로 답이 왔다. "언제요?" "연락 드리겠습니다. 발렌타인 16년산 다섯 병 정도의 자리가 아닐까 싶습니다만. 물론 파인애플도 준비해주시고요. ㅎ' '대박!!'

그리고 통화기록을 뒤져 오현아의 남편 번호를 확인하고 발신을 눌렀다. 그 자가 받기에 신분을 밝힌 후 긴한 일로 상의를 드리고자 한다고 했다. 건방지게도 전화로 얘기하라는 걸, 시청 앞 프라자 호텔 커피숍에서 지금 좀 보자고 하였다. 한참 침묵이 이어졌다. 그러더니 꼭 만나야 되느냐고 한심한 소리를 해서 당신 사활이 걸린 문제라고 쏘아주었다.

　이로써 무종은 프라자 호텔 커피숍에 앉아 있게 되었다. 왜 여기서 세금 내 가며 만나자 했는지 남편이란 작자가 곧 알게 될 터였다. 남편을 기다리는 동안 무종의 머리에는 카카오 계산기 100개는 돌아가고 있었다. 계산을 백만 단위에서 끝내고 바닥에 불알이 비치는 대리석 화장실에서 오줌보를 비우고 돌아와 차분히 호텔 커피를 몇 모금 들이켰다. 이윽고 남편이 나타나 악수를 나누게 되었는데 무종은 이 자가 지금 정신이 똑바른지 얼굴을 관찰하고는(회장이 마약을 했다면 남편과 송 감독도 의심스러웠던 것이다) 현재로선 별 이상이 없음을 확인하곤 바로 본론을 꺼냈다.

"솔직하게 말씀해 주십시오."

"뭘 말입니까?"

"모닝샴푸 제조원가가 얼마입니까?"

"무슨 ……."

"모닝샴푸를 돌려드리고 싶어서 제안하는 겁니다."

"뭐라고요?"

"제가 모닝샴푸를 돌려드리겠습니다. 그리고 큰 부자가 되도록 해 드리겠습니다."

" ……."

"모닝샴푸를 되찾은 후에는 빠른 시일 내에 은하 파이넌스를 인수하는 게 좋을 것입니다. 제조업에 금융회사를 추가해야 양 날개를 활짝 펼치는 겁니다."

남편이 아무 말도 하지 않는 걸 보니 가슴이 벅차오르는 것 같았다.

"그 전에 언약을 하나 해주셔야 되겠습니다. 제 수수료는 세전 순이익의 20퍼센트입니다."

개 당 순이익을 1,500원으로 잡고, 20퍼센트면 300원 곱하기 150만 개, 즉 4억 5천이었다. 몇 번이나 계산했기에 틀릴 리가 없었다.

" ……."

"그리고 하나 더 약속해 주셔야겠습니다."

" ……."

"사모님과 부디 행복한 가정생활을 꾸리시기 바랍니다."

무종이 남편을 불러낸 데에는 이 말을 하기 위한 것도 있었다. 현아 씨와 호텔 사건이 있은 후, 상당히 길게 생각해 본 결과 이건 아니다 싶었던 것이다. 고위공직자, 그 자가 다시 나타났다고 남편한테 이르지는 않을 거지만 웬만하면 이혼 없이 그냥 사는 게 좋다고 보았던 것이다. 아이도 있고 고위공직자 그분도 이미 가정이 있고, 두 사람이 각자 이혼 후 만나 언제까지 행복할 건지 제 3자가 보기엔 그것도 미심쩍었다. 그래서 일단은 '나는 현아 씨 불륜상대가 아니다. 진짜 아니다'라는 자신감을 보여주기 위해서라도 이 자리는 요긴했다. 무엇보다 두 사람이 모닝샴푸를 되찾고 헐값에 넘어간 성인오락실도 다시 인수해 새생활을 할 수 있는 여건을 자신이 마련해 줄 수 있기에 이 자리도 가능했던 것이다.

"지금 무슨 말을?"

무종은 대답 대신 인쇄한 A4 용지를 꺼내 건넸다. 남편이 서류를 읽어내려가는 동안 무종은 커피를 한 모금 마시고 주위의 사업가들 또는 고급 옷을 입은 여인들을 미소를 띠고 바라보았다. 그들이 모두 동료로 보였고 이심전심이 느껴졌다. 국제정세와 경제 및 산업 동향과 환율과 대도시의 부동산과 주식시세까지 그 모든 것이 그들과 공유하고 있는 대상들이었다. 그들도 무종을 그런 시선으로 보고 있음이 눈에 다 보였다. 그런 다음, 서류를 다 읽은 남편이 소리 없이 눈물을 흘리지는 않을까 싶어 진정시킬 생각을 하고 기다렸다. 이윽고 남편이 서류에서 고개를 들었다.

"이게 뭡니까?"

"거기 적힌 그대롭니다."

이때 남편이 고개를 돌리고 손을 번쩍 들었다. 커피숍 입구로 들어서는 구릿빛 피부의 외국 중년남녀가 남편을 향해 아는 체 제스처를 취했다.

"잠깐만 기다려 주세요."

남편이 무종의 '그러시라'는 소리도 듣지 않고 그들에게 다가가 함께 다른 자리로 가서 앉았다. 허, 이런 예의 없는 인간이 있나. 지금 자기 사활이 걸려 있다는데도 이중 약속을 잡다니. 저것들이 생긴 게 무슬림계 같은데, 남편도 무어인 비슷하니 서로 친척인가? 친척이 왔다면 이해할 수 있었다. 연락이 가는 즉시 얼굴을 비추지 않으면 나중에 큰 화를 입을 수 있는 것이다. 무종은 이 피치 못할 빈 시간을 헛되이 보내지 않기 위해 휴대폰으로 중국 생활용품 시장에 관한 뉴스나 블로그를 찾아들어가 전문적인 정보를 꾸준히 습득하였다. 다 보자면 한 달은 걸릴 성싶었다. 그만큼 시장이 방대하다는 거였다. 어느 순간 고개를 드니 남편이 맞은편에 앉아 있었다.

"친척 같은데 벌써 헤어지신 겁니까?"

"친척요? 하하 지구촌이 다 형제이긴 하죠."

"제 말은."

"네, 무슨 뜻인지 압니다. 저 인도네시아에 숨겨둔 여자 없습니다."

"무슨?"

"아까 그 여성분은 인도네시아 대통령 딸이고 남자는 수행원입니다."

"대통령 딸요?"

"전직 대통령입니다. 에스테틱 체인 사업에 관심이 있다 해서 자문차 잠시 만났습니다. 해당전문가를 연결시켜 주었으니 제 할 일은 끝났습니다."

인도네시아라니… 믿을 수 없었다. 고 이사가 할 뭐인지 받아낼 수 있냐고 한 게 거기가 바로 인도네시아였던 것이다. 당장 전화를 걸어 그거 꼭 받고 싶냐고 빈정거리며 물을 수도 있었지만, 굳이 그런 친절을 베풀 필요가 있겠나 싶었다.

"그런 신분이라면 끝까지 에스코트하는 게… 큰 사업이 걸린 건인데."

"생각보다 시간 오래 걸립니다. 성사 여부도 불투명한데다 진행비가 미리 나오는 것도 아니고요. 일이 성사될 조짐이 보이면 그때 나서도 됩니다."

"아 …….."

이 사람, 크게 될 사람인데 모닝샴푸에 발목 잡혀 이러고 있는 거였다. 이 자에게는 이제 용기와 희망이 될 일만 코앞에 있었다.

"혹시 왕족용 이불에 관해서도 대화를 나누셨는지요?"

이불공장 최동순이 한 말이 떠올랐던 것이다. 현아 씨가 세계적인 인물들에게 쌀 이불을 만들어 달라 했다는 것을.

"무슨?"

"아 아닙니다. 왕족을 만나신 것 같아."

"… 참 이 제안서를 보고 아까 그런 말씀을 한 겁니까?"

제안서를 봤다니, 인도네시아 대통령 딸이 아니라 현직 상공부장관이

라도 거기 말은 귀에 안 들어왔을 것이다. 그러니 그들을 얼른 쫓아보내
고 이 자리로 온 건 매우 이성적인 판단이었다.

"전문을 읽어보셨습니까?"

"네, 봤습니다만."

"아… 회사 직인이 없어서 그러시는 모양인데 일단 문자로 온 걸 번역
해서 그렇습니다. 우리가 답변을 주면 정식 제안서가 올 겁니다."

"뭐가 온다고요?"

"네, 먼저 현사업자가 민 회장으로 되어 있으니 어떻게든 사업자를 변
경시키는 게 선결작업이 되겠습니다. 오더를 통째로 넘겨주고 우리는 수
수료만 받으면 너무 억울하지 않겠습니까. 굳이 그럴 필요가 있겠습니
까? 최대한 저렴한 금액으로 회사를 넘겨받는 방안을 강구해 보시죠. 물
론 이런 제안이 온 사실을 밝히면 만사가 틀어지니 극비에 부쳐야겠습니
다."

"김무종 씨."

"네, 말씀하십시오." 무종은 미소를 지었다.

"이 내용이 뭔지 아십니까?"

"뭐라니요?"

"무역에 대해서 잘 모르시는 것 같아 말씀드리는데… 이런 걸 샘플 따
먹기 라고 합니다."

"네? 샘플 뭐라고요?"

"샘플만 챙겨 먹는 거라고요."

"그럴 리가 …….."

"99퍼센트입니다."

"거기 보면 가격까지 다운시켜 달라고 통사정을 하고 있는데요."

"그렇게 해야 믿을 테니까요."

"중국은 시장이 커서 100만 개 정도는 보통이라고 ……."

"앞으로 이런 문자나 서류가 오면 그냥 무시하세요. 150萬… 만 자도 우리 식이네. 더 하실 말씀 있으세요?"

할 말은 딱히 없지만 눈에 띄는 모든 사람의 멱살을 잡고 고함을 치며 뒤흔들고 싶은 충동이 일어났다. 그러다 힘이 다해 흐느끼며 주저앉을 때, 어떤 보이지 않는 손 하나가 자신의 머리에 얹히며 주 기도문이 울려 퍼지는 광경까지 떠올랐다. 헛것이 보인다고 하기에는 그 광경이 너무도 생생해서 울컥했다.

"그만 나갈까요?"

남편이 찻값 결제를 한 후 어디로 가시냐고 물어, 갈 데는 없지만 그래도 '강남으로 간다'고 하니 태워주겠다고 했다. 차가 벤츠였다. 사업을 한다고 나대는 사람은 알거지도 차는 이런 걸 타고 다녔다. 그래서 조수석에 앉아서도 자세는 약간 눕는 형태를 취하였다.

"근래 제 아내를 만난 적 있소?"

차가 남산터널로 들어서자 남편이 정면을 주시한 채 말했다.

"네?"

"그 사람이 이혼을 요구하는데 아시는 게 있나 해서요."

"… 저는."

컴컴한 터널 속에서 이런 식으로 나오니, 차에 실려 통째로 취조실로 밀어 넣어진 기분이었다.

"김무종 씨가 아내의 상대? 제가 그런 말을 믿을 것 같습니까?"

"……."

"역할 놀이는 이제 그만하셔도 됩니다."

"……."

들어보니 자신의 무고함은 밝혀진 것 같지만, 현아 씨의 입장은 뭐가 되는가 생각하니 한편 착잡했다. 그러고 보니 이혼게임 같은 걸 하고 있는 두 사람이었다. 자신은 그들이 주고받는 공인가? 그것도 이제는 튕겨져, 두 사람의 사정거리 밖에서 홀로 뒹구는.

"남자끼리 하는 얘기입니다만, 여자란… 정말 모르겠어요."

누구는 아나? 여자가 여자라는 사실 외에는 알아내는 게 쉽지 않다. 어차피 알 수 없는 건 미뤄두고 알아야 할 얘기를 꺼냈다.

"저… 하나 여쭤보겠습니다. 저번에 절 왜 만난 겁니까? 극장 커피숍에서요."

"동문이시니 제 아내를 잘 좀 보살펴 달라고 제가 부탁하지 않았던가요?"

"네, 그건 그러셨지만."

"왜 뭐가 이상했어요?"

"이상하다기보다 군이 왜 저한테 결백을 주장하셨는지."

"그야 당연한 것 아닙니까? 아내가 남편을 의심하는데 그럼 가만있습니까? 오해를 풀어줘야 하지 않습니까?"

"단지 그런 이유로 ……."

오해를 푸는 것도 좋고, 또 내 아내를 건드리지 말라는 경고차 만났다고 볼 수도 있었지만 뭔가 미심쩍은 구석이 있었던 것이다.

"설마 거기에 모종의 꿍꿍이라도 있다고 생각하시는 겁니까?"

"아니… 그런 것보다는."

"요즘은 사람들이 너무 복잡하게 생각합니다. 일단 의심부터 하고 보죠. 무슨 속셈이 있나 하고요. 전 그저 단순하게 생각하고 단순하게 행동할 뿐인데 말입니다."

우롱당하고 있는 기분이었다. 매사에 추리에 추리를 거듭하고 있는 자신을 비웃고 있는 듯했다. 진실은 단순한 것이다, 이 말인가? 과연 그런가? 모닝그룹 회장에게 맞아 뒤질 수 있어 그랬다고 왜 솔직하게 말 못하나.

귀에 이어폰을 꽂은 채 어떤 자와 납골당 분양 관련 통화를 시작하는 남편을 보고 무종은 모닝샴푸 150만 개 제안서를 보낸 인간에게 문자를 넣었다.

'모닝샴푸 샘플 단가 개당 7,000원. 2,100만 원 선입금 후 출고 가능. 에누리 없음.' 이렇게 한글로 보냈다. 금방 답이 왔다.

'어이 미친 새끼야. 많이 처먹고 많이 살아라.'

한글을 문법까지 알고 있는 자였다.

'네, 그럴게요.' 무종은 답을 보냈다.

"건널목 지나서 세워주면 되나요?"

통화를 끝낸 남편이 물었다. 정신을 차리자 눈앞에 서초동 사거리가 있었다.

"네, 그렇게 해주십시오."

"할 수 있을 때 부인한테 잘해 주세요. 잘하시겠지만."

신호가 떨어지기를 기다리며 농담처럼 남편이 말했다.

"이혼 얘기가 본격적으로 나오면 뭐가 제일 그리운 줄 아십니까? 이혼 얘기가 나오기 전의 날들이죠. 서로가 서로를 소중하게 여겼던 날들뿐 아니라 원수처럼 싸웠던 날들조차 그리워지죠. 그때가 그립소."

남의 얘기 같지가 않았다. 변가영이 '우리 이혼해.' 하고 나오면… 그것도 조만간에. 그때 두 아이 뒤에 숨으면 비겁해 보일까?

"내용은 잘 모르겠지만, 이혼 소리야 두 가정 중 하나는 나오는 게 요즘 세상 아닙니까. 마음을 굳게 가지시고 잘 리드를 하시기 바랍니다."

"제 아내를 만나거나 통화할 일이 있으면 절 만났다는 소리는 하지 마세요. 집안 문제는 제가 알아서 하겠습니다."

만날 일도 없었다. 그러니 제발 잘 알아서 하기 바란다. 상대는 고위공직자다. 놈은 잘 생긴 게 분명한데다 매너도 국제적이고 재산도 만만찮아 보이니 힘든 싸움이 될 거다. 힘든 만큼 지킬 가치가 있는 게 가정이라고 생각한다면 제대로 싸우기 바란다. 무종은 그렇게 생각을 하였다. 그리고 블루리버 호텔의 들창코가 죽었는데, 거기에 대해선 이놈은 아무 느낌도 없다는 건가. 막연한 분노도 일었다.

"태워 줘서 고맙습니다."

무종은 그 말만 하고 차에서 내렸다. 떠나는 차의 꽁무니를 보고 있자니 이 자는 이제 어디로 가야 하나 싶었다. 현아 씨가 옆에 오지 말라고 하고 있으니 어디로 가야 하는가. 갈 데도 없고, 한때 주주였던 성인오락실에 간다고 돈이나 따게 해주겠나. 가련한 인간임은 분명했다. 나는? 나는 돌아갈 집이 있었다. 종로에서 가나 서초동에서 가나 집까지 거리는 10분 차이였다. 그 사실도 위안이었다.

별 뜻 없이 버스 정류장 주변에 서 있어 보는데 아내의 아버지가 전화로 이런 내용을 전해왔다.

'금년 하반기에 시에서 홍보물 찍을 사진작가를 뽑을 계획이 있네. 그래서 경력도 필요하고 해서 내가 전시회를 열려는 걸세. 자네가 요즘 관심을 부쩍 갖는 것 같아 알려주는 걸세. 야구는 사실 근력도 좀 떨어지고 사진이 앞으로 내가 가야 할 길인 거 같아. 배 작가라고 소나무를 찍는 사진작가가 있는데 사진 한 장에 수천만 원 하는 모양이야. 이번 전시회 제목이 이별의 의미인데 그게 끝나면 당구장을 주로 찍을 걸세. 공이 얼마나 변화무쌍한가. 이 문제는 조용할 때 한번 얘기하세. 아 그리고 선수는 몰라도 야구감독 취임은 그래도 가능하니 감독을 안 한다 하더라는 소리는 말게.'

히트사랑 감독보다는 국가대표 감독 취임이 더 쉽지 않겠소. 그리고 당구라… 모짜르트가 당구를 치며 악상을 떠올렸다더니 장인도 그런 계보란 말인가. 그보다 아까 전시회 관련 통화를 했을 때 어떤 감을 잡은 장인이 사위의 마음이 바뀌기 전에 다짐을 받아두려는 것 같았다. 샴푸 150만 개 발주가 이미 무산된 것을 장인이 알 리가 없었다. 하긴 그런 건이 있었는지조차 모르는 판국에 알고 말고가 어디 있나.

버스를 기다리는 사람들 빼고는 가만히 있는 사람들이 없어 무종은 이동하기로 했다. 영업할 일도 없는데 정처 없이 발걸음만 빨라졌다.

걷는 사이에 문자가 하나 들어 와 있었다. 오송철강 권해욱 팀장이 보낸 거였다.

'문자 보는 즉시 콜 해라.'

무종이 이에 놀라 전화를 걸자, "퇴직임원들 강남 사무실에 갔었다며? 무슨 생각으로 거기 간 거야?" 하고 처음부터 목소리를 높였다.

"거긴… 외국 시이오들 동향만 가지곤 좀 미진한 것 같아 본사 퇴직임원들 생각과 동향이 필요할 것 같아."

"누가 시켰어?"

"네?"

"누가 그렇게 해 달라고 부탁했냐고?"

"그건 아니지만… 꼭 시키는 일만 하는 건 너무 무성의한 것 같고 해서."

"요즘 회사 분위기 안 좋은 거 알지? 압수수색에 장난 아닌 거."

"그런가요?"

무종은 시큰둥하게 대꾸했다. 하도 많은 회사가 압수수색 당하니, 100 대 기업은 되어야 뉴스에 나오지.

"퇴직임원 측근 한 사람이 최근 검찰에 제보한 거 모른다는 거냐? 거기 여직원이 본사 불려와 다 불었어. 김무종이란 사람이 찾아와 퇴직임원들 부추긴 것 같다고. 지금 본사에서 난리도 아니다. 김무종이 누구냐고. 도대체 무슨 짓을 하고 다니는 거냐고… 널 단단히 벼르고 있으니 잠시 잠수 타라."

"잠수요? 제가 갈 데가 어디 있다고."

"암튼 나타나지 마라. 자료도 보내지 말고. 나도 너하고 연락한 적 없는 거다. 우린 모르는 사이라고. 알았냐?"

"저… 그게."

"문자, 통화기록 모두 삭제해. 끊는다, 이만."

이게 뭐가 어떻게 돌아가는 건가. 그날 퇴직임원들과 감자탕집에서 다 같이 점심을 하며 그토록 주의를 주고 격려도 하고 그랬건만, 불만이 있으면 그 자리에서 말했어야지 검찰에 꼬지르다니… 나아가 알바일까지 못하게 만들다니. 샴푸 150만 개 오퍼가 무산된 것과 알바일이 끊긴 것, 이 둘의 관계에 대해 잠시 생각해 보았으나 눈앞이 뿌옇게 흐려지는 것 외에는 알 수 있는 게 없었다.

306

영동의 강철대오회 사무실은 굳게 잠겨 있었다. 성질이 나서 문을 발로 세 번 네 번 차고 있자니 건장한 사내 하나가 지나가다가 잘하고 있다는 눈빛을 주었다. 권 팀장과 통화를 끝내고 바로 이리로 온 건, 김무종이 퇴직임원들 부추긴 건 전혀 사실이 아니라고 그들 모두가 공동서명한 확인서를 받아내기 위해서였다. 그걸 본사에 제출하면 알바일을 계속할 수가 있다고 보았던 것이다. 모닝샴푸 150만 개 수주가 무산되면서 알바일의 중요성이 한층 커져 있었다. 그런데 문이 잠겨 있다니… 영감들이 모두 증발해 버렸다니… 믿을 수가 없었다.

7 사건의 실체

고 이사로부터 부당한 취급을 받은 게 계속 마음에 걸렸다. 샴푸 150만 개 문자도 약 올리려고 그녀가 어떤 등신 같은 놈을 시켜서 보낸 것만 같았다. 며칠간 역발상 궁리 끝에 누나에게 전화를 했다.

아직도 장사 고려하고 있느냐, 그보다 취직자리가 하나 있는데 생각이 있느냐고 물어보자 일언지하 거절을 했다. 물류창고가 아니라 정식사원으로 추천해 보겠다고 하는데도 요지부동이었다. 누나가 취직함과 동시에 어머니가 청소일 그만두고 두 아이를 돌보고, 이렇게 되면 평화와 안정이 오는 것인데, 생각이라는 걸 하고 사는지 어이가 없었다. 배가 아직 한참 덜 고프구나 싶어 더는 말하기가 싫어지는데,

"고희성 이사가 누군지 아니?" 물어 와 "업계의 신화"라고 했더니, 한숨을 쉬고는 "니 아버지 옛날 애인의 딸이다"라고 했다. 이에 놀란 무종이 유연지에게 급히 전화해, 누구를 내가 찾아간 거냐고 묻자, 누나와 똑같이 한숨을 쉬고는 고희성 이사는 회장님의 전남편의 전처가 첫남편과의 사이에서 낳은 딸이라는 것이다. 그럼 아무것도 아니잖아… 그보다 누나가 도대체 뭘 알고 있느냐고 묻자, 다음과 같이 말했다.

"무종아, 실은 네 아빠가 빌린 돈 그거 네 누나에게 준다고 한 거다. 이런 말 하기 뭐 하지만 네 누나가 바람을 피웠고 상간남의 부인한테 고소를 당해 돈을 물어줘야 했다. 네 아빠가 이자를 갚다 갚다… 그 때문인지 암튼 결국 돌아가시고 말았지. 회장님은 네 누나 보고 돈을 갚으라 했고 누나는 갚을 의무가 없다고 버텼지. 그 돈 자기는 본 적 없다고, 김무종이 쓴 모양이라고 그랬단다. 동생은 지금 뭐 하냐고 그랬더니 번호는 안 가르쳐주고 모닝샴푸라는 데 다니고 있다고. 그래서 회장님이 너에 대해 좀 알아보라 했고 내가 모닝샴푸에 전화를 했더니 여직원이 마트에 파견 나갔다고 하더라. 마침 동창 모임 장소도 가깝고 해서 그리로 가본 거란다. 보고를 받은 회장님이 그 후에 너를 소환한 거지. 근데 무슨 이유인지 회장님은 채권을 포기하신 거고. 이야기는 그렇게 된 거야. 미안해 무종아."

누나? 누나가 미쳤나. 아냐, 그 돈은 실은 누나 핑계 대고 아버지가 쓴 거겠지. 어느 여자한테 준 거겠지. 기분이 묘해 누나에게 다시 전화해 아버지 옛날 애인에 대해서 알고 있는 게 있냐고 묻자 누나가 '잘 들어라' 하더니 '아버지가 아는 여자 중에 영동군 복덕방에서 사무를 보던 여자가 있었다. 이혼한 여자였는데 그 여자가 고리 이자를 준다 해서 아버지가 돈을 빌려주었고 그 여자는 그 돈으로 개발예정지 토지를 사서 큰돈을 벌었다. 아버지 돈을 갚고 남은 돈을 또 불리고 불려 마침내 큰 부자가 되었다. 이 얘기는 어머니에게 들은 거니 틀림이 없다.'고 했다. 무종은 전화를 걸기 전보다 더 묘한 기분이 되어 전화를 끊었다. 아버지가 돈을 빌린 데는 그런 사연이 숨어 있었던 것이다. 아 아버지, 노파는 아버지를 사랑했지만 돈은 돈이고 사랑은 사랑이었나 봐요. 아버지는 교훈을 주시네요. 그리고 마침내 취직자리까지 알아봐 주시네요.

이렇게 사실의 실체를 알게 된 무종은 곰곰이 생각한 끝에, 고 이사를 나중에 아래 직원으로 부리기 위해서라도 물류창고에 취직해야겠다는 분발심이 들었다. 그러나 가압류와 집세와 보증금 인상 등 목돈이 필요한 시기라 쉽게 결정을 내릴 수 없었다. 어디 선수금 한 2천 주는 데가 없을까 하는 생각에 주로 사로잡혀 있었다.

오늘도 눈뜨자마자 돈 생각을 하고 있는데 박 부장이 전화를 해왔다. 사무실 근처 설렁탕집 앞에서 11시에 보자고 한다. 마침내 설렁탕을 먹으려 하고 있었다. 무종이 오랜만에 황금외투를 갖춰 입고 시간 맞춰 가자 그는 식당 마당 파라솔 밑에 앉아 있다가 일어나 "갑시다." 했다. 밥도 안 먹고 어디를 가자는 건가. 밥도 안 먹고.

또 그 오락실로 갔다. 그런데 철문이 열려 있었다. 이제 볶음밥을 시켜주려나 했더니 오락실 안은 촬영 중이었다. 송 감독에다 배우와 스텝으로 보이는 남녀 열여 명이 있었고 카메라가 세 군데서 불 밝힌 오락기계 한 대를 찍어대고 있었다. 기계에는 한 여자가 머리가 헝클어진 채 밧줄로 묶여 있었다. 얼굴은 피멍이 들었고 찢어진 블라우스 사이로 풍만한 가슴이 반 드러났고 짧은 스커트 아래 맨다리가 시멘트바닥에 닿아 있었다. 하 작가였다. 그녀 앞의 의자에는 험상궂게 생긴 사내가 앉아 있고 부하인 듯한 두 사내는 서 있었는데, 한 사내는 몽둥이를 들고 있고 또 한 사내는 잭나이프를 장난감인 양 만지작거리고 있었다. 보스는 스크린에서 안면이 있는 배우였고, 부하들은 누군가 했더니 일전에 회사 앞 중국집에서 탕수육 대자를 시켜놓고 박에게 인사를 했던 그 뚱보와 스포츠머리였다. 여기서 다시 보니 반갑기 그지없었지만 인상들이 장난 아니다 보니 아는 체 손짓하기가 그랬다.

한편 또 다른 두 사내가 멀찍이 떨어져 물품들을 치우고 있었는데 둘

다 덩치가 캐비닛처럼 컸다. 이 두 사람 역시 일전에 모닝 인더스트리 사무실을 방문했던 바로 그분들이었다. 그런데 배우가 아니라 스텝이나 일꾼처럼 보였다. 박 부장이 그들의 가치를 알아보지 못했을 리가 없는데 놀랍게도 캐스팅이 무산된 것이다.

"말해라, 돈은 어디 있나?"

의자에 걸터앉은 보스가 말했다. 여자가 고개를 흔들자 나이프를 든 사내가 나이프 날로 여자의 턱을 받쳤다. 여자가 비명을 질렀다. 무종은 저 나이프가 어디서 온 건지 알고 있었다. 일전에 오락실을 불 지르겠다고 지랄하던 놈의 것을 박이 빼앗았고, 그게 소품으로 이제야 쓰이고 있는 것이다.

"말해도 돼. 놈은 보호해 줄 가치가 없는 놈이야. 놈이 널 조금이라도 생각하고 있다면 벌써 여기 나타났겠지."

보스가 히죽거리며 말했다. 여자는 두려움에 찬 눈을 하고 온몸을 떨고 있었다. 보스가 일어나 탁자에서 플라스틱 통을 들어 뚜껑을 열더니 여자 머리 위로 줄줄 흘려 부었다. 한눈에도 모닝샴푸였다. 모닝샴푸라고 적힌 상표가 큰 글자로 박혀 있었고 카메라가 그걸 클로즈업하는 것 같았다. 여자가 머리를 세차게 흔들었다. 옆의 사내가 몽둥이를 내려놓고 여자 머리에 물을 붓기 시작하는데 아무리 봐도 일전에 아현동에서 어음을 내주던 그 얽은 얼굴 사내였다. 이로써 박 부장이 추천한 깡패는 배우 셋에 스텝 둘 해 도합 다섯이었다. 얽은 얼굴이 샴푸로 여자의 머리를 마구 감겼다. 거품이 감은 눈 위로 길게 흘러내렸다. 그 모습을 보스가 액세서리가 달린 여자 휴대폰으로 찍더니 어디론가 전송하는 듯했다.

"이걸 보면 네 남친이 무척 좋아할 거야."

그러더니 휴대폰에 있는 문자를 낭송하기 시작했다.

"샴푸로 갓 감은 네 머리 냄새가 날 미치게 해. 보자… 여기 날짜도 찍혀 있네. 12월 25일 새벽 1시 38분."

보스가 휴대폰에서 눈을 떼더니 "흐흐 네 남친이 이제 아주 돌아버리겠구나." 했다. 이때 "컷!' 송 감독이 외쳤다. 배우들이 동작을 멈추었다.

"좀 더 으스스하게. 표정도 좀 더 비열하게. 그리고 은정 씨는 샴푸가 흘러내릴 때 그때 내면연기를 펼치란 말이야. 남친에 대해 애증이 복합된."

아, 이게 샴푸 피피엘이라는 거였다. 박 부장이 감독에게로 가서 귓속말로 뭐라고 얘기했다. 전직 강력계 형사로서 결정적인 조언을 하는 것 같았다. 이후 같은 신이 세 차례나 재촬영되었다. 하 작가의 머리가 샴푸로 뒤범벅되었다. 마침내 오케이 사인이 나자 박 부장과 감독이 악수를 나누었다.

"좋았어. 요새는 이 정도 스토리는 돼야 먹히지."

박 부장이 득의의 미소를 지으며 말했다.

"하 작가가 아니 이제 하 배우지. 작가 출신이라 그런지 아이디어 하나는 반짝해요."

"보고 있자니 내가 아주 카피까지 떠올랐어요. 밤새 안녕하시냐고."

박 부장이 시가 아니라 카피를 읊었는데 내용만 보면 채택될 가능성이 높았다. 오락기계 앞에서 하 작가가 수건으로 머리의 샴푸를 털어내고 있었다. 이걸로 배우로 데뷔를 하는 모양이었다. 무종은 기회를 봐 송 감독과 악수를 나누었다. 송 감독은 하 작가와 함께 입장하려 했던 모텔 사건이 있어서 그런지 떨떠름하게 인사를 받았다.

"로샤 까르디네하고 양조위하고 달팽이팩 광고 찍는 건 잘 끝나셨는지요."

"아… 그거. 달팽이 알레르기가 있다나 뭐."

그러곤 촬영용어로 말을 붙여온 스텝에게로 재빨리 고개를 돌렸다. 무종이 보기에 이 정도 스토리가 부여된 샴푸 피피엘은 앞으로도 나오기 힘들 것이었다. 문제는 여성들이 이 샴푸를 서둘러 구입할 것인가인데 사건 사고 취향이 있는 여성부터 지갑을 열 것으로 보였다.

"야, 니가 치워! 니기 어지른 거 니가 치워야지 왜 맨날 나보고 하래."

"이 새끼가 간이 부었나."

시끄러운 소리가 들려 바라보니 캐비닛 1과 2가 바닥에 놓인 드럼통을 사이에 두고 치고받을 듯 서로 노려보고 있었다. 박이 눈을 찌푸리더니 "한심한 놈들. 어떻게 발전이라곤 없냐." 하고 중얼거렸다. 무종의 생각은 달랐다. 무종은 캐비닛들이 배역 문제도 아니고 드럼통 문제로 싸우는 걸 보고, 캐스팅 불발에 대한 불만이 이런 식으로 폭발했음을 직감했다. 그에 비해 한 방에 배우가 된 하 작가, 그녀의 강렬한 모습에 무종은 뜨거운 시선을 주지 않을 수 없었다. 이때 결정적인 생각이 떠올라 급히 송 감독에게 다가갔다.

"감독님, 제가 아는 아이들 중에 일진 소녀들이 있습니다. 중뻐리들인데 보통 대찬 게 아닌데 모닝샴푸를 이미 사용해 본 적이 있고."

무슨 소리를 하는 건가 하고 감독이 무종을 물끄러미 바라보았다.

"여배우가 고아원에 봉사다녔는데 그때 알았던 동생들로 설정을 잡고, 그 아이들이 깡패들에게 복수를 하게 한다면 어떻겠습니까?"

무종은 이 아이디어에 스스로 놀라 얼굴이 벌겋게 흥분되어 있었다.

"복수라… 소녀들이?"

"네, 아무래도 요즘은 페미니즘이 대세니까 그런 쪽으로 방향을 잡아보시는 게."

"그게… 좀 일본 애니 같지 않소?"

"앞으로는 소녀들이 비전이 될 수 있습니다. 티란티노 감독 같은 분에게 조언을 한번 구해 보시면 어떨지."

"그 사람 알아요?"

"… 박찬욱 감독이 친한 걸로."

"박 감독은 알고?"

"그런 건 아니지만 ……."

읽은 얼굴과 어떤 긴밀한 얘기를 나누고 있던 박이 고개를 돌려 안 갈 거냐고 눈짓을 보내왔다. 무종은 떨떠름한 표정의 송 감독에게 절을 하고 박과 함께 오락실을 나섰다. 철문 앞에 황 소장이 얼쩡거리고 있어 급히 인사를 했다. 오락실이 휴업인 줄 모르고 온 모양이었다. 그런데 팔 등신이 되어, 깁스 한 팔을 국기에 대해 맹세를 하듯 가슴에 대고 있었다. 회장님한테 그렇게 당하고도 여길 오다니 …….

무종은 눈을 껌벅껌벅하며 신호를 보냈다. 뒤에 박 부장이 나오고 있으니 모습을 감추라는 뜻이었다. 그런데 황 소장은 그대로 서 있다가 박 부장이 나오자 고개를 깊이 숙였다. 박은 다만 고개를 끄덕이고 작은 방귀를 뀌면서 그를 지나쳐갔다.

무종은 박 부장을 따라 사무실로 갔다. 며칠 만에 모닝 인더스트리 본사를 재방문한 것이다. 사무실에는 어떤 젊은 여자가 미스 정 책상을 차지하고 있었다. 그러고 보니 칸막이도 없어졌고 샴푸 박스가 있던 자리도 비어 있었다. 박 부장이 소파의 상석에 앉았고 무종은 대화가 가능하게 비스듬히 앉았다.

"오늘도 미스 정이 안 보이네요." 대답 대신 박은 입술을 실룩였다.

"그만두었나요?"

"그런 셈이요. 조용히 사라졌지. 입금된 거 챙겨."

"네?"

"뭐 큰돈은 아닌데… 이인걸하고 같이 없어진 게 좀 그렇네."

"이 차장하고요?"

"총각 처녀니까 그럴 수 있다고 보면 보는 건데. 보고하고 정식 퇴사 절차를 밟았으면 좋았을 텐데 그게 좀 아쉬워."

그럼 지난번 칸막이 속 남자가 올빼미가 아니라 이인걸이었단 말인가? 이인걸이라면 푼돈 챙기자고 미스 정과 튀진 않았을 터인데… 둘이 사랑을 했나? 설마?

"이인걸 차장이 뭐가 아쉬워… 혹시 미스 정 잡으러 간 거 아닐까요?"

"잡고 잡히고 하겠지. 이불 속에서."

이 와중에도 박은 시를 읊고 있었다. 미스 정이 한 번씩 섹시하기는 했다. 그러니까 이인걸이 그걸 본 것이다. 이인걸이 미스 정과 한번 잘 살아보자고 직장부터 큰 데로 옮기려 했고, 그 전에 미스 정 시켜 퇴직금조로 돈을 좀 가져간 것 아니겠는가. 무종은 자신의 추리 능력이 장난 아닌 것에 스스로 놀랐다.

"놈이 원래 여자 후려치는 게 전공이거든. 또 잡아넣을 순 없고 아마 반년 안에 여자가 신고를 할 거야. 폭행이나 사기나 뭐 그런 걸로."

그러니까 전과자 대 형사로 얽혔다가 다시 한배를 탔다가 갈라진 거?

"미스 정이 아직 처녀라서 물정이 어둡고 생활이 좀 자유분방한 걸로."

"오빠라는 인간이 하나 있어 잡다 심문을 좀 했더니 동생이지만 관리가 안 된다 하더군,"

"오빠요?"

"있어. 원기소를 파는 인간인데 주워다 길렀는지 생긴 건 영 딴판이야."

315

"원기소요? 그럼 ……."

"아는 사람이요?"

"아 아닙니다. 원기소면 건강식품인데 ……."

박이 낯을 찌푸렸다. 오빠가 얼마나 원기소를 못 팔면 이 사무실에까지 불러들였겠나… 자신에게 에너지가 되어주었던 원기소맨이 지금은 또 어디를 배회하고 있을지… 배회하며 어서 이 원기소를 복용해 아내를 행복하게 해드리라고 목청을 돋울지 …….

새 여자가 커피를 내왔다. 미스 정보다 다리가 길고 엉덩이는 작았다. 작지만 만만찮은 느낌이 들고 공격적으로 탄탄했다. 몸매부터 점수를 매기고 채용한 것이렸다. 그런데 이 여자는? 블루리버 호텔 푸른 드레스의 여인? 그제야 입술이 도톰한 것이 눈에 들어왔다. 가슴도 터질 것 같았다. 하도 그날 호텔에 있던 여자들이 차례차례 나타나니 이제는 놀랍지도 않았다. 그러려니 하였다.

이로써 호텔에 있었던 세 여자의 행방이 완전히 밝혀졌다. 들창코는 자살하고, 찢어진 눈은 송 감독의 드라마에 출연하고 있고, 푸른 드레스의 여자는 호텔 생활을 청산하고 급여생활자로 정착하게 된 것이었다. 송 감독이, 드라마에 출연하기 전 사회생활을 좀 해보는 게 연기 생활에 도움이 될 거라며 박 부장에게 추천을 했었을 수도 있었다. 무종은 그녀가 자신을 못 알아보는 걸 보고 박 부장의 내빈으로서 점잖게 차를 마셨다.

"혹시 황 소장님도 퇴사를?"

"그 친군 오락실에 박아 뒀어. 무식하지만 쓸모가 있는 친구거든. 아까 봤잖아."

"아 ……."

그렇게 된 거였다. 그 좋아하는 오락을 이제 하지는 못하고 관리하는 입장이 된 것이다.

"그 친구가 팔십 넘은 노모가 있어요. 노모를 굶길 수야 없지."

"그렇죠. 노모면 집안의 기둥인데."

박이 무종을 말없이 바라보았다. 무종은 헛기침을 했다.

"아까 봐선 팔도 불편하신 걸로."

회장님의 무자비한 폭력에 대해 공감과 분노가 있었으면 싶었다.

"아 그 팔… 그건 그 방화 미수범 자식 있잖소. 둘이 한 판 한 모양이야."

"네? 그럼 칼침을?"

"회칼을 사용했는데 다행히 급소는 피해갔어."

"아… 검거는 했는지요?"

"검거는 경찰 용어고. 그냥 처리한 거지."

"처리요?"

"죽지는 않았으니 놀랄 건 없고. 예방 차원에서 칼질을 못하게 조치를 취한 정도요."

조치라는 게 어느 정도를 말하는 건지 감이 안 잡혀 몸만 떨려왔다.

"그럼 황 소장님은 생명에 지장은 없는지요."

"밥도 잘 먹고 똥도 잘 싸고 월급도 받아가고."

"아 네. 다행이네요. 그 사람 저번에 부장님께서 좋게 타이르고 그랬는데 또 사고를 치고 참 이해가 안 가네요."

"이해가 안 갈 건 없지."

" ……."

"엑스라는 놈이 있어. 내 뒤통수 친 놈. 그 방화범을 좀 심하게 취조했더니 그놈 이름이 나오더군, 그놈이 사주를 한 건데 목적은 하나지."

"엑스라면 부장님을 모함한 그 형사 말씀인지요."

"그렇게 보면 되오."

"오락실 지분도 갖고 있다고 하지 않았습니까? 그런데 어떻게?"

"진상을 피워 고객의 발길을 끊게 하는 게 놈의 목적이오."

"저는 이해가 잘 ……."

"간단한데."

" ……."

"값이 떨어지면 나머지 지분을 헐값에 인수하려 한 거지."

"아 ……."

"때가 되면 어련히 넘길까. 정당한 가격에."

"네, 거래는 공정해야 뒤끝이 없는 걸로."

"그리고 자멸하면 되는 거요. 오락실 날아가고 현직에서 파면되고. 그런 게 시나리오라고 하는 거지."

"아… 완전 반전이."

"반전이 아니고 인과응보라고 하는 거요."

이로써 박 부장의 복수극은 완성을 향해 나아가고 있었다. 전직 강력계 형사는 또한 지능범이기도 했던 것이다.

"듣고 보니 저도 속이 시원해지면서… 근데 여기 영업직원들이 안 보이는데."

그만 대화를 칼질이나 복수극과 상관없는 주제로 돌리고자 했다.

"오프라인은 그만하면 됐어. 이젠 온라인으로 가야지. 저 아가씨가 온라인 마케팅 전문가요. 지금 중국 알리바바 입점 준비를 하고 있지. 타오바오라고."

"아… 시대가 그래 놓으니까 아무래도 그쪽이."

'누가 삼성전자 만 주만 주면 좋겠다'고 나불대던 여자가 이 아가씨였

318

던가? 이젠 온라인 전사로 나섰으니 월급으로 한 주 한 주 삼성전자 주식을 사 모으기만 하면 어느 날 보란 듯이 부자가 될 터였다.

"참 아까 피피엘 광고 그거 어땠소?"

박이 갑자기 목소리를 진지하게 해서 말했다.

"전혀 생각 못 했습니다. 그렇게 빨리 광고 들어가리라곤."

"어땠냐고 묻잖소?"

"아 좋았습니다. 굉장히 강렬했고 또 신선하기도 했고."

"그랬소?"

"네, 제가 샴푸광고를 많이 봐 왔지만 그 정도 광고는 아직 본 적이 없었습니다."

"다행이군. 실은… 내가 광고비 집행을 좀 미루고 있소. 혹시 김 형이 아직 생각이 있는가 해서. 만약 꼭 하고 싶다면 내 몫을 좀 줄여볼까도 고민 중이오."

"아… 감사합니다만 지금 확답을 드리기가."

"저번에 무슨 좋은 일이 있는 거처럼 보이던데."

"저번에요?"

"창고에 샴푸 재고가 얼마 있냐며?"

무종의 태도가 저번 같지 않자 의구심을 가진 듯 박이 물었다.

"아… 그건 그냥 물어본 거고… 그땐 우리 애가 특공무술 상장을 받아와서 기분이 좀."

"뭘 받아와요?"

"특공무술이라고 나중에 경찰에 특채로 들어갈 수도 있고."

"… 그게 다요?"

"네?"

"그게 다냐고?"

"네… 다른 건 별로."

박 부장은 잠시 침묵을 고수했다. 표정이 영 좋지 않았다. 경찰이라는 말을 듣는 순간 아픔이 되살아난 것 같았다. 아니면 경찰이라는 조직을 제대로 알긴 알면서 지원할 생각이냐는 것 같았다. 한참을 그러고 있더니 입을 열었다.

"선수금은 갚았소?"

"아직 …….."

"아직 못 갚았다… 좋아, 태권도 한 자식 연락처 아오?"

"아뇨, 저도 연락이 안 되어서."

"내놓은 인간이더구만. 부모 형제도 외면한."

돈을 안 갚으면 가족이 독촉받는다는 거다. 그보다 경서놈한테 태권도 과외를 시켜주겠다 약속을 했는데 원장이 사라졌으니 골치 아프게 되었다.

"그럼 그림 그린다는 친구, 그 친구는 연락하고 지내요?"

"네 가끔."

"지금 선수금 갚은 인간은 그 친구밖에 없어. 그나마 여유가 좀 있는 것 같은데… 그 친구한테 피피엘 투자건에 대해 한번 얘기해 봐도 좋고."

"현대화가 말씀하시는 겁니까. 그 사람은 자기 그림도 못 파는데 투자 같은 거 하곤 완전히 거리가 먼 걸로."

"그래도 모르니 얘기는 한번 해보시오. 잘하면 김 형은 거기 묻어갈 수 도 있으니. 이 피피엘을 시작으로 우리가 이제 제품을 다양화하려고 하니 참여할 길은 열려 있다 이 말이오. 무슨 말인지 알겠소? 뭔가 하나는 터 지지 않겠소."

"네, 제품 다양화는 현대사회에선 정해진 코스인 것 같습니다. 회장님 께서도 평소에 생활용품 확대를 말씀하신 바 있고."

"회장? 그 친구 얘긴 할 거 없고."

" ……."

"경영자면 경영 실패에 대한 책임을 져야지. 회사란 회사는 전부 껍데기로 만들어 놨어."

"… 워낙 내수가 안 좋으니까."

"선물 옵션 손댈 때부터 알아봤어. 누구는 회사 좀 살려보자고 좆 빠지게 고생하는데 투기나 손대고."

재벌그룹 오너도 손댔다가 개피 본 게 선물 옵션이라는 거였다. 선물의 전설 압구정 미꾸라지도 수천억을 벌었다가 결국은 빈털터리가 되었으니 말 다 했다.

"원래 회사가 어려워지면 그거라도 해서 경영 정상화를 시켜볼라고."

"뭘 좀 아는 것 같은데, 당신도 해 봤소?"

"아뇨, 전 주식도 거꾸로 하는데 선물은 도통."

"100만 원만 있어도 그거 하는 미친놈들이 있다며."

"네, 증거금만 걸고 그거 담보로 돈 빌려갖고."

"시발, 잘 돌아가는 세상이다. 뭐 그래도 민 회장과 난 친구야. 친구가 밥은 먹고 살아야 하지 않겠소?"

"네."

"달팽이팩만 잘 되면 다 같이 먹고 살아야지."

"아 사모님께서 하시는 그거요? 근데 달팽이 알레르기가 있다고 아까 송 감독께서 ……."

"알레르기? 누가?"

"양조위로 들은 것 같은데요."

"하도 처먹어서 그렇나?"

"네 뭐 그것보다… 사모님께서 이제 회장님 사업을 이어받아 두루두루."

"그게… 내가 좀 돌봐 줘야 해. 제조라는 게 여자 혼자 할 수 있는 일이 아니에요."

현아 씨가 생각하는 만큼 박이 인정사정없는 건 아닌 것 같았다. 박의 태도로 보건대 회장님과 회장 사모님은 건재하게 될 가능성이 높았다. 아니… 이때 머리에 불이 번쩍 들어왔다. 회장님은 아웃이고 사모님만 건재한다? 동업자? 사모님이 박 부장의 동업자? 그럼 이 모든 게 사모님의 은밀한 계획 아래 진행된 결과인가? 무종은 가볍게 몸을 떨었다. 책략이라면 대체로 여성이 한 수 위 아닌가.

"잘 되면 내 김무종 씨도 부르지. 월 100만 개만 찍어대면."

"100만 개요?"

"단가가 많이 싸잖아. 크림보다."

"그런가요?"

무종은 시큰둥하게 대답했다. 달팽이팩이 중국에서 바람 분 게 언제 적 이야기인데 아직까지 하고 있나 싶었다. 그리고 이미 샴푸 150만 개 오퍼를 경험해 본지라 박의 이야기가 상당히 한심하게 들렸다. 앞으로 많은 경험을 쌓아야 제대로 된 영업을 하게 될 것이었다. 비록 샘플 따먹기가 성행한다 해도 중국시장의 전체적인 전망은 여전히 밝다고 봐야 하는 거다.

"브랜드 이름 하나 지어보지. 모닝 빼고."

"그건 좀 생각을… 그것보다 위생허가를 받아 놔야 수출이."

무종은 라뷰티의 고희성 이사가 말한 위생허가에 대해 조사를 끝낸 상태였다.

"위생허가? 그런 거 안 받아도 돼. 달팽이는 안 받는 거야."

"…네."

"그런데 대학 나오셨다고?"

"……."

"혹시 화학과요?"

"화학과요? 저는 행정학과."

"주위에 화학과나 생물학과 나온 사람 있으면 속히 연락하라 하시오."

"무슨 일이?"

"제조허가 땜에 그러는데… 소개만 시키면 되는 거요, 그냥."

"찾아보고 ……."

고교 동창 중에 화학공업과 교수가 하나 있지만 녀석에게 설명을 어떻게 해야 할지 생각만 해도 난감했다.

"참 성종수 애비가 염료공장 그런 데서 근무했다고 그러지 않았나?"

박이 새 여자를 향해 큰 소리로 말했다.

"나이가 70이 넘은 걸로 아는데요."

"나이는 상관없어."

여자가 고개를 갸웃했다. 무종도 어리둥절했다. 성종수의 여동생은 죽고 없고… 가족의 생계가 걱정되어 그 애비를 고용하겠다는 건지.

휴대폰이 울리자 박은 한참 듣더니, "따이공 단속하는 거 누가 모르나? … 물류가 뚫리면 왜 당신들한테 부탁하나. … 글쎄 꽌시 됐다 뭐해. 좀 엮어봐요 … 바이어는 줄 섰어. 빅바이어도 붙었고." 하고는 담배에 불을 붙였다. 여직원이 영화 '초록 물고기'에 나오는 두꺼운 유리 재떨이를 들고 와 테이블에 놓아드렸다. 옷을 입었는데도 두 가슴이 쏟아질 것 같았다.

"신제품? 달팽이에 뭐 하나 들어간다니까. … 성분은 못 밝히지. 짜가가 판치는 세상에. … 그딴 건 사흘이면 만들어. 연예인이 선호하는 피부과 의사가 만들어 놓은 것도 있고. … 그건 나중에 만나면 얘기하고. … 잘해보자고요."

무종은 박이 통화하는 내내 귀에 거슬린다는 표정을 하고 있었다. 이미 그 방면으로 환멸을 맛본 그였다. 전화를 끊은 박이 땡감 씹은 표정으로 한참을 뭘 생각하더니, "그래, 오현아 씨는 보셨나?" 하고 물었다.

"… 네, 한 번." 얼마 전 호텔룸에서 본 게 마지막이었다.

"한 가지 제안을 하지. 그럼 선수금 상환을 연기해 주겠소."

"……."

"오현아와 아무 일 없었다고 음성 하나 남기지."

"네?"

"아무 일 없었잖아." 박 부장이 스마트폰의 녹음기능을 켰다.

"네, 그야 뭐."

"진실을 말하는 게 어려우시나?"

"그게 ……."

"사해행위가 뭔지 아시지."

"……."

"재산 빼돌리는 거."

"들어는 봤습니다만."

"그럼 공범이 어떤 처벌 받는지도 알겠네. 최소한 위증죄인데 기본이 1년 6개월 징역에 처해지는 것도 알 테고."

"그런 것까진."

성 차장의 여동생이 죽기 전 위증죄로 엮인 걸 떠올리며 무종은 몸서리를 쳤다.

"다 좋아. 그건 나중 일이고 당장은 전세보증금 그거 날리지 않으려면 진실을 말하셔야지. 오현아가 재산을 어디다 빼돌렸는지 그것도 들은 대로 말하시고."

" ……."

"연락이 안 돼, 쌍년이. 함 사장 그 새끼도."

무종은 얼굴이 벌겋게 달아올랐다.

"욕은 좀 ……." 박이 무종을 빤히 봤다.

"그날 그년이 호텔에 간 거 내가 다 알아. 무슨 얘기 들었는진 모르겠지만 함 사장 채권상각이 그렇게 쉽게 될 거라고 믿었다면 그건 순진한 생각이지. 그년이 나타나지 않으면 그건 다시 살아나. 내가 채권 그거 넘긴 데는 아주 고약한 데거든. 내가 한마디만 하면 지옥까지 따라가서도 받아내지."

무종은 본인 얘기가 아닌데도 정신이 아득해졌다. 채권을 넘겼다면 거기는 보나 마나 박이 간여하고 있는 곳일 터이고, 애초부터 박이 그 돈을 포기할 생각이었을 리가 없었다. 아니 노리고 있었다는 게 맞는 표현일 것이다. 현아 씨가 만난다는 그 고위공직자 같으면 검찰에 손이 닿아 있지 않을까 하는 생각이 퍼뜩 들었다. 정 안 되면 그 사람의 손을 빌려서라도 이 박 부장을 좀 말려야 하리라 싶었다.

"하마터면 먹을 뻔했잖아, 그년."

" ……." 오현아가 꼬리를 쳤다고? 말도 안 되는 소리.

"차라리 그때 좀 드셔 볼 걸 그랬나."

"저… 말씀을 좀."

"왜? 좋아하시나?"

"그게 아니고… 농담이라도 그런 말은 삼가시는 게."

"그년이 여러 사람 홀려놨구만. 암튼 연락 오면 만나자 하고 나한테 즉시 연락하시오. 그게 그 여자한테도 이로우니까."

미쳤나? 먹니 드시니 헛소리하는 인간한테.

"참 모닝샴푸 전 대주주의 행방은 밝혀졌는지요? 차 회장이라는 분."

무종은 화제를 돌렸다. 그 누구에게도 오현아를 더럽힐 권리는 없었다.

"그 인간은 왜?"

"오현아 씨 남편이 그 사람 빚보증도 섰다고 들은 것 같아서요."

"이인걸 찾으면 물어보시오. 새끼가 뭘 좀 알아낸 것처럼 굴더니 한마디 말도 없이 사라져 버렸으니. 헌데 중국이나 동남아에 있는 놈은 못 잡아. 현지에서 사기 치다 총 맞아 뒤지면 그때 소식을 알게 되지."

"현지법인을 운영하고 있을 수도 있어서."

"운영하면? 지 이름으로 하나?"

"그렇겠네요. 그래도 혹시 본인은 빚을 다 갚았다고 생각해서 자기 이름 걸고 할 수도 있지 않을까요?"

여기서 무종은 성인오락실 갈취에 대해 무언의 항의를 한 것이었으나, 오현아의 남편도 이제 빚이 없을 수 있다는 암시를 주려 한 것이었으나 박은 거기까진 생각이 못 미치는 듯했다.

"빚을 다 갚다니? 그리고 그런 놈이 우리 빚만 있겠소? 그놈 찾는 인간이 여럿 있을 수 있다는 얘기야. 그런 놈은 자신이 죽을 수도 있다는 겁을 먹어야 몇 푼이라도 갚는 거요."

그러니까 재산이 있어 보이는 오현아도 은근히 살해당하는 공포를 안고 지내지 않았나 하는 생각이 퍼뜩 들었다. 그렇다면 그녀가 남편과 필사적으로 이혼하려는 이유를 납득할 수 있었다. 그런 후 고위공직자의 그늘에서 안정을 도모하려는 것일 수가 있었다. 그 나이의 여자가 사랑 하나로 인생을 살아간다고 보기는 어려웠던 것이다.

박은 자신의 말에 큰 만족을 느낀 듯 미소를 짓고, 빈 담뱃갑을 구기며 고개를 돌려, "미스 고, 말보로 빨간 거 한 갑 사 올래?" 소리쳤다.

여자가 "네. 오빠" 하고 돈도 안 받고 나갔다. 앉아 있을 때보다 서 있거나 걸어다닐 때가 두 배는 더 섹시한 거 같았다.

"거 오빠 소리 하지 말랬지!"

박이 나가는 여자 뒤통수에 대고 소리치고는,

"오촌인데 아직 조직 생활에 익숙하지 않아서 ……." 하고 말을 흐렸다.

"아, 네. 그래도 사무실이 다 환하네요."

한 번 여인이 푸른 드레스를 입었으면 그 기억이 남자한테는 오래 가는 법이었다. 이 미스 고는 그러니까 박 사장이 어떤 목적하에 회장 주변에 심어 둔 첩자였을 수도 있었다. 오촌이 아니라 무슨 범죄 건으로 검거했던 여자가 아닐까. 박의 주변은 워낙 전과자들로 득시글득시글했던 것이다. '미스 고'면 라뷰티의 고희성 이사와는 어떤 관계인지 그것도 잠시 궁금증이 일었다. 그녀가 담배를 빨리도 사 갖고 오자 박은 한 대를 빼물고 배를 살살 만지며 문을 열고 나갔다. 똥 누러 가는 것 같았다. 밥도 안 먹고 똥이나 누고… 일찌감치 먹었나? 무종은 일어나 미스 고에게 다가갔다.

"우리 본 적 없어요?"

"네? … 저는."

"잘 기억해 봐요. 블루리버 호텔 다이아나룸."

"……."

"그날 총 여섯 분이 계시더군. 남자 셋, 여자 셋."

"아… 이제 알겠네요. 어음 갖고 오신 분."

긴장했다가, 어이가 없는 얼굴이 되어 있는 미스 고였다.

"요점만 말하겠소. 여기 박 사장과 어떤 관계인지 모르겠지만 지금 내 사 중이오."

"네? 내사요?"

"내가 누구 같소? 샴푸회사 전 직원으로 보이오? 박 사장에게 얘기하지 말고 이따 종로경찰서 쪽으로 오시오."

"경찰서로 오라고요?"

어이가 없어 하던 얼굴은 이내 두려움으로 딱딱하게 경직되어 있었다.

"경찰서 맞은편 안국역 2번 출구로 오시오. 몇 시면 되겠소?"

"퇴근은 여섯 시인데 ……."

"적당한 핑계 대고 네 시까지 오시오. 만약 박 사장에게 말하면 당신 안전은 책임 못 지오. 무슨 말인지 알겠소?"

"… 형사님이신가요?"

"나오기나 하시오."

그때 문이 열리는 것 같아 재빨리 뒤돌아 소파로 걸어갔다. 박이 용변을 마친 편안한 얼굴로 들어서다 무종이 잰걸음을 하고 있는 걸 보고 고개를 갸웃했다. 박이 미스 고를 쳐다보는데 그녀는 책상에 고개를 팍 숙이고 있었다. 박은, 시발놈이 그새 뽀뽀라도 했나 하는 표정으로 무종을 꼬나보았다.

"참 성 차장 여동생 장례식장에 갔었다며."

박이 선 채로 허리 돌리기를 하며 물었다.

328

"네, 동료로 지낸 바도 있고 해서."

"놈의 여동생이 왜 자살한 줄 아시나?"

"…저는 잘."

"함 사장 대출 담당이 성종수였지. 그 여동생이 함 사장을 좋아했고."

"그런 일이 ……."

"그런데… 남녀가 재미를 보면 일대 일로 재미를 봐야지. 자기 여자를
막 돌리면 되나? 회장놈이 한미숙을 성폭행한 건에 위증이나 하라고 종
용하고. 그리고 여자가 죽자마자 토끼면 되나? 위자료라도 내놔야 될 거
아냐. 나쁜 놈의 새끼."

"한미숙요? 한돈돼지갈비집."

"기억력 하난 있네."

"저 말씀드릴 게 있습니다. 그날 한돈돼지갈비집에 송 감독을 만나러
온 여자, 그 여자는 한미숙이 아닙니다."

"아니라고?"

"네, 블루리버 호텔에서 회장님과 같이 있었던 여잡니다. 그 자리에 송
감독도 있었고요, 그리고 성종수 차장 여동생도 있었습니다."

무종은 일러바치듯 빠르게 말했다. 그리고 미스 고를 흘낏 쳐다보았다.
너도 거기 있지 않았냐는 거였다. 시작은 위장취업이었지만 조직을 장악
하고 제1인자로 올라선 박 부장 아니 박 사장의 행보는 광폭 그 자체였
다. 그렇게 큰 보폭에는 세세함이 다소 결여될 수도 있는 것이다.

"그 여자가 한미숙이오. 오지명의 혼외자식."

"아 ……."

아직도 오지명이 누군지는 알 수 없었다. 혹시 배우가 아니라 제1기 영
업맨이 아닐까? 그때 그만 떠들라는 듯 박의 휴대폰이 또 울렸다.

"… 양조위는 좀 그래요 … 지드레곤? 좋기야 하지. 한번 알아보죠 … 네, 그래요."

박이 전화를 끊고 소파에 앉았다.

"미친놈. 그 돈 있으면 그냥 배 뚜드리고 살겠다."

박이 담배를 빼내 들고 톡톡 테이블에 두드리며 생각에 잠겨 있어,

"저… 급히 가 볼 데가 있어서." 하고 무종이 엉거주춤 일어서려 하자,

"잘 생각해요. 가정을 생각하셔야지." 하고 박이 말했다. 당연히 생각하지. 그때 사무실 문이 열리더니 올빼미가 들어왔다. 서 있는 무종을 본 체만체하고 꾸벅 박에게 절하더니, "촬영팀 좀 전에 철수했습니다." 하고 오락실 상황을 전하였다.

"황 소장, 아니 황 부장 잘 감시해. 지 버릇 남 못 준다고 가게 자금 건드릴 수 있어."

"염려 놓으십시오. 손모가지 부러지지 않으려면 처신 잘하라고 일러두겠습니다."

"일러둘 것까진 없고 자금 건드리면 그때 처리해."

"네, 알겠습니다."

"혹시 민 회장 부인 가게 안 왔었나?"

"부인께선 안 오셨고 그저껜가 민 회장 누님이라는 존나 거만한 여자가 어떤 남자하고 같이 한 번 왔습니다. 마침 기계가 찼을 땐데."

"누님? 이번에는 누가 또 누님으로 태어났나."

"네?"

"혹시 키가 좀 크고 하얀 모피 외투를 입지 않았습니까?"

김무종이 재빨리 끼어들자, "빽바지에 야생잠바 입었수다. 눈깔은 와이셔츠 단추만 하고."라며 올빼미가 상세하게 묘사했다.

330

"민 회장 이 사람 이거 안 되겠구만. 누구 맘대로 지분을 넘기려고. 논의도 없이. 또 같이 오면 그 남자만 따로 모시고 와."

대충 그림이 나왔는지 박이 말했다.

"네, 그러겠습니다."

"황 부장이 교대하고 누구 만나는지 그것도 보고해."

"네이, 잘 알겠습니다."

"가 봐. 아현동 가서 어음 받아서 김 사장에게 갖다 주고."

"넵, 사장님."

얼마 전만 해도 황 소장 측근 중의 측근이었던 올빼미가 힘차게 구호를 외치는 걸 기다렸다가 무종은 질문을 던졌다.

"남자라면 혹시 인연이 있다는 그 형사가 온 것입니까?"

"직접 오겠소? 브로커 하나 보낸 거지."

"아 네. 아무래도 직접 모습을 드러내기는 어려울 걸로."

올빼미가 무종에게 인상을 한 번 쓰고 물러나 미스 고에게 윙크 같은 걸 건네는 사이 무종은 박 사장님에게 인사를 드리고 일어섰다.

"잊지 말고 그림 그리는 친구한테 피피엘 건 논의해 보시오."

"네, 건의는 해보겠습니다."

"조건이 아주 좋아."

문을 나서기 전 올빼미 몰래 미스 고에게 무서운 표정을 짓는 걸 잊지 않았다. 문밖에서 누구와 부딪쳤는데 얼굴이 누렇게 뜨고 머리가 수세미 같은 60대 후반 여자였다. 그녀가 무종을 밀치며 거칠게 사무실로 들어갔다.

"민 회장 어디 있어? 어디 있느냐고!" 여자가 악을 썼다.

"이 여편네가 자다 봉창 두들기나? 민 회장을 왜 여기서 찾고 지랄이세요."

열린 문틈으로 올빼미의 소리가 들렸다.

"유서 나왔어! 나왔다고. 내 딸을 수많은 놈들이 노리개로 삼아? 이런 처죽일 놈들."

여자가 고함을 쳤다.

"뭔 헛소리야?"

"이름 불러볼까? 민 씨, 함 씨, 송 씨. 이 새끼들 다 뭐야?"

"노인네, 여기서 이러지 말고 재판 걸어요. 네? 즐기신 놈들 상대로 고소하라고. 신성한 사무실에서 소리 지르지 말고."

"니 이름은 없나 보네. 내 아들이 가만 안 있을 거야."

"아들이 검사시우?"

"성종수 차장 몰라? 여기서 근무했잖아."

이때 박의 목소리가 재판관처럼 끼어들었다.

"아… 성 차장. 하이고 대찬 모친 두셨네. 암튼 애먼 데서 화풀이 말고 번지를 잘 찾아가세요. 안 그래도 민 회장이니 송 감독이니 함 사장이니 뭐니 지겨운 이름들이니 싹 청소를 하시든가."

여자가 달려드는지, "이년이 어디서 행패야? 개빽다구 같은 할망구가!" 올빼미의 고함소리와 함께 미스 고의 비명소리가 들리고 우당탕탕 뭔가 넘어지는 소리가 났다. "조 부장! 어르신을 잘 모셔야지. 성질머리 하곤." 뒤이어 박의 타이르는 목소리가 들렸다. 무종은 뒤도 돌아보지 않고 계단을 총총 내려갔다. 빈속에 커피를 잔뜩 들이켰더니 속이 쓰리고 현기증이 일었다.

오현아는 지금? 무종은 건물 밖으로 나오자마자 현아 씨에게 전화를 걸었다. 워낙 위급한지라 초인적인 능력으로 번호를 기억해냈다. '여보시오.' 웬 할아범이 받았다. 이 번호가 아닌가? 무종은 이번엔 남편 번호를 눌렀다. 신호는 가는데 받지를 않았다. 역시 증발한 것 같았다. 근데 오현아와 같이 있나? 그게 제일 궁금했다. 둘이 다시 사이가 좋아졌을 수도 있는 것이다. 위기가 결속력을 강화시킨다는 것은 액션 영화를 보면 잘 알 수 있는 거였다. 암튼 이왕 이렇게 된 거 오현아도 그 남편도 아주 멀리멀리 갔으면 싶었다. 영국이든 남미든 가서 돌아오지 말았으면. 다들 한 끼 밥이라도 속 편히 먹어야 하지 않겠나. 돈을 어떻게 벌려고 그랬기에 그렇게 머리가 아픈 인생을 살아야 하는지 …….

무종이 오락실 철문 앞으로 가자 황 소장이 길바닥에 서서 한 팔은 깁스 상태로 국기에 대한 경례를 하면서 성한 팔로 담배를 빨아대고 있었다.

"저 …….."

"또 뭐야?"

"저번엔 제가 결례를 좀."

"정신이 돌아온 거요?"

"그렇다기보다… 그 날은 …….."

"됐고. 그래 오락 하시려고?"

"그게 아니고… 그냥 인사나 드리고 가려고."

"싱겁기는. 언제 놀러 오시오. 소주 한잔해야지."

"저… 한 가지만 여쭤봐도 될까요?"

"뭘 말이오."

"성종수 차장 여동생 말인데요. 저번에 우리가 장례식장에도 가고 그랬는데.”

“말해 보시오.”

“다들 말들이 많아 가지고… 갑자기 죽어버렸다고. 근데 모친께서 아까 사무실로 오셔서 별로 안 좋은 소리를.”

“무슨 소리를?”

“그게… 남자들이 많이 연루되어 있다고.”

“남자 없이 죽는 여자 봤소?”

“네?”

“세상이 남자 아니면 여자지. 엉뚱한 호기심 갖지 말고 본인 살 궁리나 해요.”

“아… 네. 그럼 건강하십시오. 참 어머님도 건강하시지요?”

“어머님?” 소장은 별 싱거운 인간 다 보겠다는 듯 헛웃음을 지었다.

“그럼 다치신 팔 쾌유를 빌겠습니다.”

무종은 인사를 하고 돌아섰다. 이것으로 모닝 인더스트리 방계회사까지 모두 작별을 고하는 것이었다. 무종은 한 시대가 저물어가고 있다고 생각했다.

“어이 김무종 씨.”

무종이 돌아보자, “상가에서 혹시 다른 얘기 못 들었소?” 하고 소장이 물었다.

“네? 어떤 얘기요?”

“그년이 혹시 임신 중이었다든가 뭐 그 비슷한 얘기 말이오.”

“임신요? 누가요?”

“누구긴 누구요. 죽은 여자 말이오. 근데 딸이었을까? 아들이었을까?”

“……”

"내가 딸이 없거든."

무종은 말없이 소장을 바라보았다. 너였냐? 너도 건드린 거야? 그래… 태어났으면 좋았겠지. 누구의 딸로건, 태어나면 살아가게 되어 있고 대통령이 되지 말라는 법도 없지. 태어나기만 하면 말이다.

이때 두 캐비닛 중의 하나인 똥빛 외투가 오락실에서 나와 "황 부장, 49번 기계 좀 봐 주시오. 어떤 새끼가 칩을 심어놓은 것 같애. 지금 미친년 발작하듯 터지고 있거든." 하고 질린다는 표정으로 말했다. 캐비닛들이 촬영 스텝뿐 아니라 오락실 정직원으로 활동하고 있는 모양이었다. 박이 오락실을 사실상 지배하고 있음을 알 수 있었다. 황 부장이 무종 보고 가라고 턱짓을 한 후 열쇠꾸러미를 똥빛 외투에게 넘기고 철문 안으로 들어갔다.

아직 점심시간이 완전히 지났다고 할 수 없어 무종은 을지로 5가에서 철공소 가게를 하는 오송철강 옛동료를 찾아갔다. 동료는 벌써 점심을 먹어 부른 배를 내밀고 철물들 사이 용케 자리 잡은 낡은 가죽 안락의자에 편안하게 앉아 있었다. 세상 돌아가는 이야기를 하는 척 점심 한 끼를 얻어먹어 보려 했던 게 어긋나고 말았다. 동료가 요즘 철강경기가 좀 풀리고 있다는 충격적인 뉴스를 전하였다. 기분이 묘해진 무종은 쓴웃음을 지으며 동료가 마구 떠드는 대로 듣고만 있었다.

"최인철 사장이 검찰 조사받고 있다는 얘기 들었나?"

"최 사장님이?"

회사가 압수수색 받았다고 권 선배가 말한 바 있어 대표이사가 연루되어 있을 줄 감은 잡고 있었다. 그렇다면 오너인 회장님은 뒤에 숨어서 예의주시하고 있다고 봐야 했다.

"그렇고 그런 건설 비린데 하청회사에서 리베이트 받은 걸로 비자금을 마련했나 봐. 그게 정치자금으로 흘러 들어갔고. 이놈의 세상이 다 돈놀음이긴 하지만… 그쪽 라인에 줄 선 인간들 이제 줄줄이 소환에 곡소리 나는 일만 남았다고 봐야지."

최 사장 라인이라면 구 상무님도 걸려들었다고 봐야 했다. 이 긴급한 시기에 무종은, 자신이 멀찍이 떨어져 구경하는 국외자 신분이 되었다는 사실을 깨달았다. 설마 3년 전 그만둔 쫄다구한테까지 검찰 전화가 오는 건 아니겠지. 그보다 구 상무가 무슨 증인 같은 거 서 달라고, 위증 좀 해달라고 연락이 오지 않을까 저이 염려가 되었다. 아무래도 구 상무님과 소주 한잔하는 날이 조만간 올 것 같았다. 그때 공 마담에게 가면 될 것이다. 공 마담이 구 상무님 한번 모시고 오라고 얼마나 당부했나. 술을 한잔하며 위증은 양형이 1년 6개월이나 되어 곤란하다고 한 후, 지하철 역무실에서 뵌 적 있는 재선 국회의원이 어느 상임위원회 소속인지 미리 알아보고, 친분이 좀 있다고 그 정도만 구 상무에게 말해주고, 그렇다고 청탁까지 하는 건 좀 어렵지 않겠나 하면 구 상무도 굳이 바짓가랑이 붙잡고 늘어지지는 않겠지. 건설 비리와 관련된 건은 이 정도로만 방어태세를 갖춰두고 실시간 뉴스나 검찰 조사 상황을 지켜보고자 했다. 그리고 퇴직임원 사무실이 다시 문을 여는 즉시 찾아가 추가 내부고발 조짐이 있는지 좀 알아봐야 할 것 같았다. 만약 있다면… 회사에 알리면 알바일을 영원히 할 수 있을 터였다. 잘하면 일급 공로자가 되어 정규직 복귀 제안을 받을 수도 있는 거였다. 그렇게 되면 감사실로 발령이 날 가능성이 가장 높았다.

배에서 물 흘러가는 소리가 나서 무종은 자리에서 일어섰다. 물배만 채웠더니 하수관 물 빠지는 소리가 자꾸 나는 것이다. 몸에 고체가 좀 들어

가야 하는데… 주머니에 동전을 합쳐 1,300원이 있었다. 교통카드를 생각 없이 이틀 치나 충전시켜 버린 것이다.

"다음엔 저녁에 와라. 한잔해야지."

예약을 받아놓고 동료의 가게를 나왔다.

변가영이 '집세 독촉이 장난 아니라며 어떻게 좀 해보라'고 문자를 보내와 그저 앞만 보고 걷는데 새로운 문자가 하나 도착했다.

'그럼 대금 50만 원 담주 중에 처리됩니다. 수고하세요.'

무종은 문자를 다섯 번도 더 들여다보았다. 500을 50으로 잘못 본 거 아닌지 눈이 빠져라 거듭 확인을 했다. 더는 의심이 어렵게 되자 차라리 마음은 편해졌다. 50이 어디인가. 그리고 기필코 산수화는 다시 찾아올 것이다. 언제가 될지 모르지만 오광도의 회사를 상대로 70까지는 지급할 용의가 있었다. 이에 대해 마음속으로 아버지와 약속을 하였다. 그리고 아내에게 문자를 보냈다.

'월세 한 달 치는 담주에 보내보도록 하겠다고 안심을 시켜드리도록. 가장 김무종 백.'

무종은 종로3가로 가서 옛날부터 있는 식당을 찾아가 2천5백 원짜리 우거지국밥을 지금도 팔고 있는지 문밖에서 좀 바라보았다. 정치인은 말할 것도 없고 재벌그룹 회장님도 휘하 사장단을 몰고 와서 '서민경제를 위하여!' 외치며 사진을 한 방 찍는다는 곳이 여기였다. 오늘은 모자에 파카로 중무장한 노인들이 동그란 양철 식탁 주위에 둘러앉아 뜨끈한 국밥에 소주를 마시고 있었다. 돈이 곧 50만 원이 들어오게 되어 있는데 여기서 국밥 한 그릇 못 먹다니… 뱃가죽이 들러붙은 상태로 이렇게 바라만 보고 있어야 하다니.

무종은 발길을 돌려 이게 언제부터 존재하고 있었는지 가늠이 안 되는 회백색 허리우드 건물로 가서 유리를 통해 악기들을 구경하였다. 장난 아니게 비싼 악기들이 여럿 있다고 들었다. 일시 휴직 상태라 시간도 좀 있고 마음도 착잡한데 대금 같은 걸 하나 구해서 연습을 좀 한 다음 동네 산에 올라가서 불어보면 어떨까 하는 생각이 들었다. 음악에 조예가 있는 아내가 같이 따라와서 교대로 불면 더 좋고… 아내가 시간이 날지 …….

나이가 아직 실버가 안 되어 건물 꼭대기에 있는 실버영화관에 가지 못하는 점이 유감이었다. 무엇보다 영화관람료 2천 원이 지금은 20만 원이나 다름없었다. 돈이 없다는 건 똑같았다. '나는 20억이 지금 없습니다.' 한들 사실에는 조금의 어긋남도 없었다.

다음 단계로 무종은 대원군의 사저인 운현궁에 들러 유물전시관에서 최대한 시간을 끌었다. 권세가의 가랑이 사이를 기다가 천하를 호령하는 대원군이 된 기분이 어땠을까? 그런 생각을 한참 하고도 시간이 남아 안국역 화장실에서 안전하게 머물다 2번 출구로 올라갔다. 출구에서 좀 떨어져 미스 고가 불안한 기색으로 서 있다가 무종을 보고 인사를 했다. 도톰한 입술에 불안한 미소가 매달려 있었다.

"좀 걸읍시다."

"저… 경찰서는 안 갈래요."

"거긴 아무나 가는 데가 아니오. 참 성 차장 모친은 어떻게 되었소? 우당탕 소리가 나던데."

"아… 넘어지셔서 제가 병원에 모셔다 드렸어요. 발목이 좀 삐었는데 크게 다친 건 아니고요."

"그래요? … 그 나이엔 조심하셔야지."

노인네가 거기가 어디라고 단독으로 진입하였는지, 아무리 흥분해도

338

그렇지 연세에 비해 조심성이 많이 부족한 분이었다. 무종은 그녀를 데리고 3분 거리의 헌법재판소로 걸어갔다. 어느 모로 봐도 외양면으로 조합이 잘 되지 않는 남녀가 길을 가고 있었다. 무종은 헌법재판소 마당으로 들어가 천연기념물인 백송 나무 밑으로 그녀를 인도했다. 커피값이 없는 상황에서 나무라도 주위에 있어야 했다.

"단도직입적으로 묻겠소. 성 차장 여동생이 왜 죽었습니까?"

현아 씨의 남편이 관련되어 있는 것처럼 아까 박 사장이 얘기했기에 그 내막을 반드시 알아야 했다. 남편이 아니라 박이 관련되어 있다면 놈이 또 다른 살인을 기획하기 전에 해치워야겠다는 생각도 있었던 것이다.

"하나요? 하나는 그냥… 자살한 걸로."

"왜 자살했냐고 묻는 겁니다."

"유서는 안 나왔다고 들었어요."

"유서 나왔다고 모친이 소리 지른 거 같은데."

"그건… 그냥 메모쪽지예요. 돈 거래 같은 거."

돈이라… 줬을 리는 없고 주로 받은 거겠지.

"그러니까 알고 있는 걸 말해보라는 거예요."

무종은 그녀를 매서운 눈빛으로 쏘아보았다.

"저… 형사님 맞으세요?"

"… 실은 검찰 쪽이오. 검사라는 게 아니고 그쪽 수사관이오. 내 신분을 구체적으로 알아서 좋을 건 없고. 대답만 잘하면 앞으로 수사선상에서 빼줄 테니 사실대로 얘기해요."

"무슨 사실을 ……."

"모닝그룹 민 회장하고 성하나 씨의 관계는 어떻게 됩니까?"

"… 하나는 원래 사모님이 경영하는 모델회사에, 저는 회장님이 운영하는 연예기획사에 소속되어 있었어요. 그때 회장님과 하나가 좀 그런 사이였어요. 거의 동거하는 수준이었죠. 그러다 …….”

“편하게 얘기해요. 비밀에 부쳐드릴 테니.”

“정말 전 수사선상에서 빼주시는 거죠? 나중에 검찰로 오라고 그러는 거 아니죠?”

“사실대로만 얘기하면 다시 날 보는 일은 없을 겁니다. 약속하겠소.”

“그럼 수사관님만 믿고 말씀드릴게요. 그런데 찻집 같은 데로 가면 안 돼요?”

“내가 그렇게 한가해 보입니까? 빨리 얘기하고 끝냅시다.”

“네, 하나가 사실 함인식 사장이라고 그분을 좋아했어요. 함 사장님이 은하 파이넌스에서 대출받을 때 담당자가 성종수 차장이었거든요. 하나의 오빠요. 그런 인연으로 둘이 눈이 맞았는데 회장님이 그걸 알았지만 내버려 두시더라고요.”

함 사장과 들창코의 관계는 박 사장이 얘기한 거와 거의 일치했다. 미스 고가 진실한 여성이라는 건 의심의 여지가 없었다.

“왜 그랬던 것 같소?”

“사모님이 회장님과 하나 사이를 알고 있었거든요. 회장님이 안 그래도 떼려는 중이었나 봐요.”

“그래서 민 회장은 허전해서 다음 타자로 미스 고를 찍은 거고.”

“… 나한텐 그래도 잘해주셨어요. 한미숙이 나타나기 전까진요.”

넘겨짚은 건데 순진한 미스 고는 바로 걸려들었다.

“한미숙? 그날 호텔에서 같이 있었던… 눈이 좀 찢어지고.”

“네, 송현승 감독 애인인데 좋지 않은 일이 있었어요.”

“민 회장이 저지른 그 건 말이오?”

"네, 말하자면 성폭행을 당했죠. 저… 제가 이런 얘기한 거 어디서건 절대 말하시면 안 돼요."

천하가 아는 성폭행 사실인데, 하고 말고가 어디 있나.

"그건 안심해요. 그런데 송 감독이 그걸 알고도 가만있었나?"

"그 개자식요? 그 새낀 애인이 백 명은 될걸요. 아마 합의금조로 뒷돈도 받아 챙겼을 거예요."

음… 합의금은 모르겠고 여자는, 무종이 아는 건 한미숙과 하 작가 그렇게 둘이었다. 나머진 본 적이 없었다.

"그렇다면 송 감독이 성하나 씨와 미스 고도 넘봤겠군요."

"정말… 말이 모임이지 돼지우리나 다름없었어요."

돼지우리라니… 짐승들이 되어 다 같이 뒹굴었단 말인가. 돼지처럼 더러운 소리나 주고받았다는 건가.

"우린 드라마 단역이라도 하나 돌아올까 기대했죠. 민 회장이 큰소리도 쳤고요. 하지만 송 감독은 한미숙만 챙겼지 우린 배역을 줄 듯 줄 듯 주지 않았어요."

"로샤 까르디네 땜에 미처 신경 쓸 겨를이 없었을 거요."

"로샤요?"

"있어요, 그런 사람. 근데 내가 알기론 연예계에 데뷔시켜 놓고 텐프로로 넘긴다는 말이 있던데."

"거긴 그런 애들 널렸어요. 화면에 한두 번 얼굴 비친 애들. 요즘은 그런 애들도 단가가 잘 안 나온다고요. 차라리 인 서울 대학생이 낫지."

"음… 거기도 학력을 보오?"

"학력 안 보는 데 있어요? 형사님도 대학 나왔을 거 아니에요."

대학뿐 아니라 국내 500대 기업에 다닌 바 있다는 말을 할까 하다 말았다. 지금 정체를 밝힐 때가 아니었다.

"뭐 그렇다 치고, 그래, 마약은 누구 누구 했소?"

수사기법 중엔 바로 찔러 들어가는 기법이 있었다.

"마약이라뇨? 그런 건 난 몰라요."

"… 모른다 치고. 다시 원점으로 돌아가서 성하나 씨가 왜 자살했죠? 혹시 노예계약 뭐 그런 거 맺었소?"

"계약서는 있었죠. 투자한 것도 별로 없으니 노예계약이라고 하기는 좀… 그보다 함 사장과 관련이 있을 수도 있어요. 하나가 정말 좋아했거든요… 그런데 남녀가 여럿이 함께 만나면서 수치심을 많이 느꼈던 것 같아요. 나하고 따로 만나서는 울기도 많이 울었고요."

여자의 순정을 모르는 놈이 결혼생활인들 제대로 했겠나.

"함 사장은 왜 그랬을까? 개인적으로만 만나도 되었을 텐데."

"함 사장은 그런 자리를 그다지 즐기는 것 같진 않았어요. 그냥 회장님이 주도하는 자리에 마지못해 참석하는 정도였어요."

"회장이 주도하는 자리가 많았소?"

"사실… 하나는 다른 자리에도 많이 불려간 걸로 알고 있어요."

"예를 들면?"

"… 주로 돈 만지는 사람들이나 연예계 쪽 사람요. 새마을금고 임원도 있었다고 들었어요."

은행 전무도 아니고 새마을금고 임원이라… 민 회장 수준이 그 정도밖에 안 됐나.

"미스 고는 같이 안 있었소?"

"저요… 어쩌다요."

"음… 안 봐도 비디오요. 그래, 미스 고는 박 사장과는 어떤 관계입니까?"

"관계요?"

"오촌 오빠 맞아요?"

"아뇨, 절 그 돼지우리에서 빼내 주신 분이죠. 일자리도 주시고."

"민 회장의 구린 데를 알려주는 대가로?"

"네?"

"박 사장이 은인이라… 우린 여러 가지로 박 사장 관련도 캐고 있으니 침묵 속에서 그의 행보를 예의주시하기 바라오, 나중에 후회 말고."

"박 사장님을요?"

"누구든 함부로 믿지 말라는 거요. 조심해서 나쁠 건 없으니."

"……."

"자 됐습니다. 근무 잘하시오. 화장품 업종은 전망도 밝으니."

"… 이제 끝난 건가요?"

"끝났습니다. 갑시다, 이제."

그러니까 아직까진 수치심 때문에 자살한 걸로 보이는데, 이는 수사기관에서는 잘 밝힐 수 없는 자살자의 내적동기였다. 그리고 함 사장은 들창고의 순정을 외면할 만큼 누군가와 관계를 맺고 있었을 수도 있었다. 누구냐, 그녀는?

"회사로 들어갈 겁니까?"

헌법재판소 대문 앞에서 무종이 예의상 묻자 그녀는 "네, 제가 오늘 한 말 절대로 비밀 지켜주셔야 해요." 하고 힘주어 말했다. 무종은 고개를 끄덕이고 평소 같으면 여성이 악수를 해오기를 기다렸지만 오늘은 우정의 의미를 담아 먼저 악수를 청했다. 미스 고는 이에 감명을 받았는지 약간 눈물이 글썽이는 얼굴로 무종을 바라보곤 마침 택시가 오자 잡아타고 떠났다. 이때 무슨 생각이 떠올라 무종은 택시 거기 서라고 손짓하며 전속력으로 쫓아갔다. 마침 신호 땜에 멈춰 선 택시를 따라잡고는 주먹으로 차창을 두들겼다. 미스 고가 놀란 얼굴로 차창을 열었다.

"얼른 내리시오! 얼릉요."

미스 고가 겁먹은 얼굴로 바라보다 카드로 결제를 하고 차에서 내렸다.

"한 가지 물어볼 게 있소."

"……."

"성하나 씨가 혹시 임신하지 않았소?"

"… 그걸 어떻게?"

"내사를 그냥 하는 줄 아시오?"

"… 임신은 했지만 지운 걸로 알고 있어요."

"누구 아이요? 함 사장 아이요?"

"아니라고 알고 있어요."

"그럼 민 회장 아이였소?"

"… 글쎄요. 회장님이 임신시킨 여자가 한둘이 아니긴 한데 그 누구도 아이를 낳았다는 소리는 못 들었거든요."

"흠… 임신시킬 능력은 있다 이거군. 성하나 씨의 오빠가 회장에게 돈을 요구했다는 소리가 있소. 근데 그게 임신 뭐 그런 게 아니라 여동생이 성폭행 위증을 서 준 건과 관련해 돈을 요구했고, 거기서 마약 얘기도 나왔소. 이걸 어떻게 생각하오?"

"어떻게 생각하냐고요? 민 회장의 약점을 잡아 돈을 요구한 건 사실은 하나 머리에서 나온 거예요. 오빠는 역할만 한 거고요."

미스 고가 성하나 씨에 대해 부정적인 얘기를 했다. 그래? 그렇다면.

"만 원짜리 한 장 있소?"

"네?"

"얘기가 길어질 것 같은데 아무래도 찻집으로 가야겠소. 헌데 미스 고를 만나는 건 비밀업무라 공적이든 사적이든 카드를 사용할 수 없는 어려움이 있소. 당신을 보호하자면 말이오."

"아 네. 차는 제가."

멀리 갈 것도 없었다. 바로 뒤에 스타벅스가 있었다. 미스 고가 많이 두려운지 주문한 게 나올 때까지 카운터 앞에 있다가 한참 만에 차 한 잔과 케이크 한 조각을 타서 자리로 돌아왔다. 이 사이에 무종은 심문할 내용을 마무리 지었다.

"케이크 좀 드시오."

무종은 진작에 차 대신 케이크를 먹겠다고 했고 냉수 한 잔을 미리 챙겨둔 상태였다.

"전 됐어요. 수사관님 드세요."

"그럼."

초콜릿이 들어간 케이크 반 정도를 먹어 기운이 좀 난 무종은 그녀를 정면으로 바라보았다.

"성종수 차장과 사귄 적 있죠? 아니 사귀고 있죠?"

"네?"

"우리가 내사한 바에 의하면."

"… 저는."

"미스 고, 그냥 넘어가려 했는데 이건 짚고 가야겠소. 마약 건으로 협박해 돈을 받아내라고 한 건 미스 고의 머리에서 나온 것 아니오? 회장의 마약 복용 사실을 알고 있는 당신이 성 차장을 부추긴 거지. 성하나 씨의

345

자살엔 당신 책임도 있소."

"… 그건."

"조서를 어떻게 꾸미는가는 나한테 달렸소. 솔직하게만 얘기하면 참작해서 올리겠소. 만약 거짓이 있다면 나도 사실대로 올릴 수밖에 없소."

"전 조언을 했을 뿐이에요. 하나를 위해서 했다고요. 살아가려면 돈이 있어야 하잖아요."

"받아냈다면 당신 몫이 훨씬 컸겠지."

"순 불법자금 그거 좀 받아내는 게 뭐 그리 큰 죄인가요?"

"죄는 아니오. 그런 돈은 받아낼수록 좋소. 근데 받지도 못했잖소?"

" ……."

"차 드시오."

차를 활달하게 마시지 못하고 있어 긴장을 풀어드리고자 했다.

"성종수 차장이 박 사장의 심복인 건 내가 진작 알고 있었소. 회장의 경영비리자료들을 박 사장에게 무한 제공한 것도 알고 있고. 박 사장이 당신을 고용한 것은 성 차장의 추천에 의한 것이오."

"그건 아니에요. 전 박 사장님이 직접 고용했어요."

"남자가 누구를 추천할 땐 공을 잘 안 내세우는 법이오. 그건 뭐 중요한 게 아니니 그렇다 치고… 그러니까 성하나 씨의 자살은 매우 복합적이오. 아무도 우군이 없었던 거지. 진정으로 그녀를 생각해 주는 사람이 없었던 거요. 그게 그녀를 절망시켰소. 이렇게 말해도 되겠소?"

"그렇게 조서를 꾸미실 건가요?"

"그렇소. 요즘 조서는 당사자의 환경과 심리, 사회적 배경 등을 모두 참작해서 꾸미오. 단순하지가 않소."

"네, 본인은 그렇게 생각했을 수도 있겠네요."

"그 전에 가장 기초적인 수사가 하나 있소."

"기초적인 거요?"

"즉 성하나 씨가 자살하면 누가 가장 이득을 보는가."

미스 고의 눈빛이 흔들렸다. 자기가 이득을 보았다면 어떤 이득을 보았는지 자문하며 불안해하는 것 같았다.

"생명보험 같은 거예요?"

"누구요? 누구 이름으로 들어놓았소?"

"오빠 말로는 생명보험도 안 들어놨다고."

"그래요? 음… 왜 안 들었을까?"

"네?"

"아 아니오. 그럼 누가 가장 곤경에서 벗어나는가."

"곤경이라면 …….."

"예를 들면 그녀와 관계를 가진 어떤 고위층 인사가 누군가로부터 협박을 받고 있었다면? 또는 그런 자가 한둘이 아니라면?"

"하나는 살해된 게 아니라 자살했는데요."

"그러니까 누가 자살하도록 몰고 갔냐 이 말이오. 어떤 덫을 놓았나."

"그런 음모가 …….."

"혹시 동영상 같은 거 얘기 못 들었소?"

"동영상요? 그런 게 있었나요?"

"음… 누군가 협박용으로 갖고 있을지도 모르오. 그걸 발견하면 즉시 나한테 연락하시오."

" …….."

그런 동영상을 확보하게 된다면 모닝 인더스터리 선수금 면제는 물론 엄청난 거래가 이루어질 수도 있었다.

"그녀가 죽기 얼마 전 살았던 전월세 아파트가 있다 들었소. 당시 전월세가 누구 명의로 되어 있었는지 알고 있을 터이니 말해 보시오."

"그건 ……."

"성 차장은 알고 있는 눈치였소. 허니 모른다 하지 말아요."

"… 그건 함인식 사장님." 결국… 우려했던 상황이었다.

"음… 그럼 함 사장과 동거를 했다 말이오?"

"그건 아니에요. 제가 알기론 우리가 잘 모르는 남자였어요. 일주일에 두어 번 들르는 것 같았는데 누군지는 말하지 않았어요. 저와 있다가도 시간을 확인하곤 급히 집으로 가곤 했거든요."

"흠… 명의만 함 사장이다. 거 참."

"그런 건 수사관님이시라면 이미 파악하고 있지 않나요?"

미스 고가 의외의 의문을 표시했다. 하긴 맞는 말이었다. 담당 수사관이라면 다 꿰고 있을 터인데 실제 수사는 어디까지 진행되어 있는지 알 길이 없었다.

"아파트에 드나든 남자가 하나가 아니라서."

지어낸 말이었지만 그럴 가능성은 다분했다. 함 사장이 한 번씩 들렀었을 수도 있는 것이다.

"네에. 사생활이라 저도 거기까진 잘."

미스 고가 거기 아파트에서 여러 번 잤었을 수도 있었다. 그때 남자가 하나 또는 둘이 있었을 수도 있고, 아파트에서 있었던 일들에 대해 그림을 그리자면 한이 없을 것이었다. 들창코가 진짜 한 남자만 보며 조신하게 있었을 수도 있고. 알 수 있는 건 아무것도 없었다.

"미스 고도 입조심 해야 할 거요. 평소에 내 편이라고 믿었던 사람도 사건이 터지면 쉽게 배신하는 법이오. 당분간 아무도 안 믿는 게 좋을 거요.”

미스 고의 얼굴이 창백해졌다. 누군가를 머릿속에 떠올리는 듯했다. 자신의 알몸이 찍혀 있는 그런 동영상, 혹은 사건의 열쇠가 담겨 있는 그런 동영상. 부디 찾아서 연락을 해오도록!

“이번 사건은 내 직을 걸고 반드시 수사로 밝히고 말겠소.”

“꼭 그래 주세요, 수사관님. 하나의 한을 풀어주세요.”

자신의 알몸이 찍힌 것쯤은 감수하겠다는 듯한 말투였다.

“알겠소. 꼭 법의 심판을 받게 하겠소. 자 마지막 질문을 하나 하고 끝냅시다.”

미스 고가 다시 긴장했다. 자신의 연루 사실을 따지려는가 싶어 눈꺼풀이 떨리고 있었다.

“함인식 사장과 성하나 씨가 만난 건 사실로 보이는데 이를 함 사장 부인이 알고 있었던 것 같소?”

미스 고의 얼굴이 밝아졌다. 마지막 질문이 자신과는 별 상관없기 때문일 거였다.

그러나 밝아졌다는 것은 그만큼 그 뒤에 어두운 부분이 있다는 것을 의미한다.

“부인께서 하나를 찾아온 적이 있었어요. 남편과의 관계를 캐물었다고 들었어요.”

“그래서?”

“관계를 부인했대요. 사실 일방적으로 좋아한 거고 관계가 있었다 해도 일시적인 것에 불과해서요.”

“음 ……” 확실히 다른 여자가 있으렷다.

“근데 이상한 건 책임을 묻지 않을 테니 관계를 시인하라고 윽박질렀대요."

"이상할 것까진 없는데."

"심지어 그 사람 아이를 가지지 않았냐, 그렇게 몰아붙였고요."

"흐음."

"하나는, 당신 남편은 정관수술을 받았다고 들었다. 아내가 그 사실도 모르냐고 했어요. 그랬더니 무척 당황하더니 '정관수술 받았다고? 그 사실을 니가 어떻게 아느냐'고 했대요. 여럿이 있는 자리에서 들었다. 잠자리에서 들은 게 아니라고 하자, 믿기지 않는다는 표정을 지었대요. 나중에 하나가 한 얘기론 함 사장이 자기 아내가 첫 아이를 낳다 사산했고 그후 불임이 되어 합의하에 입양을 했고, 자신은 다른 데 가서 아이를 낳아오지 않기 위해서 아내 모르게 정관수술을 했다는 거예요."

아… 남편 어쩜 그는 가정을 지키려 한 남자였다. 비밀 정관수술로 아내에게 충성을 맹세했고, 무슨 짓을 해서라도 빚을 면제받고 현아 씨와 잘 살아보려 했던 것이다. 그러니까 가정을 버리려는 사람은 오직 오현아였다. 고위공무원 그와 살기 위해. 어차피 아이도 자기 아이가 아니니 남편 보고 키우라 하고… 그녀는… 아 그녀에게 사랑은 그런 건가. 이루지 못한 사랑, 그런 건 사랑도 아닌가. 쟁취하는 사랑, 찰싹 달라붙는 사랑, 그런 게 진짜 사랑인가. 그렇다면 그녀는 사랑의 저돌적인 전사 아니겠는가. 무종은, 사랑이라면 이제 대충 알 것 같았다. 사랑을 제대로 받아보지 못한 건 누구보다 들창코였다. 불쌍한 들창코… 무종은 들창코의 명복을 빌었다.

이때 함 사장의 전화가 왔다. 무종은 급히 일어서서 커피숍 밖으로 걸어나가면서 전화를 받았다.

"전화하셨네요. 아깐 병원에 있어서 못 받았습니다."

"저… 다름이 아니고 아까 모닝샴푸의 박정훈 씨를 만났는데 무슨 일을 벌일 것 같아 알려드리려고 전화했습니다."

미스 고를 취조하면서 많은 사실을 추가로 알게 되었지만 지금은 다만 위험 상황을 알려주는 걸로 한정하고자 했다.

"아… 그래요? 뭐 그건 내가 알아서 하겠소. 암튼 알려줘서 고맙소."

"박 부장이 아내분도 계속 찾고 있더라고요. 극히 조심하시라고 전해주기 바랍니다."

"알겠소, 근데 이왕 전화한 김에 하나 물어보죠. 제 아내가 혹시 남자 얘기 꺼낸 적 없소?"

"남자요? 남자는 별로 ……."

"고위공무원이라는 남자 얘기한 적이 없다 이 말이죠?"

"아… 그게 ……."

"오늘 아내의 정신과 의사를 만나고 오는 길이오. 아내가 아직도 그 자의 환영에 시달리고 있다는 거요."

"무슨 말씀인지."

"그 자는… 죽은 자요. 나하고 결혼하기 전 사귀던 행시합격생이었소."

"그 그게 무슨 말 ……."

"결혼을 앞두고 교통사고로 죽었소. 아내를 만나러 가는 길에 차에 치였지. 이젠 그 자가 구천을 떠돌며 아내 곁을 배회하는 거 아닌가 하는 생각마저 드오."

"저 ……."

"정신과 치료도 더는 효과 없고… 김 선생이 아내를 만나게 되면 현실 세계로 인도 좀 해줘요. 부탁하겠소. 어려운 환경에서도 열심히 살려는 사람을 자꾸 보다 보면 제정신이 돌아오지 않을까 하는 희망이라도 품고 싶소. 이혼 얘기도 결국 그 망령 때문이 아닌가 하는 생각이 드오."

충격 속에서도, 굿을 해보는 게 어떻겠냐는 소리가 목구멍까지 차올랐다. 아니면 교회에 가서 기도를 드리든가 절에 가서 불공을 드리든가. 호텔에서 그녀가 했던 그 고위공직자 이야기는 그렇다면 다 그녀의 망상이란 말인가. 지금까지 자신이 만나온 그녀가 현실 속 사람이 아닐 수 있다는 생각까지 들었다. 마치 한바탕 꿈을 꾼 것 같고 어서 이 꿈에서 벗어나야 할 것 같았다. 솔직히 그녀에 대한 동정심보다, 자신에게까지 그 자의 망령이 들러붙어 사회생활을 못해나가게 만들까봐 두려웠다.

"아내는 당시 임신 중이었소. 충격으로 유산했지만."

남편의 말이 환청처럼 들려왔다. 대학가에 떠돌았던 그녀의 임신 소문은 사실이었던 것이다.

돌아보니 이 모든 소동과 미스터리, 그리고 복마전 같은 검은 운명에는 사람이 산다고 할 수 없는 뭔가가 잔뜩 끼어 있었다. 산다는 건 보통, 가정을 꾸리고 한평생 부부가 티격태격하며 자식을 예뻐하거나 야단치며 소소한 고민거리를 안고 그걸 해결해 나가고, 결제가 돌아오지 않는 기간에는 웃음꽃도 피우며 그렇게 늙어가는 것 아닌가. 문제는 그조차 고정적인 수입은 있어야 한다는 거겠지만. 커피숍으로 돌아와 눈앞의 미스 고를 보니 그나마 살아가고자 하는 의지의 여인을 보는 것 같아 애틋한 마음이 들었다.

"실례했소. 수사 건이 많아서."

"네, 텔레비전을 보면 수사관님이 꼭 국밥 먹을 때 전화가 오더라고요, 국밥도 한 그릇 못 드시게."

"허허, 국밥 한 숟갈 뜨기도 전에 오기도 하오."

"그러게요."

"오늘 장시간 수고 많았어요. 이제 미스 고는 어떻게 하실 작정이오?"

"뭘요?"

"첫 월급은 받았소?"

"월급날은 말일이에요."

"월급을 받으면 주택청약저축을 들어두는 게 좋을 거요. 서울이라면 24개월은 부어야 할 거요."

" ……."

"그만 갑시다. 오늘 나를 만났다는 사실은 잊어버리시오."

그렇게 많은 말을 하고도 미스 고는 조금도 입이 아픈 내색을 하지 않고 무종에게 절을 하였다. 무종은 다시 한번 들창코의 명복을 빌었다. 불쌍하기로는 들창코만 한 사람이 없었다. 죽은 그 행시합격생하고 영혼결혼식을 올려주면 어떨까 하는 생각이 들었다. 사고사도 자살도 모두가 남의 일 아니지 않은가. 그 둘은 서로를 불쌍히 여기고 깊이 이해하리라.

아내의 새 직장은 G시의 상업단지에 있었다. G시의 아파트 입주를 염두에 두고 있는 무종으로선 아내가 미리 터를 잡고 있다는 생각을 아니할 수가 없었다. 그러고 보니 일전에 먼지떨이를 몇 번 휘둘렀다고 고막 찢어지는 소리를 낸 그 미용실도 아내의 직장인 레스토랑과 10분 거리에 있었다. 무종은 미스 고와 헤어진 후 이곳 도서관으로 와 미래사회의 유망직종에 대한 전문도서를 읽으며 시간을 보내다가 이제 문을 닫는다 해서 밤 10시에 나와 레스토랑 앞까지 온 터였다. 잠깐 나와 보라고 전화를 하려는데 맞은편에 아내가 보였다.

아내는 배시시 웃는 중이었다. 50이 넘어 보이는 사내가 하소연하듯 아내의 손을 부여잡고 있었다. 아내는 처음 보는 검은 망사 블라우스를 입은 데다 멀리서도 얼굴에 눈썹이 짙게 그려져 있는 게 보였다. 사내가 한쪽 팔로 아내를 안으려 하자 아내가 가볍게 몸을 뺐다. 거절의 몸짓이라기보다 애교스러운 동작이었다. 아내가 뭐라고 말하자 사내가 주저하더니 손을 흔들고 돌아서 갔다. 가던 사내가 뒤돌아보자 이번에는 아내가 손을 흔들었다. 아내가 저렇게 손을 흔든 건 신혼 초에 몇 번 있었고 다정하게건 건성이건 그 뒤론 전혀 없었다. 아주 신랑이나 되는 듯 사내가 다시 손을 흔들었고 그놈이 등을 돌린 다음에야 아내가 건물 안으로 들어갔다. 건물 입구 위에 '友愛'라는 레스토랑 간판이 붉은 빛을 발하고 있었다.

무종은 외투 주머니에 두 손을 찌른 채 길 건너 편의점 앞에 우두커니 서 있었다. 호주머니 속에서 가죽장갑 두 짝이 만져졌다. 직원이 공장에서 빼돌렸다는 고급 여성용장갑으로, 길거리 트럭에서 거저다 싶은 가격에 구입해 일주일 이상 전달할 기회를 찾고 있던 중이었다. 설거지거리가 많아 요즘 손이 튼다고 얼마 전에 아내가 말했었다. 다시 한번 느끼는 거지만 장갑 감촉이 매우 부드럽다. 무종은 돌아서서 전철역으로 걸어갔다.

전철역 앞의 간이공원에서 한창 패싸움이 벌어지고 있었다. 2,30대로 보이는 양복 셋과 파카 둘이 과하다 싶은 욕설을 내지르며 방방 뛰거나 엉겨붙어 있었다. 사람들이 멀찍이서 구경 중이었다.

"이 존만한 것들이 뒤지고 싶어서."

그렇게 외친 양복이 이단옆차기를 들어가다가 상대가 피하는 바람에 바닥에 나뒹굴었다. 이때 어떤 생각이 떠올랐다. 양복들이다, 이거지? 무

354

종은 전속력으로 달려가 싸움의 한복판으로 뛰어들었다. 어떤 놈이 휘두르는 팔에 턱을 얻어맞고 바로 쓰러졌다.

"이건 뭐야?"

누가 말했다. 무종은 엎어진 채 양복바지 하나를 두 손으로 꽉 붙들었다.

"아, 안 놔? 뭐야 이 인간은? 놔, 놓으라고!"

"못 놔. 아이고 옆구리야. 사람 죽네."

무종이 신음을 흘리며 외치자 누가 뒤에서 무종을 끌어당겼고 손에 발 대신 구두 한 짝이 잡혀 있었다. 누가 구두를 뺏으려고 해 필사적으로 구두를 가슴에 안고 버텼다. 그러자 손에 발길질이 들어왔고, "아야!" 외치는 사이 구두가 갈취당했다. 뒤이어 욕설들이 들려왔다.

"야 시발놈들아. 나중에 보자. 눈에 띄기만 해 봐. 박살을 내버릴 테니."

"누가 할 소리. 니네들 오늘 운 좋은 줄 알아. 한 번만 더 까불면 뒈지는 수가 있다."

무종이 고개를 들자 어느새 외투를 걸친 양복들과 파카들이 서로 반대 방향으로 멀어져가고 있었다.

"야아아아!"

무종은 벌떡 일어나 양복들을 향해 내달렸다. 양복 셋이 동시에 뒤돌아보더니 그 자리에 멈춰 섰다.

"내 옆구리. 옆구리 다쳤잖아! 어딜 도망가?"

무종이 외치며 달려드는데 팔이 하나 쑥 나오더니 가슴을 밀었다. 어어 무종은 뒤로 나뒹굴었다.

"야아, 요즘 미친놈 진짜 많다. 도대체 어디서 튀어나와 이 지랄이냐?"

"모르지. 제정신 아닌 놈 같다. 가자, 상대 말고."

"야아아 치료비 내놔야지! 어디 가? 어디 가냐고!"

무종이 다시 일어서서 놈들을 향해 달려들자, "야 뛰어. 정신병자다!" 하는 소리와 함께 양복과 구두들이 후다닥 멀어져갔다. 추격전은 그들이 재빨리 건널목을 건너가는 바람에 1분도 못 미쳐 중지되고 말았다. 그제야 진짜로 옆구리가 쑤셔왔다. 저번에 에스컬레이터에서 부상당한 부위가 칼로 쑤시는 듯하며 숨이 턱 막혀 왔다. 무종은 한참을 제자리에 서서 통증이 진정되기를 기다렸다. 그러니까 양복 셋이 각출하면 치료비로 300은 받아낼 수 있었는데… 어차피 싸움질 하는 놈들 벌금 낸다 치고 300 정도면 괜찮은데… 돈을 받으면 50 정도는 전의 그 부상당한 아가씨에게 위로금으로 건네주고… 그런데 결과는 옆구리의 부상이 도지고 구둣발에 채인 손이 부어오른 게 다였다. 사람들이 신고만 했어도 경찰들이 출동하고 무종은 표창은 표창대로 치료비는 치료비대로 받을 수 있었는데 시민의식이 땅에 떨어져 있었다. 혹시 싶어 전철역에 도착해서 여기저기 화장실까지 둘러보았으나 양복 셋은 보이지 않았다.

직장을 옮기고부터 아내는 밤마다 택시를 타고 집으로 돌아왔다. 무종은 아내가 현관문을 열고 들어오는 소리를 듣고 그냥 누워 있었다. 안방에는 경서가 대자로 누워 있고 작은 방에는 민주가 그의 곁에 잠들어 있다. 민주를 안자 발버둥을 쳤다. 잠결에도 엄마가 아님을 아는 것이다. 민주 머리에서는 모닝샴푸 냄새가 났다. 집에 있는 모닝샴푸가 다 떨어지기까지 앞으로도 한참은 날 거 같다.

하루가 어떻게 지나갔는지, 몸은 여기저기 왜 이리 쑤시는지, 가슴은 또 왜 이리 허한지 ……. 무종은 잠이나 자야겠다고 이리 뒹굴 저리 뒹굴하였다. 그러다 검은 망사 블라우스의 아내가 생생하게 떠오르면서, 굿바이 하며 손짓하던 사내놈까지 배경으로 나오면서 무종은 이를 악물었다.

화장실 거울에 핏발이 선 두 눈동자가 있었다. 무종은 화장실 타일 벽을 주먹으로 한 번 두 번 두들겼다. 그러다가 쾅쾅 내리쳤고, 머리를 벽에 대고 잠시 가만히 있었다. 인정하기 싫었고 별거 아니라 애써 자위해 보더라도 그런 일이 반복되게 두는 건 무엇보다 자신을 용서할 수 없는 일이었다.

8 해결사 김무종

다음날 오전 11시경이었다. 아내가 차를 한잔하자며, 거실 식탁에 앉으라고 했다. 무종을 바라보는 아내의 표정이 일반적이지 않았다.

"보증금을 못 올려줄 것 같으면 집을 비워 달래. 두 달 남았어."

그 말만 하고 무종 눈치를 봤다. 무종은 고개를 끄덕였다. 석 달째 밀린 집세와 보증금 인상분 천만 원, 그걸 마련하든가 집에서 나가든가 둘 중의 하나였다.

"전세 가압류도 아직 못 풀었지?"

무종이 계속 말이 없자 한참 만에 아내가 말했다. 무종은 대답 대신 커피를 한 모금 마셨다.

"그리고 상우 엄마가 오백 갚아 달래. 당신 생활비 안 갖고 오면서 빌린 돈 말이야. 그 외에도 일이백 짜리가 대여섯 건 있는 거 알지?"

"전부 얼만데?"

"3천만 있으면 내가 숨을 쉴 것 같아."

3천이면⋯ 정확하게, 중국집에서 뚱보가 박에게 긴급제안한 바로 그 금액이었다. 아파트 분양권을 사서 대박을 노려볼 수 있는 돈이었다. 그런 돈이 오롯이 빚 갚는데 소진되어야 하다니… 하지만 어쩔 수 없는 일이었다. 아내부터 숨을 쉬고 봐야 했다. 검은 망사 블라우스를 계속 착용하게 둘 수는 없는 것이었다.

"그 돈이면 가게 안 나가도 되는 거야?"

"직장을 왜 안 나가?"

"더 좋은 데 알아볼 수 있잖아. 회사 같은 데."

"당신이 알아봐 준다고?"

" ……."

오늘 얘기나 좀 하자고 말하려 한 건 사실 무종이었다. 레스토랑 계속 나가야 되냐고 강하게 물어볼 작정이었던 것이다. 왜 그렇게 묻는지 아내는 모른다 하더라도 무종은 알고 있었다. 어젯밤에 본 것이 있었던 것이다. 아내를 쥐잡듯 나무랄 생각은 없었다. 무슨 자격으로 나무라겠는가. 그러나 어떻게든 해결점을 찾아나서야 된다는 게 무종의 입장이었다. 오현아와 그녀의 남편에게는 그들의 문제가 있고 무종에게는 그가 아니면 풀 수 없는 문제가 있었다. 결코 상호교환할 수 있는 문제가 아니었다.

"가압류 풀고 천만 원부터 먼저 구해보든가. 그거라도 손에 쥐고 있어야 뭘 어떻게 해보지."

무종이 생각에 잠겨 있자 답답한 듯 아내가 말했다. 그 말을 들은 무종이 의외로 어떤 결의의 표정을 짓자 그녀는 기대 반 의아함 반의 얼굴로 남편을 빤히 봤다. 무종이 말없이 일어나 화장실에 다녀오자 아내가 참기름 냄새를 풍기며 프라이팬에 김치볶음밥을 만들고 있었다. 경서가 아빠 의자를 차지하고 앉아 식사를 기다리고 있었다. 아내가 지켜보는 가운데 그걸 천천히 먹고 집을 나왔다.

무종은 노인정까지 걸어가 처마 밑에서 휴대폰을 한참 만지작거리다 전화를 걸었다. 구 상무가 받았다.

"상무님, 저 구매과에 근무했던 김무종입니다. 승진 축하드립니다."

"아 자네군. 승진 그거 옛날 이야기인데… 근데 얼마 전에도 전화하지 않았나?"

"네, 그날 상무님 목소리 듣고 싶어서요."

"사람 참. 그래 무슨 할 말 있나? 혹시 퇴직임원 사무실에 간 거 때문에 그러나?"

"아뇨, 그것보다 긴히 드릴 말씀이… 사실 이번 검찰 조사 건과 관련해 중요한 상의를 드릴 게 있습니다."

"자네와?"

"네, 중요한 일입니다."

무거운 침묵이 건너왔다. '네 놈까지 날 협박하냐?' 그런 의미의 침묵으로 다가왔다.

"전화로 간단하게 말해보게."

"… 그럼 말씀드리겠습니다. 제가 총대를 메고 싶습니다."

"총대라니?"

"제가 이번 사건에서 상당 부분 혐의를 지고 갈 용의가 있습니다."

"자네 지금 무슨 말 하는 건가?"

"… 저 감옥 가도 좋습니다. 아니 가겠습니다. 제가 대신 가겠습니다."

"잠깐 기다리게."

오줌 누다가 받았는지 한참 후에 목소리가 건너왔다.

"뭔가 단단히 오해하는 것 같은데 자네는 수사대상이 아니네. 그러니 신경 쓰지 말게."

"상관없습니다. 그냥 제가 재판받겠습니다. 그렇게 해 주십시오."

"… 도대체 무슨 뜻인가?"

"저 3천이면 됩니다. 상무님. 제가 재판받겠습니다."

"김 과장… 이게 대체 무슨 일인가. 그러지 말고 취직을 하게. 재판은 누가 대신 받아주는 게 아니네. 그리고 이번 사건은 기껏 벌금이나 과징금 정도야. 다칠 사람은 없네."

"상무님… 저 부탁드립니다."

"설령 자네가 총대 멘다고 해도 되는 일이 아닐세. 우리 혐의가 하나 더 늘어날 뿐이지. 무슨 일인지 모르겠지만 취직을 하게. 이만 끊겠네."

"상무님! 잠깐만요. 만나서 얘기하시죠. 제가 찾아뵙겠습니다."

"… 자네 엉뚱한 면이 있는 건 알았지만 아직도 그런 줄은 몰랐네. 제발 정신 좀 차리게."

"상무님! 상무님!"

전화가 끊겼다. 잠시 후 다시 걸었으나 받지 않았다. 감옥 갈 생각은 없었다. 죄질 여부에 따라 벌금으로 빠져나올 자신이 있었다. 그 벌금이야 회사에서 내줄 거고 그동안의 수고비조로 3천 외에도 얼마가 더 올 수도 있는 거였다. 구 상무님이 뭔가 잘못 알고 있는 모양인데, 기업비리 문제에 정부와 국민의 참을성이 많이 줄어든 작금 그렇게 낙관적으로 볼 상황이 아니었다. 기어코 감옥에 가시려나. 임원 정도면 본보기로 구속기소가 되면 벌금 더하기 집행유예를 받는다 해도 몇 개월 감옥에서 썩어야 하는데 그걸 모르다니. 잠시 후 한 번 더 전화를 했지만 신호만 가다 끊겼다. 무종은 아파트 단지를 나와 길거리를 몇 번 오갔다. 걷는 것도 더는 의미가 없었다. 아무리 생각해 봐도 여기서 물러설 수는 없었다. 사생결단을 해야 했다. 무종은 곧장 지하철역으로 걸어갔다.

운 좋게 전철 자리에 앉아 가는데 변가영의 전화가 와서 받으니 경서가 나왔다.

"아빠, 휴대폰 사러 가자."

"응?"

"기기값 공짜야. 요금도 한 달에 이만 원도 안 들어. 삼성카드 있지? 그걸로 할인받으면 돼. 지금 가자."

"엄마하고 가. 아빠 지금 어디 가는 중이야."

"어딘데?"

"먼 데야. 끊는다."

또 전화가 온다. 이 전화는 안 받으면 열 번까지 온다.

"끊으라니까."

"아이 씨. 왜 자꾸 끊으래. 기기값 공짜라고!"

"세상에 공짜는 없다. 한 번 더 전화하면 내 휴대폰 너 줄 거야."

"아빠 껀 싫어. 너무 못생겼어."

"너 지금 재희한테 문자 하려고 신형 휴대폰 사달라는 거지?"

"재희가 뭐? 아빠 애인도 아닌데 왜 자꾸 재희 재희 해. 내가 알아서 할 거야. 내가 알아서 한다고. 그러니 휴대폰이나 사 줘."

하긴, 네 놈 여친이지 내 여친이냐. 그런데 재희 엄마는 왜 자꾸 내게 말을 거냐.

"너 휴대폰 생기면 재희한테 카톡질 할 거잖아. 너 그러다가 이번에는 재희 아빠가 나 보자고 하면 나 폭발할 거야. 알았어?"

"재희 아빠? 걔가 아빠가 어디 있어?"

"뭐라고?"

"재희는 아빠 없어. 그래서 내가 보호해주려는 건데 씨 아빠는 알지도 못하면서."

" ……."

"휴대폰 안 사줄 거야?"

몇 마디 더 실랑이 끝에 통화가 끝났다. 기다려라, 이놈아. 아빠가 지금 돈 벌러 간다.

"출입 허가증이 있거나 본사 허가가 있어야 합니다."

보안검색대에 가로막힌 무종에게 낯익은 제복의 50대 경비원이 말했다. 3년 전에는 못 본 새 경비원이다. 무종은 위축된 모습을 보이는 대신 차분히 오송철강 본사 로비를 훑어보았다. 철을 이용한, 새나 로봇 같은 구조물이 몇 개 로비 한가운데에 전시되어 있었다. 철 이미지가 너무 딱 딱하니 본사 앞이나 공장 마당에 철을 이용한 예술품을 세워 두면 좋겠다는 제안을 5년 전에 한 바 있었다. 그것이 이제야 채택되어 장소만 바꿔 설치해 놓은 것이다. 이런 사람이 검색대도 통과하지 못하다니, 잘못돼도 한참 잘못되었다. 엘리베이터조차 보안검색대를 통과해야 탈 수 있다니, 어떤 놈이 망치라도 숨기고 탄다는 건가. 무종은 경비원이 곁눈질하는 가운데 권해욱 선배에게 전화했다.

"너 잠수 타라니까 왜 전화해?"

"저 지금 본사 로비에 있습니다."

"뭐라고?"

"로비에 와 있는데 안으로 들어갈 수가 없네요."

"너 미쳤냐? 니 발로 여길 왜 와?"

"좀 내려와 주시면 좋겠습니다. 아니면 들어갈 수 있게 전화 한 통 해 주세요."

"야, 대체 너 왜 온 거야?"

"구 상무님 뵈러 왔습니다."

"상무님이 널 호출했다고?"

"그냥 뵐 일이 좀 있어서요. 아까 통화도 했는데 그 뒤로 연락이 잘 안 됩니다."

"방문하겠다고 말씀은 드린 거야?"

"그건 아니고… 꼭 만나야 할 일이 있어서요."

"그럼 상무님께 직접 연락해 봐. 난 니 얼굴 보는 것도 겁난다."

"다시 연락드리겠습니다."

무종은 보안검색대 옆의 안내테이블 여직원에게 구 상무님 면접 요청을 드렸다.

여직원이 이름을 묻더니 전화기를 들었다. 3년밖에 안 지났는데 김무종을 잊어버리려고 다들 결의를 했는지 오가는 사람 아무도 아는 체를 하지 않았다.

"김무종이란 분이 찾아왔습니다. … 네, 알겠습니다."

여직원이 전화를 끊고는 "자리에 안 계신답니다." 그 말만 했다.

"화장실에 가셨나?" 그렇게 중얼거린 후 무종은 권 선배에게 다시 전화했다.

"선배님, 저 안 들여보내 주면 건물 앞에서 1인 시위합니다. 정말입니다."

"너 머리가 어떻게 된 거 아니냐? 무슨 1인 시위를 한다고 그래."

"저 말입니다. 3년 전 구매과에서 저 혼자 나왔습니다. 왜 저 혼자 나왔는지 요즘 회사 돌아가는 형세를 보니 감이 잡히더라고요. 그래서 좀 슬픕니다."

나 혼자 나왔다는 이 말을 평생 못할 줄 알았다. 해버리니까 별것도 아니었다.

"… 잠깐 기다려. 술이나 한잔하자."

"술은 됐고요. 옛 동료들 얼굴이나 한번 보고 가렵니다. 들여보내 주세요."

동료들 얼굴 볼 생각은 없었다. 누가 환영하겠는가. 꼬장 부리러 온 사람으로 보겠지.

"기다려, 내 곧 내려갈게." 급하게 권 선배가 말했다.

그때 누가 다가온다 싶더니, "김 과장님. 아니세요?" 했다. 넥타이가 삐딱한 게 전략기획실의 최 대리였다.

"아 최영근 대리. 아니 이제 과장님이신가."

"어쩐 일이세요?"

"일이 있어 왔어. 여기 청소 상태는 좋네."

무종은 새삼 로비를 둘러보았다.

"누구 만나러 오신 건 아니고요?"

"오늘 수요일이지? 그럼 임원회의 있는 날이네. 여전히 네 시부터인가."

"그럴걸요."

"회의 전에 구 상무님 비서를 뵈어야 하는데 같이 들어가지."

"… 뭐 그러시죠."

최 대리, 아니 최 과장이 안내데스크 여직원에게 뭐라고 얘기했고, 마침내 무종은 휴대폰과 신분증을 맡기고 최 과장과 함께 보안검색대를 통과해 엘리베이터를 탔다. 5층에서 최 과장이 내리기 전 인사를 해와 근무 잘하라고 말해주었다. 구 상무님의 방은 7층의 안쪽에 카펫으로 연결되어 있었다. 임원 네다섯을 공동으로 보좌하고 있는 두 여비서 중 덜 마른 여비서가 약속 안 하셨냐고 물었다. 안면이 있는 직원이었다. 괴로운 일이 있는지 살이 좀 빠져 보였다.

"김무종 과장이 왔다고 그 말만 전해주십시오."

여비서가 상무실로 들어가더니 금방 나와서는 들어가시라고 했다. 구상무가 소파에서 반쯤 몸을 일으키다 고개를 절레절레 흔들며 다시 주저 앉았다. 그동안 풍채가 더 좋아졌고 흰 머리는 염색을 철저히 한 탓에 한 올도 보이지 않았다. 집무실은 오광도 상무대우 집무실의 절반 크기였고 가구도 그리 훌륭하지 못했다. 9층 건물의 사무실 두 층을 타 회사에 세 주는 등 업무공간을 대폭 줄여 놓았다고 권 선배로부터 들은 바 있었다.

"일단 앉게." 무종이 소파에 앉자 구 상무가 한숨을 작게 쉬었다.

"고생한다는 소린 들었네. 권 팀장이 틈틈이 일거리를 주고 있다고."

"네, 도움을 많이 받고 있습니다."

"그런가? 가급적 도와주라고 내가 여러 번 말을 하긴 했었네."

"네… 권 팀장이 말씀하시더군요. 감사합니다. 최근엔 그것도 끊어졌지만요."

권 선배가 그런 말을 한 적은 없다.

"그래도 퇴직임원 사무실에 간 건 너무 했다고 생각하지 않나?"

"회사에 도움 되는 일이라고 생각했습니다."

이미 이 질문에 대비해 놓은 상태였다.

"그랬겠지. 하지만 퇴직임원의 운전기사였던 자가 검찰에 시답잖은 정보를 제공한 건 뭐 때문이었다고 생각하나?"

"퇴직임원님들을 제가 부추기지는 않았습니다."

"회사는 그날 자네가 거기 간 걸 기폭제로 보고 있네. 내가 중간에서 얼마나 자네 변호한 줄 아나?"

"경위야 어떻든 심려를 끼쳐드렸습니다."

검찰이 조사를 한두 달 하나? 내가 거기 간 게 불과 며칠 전인데 무슨 기폭제야. 이런 식으로 옛날에도 날 옭아맨 거 아닌가? 무종은 얼굴 표정이 썩 밝지 않았다.

"회사는 그게 운전기사 단독범행이 아니라고 보네. 전직임원과 뭔가 내통이 있었다고 보네."

고발을 범행이라고 부르고 있었다. 게다가 김무종이 퇴직임원에게 그런 시나리오를 짜준 것처럼 말하고 있었다.

"저는 그분들과 점심을 한 번 한 것밖에 없습니다. 까놓고 말해서 그간 회사에서 저한테 밥 한 끼 사주었습니까?"

무종의 말에 뼈가 있는 것을 감지한 구 상무의 얼굴이 창백해졌다. 그때까지 서려 있던 엄한 기세가 꼬리를 감추며 달아나고 있었다.

"뭐 꼭 그렇다는 것보다… 근데 아까 전화로 얘기한 건 도대체 무슨 내용인가."

"상무님… 말씀드린 그대로입니다. 전 상관없습니다. 회사를 위해 다시 한번 제 몸을 내놓겠습니다."

"… 자네의 충정이야 익히 아는 바네. 하지만 이건 경우가 다르네. 알다시피 회사가 고발 건에 휘말려 있지만 그리 큰 문제는 아니야. 검사 판사들이야 우리가 좀 알고 우리 법무팀도 다 그 친구들의 선후배들이지. 최소한으로 막을 걸세. 실제로 털어봐야 크게 나올 것도 없고. 그러니 자네의 충정이야 이해하지만 괜히 일을 복잡하게 만들지 말게. 이게 내가 할 수 있는 말이네."

"… 저는 3년 전에 회사를 나왔고… 제 아내는 아직도 그 이유를 모르고 있습니다."

"그건 그때 끝난 이야기 아닌가. 회사도 양보할 만큼 했고."

"… 제가 가장 돈을 많이 먹었습니까?"

"뭐라고?"

"저 혼자 돈을 먹었냐고 묻고 있습니다."

이 말을 하며 무종 자신도 깜짝 놀랐다. 도저히 자신이 한 말이라고는 믿어지지 않았다. 그러나 말은 이미 입 밖으로 튀어나왔고 이렇게 된 이상 무종은 당황해하지도 않았다. 가련한 표정을 짓지도 않았다. 민주직장인의 권리를 정확하게 전달하는 당당한 태도를 취하고 있었다. 이 순간 회장님이 들어오셔서 달랜다 해도 발언을 취소할 마음이 없었다.

"허… 자네. 지금 무슨 말을?"

"좋습니다. 다 지난 얘기고 불문에 부칠 용의도 있습니다. 하지만 이번 재판에는 제가 꼭 참여해야겠습니다."

"김 과장… 이런 말 안 하려 했네만, 그때 퇴사한 타부서 사람들 다 지금 한자리들 하고 있네. 무슨 말인지 알겠나. 회사에서 특별히 도와준 것도 없는데 다들 열심히 살고 있어. 철강경기가 예전 같지 않네. 뭘 도와주고 싶어도 못 도와주는 실정일세. 그 사람들, 자기들이 도울 거 없느냐고 되레 묻더군. 그럴 땐 돌아서서 운다네."

"… 을지로에서 철공소 하는 신 사장 말입니까?"

"누구?"

"아닙니다… 제가 몸이 좀 부실하고 공사경험이 없어 건설현장에 나가 일하지는 못합니다. 영업 쪽으로 쭉 뛰어왔는데 성공이 머지않았습니다. 이 고비만 잘 넘기면 회사에 큰 도움을 줄 수도 있을 것 같습니다."

돕기는 뭘 돕나. 오송철강이 3년 연속 적자를 보면 그때 헐값에 주식을 대량 매집해 주주의 권위가 어떤 건지 똑똑히 보여주고 말 거다.

"반가운 소리군. 고비를 잘 넘겨 자네도 살고 회사와도 돈독해지면 좋겠구만."

"네, 그 내용은 짱살롱의 공 마담도 대충 알고 있습니다."

"공 마담?"

"네, 상무님께서 검사분들과 회식도 하신다고 들었습니다. 검사분께 절 추천만 해 주시면 재판 일은 제가 알아서 하겠습니다."

검사를 만나면 재판 건 외에도 할 이야기가 있었다. 성 차장 여동생 자살사건을 꺼내 수사에 혼선을 주면서 오송철강 건은 가볍게 처리하도록 하고 자살사건에 집중하도록 할 참이었다. 피의자가 이런 카드를 갖고 있을 줄 이 자리의 구 상무가 알 리 없었다.

"김 과장, 그 얘긴 더는 꺼내지 말자고. 회의가 있어 그만 나가봐야겠네. 계좌번호 하나 적어놓고 가게. 아쉬운 대로."

"상무님. 저 뭐 얻으러 온 사람 아닙니다. 회사에 도움도 되고 저도 사는 방안을 강구해서."

"알았네, 그 마음은 소중히 간직하겠네. 자 일어나지."

구 상무가 어깨를 두들겼다. 무종은 두들기게 놔두었다.

"재판 진행 중에라도 연락 기다리겠습니다."

구 상무가 대답 대신 메모지를 건네기에 손도 대지 않았다. 은행계좌로 돈을 받았다간 협박죄에 걸려든다는 건 삼척동자도 아는데… 내가 미쳤나. 3년 전 그때는 현금으로 받았는데도 떡고물 좀 먹었다고 그렇게 되었는데. 기껏 몇십만 원 받고 직장생활에 이어 사회생활까지 망칠 일 있나. 빈손으로 당당히 걸어나가는 무종에게 여비서가 눈을 치켜뜬 채 목례를 했다. 뭘 모르기로는 그 상사에 그 비서였다.

안내데스크에서 휴대폰을 돌려받는데 전화와 문자가 여러 개 찍혀 있었다. 권 선배가 말한 접선 장소는 본사 옆 건물의 커피숍이었다. 무종이 건물을 나오자 요란한 꽹과리 소리가 났다. 하청업체의 또 다른 하청업체 대표가 '원청업체가 책임지라고, 못 받은 돈을 대납하라고' 하는 푸닥거리였다. 무종이 근무할 때도, 자신이 총무과 직원도 아닌데 이런 사람들을 좋게 타이른 적이 있었다. 오늘은 그냥 지나가며 꽹과리 소리에 속으로 박자를 넣었다.

"구 상무님 만났다며."

권 선배가 맞은편에 앉는 무종을 보며 말했다. 말이 철강회사지 이놈의 회사가 입이 안 무겁기로는 종이회사에 뒤지지 않는다.

"네, 인사도 드릴 겸 퇴직임원 건 사과도 드리고."

"그래 잘 넘어갔어?"

"네, 대충 넘긴 것 같습니다. 선배님 입장도 있고 문제가 있으면 제가 직접 나서서 좀 풀어야 할 것 같아."

"뭐 회사가 너 핑계 대는 건 알아. 하지만 희생양이 필요하니 회사에서도 그걸 문제 삼은 거지."

" ……."

바른 말 한다고 돈 드는 것도 아니니 하는 거 같았다.

"차 시켜."

"금방 마셨습니다."

권 선배가 더는 권하지 않고 찻잔에 입을 가져갔다.

"샴푸는 잘 되고?"

"네, 그쪽 업계 돌아가는 건 이제 좀 알겠고 곧 이직도 할 것 같습니다."

"그래? 어디로?"

"뭐 그쪽 방면이죠. 회사 안 바쁘십니까?"

"좀 있다 들어가 봐야지."

"구 상무님은 제가 알바를 계속했으면 하는 입장이더라고요."

"그래? 그거야 뭐. 또 진행하면 되지."

"네, 항상 선배님 신세를 지고 있습니다. 빨리 잘 되어서 꼭 신세를 갚겠습니다."

"야, 너 잘 되는 게 신세 갚는 거야."

"네 뭐로든요. 참 미스 현은 시집갔다면서요."

서무를 보던 미스 현이 호프집에서 울부짖은 바 있었다. 권 차장님은 잘만 빠져나가고 왜 김 과장님만 독박 쓰냐고. 알지, 왜 모르겠나. 하지만 둘 다 회사에서 나가면 알바일은 누가 주나?

"응, 잘 됐어. 신랑이 나이가 있어 좀 그렇지만, 나이야 요즘 뭐 경제력만 탄탄하면 그리 큰 문제는 아니지."

"신랑 나이가?"

"오십 좀 넘었더라고."

" … 네."

스무 살 차이 나면 됐지 뭐. 무종네처럼 세 살 차이 나면서 반은 굶는 거보다야 낫겠지.

"바쁘신데 들어가세요. 1인 시위는 벌써 누가 하고 있어서 오늘은 못 하겠네요."

"1인 시위?" 아까 잘 들어놓고 처음 듣는 말처럼 놀란 눈을 했다.

"퇴사한 사람들 다 잘 나간다고 하니 나야 뭐 잘하는 것도 없고 그거라도"

"야, 1인 시위 그거 주로 드라마에서 유행시킨 거야. 우리야 대화를 해야지 그런 걸 어떻게 하냐. 하는 사람도 실익이 없다고."

"네, 아무튼 고민 좀 해 보겠습니다."

권 선배의 얼굴에 그늘이 끼어 좀 심했나 싶었지만 오늘 자신이 구 상무님과 권 선배에게 한 일련의 발언들이 의미가 있었다는 생각이 들었다. 이 방면으론 쭈꾸미 사장이 일가견이 있는데 이제 무종도 그 못지않은 권위를 갖추게 되었다.

공 마담한테 가보지는 않았다. 대성사우나도 그냥 지나쳐갔다. 거리에 저녁이 오려 하고 있어 세상은 곧 밤으로 입장할 터였다. 낮이 있어야 밤이 있고 적절한 수입이 있어야 밤도 포근할 터. 그래야 네온사인도 반짝반짝 빛나는 법. 돌아갈 가정도 기분 좋게 그리워지는 법. 이렇게 소득 없이 밤이 오는 날이 오늘 하루뿐이겠는가 생각하니 살짝 우울해졌다.

걷다 보니 하늘에서 한 송이 두 송이 눈이 떨어져 내렸다. 사람들이 길거리에 서서 하늘을 올려다보고 있었다. 계속 걷다 보니 어느덧 눈송이가 허공에 가득하다. 눈이 코에 한 방 떨어졌고 입술에도 맺혔다. 바라보니 아무것도 묻지 않고 눈은 거리를 덮어간다. 지붕과 자동차들과 나무들, 그리고 무종의 머리와 어깨에 쌓여온다. 세상이, 생의 어디서 터져나온 듯한 하얀 빛을 뿜어내고 있다. 무종은 눈을 맞으며 계속 걸어갔다. 바로 앞에서 남자 중학생 하나가 보기 좋게 미끄러졌고 엉덩방아를 찧더니 금방 일어났다. 놈의 친구들이 재미있다고 깔깔 웃어댔다. 그걸 바라보며 무종도 웃었다. 그래, 지금은 눈이다. 돈이 아니라 눈이다. 앞으로 몇 시간은 그러하다고 무종은 생각하였다.

9 모두가 무종을 원해

"짐은 어떻게 하고 오겠다는 건가?"

무종이 뽑아준 자판기 커피를 마시다 말고 장인이 말했다. 어제부터 내린 눈으로 길바닥이 얼어붙자 어떤 일도 안 하고 도서관에서 유명작가의 사진집을 들추고 있던 장인이었다. 커피 대접을 하겠다고 지하 휴게실로 모시고 내려와 '저희가 장인 집으로 이사를 가면 안 되겠냐'고 여쭤본 터였다.

"짐은 물류창고가 있습니다. 화장품 창고인데 워낙 크니까 거기 한 6개월만 맡겨두고 저희도 6개월 후에는 독립할 예정입니다."

"경서 엄마도 찬성한 건가?"

"아직 얘기 못 했습니다. 아마 펄펄 뛸 겁니다. 그 부분은 장인어른께서 설득을 좀 해주십시오."

말은 그렇게 했지만 장인이 아내를 설득하리라곤 장담할 수 없었다. 장인이 민주 병원비로 내놓은 35만 원이 실은 오빠 돈이었다는 걸 알게 된 아내가 장인을 쥐 잡듯이 몰아세웠던 거였다. 때문에 장인이 매우 불안한 심리상태라는 건 안 여쭤봐도 알 수 있었다.

"방이야 안방을 내가 내준다 해도… 그동안 워낙 혼자 살다 보니."

방은 하나였다. 무종네가 들어가면 장인은 마루에서 자면 된다. 13평 빌라에 다섯 식구가 복작대는 걸 강릉댁이 보는 게 아무래도 걸리는 것 같다. 그렇다면 장인은 한 번씩 강릉댁에서 자면 될 것이다.

"아이들이 이제 예의범절도 많이 익혔고."

장인은 아무 말 없이 한참을 앉아 있었다. 그러다 입을 열었다.

"그런데 어쩌다 이렇게 되었나."

"다 제가 못난 탓입니다. 그래도 취직은 곧 될 것 같습니다. 여름 되기 전에 많이 안정이 될 거고 그 뒤로는 더 좋아질 겁니다."

"그렇게만 되면 좋겠지만 ……."

"3년 안에 단독주택 지어서 제가 모시고 살겠습니다. 장인어른."

단독주택은 지금 생각해낸 것이지만, 아파트를 포기하는 건 아니고 별 장 개념이었다.

"허… 그건 바라지도 않고. 암튼 민주 엄마와 상의해 보고 다시 나한테 얘기하게나."

"지금은 펄펄 뛰니까 취직을 한 후에 제가 얘기하겠습니다."

"2개월 안에 옮겨야 한다고 하지 않았나?"

"네, 그래야 할 것 같습니다. 참 월세는 저희가 부담하겠습니다."

"월세야 뭐." 이 부분에서 장인의 얼굴이 많이 부드러워졌다.

"맥주 한잔하시겠습니까?"

"여긴 술 안 팔아. 내가 벌써 알아봤어."

"아… 워낙 정숙한 곳이라."

"저녁에 당구장으로 올 건가?"

"글쎄요, 봐서요. 치고 계세요."

"만 원짜리 하나 있나?"

"… 저 요즘 카드를 주로 이용해서."

"그래? 거 기초연금은 보름에 한 번씩 주면 안 되나? 그거 청와대 청원 어떻게 넣지?"

"… 그런 거까지 넣는 건 좀."

"그런 걸 안 넣으면 뭘 넣나? 미국은 월급도 주 단위로 준다는데 우리도 좋은 점은 본받아야지."

월급은 월 단위로 주는 거지.

"맞는 말씀이긴 합니다만 사회적 합의가 있어야."

"합의는 염병… 컵라면 먹을 텐가?"

주위의 학생들 둘에 하나는 컵라면을 먹고 있었다.

"제가 사겠습니다."

장인은 컵라면을 다 먹고는 트림도 생략하고 작은 한숨을 쉬었다. 역시, 네 식구를 한꺼번에 들이는 게 고민이 되는가 싶었는데 엉뚱한 말을 했다.

"이별의 의미 말일세. 이번 작품들 주제이긴 한데… 사별하고 이별하고 어떻게 의미를 부여해야 할까. 사별은 운명이고 이별은 통보 같은 건가."

"무슨… 일이라도."

"아닐세. 자네 장모, 참 불쌍한 사람이었어. 그렇게 아픈데도 아침밥 한다고 ……."

도서관에서 이러면 안 되는데 장인이 많이 감상적이 되어 있었다.

"그래도 장인어른께서 마지막에 꽃구경 한 번 시켜드렸으니 주로 그 생각하시면서 떠나신 걸로 ……."

"꽃구경… 그랬지. 그해 봄은 목련이 참 좋았어. 이젠 같이 볼 사람도 없구만."

장인이 눈시울이 붉어지려고 해 무종은 고개를 숙였다. 컵라면도 다 드셨고 배도 부르실 텐데 자제를 좀 하셔야지. 장인은 더는 말하지 않고 도서관으로 올라갔다. 사진집을 마저 보겠다는 의지가 워낙 강했다. 사별과 이별… 강릉댁이 결국?

얼마 전 아내가 말했다. 노인네가 돈 오백만 원 어디 없을까 하고 한숨을 푹푹 쉬는데 아무래도 강릉댁 주려는 것 같다고. 강릉댁이 노래교실 사무실 구하고 있다는 얘기를 전에 들은 것 같다고. 그게 사실이라면 그 때문에 두 사람의 관계가 소원해진 것일 수도 있었다. 돈 얘기를 해놓고 강릉댁은 또 얼마나 민망했겠나. 예정대로 무종네가 장인집에 들어가고 그 집세를 감당한다면, 굳은 월세비를 모아 다만 얼마라도 강릉댁에게 건네주면 두 사람의 관계가 다시 풀릴 수도 있는 거였다. 이 계산을 장인어른이 제대로 할 수 있을지 의문이었다.

도서관을 나서려던 무종은 박 사장이 방금 휴대폰으로 보내온 문자를 들여다보고는 로비 벽 쪽의 일자 소파로 가서 앉았다.

'나에 대해 뭐 궁금한 거 있소?'

'네? 무슨 말씀인지.' 급히 문자를 넣었다.

'나에 대해 캐고 다닌다는 말이 있어서.'

'아 아닙니다. 무슨 오해가 있으신 것 같습니다.'

'그런가? 내가 입수한 사진인데 이게 뭐 같소?'

그 '뭐'는 아무리 봐도 민 회장 사모님과 오현아가 함께 찍은 모습이었다. 요트 몇 척이 떠 있는 짙푸른 바다를 배경으로 어느 이국적인 레스토랑 같은 곳에서 두 사람이 가벼운 옷차림으로 나란히 앉아 웃고 있었다. 일반인을 상대할 때 가장 아름다웠던 그 무심한 미소 대신 한 번도 보지 못했던 모호한 느낌의, 속을 알 수 없는 미소가 오현아의 입술에 떠올라 있었다. 그 미소엔 마치 '또 하나의 삶'이라는 메시지가 배어있는 듯했다.

오현아를 만난 이후의 온갖 장면들과 그녀가 했던 말들이 뒤죽박죽되어 한꺼번에 떠올랐다. 그러다가 생각의 기능이 순간적으로 딱 멈추는 느낌이 오면서, 무종은 고개를 들어 로비 밖을 바라보았다.

눈은 이제 완전히 그친 게군, 무종의 얼굴에도 미소가 떠올랐다. 그것은 비웃음도 쓴웃음도 허탈한 웃음도 그렇다고 달관한 듯한 웃음도 아니었다. 그저 아무 전제 없이 떠오른 웃음이었다. 그 웃음 끝에 그를 얽매고 있던 무언가로부터 막 벗어나온 듯한 느낌이 왔다. 세상이 어떤 변신술을 어떻게 화려하게 쓰든, 어느 정도는 무관한 일이라는 느낌도 같이 왔다. 결국 남아도는 건 자신이었다. 그리고 자신과 강력하게 연결되어 있는 어떤 구태의연한 이름들, 즉 가족이었다.

'이 두 사람 미친 것들 아냐. 정신병자들 아니야.'

연이어 보내온 박의 문자를 보고 있자니 말 그대로 그녀가 정신과 치료를 받고 있다는 남편의 말이 다시 떠올랐다. 망상… 환영… 고위공직자… 그 자가 오래전에 죽은 자라고 했지. 그러니 정신과 치료도 하나의 위장술이 아니었을까. 그녀는 그저 망령에 쓰인 듯 연기를 하고 있었던 것 아닐까. 그럼으로써 그녀는 무엇을 노린 것일까. 단지 이혼? 무종으로도 안되자 그녀의 동창이라는 정신과 의사를 내세워 남편이 먼저 이혼을 원하게 한다?

그리고 카페 누보의 2층에 있었다는 자는 고위공직자의 망령이 아니라 실재하는 사모님? 그렇다면… 오현아와 함께 남편 사무실 밑에 갔던 날도… 사모님이 현아 씨에게 문자를 보낸 거? 남편에게는 당신 아내가 남자와 함께 와 있다고 또 말하고… 그런 걸 이중플레이라고 하나… 현아 씨와 사모님, 결국 그 둘이 동지였단 말인가.

사진 속의 두 여자, 그들은 누구인가? 결국 모든 사건의 배경에는 회장 사모님과 오현아가 있었고, 그렇다면 둘의 공모는 무엇을 위한 것인가. 남자들이 배제된 듯한 세계 속의 두 여자… 남편들을 엿 먹이고 얻은 단순히 세속적인 승리도 아니고 뭔가 경계를 넘어가고 있는 듯한 이 아련한 두 존재는… 그녀들이 그렇게 아련히 그 세계에 있는 만큼, 아니 그 이상으로 무종은 현실의 완강한 중력을 느끼고 있었다. 그 느낌이 그닥 불쾌하지 않다는 것이 그를 안심시켰다.

'이 사진 보고 누구 생각나는 사람 없소?'

휴대폰에 10대 소년의 사진이 떴다. 여드름 자국이 있는 꽤 잘생긴 소년의 얼굴을 보고 있자니 퍼뜩 머리에 떠오르는 게 있었다. 오현아의 아들? 무종은 소파에서 벌떡 일어서서 바로 전화를 걸었다.

"지금 무슨 생각을 하고 있는 겁니까? 설마 함 사장의 아이를 볼모로."

"알아보시는군. 그냥 기본정보를 좀 모으는 것뿐이오. 내가 누구 생각나는 사람이라고 말한 건… 다시 한번 보시오. 더 생각나는 사람이 없는지."

누가 생각난다는 건가. 무종은 소년의 사진을 다시 들여다보았다. 코나 얼굴 윤곽이 함 사장을 닮긴 닮았다. 그런데 또 누구를 닮았다는 건가.

"무슨 말씀인지 저는 잘 ……."

"됐소. 사진은 지워버리시오."

지우라 한다고 지울 필요는 없었다. 다시 사진을 들여다보고 있자니 어느 순간 믿기 힘든 생각이 머리를 꿰뚫고 지나갔다. 사모님의 얼굴이 소년에게서 보인 것이다.

전체적인 윤곽은 물론 눈매와 입술에서 특히 두드려졌다. 이것은… 입양한 아이가 아니라 둘 사이의 아이… 그렇다면 미혼모의 몸으로 아이를 함 사장에게 맡기고 민 회장과 결혼을 했다?

"어떻게 된 겁니까?"

"이제 누구 새낀지 알아보겠소?"

"설마…….'

"내가 반드시 이 두 년을 법정에 세우겠어. 둘이서 무슨 막장드라마를 찍어도 상관없지만 빈껍데기 회사들을 나한테 넘기고 내 전재산을 갈취한 이것들을 못 잡아들이면 내가 형사 출신이라고 할 수 없지."

"전재산요?"

"아파트 한 채가 통째로 마스크팩 사업에 들어갔어."

"강남 아파트 말입니까?"

"강남 같은 소리 하네. 아파트가 강남에만 있나. 아무리 생각해 봐도 사내들은 다 허깨비야. 당신은 말할 것도 없고."

"저는 뭐 별로… 근데 마스크팩은 누가 사업주인지요?"

"알 거 없고. 내가 물어보고 싶은 것은 로샤 뭐라는 외국년을 아나?"

"로샤요? 프랑스 여배우인데 모르십니까?"

"그년의 법률대리인인가 하는 놈한테서 청구서가 날아왔어. 초상권 무단 사용에 대한 손해배상청구라는데 뭐 들은 바 없소?"

"아… 그건 회장님 사모님이 잘 아실 텐데요."

"알지도 못하는 중국 현지기업에서 그년 면상을 마스크팩에 박은 모양인데, 내 이름이 거기 회사 어디 서류에 등록되어 있는 모양이야. 시부랄 것들. 현지법인 세운다고 존나게 서류가 들어간다고 할 때 알아봤어야 하는 건데."

"아… 중국은 워낙 짝퉁이 많아 그런 거 소송해 봐야 본전도 못 건진다고. 그냥 뭉개면 될 거 같은데요."

"중국에서 방판으로 파는 모양인데 회사가 실체도 없어. 내 돈이 어떤 것들 아가리로 들어간 것 같아. 아는 것 없소?"

"저는 잘… 설마 오현아 씨도 관련이 있다고 보시는지요?"

무종은 아까부터 도서관 안내데스크 여직원이 바라보는 가운데 로비를 빙빙 돌며 전화를 받고 있었다. 한 자리에 가만있기가 어려웠다.

"들은 거 있지? 날 캐고 다닌 거 보면 많은 걸 알고 있을 거 같은데."

"아 아닙니다. 전혀 없습니다. 오현아 씨는 재산도 거의 없는 걸로."

"재산이 없으면 없는 대로 있으면 있는 대로 돈은 벌고 싶은 거지. 사진 거기 어딘 거 같아? 중국 같지? 아니야 필리핀이야. 식탁 문양 보면 알지."

"아… 저… 아이는 지금 어디 있습니까?"

"두 년 사진 그거 아이 휴대폰에서 나온 거야. 무슨 생각으로 그런 사진을 애새끼한테 보낸 걸까? 독한 것들."

"……."

"함 사장이 날 찾아왔어. 자살하려는 걸 말렸는데… 살아 있어야 연대청구를 해도 하지."

"자살이라뇨?"

"자살하고 싶다고 쇼하는 거지. 뒤질려고 하는 놈이 향수까지 뿌리고 다니나."

여자사형수가 처형 직전에 루즈 바르는 거 못 봤나?

"평소에 사용하지 않는 향수를 뿌렸다면 그건 위험한 겁니다."

"위험? 잘 들으시오. 성 차장 여동생이 왜 죽었는지 물었지? 들으면 아마 놀라자빠질걸. 함 사장이 아파트 전월세를 하나 얻어 놓았더라고. 보증금이 7천인데 근데 그게 성 차장 여동생의 스폰서가 해준 거야. 함 사장이 스폰서하고 짜고 명의를 함 사장 이름으로 한 거지. 여자한테는 넌 신용불량자이니 자기 이름으로 해두었다가 스폰서 계약 끝나면 돌려주겠다고 뻥치고. 본인도 신용불량자인 놈이 말도 안 되는 사기를 친 거지. 근데 놈이 보증금을 빼서 개인적으로 쓴 거야. 여자는 그 보증금 믿고 그동안 생활비도 거의 받지 못한 모양이야. 스폰서가 놈을 찾으러 다니고 여자는 실신하고 개판이 된 거지. 스폰서 놈이 내게 와서 함 사장이 빼먹은 돈 좀 받아달라고 하더군. 원래는 계약 만기 되면 그저 수고비조로 몇 푼 받기로 했던 모양이야. 근데 홀라당 해먹은 거지."

" ……."

"듣고 있는 거요?'

"네, 근데 그 때문에 여자가 자살했다고요?"

"애미 간 이식 수술 해주려고 한 돈이라는 거야. 그러니 안 뒤지고 싶겠어?"

"아 사무실에 오셨던 그 어르신… 근데 유서도 없고."

"믿었던 놈한테 배신 맞아 봐. 돌지. 살고 싶지 않고."

"… 네. 근데 그 일에 회장님은 상관없습니까? 아파트 보증금요."

함 사장이 전월세 그 돈을 홀라당 빼먹었다고 믿기는 힘들었다. 회장이 간여되어 있을 가능성을 배제할 수 없었다. 그런 스폰서라면, 높으신 분인 회장이 모를 리 없는 것이다.

"무슨 얘기하고 싶은 거요?"

"그 돈은 그렇다면 죽은 분의 모친에게 가야 맞는 거 아닌가 싶어서요. 간이식 수술도 받아야 하고."

"그러니까 회장 보고 그 돈 내놓으라 하라고?"

"그건 회장님이 혹시 그 돈을 함 사장한테서 받았었을 수도 있어서요. 빚을 갚으라 하고."

회장과 박이 그 돈을 나눠 먹고 스폰서 돈은 함 사장에게 알아서 하라고 그런 것일 가능성이 있었다. 이제 웬만한 얘기는 액면 그대로 믿지 않을 만큼 자신의 촉이 발달해 있었던 것이다.

"회장은 지금 도망 중이야. 소송 건들 때문에. 암튼 그 두 년과 사내놈들 전부 가만두지 않겠어. 당신도 오백 빨리 갚아. 이자까지 천인가."

"네?"

"한가한 소리 말고 태권도 원장, 쭈꾸미 팔다 온 놈, 택배 한 놈 전부 내 앞으로 데려 와. 굴비로 엮어서 처넣기 전에."

"저… 밧데리가 다 되어서 이만."

"가압류 집행해야 정신 차리겠어?"

"저 진짜로 밧데리가… 그럼."

무종은 얼른 전화를 끊었다. 가압류야 말 그대로 가압류일 뿐이지 무슨… 그리고 전재산 갚추라고? 기껏 대출 만땅인 수도권 아파트에 저축은행 같은 데서 추가대출 받은 금액 정도겠지. 해직형사가 무슨 큰돈이 있다고… 모닝샴푸에서는 사기당한 액수부터 다들 뻥으로 부르짖으니 박도 다를 리 있겠는가. 성인오락실도 헐값에 갈취했으니 당신 좋아하는 그 인과응보가 이번엔 제대로 실현되었네.

사내들은 그렇다 치고 현아 씨와 사모님은 오랜만에 현실의 복잡함과 암담함에서 벗어나 휴가를 간 것이렸다. 아이한테 사진을 보낸 것은 뭔가 생각이 있어서겠지. 낳은 어머니와 길러준 어머니의 속 깊은 하모니 같은 것일 수도 있고. 그 둘이, 범죄나 범법을 끼고 사는 남자들로부터 재산을 지켜내고 또는 몰수하고는, 그 재산을 바탕으로 아들 하나를 공동으로 잘 키워보려는 의지를 불태운 것 아니겠는가. 숱한 난관을 뚫고 그 의지를 실천으로 옮겨가는 두 여인! 어찌 보면 일이 그런대로 정상적으로 흘러가고 있는 건지도 모른다. 그동안 꼬이고 얽힌 실타래가 이걸 기화로 풀려갈 수도. 그건 세월이 가면 증명되겠지.

무종은 그저 죽은 들창코가 불쌍하다는 생각만 자꾸 들었다. 두 여자 때문에 충격을 받은 남편이 자살 생각을 한 모양인데 지금 자살을 한다면 들창코 곁으로 가게 되는 것 아닌가. 들창코 때문이 아니라면 결코 자살을 해서는 안 되리라. 아비를 잃은 아이는 방황하게 될 터이고 만약 아이가 두 어미를 거부한다면 자칫 그 아이를 자신이 키워야 할 수도 있었다. 이건 좋지 못한 시나리오였다.

오후 들어 하늘이 유난히 높고 푸르렀다. 눈이 내린 뒤의 세계라 거리는 은빛으로 마냥 반짝였다. 전철에서 내린 무종은 넘어질세라 조심스럽게 걷고 있었다. 가봐야 할 데가 광교에 있었다. 그곳은 화장품 회사로, 뷰티산업에 종사한 경험을 살려 한번 크게 휘저어 볼 수 있는 곳이었다. 물론 물류창고부터 근무해야 하지만 6개월 후에는 정식 영업직원으로 발령받을 가능성이 컸다. 창고 근무도 이제는 의미가 있었다. 거기 이삿짐을 좀 보관하자고 하면 창고지기에게 돈을 뭐 얼마나 받겠나. 그렇게 되면 이삿짐을 먼지 한 톨 없이 보관할 자신이 있었다.

그러니까 아버지의 채권자이자 옛 애인인 다 죽어가는 노인이 추천한 곳, 전설도 아니고 신화라나 뭐라나 하는 여인이 이사로 있는 곳, 그곳에 정식 이력서를 들고 가 그녀의 추천장을 받아들고 모 물류창고로 가보는 것이다.

취직만 하면, 열심히 해 6개월 후 정직원만 되면, 소액이라도 대출이 가능하고 장인의 집에서 다시 걸어 나올 수가 있을 것이다. 올해는 몰라도 내년에는 아내와 아이들을 데리고 통영국제음악제에 다녀오리라. 펜션은 몰라도 욕조가 있는 모텔 일반실에서 편안하게 지내며 각종 행사장의 선

383

물 추첨 같은 것에 응모를 해보고 추억을 도탑게 쌓아 나가는 것이다. 그리고 계획한 대로 3년 안에 영업왕이 될 것이다. 고희성 이사를 아래 직원으로 부리며 국내뿐 아니라 중국과 인도네시아와 인도를 무대로 광범위한 활약을 하게 될 것이다. 샘플 따먹기 그런 데가 아니라 신중하게 계약서가 오가고 상대가 LC를 트게 하고 제품이 선적되고 영세율을 적용해 부가가치세를 돌려받고 그런 거래가 이루어지게 될 것이었다. 종국에는 달팽이팩에 매달리는 박과 치열한 경쟁 상태에 놓이게 되겠지. 그러니 박이 뭐라고 협박하든, 오현아가 어디에 콜드크림을 바르고 보기 좋게 누워 있든, 누워서 미소를 누구에게 보내든, 무종은 가야 할 데를 가야 했다.

그리고 G시의 아파트, 석촌호수 쪽 아파트, 그 흐름은 강물이 흘러 바다로 가듯 정해진 이치였다. 박도, 구 상무님도, 그 누구도 3년 후 무종보다 잘 되어 있는 사람은 없을 것이다. 그에겐 팔다리가 튼튼한 아내가 있고, 폐렴이 다 나아버린 민주가 있고, 머리통이 차돌처럼 단단한 경서가 있고, 술친구인 장인이 있고, 어머니가 있고 누나가 있고 조카들이 있고, 이웃이 있고 이불공장 최동순도 있고, 히트사랑 야구단도 있고, 해고된 모닝샴푸 동료들이 있고, 아버지가 마련해주신 배다른 형과 누나와 동생들이 있고, 밤이면 빌라 앞 음식물쓰레기를 뒤지는 고양이가 있고, 모든 것이 그대로 그 자리에 있었다. 잃은 건 아무것도 없었다. 그들이 모두 김무종을 원하고 있었다. 무종이 그 옛날의 날리던 직장인으로 돌아오기를, 그 이상의 개인사업자가 되어 돌아오기를 간절히 바라고 있었다.

크게 될 사람에게 하늘은 큰 시련을 수시로 주는 법. 이것이 소설이라면 영화나 드라마라면 속편이나 시리즈 2에는 엄청나게 성공한 국제적인 비즈니스맨 김무종 대표가 나오는 건 필연이라고 볼 수 있었다. K코스메틱 김무종 대표라면 그 직위가 직위인지라 그에 걸맞은 멋진 모습과 활약, 그리고 세련된 사교술도 빼놓을 수 없다 하겠다. 스스로 생각해도 자신의 미래가 보통 기대되는 게 아니었다.

　무종은 발에 힘을 주며 눈을 바짝 뜨고 걸어갔다. 외투 주머니가 웅웅 울려 보니 기다리던 구 상무님이 아니라 장인어른이 문자로 이런 내용을 보내왔다.

　'시 홍보실에 보낼 사진을 대충 골랐네. 자네가 한번 와서 보면 좋을 것 같네. 소나무 작가의 추천을 받는 건 어떨까 생각 중이네.'

　이것만 보면 장인어른이 자신보다 훨씬 빨리 성공할 것 같았다. 이럴 수는 없었다. 무종은 걷는 속도를 올렸다.

　'자네의 살신성인 정신을 긴급 이사회가 높이 평가하기로 했네. 해서 내일이라도 우리 법무팀과 구체적인 전략을 짜보도록 하세. 그리고 3천만 원 중 먼저 1천만 원을 선금으로 지급하겠네. 3천 외에도 성공보수금이 따로 있으니 염두에 두게.'

　구 상무님으로부터 이런 문자가 올 가능성이 있는데, 그건 연금복권과는 비교할 수 없을 정도로 가능성이 높지만, 지나치게 안달하지는 않기로 마음을 다잡았다. 오면 오는 거고… 그게 안 온다고 바로 굶어 죽을 김무종이 아니라는 걸 사람들이 알아야 할 것이었다. 그리고 오송철강과는 최종적으로 금 일천만 원에 합의 볼 생각도 있었다. 구 상무를 통해 검사를 미리 만나보고, 이왕 이렇게 된 거 여차하면 모닝그룹에 대한 건 다 까발려서 박 사장도 수사를 받게 할 작정이었다. 대우그룹도 해체되었는데 모닝그룹이야 해체되면 되는 거고, 블루리버 호텔의 두 아가씨들과 사모님과 오현아 두 여사님이야 무슨 큰 피해가 있겠나. 살고 싶은 대로 살면 되는 거지. 그리고 이 몸도 인생 한번 살아보는 거지, 이 정도로 정리를 하였다.

길거리에서 오뎅을 먹고 있는데 사진이 한 장 도착했다. 또 박이 보낸 것인데 멀리서 찍었는지 한 여인이 리조트 같은 곳의 5층 정도 높이의 베란다에 서 있었다. 확대해 보니 현아 씨가 가운을 입고 팔짱을 낀 채 담배를 피우고 있었다. 옆에 사모님은 없고 독사진이었다.

'한 년은 뭐 하고 있는지 안 보여. 어디 오현아에게 연락 한번 해보지. 도망가는 거 사냥 한번 해보게. 직항이 없어 존나 고생해서 여기 왔네.'

아, 그러니까 아까 자신은 필리핀 현지에 가 있는 박과 문자를 주고받고 통화를 한 것이었다. 오현아와 연락이 가능하다면 그녀가 비상계단을 통해 도주하면서 박을 엿 먹일 수 있으리라. 아니다, 나가는 현관문은 하나일 것이다. 어차피 연락처도 없었다. 잠시 생각 후 박에게 문자를 날렸다.

'박 사장님, 현지까지 가시느라 고생 많으셨습니다. 하지만 실수하신 것입니다. 부디 지금 바로 철수하십시요. 그 두 여자에게 들키는 순간 박 사장님 관련 자료들이 다 검찰에 넘어갑니다. 성인오락실 정보 포함해 외장 메모리에 자료가 다 저장되어 있습니다.'

박 사장의 고뇌에 찬 침묵이 한참 진행되는가 싶더니 답이 왔다.

'뭔 개소리야.'

'성 차장 여동생 자살사건에도 연루되어 있는 거 아닙니까. 마약 공급책과도 끈이 닿고 있죠? 조심하십시요, 모든 건 조심조심.'

'너 지금 누굴 협박하는 거야.'

'밧데리가 다 되었습니다. 두 번 얘기 안 합니다. 철수하세요.'

'너 이 자식 어디 들어가서 보자.'

전화가 울렸으나 받지 않았다. 그래 얼마든지 보자. 하지만 전화번호도 바꾸고 애를 태워야 되겠다 싶었다. 아파트 한 채를 손해 봤다고 분통을 터뜨리는데 거기다 돈을 더 뜯어낼 수는 없고. 일어서려는데 또 문자가 왔다.

'내가 여기 왜 온 거 같아. 단지 두 년 때문인 것 같아? 모닝샴푸 전 대주주인지 하는 새끼가 여기 있다고. 이 차장과 미스 정이 여기서 그놈 따까리 하고 있는 것도 웃기는데 이제 두 년까지 가세해서 아주 장관이야. 이 필리핀 사기조직단을 소탕 안 하면 내가 나를 용서 못 하지. 이제 알아들어? 그러니 좆 같은 소리 그만하고 가만히 계셔. 다치지 않으려면.'

무종은 속사포로 답을 했다.

'아 그래요? 잘 되었네요. 이 차장과 미스 정은 둘이 행복하게 두시고 그 대주주 그 자는 압송해서 오현아 씨 남편에게 데려가야 할 겁니다. 그 건은 그 사람이 진짜 피해자니까요. 그래도 두 여자는 털끝 하나 건드리지 마세요. 여기 모든 자료가 있습니다. 아시겠습니까?'

'그래? 그놈은 죽이고 두 년은 내가 사랑을 해줄 거야. 됐냐?'

'그 전에 두 여자 손에 당신이 죽을 겁니다. 내가 아는 한 그렇습니다.'

더는 답이 없었다. 사실을 말하자면, 죽고 죽이고 그런 사나운 소리 주고받을 거 없고 부디 대화로 해라. 이게 모두를 위한 충언이었다. 대화가 안 되면 결국 내가 악을 응징한다. 이런 마음가짐이었다.

'천만 원 알아봤어?' 대미를 장식한 건 변가영의 문자였다.

'알아보고 있다. 사랑하는 당신에게.'

'뭔 헛수작이야. 돈 알아보는 중간중간 연락해. 알았어?'

'여부가 있겠소.'

무종은 광교를 향해 걷고 있었다. 어느 순간 그는 가로수를 잡고 서 있었다. 무너질 것처럼 자세가 불안했다. 현기증이 일어나며 다리에 맥이 풀렸다. 특별한 건 아니었다. 약간의 허기, 약간의 신경증, 약간의 체력 소진이 함께 몸 어디서 만나 그를 공격한 것이다.

'곧 괜찮아질 거야. 이러고 있을 이유가 없지.'

그러나 앉는 게 좀 편할 것 같았다. 무종은 재래식 화장실에서처럼 쪼그리고 앉았다. 오른손은 가로수의 밑동을 잡고 있었다. 왼손은 황금외투가 더럽혀지지 않게 밑자락을 들어올려 움켜쥔 상태였다. 사람들이 하나둘 그를 내려다보며 지나갔다. 이래서 대로변은 불리했다. 몸을 이동시키고 싶었다. 어디 편의점 의자에라도 앉으면 좋을 것이었다. 가까운 곳은 상가거나 자동차 대리점이거나 보험회사 건물이었다. 길 건너편에 편의점이 보였다. 무종은 일어서보려 했다. 몸은 조금만 더 조금만 더 여기 이렇게 있으라고 말하고 있었다. 그냥 엉덩이를 바닥에 대고 앉아 있으라고 했다. 왜 이러지?

무종은 가물가물하는 정신 속에서 지나온 삶이 파노라마처럼 펼쳐지는 것을 보았다. 숲속의 두 갈래 길, 그중 한 길을 택했고 아니 실은 길이 하나밖에 안 보여 그 길로 들어섰고 그 결과 지금 이 자리의 그가 있었다. 후회하느냐고? 무종은 고개를 흔들었다. 세상의 그 어떤 아이도, 어떤 미소년 미소녀도 경서와 민주를 대신할 수는 없었다. 그로서는 경서와 민주 외의 다른 아이를 상상하는 건 불가능했다. 경서와 민주가 있기 위해서는 그 전에 변가영을 필히 만나야 했고, 변가영을 만나기 위해선 장인이 장

모를 유혹해야 했고, 그러니 그는 세상에서 가장 운이 좋은 남자였던 것이다. 되돌릴 수 없는 삶이 아니라 되돌려선 안 되는 삶, 그 삶을 무종은 선물 받은 것이었다. 그리고 그 삶은 지금도 진행 중이고 무종은 그 삶에 입 맞추며 그 삶을 안전하고 왕성하게 운전해 가야 할 의무가 있었다. 그것을 복된 의무라고 불러도 좋으리라.

무종은 주저앉은 채로 맞은편 건물을 보고 있었다. 30층 빌딩에서 미끄러져 7층짜리 빌딩으로, 거기 빌딩의 1층 커피숍을 보고, 거기 앉아 있는 사람들을 보았다. 저들은 저기서 쉴 자격이 있는 사람들이었다. 저들은 연인들이고 동료들이고 사업파트너들이고 선후배들이고 아버지와 자녀들이었다. 저들은 모두 얘기를 나누고 있었다. 수십개의 대화들, 모두가 살아가는 이야기이며, 오늘을 내일로 연결시키고 삶의 전환 삶의 도약 삶의 충만을 약속하는 시간들이었다. 무종은 여기 쪼그리고 앉아 저 커피숍의 이야기들을 듣고 있었다. 저들은 저길 떠나면 두 다리로 지하철로 버스로 승용차로 흩어져, 사무실로 음식점으로 거래처로 또는 가정으로 갈 것이었다. 지금은 세상의 시간이 흘러가다 잠시 멈추어 저들을 따뜻하게 감싸는 순간이었다. 무종은 저기 합류하고자 했다. 오늘은 아니라 해도 저기 합류하는 날이 반드시 올 것이었다.

허리를 펴는데 배에 다시 통증이 왔다. 건강을 자신하며 우쭐하던 자신이었다. 그러지 말았어야 했다. 제대로 먹고 잠도 충분히 자고 느슨하게 세상을 응대해야 했어. 시간이 느리게 지나가고 있었다.
"어디 편찮으세요?"
여자 목소리가 들려왔다. 50대 아주머니였다. 머리가 윤이 나는 게 모닝샴푸 못지않은 샴푸를 쓴 거 같았다.

"… 괜찮습니다."

"정말 괜찮으세요?"

"네… 다리에 쥐가 나서."

"네에, 조심하세요."

아주머니가 가고 무종은 천천히 몸을 바로 했다. 한 발 한 발 앞으로 나아갔다. 건널목 앞에서 또 쪼그리고 앉았고 신호가 바뀌는 걸 보고 일어나 길을 건너기 시작했다. 무리였다. 도중에 위가 쥐어짜이는 것 같아, 쪼그려 앉고 싶었다. 엉거주춤 서 있는데 신호등의 숫자가 빠르게 줄어들고 있었다.

무종은 스피드 스케이트 선수처럼 허리를 숙이고 팔을 저으며 전속력으로 걸어갔다. 도로는 눈이 녹아 번들번들했고 건널목까지는 삼분의 일이나 남았다. 열 몇 걸음을 남기고 신호가 바뀌었다. 허리를 더욱 숙이고 필사적으로 걸어갔다. 경적이 연이어 울렸다. 뒤쪽 차들에서 나오는 소리였다. 앞의 차들은 모두 정적을 지키고 있었다. 모두가 멈춰 섰다. 차도 시간도, 무종이 앞으로 나아가고 있는 걸 지켜보며 기다리고 있었다. 꼴찌 주자가 들어오는 걸 숨죽이며 지켜보는 관중들처럼, 그들은 마지막 보행자가 골인지점에 들어오길 기다리고 있었다. 마침내 인도로 올라섰을 때 무종은 쏟아지는 박수소리를 들은 것 같았다. 부앙 부앙, 아기천사들의 뿔나팔 소리도 들려왔다.

저 앞에서 화장품 회사가 기다리고 있었다. 물류창고에 추천장을 써줄 고희성 이사님이 저기 계셨다. 무종은 그리로 한 발 한 발 걸음을 옮겼다. 발밑에서 눈 밟히는 소리가 났다. 거리는 하얗고 방금 탄생한 하루처럼 깨끗했다. 그 하루의 특별한 부분처럼 무종이 거기 있었다. 얼굴은 웃고 있고 배는 한껏 내밀고 있었다. 황금외투가 부풀어 올랐다.

〈끝〉

배를 내민 남자 2

초판 1쇄 발행 · 2023년 2월 13일

지은이 우영창
펴낸곳 오프로드
펴낸이 우영창
디자인 김경일
표지그림 및 본문 삽화 권윤지

출판등록 제 2022-000122 호 (2022. 10. 26)
주소 (13517) 경기도 성남시 분당구 야탑로 102 뉴젠빌 521호
대표전화 010 4615 7651
e-mail dookj14@naver. com
웹사이트 https://dookj14. wixsite. com/searchjeonbok

ISBN · 979-11-980874-8-5 (03810)